复仇天使

方莹 ◎著
FANGYING ZHU

她的出现惊艳了铮铮岁月，
圆润了波诡云谲，且看商海女如何赢！

同心出版社

图书在版编目（CIP）数据

复仇天使 / 方莹著 . — 北京：同心出版社，
2014.5
ISBN 978-7-5477-1219-1

Ⅰ . ①复… Ⅱ . ①方… Ⅲ . ①长篇小说—中国—当代
Ⅳ . ① I247.5

中国版本图书馆 CIP 数据核字（2014）第 057708 号

复仇天使

出版发行：同心出版社
地　　址：北京市东城区东单三条 8–16 号东方广场东配楼四层
邮　　编：100005
电　　话：发行部：（010）65255876
　　　　　总编室：（010）65252135–8043
网　　址：www.beijingtongxin.com
印　　刷：北京市天宇万达印刷有限公司
经　　销：各地新华书店
版　　次：2014 年 6 月第 1 版
　　　　　2014 年 6 月第 1 次印刷
开　　本：660 毫米 ×960 毫米　1/16
印　　张：20
字　　数：300 千字
印　　数：8000 册
定　　价：35.00 元

目录

第一章　回国

第二章　迂回策略

第三章　正面交锋

第四章　斗智斗勇

第五章　复仇

第六章　与魔鬼同行

第七章　生死之战

第八章　大结局

第一章　回国

1　机场话别

苏男不喜欢机场。

因为这是离别的地方，她从心底厌恶这两个字。

尽管苏男很年轻，正处在女人一生中最美的年华，又有着如花似玉的外表，然而，她的心却和垂垂暮年的老人没有什么区别。对于“离别”这两个字，她经历的比很多人一辈子都多。此时此刻，内心沧桑的她，却满脸笑容，因为她正依偎在一个高大帅气的男人怀里，这是她难得的发自内心的微笑，只为了眼前这个叫凌西的男人。

凌西道：“小狸子，快去快回，我等你。”

凌西总喜欢在他们两人独处的时候，叫苏男的小名。

苏男微笑着点点头：“好。”

“现在国内变化很大，你人生地不熟，一切都要小心，安全第一。”

“好。”

“飞机着陆后，给我报个平安，免得我担心。”

“好。”

“无论找没找到人，都要第一时间通知我。”

“好。”

“每天必须给我打一个电话。”

“好。”

“我会每时每刻想你。”

苏男终于受不了了，噘起小嘴，微皱着眉头，眼神里透着一丝娇俏，嘀咕道："你真的好啰唆啊。"

凌西凝神看她撒娇的样子，可爱中带着媚态，顾盼生姿，眉眼生动，试问哪个男人见了不心动？他心神俱震，一把紧紧搂住她，哈哈大笑起来，引得旁人纷纷侧目。

苏男不喜欢被人注目，连忙伸出纤纤玉指，隔着丝滑的衣料，戳了戳凌西。她不明白，平时温润如玉的男子，今天也会变得喜形于色。凌西止住了笑声，同时也停下脚步，低头注视怀里的女子，深深地看着她。刚才的笑声掩饰了他的表情，却掩饰不了他的眼睛，那里掩藏着不舍和无奈。苏男只觉得突然安静下来，疑惑之下不禁抬起头，却立即坠入一双墨黑的眼睛里，停止了呼吸。

两人站在原地，对望着，不再言语。来往的行人觉得有趣，停下来观望的人越来越多。两人浑然不觉。

良久，凌西轻声叹了一口气："我是不是做错了？"

苏男心下一惊，伸出双手轻轻抚在凌西的眉眼上，悠悠地道："我不喜欢你皱眉头，一点都不喜欢。"

凌西道："可是，你要留下我一个人。"

苏男忽略他的悲伤，莞尔一笑："我会很快回来的。"

凌西再次拥她入怀："好，我等你。"

苏男把脸紧紧扎进他的怀里，贪婪地呼吸这个男人特有的味道。凌西就是这样，永远宠溺着她，永远顺从着她，永远呵护着她。天底下，唯有这个男人，永远不会对她说出一个"不"字。

凌西突然道："小狸子，我想吻你。"

苏男惊讶："现在？"

凌西点点头。

苏男赶紧从他紧闭的怀抱里，伸出小脑袋看了看四周，连忙摇摇头："不行，好多人。"

凌西不答，只是凝视她，墨黑的眸子里似有千言万语。

苏男受不了这种眼神，缓缓闭上了眼睛，随即温热的唇落了下来，柔柔的，软软的，带着温度，带着怜惜。正在这时，旁边有个年轻女子在拍照，闪光灯让凌西迅速结束了这个吻，他搂着苏男朝拍照的陌生女孩微笑道："女朋友害羞，还请删除，谢谢。"

2 偶遇

苏男也不喜欢坐飞机。

飞机上的座位太小太窄，每个人被迫缩在那一小寸空间里，缚手缚脚，憋闷得慌，却又毫无办法。

一架大型 777 飞机停在坪内。

苏男拖着行李箱跟随人群缓慢移动，机舱口站着两位年轻漂亮的空姐，正在向登机的旅客鞠躬问好。苏男站在机舱门口停顿了一下，掏出登机牌递给空姐，同时回头望了望这座美丽的城市，湛蓝的天空飘着几朵白云，远处的建筑低调地隐入浮华世界，无声无息，一如她深爱的男人。

空姐低头看牌，温柔动听的声音随即传来："您的座位在 15A，请您往左边走，注意脚下台阶。"苏男微笑回应，拉起拖箱走了进去。机舱里传来播报声："欢迎您搭乘 ××× 航空公司，这是从加拿大温哥华飞往中国 L 城的第 ××× 次航班……"

机舱内很热闹，与外面的宁静形成强烈的反差。这趟飞机里绝大多数是黑发黑眼黄皮肤的中国人，不少人在高谈阔论，唯恐不引人注目。

苏男在 15 排前面站住，此时人满为患，大家都在忙碌地寻找座位，安放行李。

旁边座位站起一个小伙子，穿着时尚新潮，指了指她脚下的行李箱："需要帮忙吗？"

苏男头也没抬，嘴里蹦出两个字："不用。"

本想体现绅士风度，没想到佳人如此冷淡，小伙子呆愣着，一时不知所措。

同伴瞧他尴尬的模样，忍不住打趣道："没想到你也有吃瘪的时候。"

小伙子恼羞成怒："去你的，有本事你试试。"

苏男置若罔闻，在空姐的帮助下，安置好行李，转身坐进自己靠窗的位置。

突然，不远处传来一个声音："苏小姐，真的是你？"

苏男定睛一看，迎面走过来一个西装笔挺的中年男人，亲切的笑容下面还有着掩藏不住的威严，足以显示他的身份——国内著名服装品牌 M 集团的创始人兼董事长木志明。

苏男微皱着眉，脑中的念头一闪而过，随即微笑着打招呼道："您好，木董。"

木志明道："没想到咱们又碰面了，你这是回国？"

苏男点了点头。

木志明道："准备长住还是短期？"

苏男道："看情况，还没定。"

木志明不由面露喜色："欢迎苏小姐随时来我公司参观啊。"

苏男轻轻颔首："木董的生意做得这么大，改天一定登门拜访，好好学习。"

木志明道："苏小姐太谦虚了，那我们就说定了。"

苏男道："好的。"

木志明看了看狭窄的空间："要不要换到我那儿，顺便我们也可以探讨一下。"

苏男摇了摇头："不好意思，我一上飞机就容易睡觉。"

木志明毕竟是商场中人，察言观色是基本功，也不勉强："那好，回头见。"

3　私家侦探

飞机徐徐降落，天空灰蒙蒙一片，就像一块没有洗干净的抹布，令人生厌。

木志明和苏男一同走出了长长的通道。

机场灯火通明，人流涌动，熙熙攘攘。一个中年富豪身边伴着一个绝色美女，后边还跟着两个毕恭毕敬的下属，足以引起人们过多的关注和猜疑。一路走来，落在他们身上的目光很多，有人羡慕，有人玩味，更多人是不屑，其中就包括刚才在机舱里搭讪的那两个年轻人。

"拽什么拽，还以为自己有多清高？"受冷落的小伙子撇嘴道。

"女人都这样，兄弟，看开点儿。"另一个劝慰道。

"不就是图钱吗？有什么了不起的！"

两人的声音不小，每一个字都清清楚楚地落进了周围人的耳朵里。

木志明皱了皱眉，正想着要不要出面辟谣，他回头看了看苏男，见她波澜不惊的表情，心里倒有些惊讶。女孩子脸皮薄，何况像她这种有才有貌的女孩，应该是心高气傲，容不得这样的诽谤和糟践。可这个叫苏男的女孩，似乎定力颇强，眉头都没皱一下。

木志明对她的好感不由又多了一层。

很快，一行人来到接机大厅，几个西装革履的年轻人不知从哪儿钻了出来，来到木志明身边，整齐地问候道："木董好！"

木志明没有回应，而是转身对身边的女孩说："如果没有安排的话，我送苏小姐吧。"

苏男摇摇头："谢谢木董，您先忙，我已约了朋友。"

木志明道："那好，别忘了我们的约定。"

苏男道："一定。"

木志明倒也干脆，在众人的簇拥之下朝另一个出口离开。

苏男站在原地，看着对方的身影在视线里慢慢远去，才从随身携带的皮包里掏出一副宽大的墨镜戴上，又拿出手机拨通一个号码："安先生吗？对，飞机刚落地，你在哪儿？ B 出口？好，我马上过去。"

远远地，苏男看到一个戴着墨镜、穿着普通的高个子男人，他手里捧着一大束娇嫩的白色百合花，在人群中尤其显眼。苏男随着人流走了过去，停在墨镜男面前。两人互相打量了几眼，谁也没说话。

墨镜男试探地问道："苏男？"

苏男伸手接过百合花："安啸？"

墨镜男点点头，两人随即相伴离去。

安啸带着苏男在航站楼的地下车库穿梭，苏男时不时地左右张望。男人瞧在眼里，露出一丝玩味："没想到你的警觉性比我还高。"

"还有多远？"

"五分钟。"

"为什么停这么远？"

"习惯了。"

安啸带着苏男停在一辆非常不起眼的黑色国产小车面前，打开副驾驶门："委屈苏小姐了。"

苏男不置可否，四处张望了一下，随即转身把花束扔进旁边的垃圾桶，又伸出手拉开后面一扇车门，猫着身子钻了进去。

安啸再次笑了笑，露出一口洁白的牙齿。

汽车在地下停车场缓慢滑行，阴暗的灯光时不时投照进车内，从两个戴着墨镜的男女身上一闪而过，忽明忽暗的光线让车内越发显得压抑。直到车开出地下车库，见到阳光的瞬间，安啸摘下了墨镜，问道："晚上如果没有安排，我替你接风？"

苏男答道："不用了，谢谢。"

安啸透过后视镜看到了对方一脸的冷淡。

苏男问："资料带来了吗？"

安啸腾出一只手，从前排座椅上拿出一样东西，往后递去。

苏男伸手接过。这是一个密封的纸袋。

安啸看到的是纤纤玉手，十指尖尖，他蓦地想起那束百合，便道："花很漂亮，扔了可惜。"

苏男摘下墨镜，拿出资料，冰冷的声音在车内回响："它的作用已经结束了。"

安啸透过后视镜观察她的动作，摘下墨镜的女孩露出绝色的面容。她此时正低着头细细研读，一缕黑发在她低下的脸庞一侧轻微晃动，阳光透过车窗静静投射在她周围，一切都显得那么美，时间好像在此时凝固了。

苏男没有抬头，语气中带着警告："安先生，我不是你的研究对象，请专心开车。"

安啸尴尬地收回目光："抱歉，职业病。"

苏男猛地坐直身子，惊讶道："死了？什么时候死的？"

"八年前。"

"怎么死的？"

"一场车祸。"

"人为还是意外？"

"警察定性为意外，刹车失灵，但这个案子有疑点。"

苏男转过头看着窗外，陷入了沉思，车内再次一片寂静。

正在此时，手机铃声响起，苏男看看号码，有些许停顿，随即接起，语气温柔地道："我刚下飞机。"

电话里传来凌西的声音："一切都还顺利吗？"

苏男答道："很好，我已经坐上车了。"

"这么长时间，肯定累了，好好休息一下。"

"好的。"

"苏男，中国这么大，找人也不是一天两天的事，不要着急。我在国内还有些朋友，如果有困难，随时说一声。"

"我知道的，现在就是安啸接的机，不要担心。"

"嗯，他人脉广，熟人多，应该能帮你查到一些东西。"

"是，我现在就在看资料。"

凌西一听这话，不高兴了："你现在最主要的是休息，不是工作。"

"知道了。"

两人又卿卿我我闲聊了几句，这才挂了电话。

安啸再次瞧了瞧后视镜，疑惑地道："你为什么不告诉他人已经死了？"

苏男沉着脸："不想收钱？"

安啸苦笑：闭上了嘴巴。

苏男道："他有儿女吗？"

安啸道："只有一个儿子。"

苏男沉凝片刻："我需要他的详细资料。"

"没问题。"

"越快越好。"

"那我先送你到酒店休息。"

苏男迅速收起所有资料，重新装入袋内，然后靠在座位上，闭上眼睛假寐起来。

4 陈年往事

豪华的高级套间内，两层厚重的窗幔完全挡住了外面，一丝光亮都透不进来，但是整个房间灯火通明，非常亮堂。这是苏男的习惯，她每次住酒店，无论白天黑夜，必定拉满窗帘，打开所有灯具。

此时的苏男，泡在浴缸里，闭上眼睛，听着音乐，手里晃着红酒，眼神迷离。朦胧之中，她又回到了那间充满消毒药水的病房。自己一生最爱的晴姨就那样无力地躺在床上，惨白的脸，虚弱的身子，无力的眼神，就那样直直地看着她。在苏男踏进这间病房之前，医生已经宣告了晴姨的死刑，如今剩下的只是最后一次相见。

“小狸子……”晴姨虚弱的声音传来。

“晴姨，呜呜呜呜……”苏男小跑过去，跪在床前，泣不成声。

“泪水是……软弱的……象征，你是我见过的……最坚强的……孩子，苏男……不会哭。”

苏男赶紧擦掉泪水：“我听晴姨的，不哭。”

晴姨欣慰地点点头：“你的人生……还很长，答应我，一定要……好好……好好活下去。”

苏男哭道：“我一定会坚强。”

晴姨满意地笑了，她想抬起手抚摸苏男的脸，却软弱无力，眼睛缓缓闭上。

苏男焦急又心痛地紧握着她的手，小声呼唤：“晴姨，晴姨。”

晴姨再次张开眼睛：“我给你一样……东西。”

苏男连忙应道：“好。”

晴姨看了看苏男，又看了看床头柜上的一个首饰盒：“打开……它。”

苏男依言拿起来，打开一看，愣住了，那么大一个盒子里竟然只放了一只手镯，绿油油的翡翠手镯。手镯下面压着两张照片，一张是一个儒雅沉稳的男人，另一张黑糊糊的看不清楚。

晴姨道：“拿……拿出来。”

苏男把东西递过去。

晴姨伸手拿过一张照片，眼神中充满了爱：“这是孩子的……照片。”

苏男皱了皱眉，这团黑糊糊的东西竟然是一个小孩。

晴姨又指了指另一张照片：“他叫……叫……乔子东，是孩子的……爸爸。”

苏男讶异，原来这就是晴姨所爱的男人，苏男曾经在寄宿学校放学路上碰到过。“是这个叔叔？他在哪里？为什么还不来？”

晴姨惨然一笑：“他在……中国，不会……来，因为……他就是……就是凶手。”

苏男一下子懵了：“怎么会这样？”

晴姨说到这里已经心力交瘁：“他……下的毒。”

苏男记起医生说的话，晴姨是因为身体慢性中毒，再加上难产时大出血，以致耗尽了虚弱的身子。

“为什么，他为什么这么做？”

晴姨死死捏着照片：“我……我……也不知道……不知道，这是……他的亲生……骨……”突然声音戛然而止，晴姨的头歪向一边，双手无力地下垂，轻飘飘的照片缓缓地落了下来。

“晴姨，晴姨……”小女孩撕心裂肺地呼喊，却再也无人应答。

突然响起的铃声惊醒了苏男。她仰头把红酒一饮而尽，憋了一口气全身沉入浴缸中，随后猛地冲出水面，水珠顺着她姣美的身躯慢慢滑落，滴落到她雪白的胸脯上。浴室宽大的镜子里出现了一双充满仇恨的眼睛，只是瞬间，又恢复到淡然，仿佛湖面上一闪而过的涟漪，找不到半点痕迹。

5　试探

安啸利用短短的一个来回，重新洗了一个澡，又换了一身衣服。此时的他正站在过道上，对着闪亮的门牌号码，整了整显露肌肉的黑色紧身T恤，又伸手捋了捋颇为有型的头发。他伸手按门铃，没有人应答。他迟疑片刻，又按了一下，还是没有人应答。

安啸正准备第三次按门铃时，门突然打开了。

苏男裹着一身洁白的浴袍出现，裸露的肌肤白里透红，曼妙的曲线令人遐想，尤其那张令人惊艳的脸，红潮初现，性感迷人。

安啸一时看得呆了。

苏男沉着脸，瞪了他一眼。

安啸强压住心跳，紧了紧面容：“给你送资料。”

苏男的脸色缓和下来，转身道：“进来吧。”

安啸一愣，赶紧跟了进去。安啸一眼望过去，厚重的双层窗幔把窗户遮得严严实实的，虽然灯火通明，他仍然觉得整个房间太压抑。他回头见苏男去了洗手间，便拉开了窗幔，又打开窗户通风，顿时阳光照进来，凉风习习，眼前豁然开朗，心情都变得轻松起来。

这时，苏男已换了一身套服出来，一边走一边用毛巾擦着半干的头发。见屋内光景，她厉声问道：“谁让你打开窗户的？”

安啸不解地道：“现在是白天。”

苏男满脸的不耐烦，走上前去重新关窗，拉上窗幔。

安啸呆呆地看着她。苏男回头问：“资料呢？”

安啸回过神，脱口而出：“凌西真的宠坏你了。”

苏男没好气地答道：“不关你的事。”

安啸哑然失笑：“确实不关我的事，我就等着看这小子如何吃苦吧。”

苏男皱了皱眉头，冷冷地看着他。安啸耸耸肩，递过资料，随即往外走。

苏男讶异地问道：“你干吗？”

安啸转过身，戏谑道：“既然任务完成了，干吗在这儿看你脸色？”

苏男一愣，脸色放缓道：“如果没别的事，喝杯咖啡再走吧？”

安啸还是走了回来，找了个凳子坐下。

苏男转身去茶桌上调咖啡，安啸静静地看着她的背影。飘逸的长发，娴静的姿势，温婉的动作，她浑身上下有一种说不出来的味道。苏男头也不回地道：“你的职业病又犯了？”

安啸尴尬地摸了摸鼻子：“见鬼，你有后视眼？”

“直觉，女人天生的本领。”

安啸笑了笑：“你的直觉也没什么了不起。”

苏男转过身，凝视他：“什么意思？”

安啸眨了眨眼：“你不应该随便放陌生男人进来，尤其是刚才……”

苏男又转过身去调制咖啡，嘲讽道：“你的意思是说，自己不是一个好人？”

安啸道：“看你的容貌，好男人都想变成坏男人。可一听你说话，坏男人都会变成好男人。”

苏男忍俊不禁：“那我把这句话当成夸奖了。”

安啸看着她的笑脸，问出了心里的疑惑：“我很奇怪，你为什么会相信我？”

“有人推荐。”

安啸想了想：“凌西。”

苏男不置可否。

“你既然这么信任他，为什么还要隐瞒他？”

苏男脸色立即变得冷若冰霜。

安啸哑然失笑，丝毫不以为意：“你这样的女人，不能令男人产生情趣。空有一张漂亮的脸蛋，可惜了。”

苏男反而笑了，递过去一杯咖啡：“为什么？”

安啸有点意外：“你不生气？”

苏男一脸的无辜样：“好好的，我干吗要生气？”

安啸凝神看着她，然后低头慢慢饮了一口咖啡，再抬头定睛看着对方，一字一字缓慢答道：“因为你戴了太厚的面具。”

苏男眼神一冷：“理由呢？”

安啸微微一笑道：“直觉，多年的职业训练。”

苏男冷哼一声，反击道：“那你的面具呢，这么多年，早已摘不下来了吧？”

安啸心下一凛：“我不明白。”

苏男笑得面若桃花：“你真的只是一个普通的私家侦探？”

6 锁定目标

顿时屋内陷入死一般的寂静，两人都低下头喝咖啡，不再言语。等到再次抬头，四目对望时，两人都不由自主地笑了。

苏男放下咖啡杯，抽出桌上的一叠资料，指着一张照片问安啸：“是他？”

安啸点点头：“是，他叫乔邃，乔子东的独子，现在是乔氏集团的董事长。”

苏男眯了眯眼。照片上是一个面容清秀俊雅的年轻人，脸上带着无邪的笑，仔细一瞧，那种笑容只是浅浅地露在脸上，并没有到达眼睛。

苏男问：“他有什么特点？”

“典型的富二代，多金，能力强，骄傲跋扈，很有心计，行事狠辣。”安啸的回答流利得像背书。

苏男嘲笑道：“交过手？输了？”

安啸摇摇头："跟他交手的，不是我。"

苏男有点讶异："是谁？"

"你不是挺有能耐吗？自己查。"

苏男也不生气，继续查看资料，又抽出一张照片，问："她又是谁？"

"乔邃新交的女朋友，艾莉莉，刚出道的服装模特。"

"服装模特？"

"是啊，这是乔邃喜欢的类型，估计维持的时间能长一点。"

"新鲜期多久？"

"长则一年，短则两三天。"

苏男看着照片陷入了沉思。照片上是一个有着魔鬼身材和天使面孔的年轻女孩，眉眼带着笑，笑里带着媚，风情万种，气质颇好。

安啸见她一直盯着照片，迟疑地问道："你认识她？"

苏男抬头，定定地看着对方，展颜一笑："嗯，快了。"

第二章　迂回策略

7　第一份工作

苏男站在宽敞明亮的办公室里，隔着大玻璃窗，看着外面几只小鸟在灰暗的天空中飞翔，一时陷入了沉思。她没想到，自己回到中国 L 城找的第一份工作是在 M 公司，更没想到，飞机上的随口一答，竟然这么快就变成了现实。

听到敲门声，苏男回过头，只见木志明站在门口，微笑地看着自己。

岁月并没有过多地光顾木志明，他没有一般男人的啤酒肚，也没有那个年代男人的沧桑感。细瞧他的五官，你能看出他年轻时一定是个英俊的小伙子，而现在，他也是个很有魅力的老帅哥。

苏男也不知道他站了多久，连忙转过身迎了上去："木董，您好。"

木志明走了进来："感觉怎么样？还习惯吗？缺什么尽管说。"

苏男得体地答道："比我想象中的还要好，多谢费心了。"

木志明不由点点头，他相信苏男并不是在恭维他。

因为这间办公室之前是他的专属用地，房间宽敞不说，这里的每一样东西都凝聚着他的心血，包括很多小摆件都是他精挑细选的杰作，比如这把旋转椅、桌上的那个木质装饰大象、柜子里的几个精致鼻烟壶、墙上的这幅泼墨山水画。

苏男跟随着他的视线转了一圈，心下一动，张口说道："我最喜欢的是这些小东西，乍看不起眼，仔细一瞧，个个都是精品。这可是需要花费大量时间和精力才能办到的事。不仅如此，这些小东西还特别考验人的眼力。"说到这里，她走到橱柜前："比如这个鼻烟壶，方寸之间，又是玻璃材质，易碎不说，还不好上色，内瓶只能反着画，瓶口极小，非常考验画师的功力。

您看，这个图案如此传神精细，真的十分难得。”

木志明听得心里非常舒坦。他带团队这么多年，但凡有才华的部下多有傲气，棱角分明，不好相处，也不讨人喜欢。而那些整天跟在自己屁股后面的人，又只懂得阿谀奉承，缺乏真材实料，扛不了大事。能把两者结合得很完美的人，屈指可数。不过，眼前的这个女孩，年纪轻轻，倒有些江湖阅历，该沉稳的时候沉稳，该灵活的时候灵活，是个可造之材。

木志明道：“刚才人事总监说，你的秘书后天应该可以到岗了。”

苏男有些惊喜：“这么快？”

木志明乐了：“你这样的人才，我们哪敢怠慢。”

苏男道：“您太过奖了。”

木志明道：“上次在加拿大看到你的服装设计就很喜欢，可惜那时你不愿回国。后来在飞机上又碰面了，这说明我们有这个缘分。现在我终于等到了机会，苏男，我谨代表 M 公司，欢迎你的加盟。”

苏男道：“多谢董事长。能在 M 这么棒的公司工作，应该是我感谢您才对，不是每个人都有这样的机会。”

木志明哈哈大笑：“有时间吗，一起吃个便饭？”

苏男恭敬地答道：“很荣幸。”

两人一前一后走出房间，经过大办公室时，所有的员工都抬头张望，然后窃窃私语。

如果换成普通人，一顿普通的工作餐，没人会在意。但他们俩不一样，太引人注目了。一个是公司最有权力的男人，一个是公司最美貌的女人，这顿普通的工作餐就变了味。

对于别人的闲言碎语，木志明从不回应，回应就掉了身价。苏男更不在意，甚至，现在的她需要的就是这种效果。

于是，关于两人之间暧昧的各种说法，很快在 M 公司流传开来。

8　天上掉馅饼

这是一个时装模特公司，光艳亮丽的外表常常掩饰不住里面的千疮百孔。

一个打扮时髦的女子跷着二郎腿，坐在沙发上，一边修剪着指甲，一边随意地翻着身边的几本服装杂志。她就是艾莉莉。

来这座城市打拼之前，艾莉莉对模特这个行业充满了遐想，那个T型台就是她梦中的金光大道。可是等真正踏入这行，她才发现一切都不一样。

对面的办公椅上，坐着一个三十五六岁的男人，正是艾莉莉的经纪人邓枫。一个大老爷们儿穿得花里胡哨，扎着小辫，头上包着一条红丝巾，耳朵上戴着两个大大的银质耳环，再加两个小黑圈。他正在点头哈腰地接电话，语气中有抑制不住的欣喜："噢，真的吗？当然有时间，档期没问题。好，好，随时，随时可以签约。没问题，好的，再见。谢谢，谢谢，太谢谢亲了！"邓枫放下电话，两眼放光："莉莉，你知道是谁来的电话吗？"

艾莉莉懒懒地应了一句："谁呀？"

邓枫答道："M集团。"

艾莉莉放下手里的杂志，来了兴趣："他们说什么？"

邓枫伸出兰花指："你肯定没想到，他们想签你做代言。"

艾莉莉无法置信："天啊，怎么可能？"

邓枫笑得合不拢嘴："千真万确。"

艾莉莉高兴得一下子站了起来。

邓枫也兴奋得直搓手，从座位上站了起来，围着艾莉莉走来走去，嘴里不停地念叨着："M集团可是全国知名的服装品牌，他们以前都是找一线模特签约，这回看中咱们，这个机会，你一定要牢牢抓住。"

艾莉莉本来一张笑脸，听到这里，反而变得凝重起来："你说，他们为什么会挑中我呢？"

邓枫也愣了，天上掉馅饼的事，砸中了你，究竟是好事还是坏事，还真说不准。

两人沉默片刻，邓枫突然想到了什么，慢慢露出了微笑："是不是……乔董？"

艾莉莉一听，扬了扬眉，情不自禁地笑了起来。

邓枫一看她的眼神，心口的那块石头终于落了地："乔董真是我们的贵人啊。"

艾莉莉抿嘴，脸上露出甜美的笑容，转身拎起皮包："我出去一下。"

邓枫露出暧昧的眼神，两手一摆："去吧去吧。"

9 烛光晚餐

艾莉莉决定好好犒赏自己的男朋友，于是特意约了乔邃出来吃饭。

乔邃倒没推辞，只是让她去上海南路一家西餐厅等着。艾莉莉到了现场，见是一个会员餐厅，心里多了一层欢喜。无疑这里说话会更隐蔽，也更安静，没有闲杂人等干扰。再加上餐厅装饰典雅，颇有情调，她的心情也变得更加愉悦起来。

俗话说，“女追男，隔层纱”。不过艾莉莉追乔邃的时候，倒没费多大的心思，无非是一个暧昧的眼神，一个撩人的动作，两情相悦，干柴烈火，很快就发生了一夜情。可是，真正相处起来，艾莉莉才发现，这层纱一直都在，叫她怎么也看不真切。纱里面的那个男人，确切地讲，应该是男孩，那么年轻，那么俊雅，可是做起事、说起话来，却跟他的外表和年龄完全不符合，就像隐藏在森林里的豹子，随时具有攻击的可能，为人自我、冷血而残酷。

艾莉莉没认识乔邃之前，就听过他的很多故事。比如他未成年时父母双亡，乔氏集团惨绝人寰的内斗，他几乎无败绩的商场博弈；再比如他数不胜数的女人，及一掷千金的豪爽。

这是一个天生让人抓狂的男人。

女人们仰慕他，男人们害怕他；

女人们希望得到他的爱，男人们希望得到他的钱；

女人们忽略他的残暴，男人们忽略他的多情。

……

乔邃来的时候，艾莉莉已经在餐厅孤零零地等了足足两个小时。

委屈是有的，怨言也是有的，想想自己一个娇滴滴的美人，多少男人讨好、奉承，犹如众星捧月一般，她都视而不见，如今却像傻子一样守候在这儿。漫长的等待让艾莉莉的心里犹如猫爪挠痒一样，总想发作。然而当她看着远处白衣黑裤潇洒十足的男人从豪车中出来时，她的怨言已被自己生生地吞进肚子，再也没了踪影。

烛光晚餐，总是有几分浪漫和多情。此时的艾莉莉正含情脉脉地看着对面的男人，娇羞的小脸在烛光的映衬下显得美丽动人。

乔邃擦了擦嘴，喝了一口红酒："干吗这样看我？"

艾莉莉眨了眨眼："猜，下午我去干什么了？"

乔邃低头："逛街买东西！"

"给谁买？"

"给我买！"

艾莉莉终于逮住了一个撒娇的机会，双手扔掉刀叉，嘟着小嘴："没劲，什么都能猜中，一点都不好玩。"

乔邃终于露出了浅笑："只能怪你的智商太低。"

"真坏，你怎么这样说人家？"

乔邃了然一笑："这不是你爱听的吗？"

艾莉莉有一种被视线穿透的感觉，她赶紧转换话题，从旁边椅子上拿出一个精美的包装盒："送给你的，看看喜不喜欢？"

乔邃接过来瞧了一眼，是一条金色的领带。他随口答道："嗯，还行。"

艾莉莉见他态度敷衍，也有点不好意思："我也知道，跟你送给我的礼物相比，差得太远，不过这是我的一份心意。"

乔邃反问："我送你的礼物？"

艾莉莉害羞地点点头："我已经提前知道了。"

乔邃有点狐疑："什么礼物？"

艾莉莉抬起亮晶晶的眸子："M 集团的广告代言啊！"

乔邃瞬间眯了眯眼，停顿片刻，表情严肃地答道："我不知道。"

艾莉莉愣了，好半天才回过神来："不可能啊，要不是因为你，那么大一家公司无缘无故地怎么会找我？"

乔邃已恢复平静："这才说明你的魅力。"

艾莉莉忍住心中的不安，再次问道："这件事真的跟你无关？"

乔邃点点头："木志明跟我是有些交情，不过你的这件事，跟我无关。"

艾莉莉更加不解了："是不是木老板知道我们俩的关系……"

乔邃放下刀叉，用餐巾擦了擦嘴，一脸淡漠："你觉得我会这样公私不分吗？我还有事，先走了。"

艾莉莉急了："可我还没吃完。"

乔邃不耐烦地站起身，扔了几张钞票在桌上，扬长而去。

艾莉莉连忙起身追了出去。

10 尘归尘，土归土

苏男很喜欢黑夜，因为夜色让她放松。此时的她穿着宽松的丝绸睡衣，披散着乌黑的长发，站在窗户边上，享受着凉风，眼睛望着夜空，一动不动。

夜已经很深了，浓墨一样的天上连一弯月牙都没有。四周很安静，除了偶尔从远处的繁华街道上传来几个风驰电掣的声音，听不到其他。天上看不到几颗星，黑幕之下突然闪出的一颗流星带着凉意从夜空中划过，炽白的光亮是那般凄凉。

苏男浑身一震，赶紧闭上眼睛，双手合十："晴姨，是你吧，你来看我了吗？我现在很好，就是很想你……"苏男的声音开始哽咽："你和小宝贝在天国好吗？晴姨，姓乔的死了，被困在车里活活烧死的，你高兴吧……"

没有人回答，只有夜风撩动树梢的声音，传到苏男的耳里，更像是晴姨的回应。苏男对着天空说："可是，我什么也没帮你做……不过你放心，晴姨，我一定不会让你失望。相信我，保佑我，晴姨……"

不知过了多久，苏男的脚站得麻木，身子变得冰凉，这才转身回到办公桌前，继续之前未完的工作。

电脑的网页上是乔邃的八卦新闻，包括他跟一些女人的各种亲昵的照片，有的在豪车里，有的在夜店，有的在宾馆门口。桌上放着一堆财经杂志，全是他的专访和封面照，里面的文章却与网页上的内容截然不同，多是他跟一些商贾巨富、政界要人的合作采访，还有项目签约仪式以及恭维的追捧文章。

苏男点开"人物档案库"文件夹，这是别人刚给她传来的资料。

姓名：乔邃

身高：180cm

年龄：27 岁

爱好：豪车、冒险

性格特点：霸道，好胜，多疑，爱耍阴谋，占有欲强

现任女友：艾莉莉

死敌：陈归尘

……

苏男看到“死敌”两个字时，放下了鼠标。

泛着蓝光的电脑屏幕，映照出女人美丽的容颜。苏男点起一根烟，缓缓靠着椅背，眼神迷离。她想起不久前自己和安啸的那一场对话，原来这小子说话还有点靠谱，乔鎏的死敌真是另有其人。

“陈归尘，这个名字有点意思。”苏男念叨着，嘴角已经微微上翘。

“尘归尘，土归土，让往生者安宁，让在世者重获解脱。”《圣经》里的这句话，真是说到苏男的心里去了。

“也不知道是个什么样的厉害角色。”苏男有些期待。

11　千里相思

QQ 里突然弹出一个视频邀请，苏男迅速调整姿势，掐掉烟，打开灯，接通视频。

凌西帅气的大脑袋立即出现在电脑屏幕上。他一副愁眉苦脸的样子，连说话都带着委屈：“有个傻瓜，一直饿着肚子在等电话。”

苏男猛然想起两人之前的约定，伸了伸舌头，很不好意思：“抱歉，抱歉，我忙得忘了。”

凌西并不深究，只是关切地问：“忙什么？你爸妈有消息了吗？”

苏男摇摇头：“没有，当年的医院早已经搬了。”

“那还有没有其他线索？”

苏男的表情看起来有点难过：“估计一时半会儿比较难找。”

凌西想了想，小声问道：“要不你先回来？”

苏男再次摇摇头：“不，我要留下来。”

凌西很惊讶：“你说你要留在国内？”

苏男点点头：“我已经找到一份工作，有了落脚的地方。”

凌西脸色大变：“这么大的事，你怎么不跟我商量？”

苏男压住心里的澎湃，脸上却带着撒娇：“才不，你肯定不同意。”

凌西颇感无奈：“我没有不支持啊。可是，我们俩怎么办？我一时半会儿也没办法回国啊。”

苏男打趣道："牛郎织女，多浪漫。"

凌西苦笑："你不是牛郎，怎么知道牛郎的苦？"

苏男乐了："你也不是牛郎，怎么知道牛郎就一定苦？"

凌西长长叹了一口气："我当然知道。漫漫长夜，寂寞难耐啊。"

苏男虎着一张俏脸："你敢，小心我废了你。"

凌西暧昧地笑道："你肯定舍不得。"

苏男害羞了，道："赶紧吃饭去。"

"好，我想你，宝贝。"

"嗯，我也想你。再见。"

凌西突然停顿了，眨了眨眼道："靠近一点，我告诉你一个秘密。"

苏男有点纳闷："什么啊？"

凌西的语气中带着神秘："靠近一点，对，再靠近一点。"

苏男的脸在他的指引下几乎挨着屏幕了。凌西突然噘起嘴巴对着屏幕亲了一下："这味道，让我魂牵梦绕。"

苏男又羞又急："找死啊，滚蛋。"

凌西哈哈直乐："晚上，我们在梦中继续。"

电脑随即安静下来，很快恢复成幽暗的蓝屏，泛着冷冽的光芒。苏男脸上的笑容也在瞬间消失得无影无踪。她呆呆地看着屏幕。自从她回国，这个温润如玉的男子似乎也在变化，他变得甜言蜜语，喜形于色。她转念一想，这个世界又有什么东西是一成不变的呢，自己不也在变化吗？变得越来越让这个男人难以捉摸了。

他会不会失望？会不会讨厌我？甚至疏远我？

想到这里，苏男突然觉得很凉。她赶紧起身把窗户关上，可是屋里还是冷，寒气围绕着她久久不曾散去，慢慢地，慢慢地，竟然转变成痛，一丝丝，一缕缕，从心里往外蔓延，像蚂蚁撕咬，像钝刀割肉。苏男坐到床上，把头紧紧蜷缩进身子里，喃喃低语："凌西，凌西……"

朦胧中，苏男看到了火。伴随着熊熊大火的，还有烟雾弥漫。

火光中一个七八岁的小女孩站在屋内，惊恐万分。火势在不断蔓延，视线模糊不清。烟雾和火光冲天，小女孩四处张望，可惜她的眼睛什么也看不见，只能摸索着一步一步往门的方向移动。不远处，一个小男孩伸手向她呼喊求救。小女孩本能地站住，想往回走，可刚迈出步子，却突然站住，呆立不动。

小男孩哀求地伸出双手，向她呼喊：“救我救我……我好害怕……”

小女孩的眼睛一片死寂，她仍然用双手摸着墙壁，一步一步慢慢靠近房门。

身后继续传来小男孩撕心裂肺的呼喊声：“救救我……救我……

小女孩用双手紧紧捂住耳朵，脚不时地碰到地面的东西，身子踉跄，好不容易站稳，刚走两步，又被凳子绊倒。小女孩仍然挣扎着站起来，这一次，她不再捂着耳朵，而是腾出双手，继续摸索着墙壁往前走。

小男孩的声音已变得尖锐而失真：“你这个臭瞎子……我会逮住你，我一定会揍死你……”

突然，小女孩身后传来一声巨响，小男孩的声音在半空中戛然而止。

小女孩茫然地回头。她什么也看不见，只感到烧灼的热度。

而此时，床上的苏男冷得浑身发抖，她双眼紧闭，脸色惨白，嘴唇发乌。她把自己缩得更紧更小，嘴唇抑制不住地上下打颤，光滑的额前渗出一层细细的汗水。

电话就是在这个时刻打进来的。

午夜里，铃声显得特别响。

苏男猛地惊醒，原本颤抖的身子一下子变得僵硬。瞬间，她的整个神经清醒，再睁开眼睛时，原本迷离的眼神已变得清亮。苏男用手抹了一把汗，神色自然地坐了起来。她拿起放在床前的手机，面无表情地接听。

凌西清亮的声音传来：“小傻瓜，睡了吗？有没有吵着你。”

苏男刚刚全副武装的表情忽然变得柔软，鼻子有些发酸：“没有，我很……想你。”

凌西甜甜地笑了：“我也很想你，想你想到睡不着……”

苏男只感觉一股暖流在胸口荡漾：“吃饭了吗？”

凌西答道：“吃了。吃完饭竟然在椅子上打了一个盹，梦到你在喊我，很大声，很焦急。我拼命找你，只听到声音却看不到人，一着急，人就醒了。”

苏男的眼睛立即蒙上了一层水雾：“我也做了一个梦，梦见我在喊你。”

凌西的声音愉悦极了：“真是心灵相通啊。宝贝，我真想时时刻刻待在你身边。”

苏男柔情似水地答道：“我也是。”

凌西道："那就快点回来，好不好？"

苏男沉默，然后微笑道："不行啊，我交不起违约金。西，我有点困了……"

凌西道："好，宝贝，睡吧。"

苏男道："晚安。"

12 飞蛾扑火

自从上次的烛光晚餐后，艾莉莉已经有一段时间没见到乔邃了。

没有电话，没有人，现在连束花都没了。

这样的乔邃，总让艾莉莉感到揪心和害怕，也让她感到委屈和怨恨。细想一下，上次的约会，从头到尾，自己有说错一句话吗？苦巴巴地等了他两个小时，换来的却是这样的冷遇。这一周，艾莉莉度日如年，也纠结万分。气不过的时候，她就想着，不如就这样算了，又不是没人追，也不是没人疼，何必热脸贴冷屁股，失了自己的身份。然而，心里又总有一个声音在替他辩解，让她不要轻易放弃。

艾莉莉看着镜中的自己，这时，打扮耀眼得像花蝴蝶的经纪人邓枫，一扭一扭地来到她的跟前。

邓枫道："那件事我打听到了。"

艾莉莉停住正在画眼线的手，透过镜子，疑惑地望着他。

邓枫道："确实是有人点了你的名。"

艾莉莉的脸上终于露出了笑容，连日提着的那颗心总算落了地。心定了，手也灵活了，画起眼线一气呵成，左瞧瞧，右瞧瞧，很完美。于是她换了笔，又继续抬手画眼影，忍不住嘀咕了一句："说得那么郑重其事，我还真以为不是他，逗我就这么好玩？"

邓枫抬眼瞧了瞧镜子里妩媚的女人，有些怜悯："他还真没有逗你，的确不是他。"

艾莉莉惊讶地转过身："不是他，难不成是木志明？"

"也不是。"

艾莉莉放下手里的活，紧锁眉头，思考半天也没头绪，忍不住发起脾气来：“吊什么胃口，有话快说，有屁快放！”

“M集团新来的设计师，听说是木志明从加拿大三顾茅庐请来的，现在是木志明跟前的大红人，所以这次她直接点你名，也没人敢出言反对。”

艾莉莉更是惊讶：“叫什么？”

“苏男！”

艾莉莉一头雾水：“男的？”

“女的。”

“怎么叫这么一个名字？”

“听说长得挺漂亮。”

艾莉莉更加疑惑了：“我不认识她啊。”

邓枫斜睨了一眼：“我的大小姐，只要她认识你就行了。”

“一个女人，叫个男人名……”艾莉莉嘴里嘀咕着，转过身继续化妆，脸上的笑容已经消失，双手又变得笨拙起来。

经纪人看着镜中的她，心里明白，忍不住教训起来：“女人总想做浪子的终结者，可是她们不明白什么叫浪子。我告诉你，你可别犯傻。乔邃是什么人，你不是不了解。别傻傻地真爱上了，到时有你好受。”说完扔给她一本杂志，扭头走了。

艾莉莉低头一看，整个人就定住了，洁白的贝齿死死咬住嘴唇。

封面上，乔邃和美女亲吻的照片又大又清晰，角度也很棒，非常香艳。

艾莉莉小脸煞白，立即从包里掏出手机，快速写了五个字：我们分手吧。要按发送键时，手却突然变得软弱无力。她又气又恼，气恼自己只有这么一点出息。她把手机狠狠一扔，手机立即落在地上，摔得四分五裂，她也管不了这些，转头趴在梳妆镜前“嘤嘤”地哭起来。

13　棋子的作用

艾莉莉很快跟M集团签了约。新闻发布会前，她给乔邃发了一则信息，不是分手，而是道歉，尽管她根本不知道自己错在哪里，但言辞恳切的道歉不仅是为了满足这个大男人的面子，也是为了保住自己继续待在他身边的机会。

骄傲，人人都有，但骄傲的资本，不是每个人都有。

起码，艾莉莉非常清楚，自己没有。自从那天失控在公司大哭一场，关于她被乔邃甩了的传闻立即传遍了每个角落，连打扫清洁的黄大妈都用怜悯的眼光看着她。没有人安慰，没有人在乎，更没有人心疼，有的只是冷嘲热讽和蓄意挑事。

那个时候，艾莉莉才真正明白，原来自己只不过是一条紧紧依附在大树旁生存的藤蔓。失去了大树，藤蔓只有死路一条。所以，在自己还没有茁壮成长之前，一定要牢牢抓住乔邃这棵大树。有他的人，他的名，她才能活得有尊严，活得更体面。

乔邃没有回信息，倒是在第二天艾莉莉正式签约时让秘书订了很多花篮摆满了会场。于是，围绕着艾莉莉的那些闲言碎语立即像柳絮一样被风吹得无影无踪。

之后的日子，艾莉莉又过得顺风顺水了。

此时此刻，艾莉莉正在摄影棚帮 M 公司拍宣传片。良好的状态让她很快进入了角色。在摄影师的配合下，艾莉莉穿着 M 公司这一季最新款的服装，摆着各种撩人的姿势。这样的她，无疑是自信的，也是美丽的。

摄影师道："就这样，很棒。再来一张。"

艾莉莉又换了一下姿势，眼神中透着几分妖娆。

摄影师连续拍了好几张，赞道："对，这个神态很正。"

楼梯上，一身简单的黑衣黑裤，被苏男穿得潮味十足，她悄无声息地站在那儿，一直看着忙碌的艾莉莉，露出意味深长的微笑。随着最后几组镜头的拍片完成，大伙儿开始收工。几个助手忙碌起来，艾莉莉少见地主动上前打招呼："大家辛苦了。"

艾莉莉正准备回后台卸妆，经纪人邓枫匆匆走了过来："赶紧跟我去见一个人。"

艾莉莉停住脚步："谁啊？"

"你的贵人，那个设计师苏男。"

艾莉莉环顾四周："在哪儿？"

邓枫赶紧拉着她："快点跟我来。"

此时的苏男，正在对下属交代事情，回头看到邓枫和艾莉莉，她和颜悦色地打招呼，一点也不摆架子。

这是艾莉莉第一次见苏男，尽管之前邓枫说这个女人长得很漂亮，但她也没往心里去，因为这个行当最不缺的就是美女。如今面对面真见着了，艾莉莉才知道这个女人跟一般漂亮的女人真不一样，除了容貌姣好之外，还有一种说不出来的味道。你明明看到的是她甜美的笑容，听到的是她温和的语气，但她浑身上下却有一种无形的冰冷，有意跟你拉开距离，然而这种冰冷中又带着神秘，让你很想一探究竟。

这是一个让人想接近又害怕接近的女人。

邓枫一个劲儿地说些感谢的话，苏男只笑不语。艾莉莉一直细细观察她，发现她除了应景的几句话，其他时间很少言语。

苏男也在用眼角的余光细细打量艾莉莉。这个女人，跟她想象中的差不多，无论是容貌、气质，还是谈吐。在苏男眼里，艾莉莉是一个不错的棋子，不错在于，她懂得利弊，也懂得变通，更懂得牢牢抓住自己抛过去的橄榄枝。

苏男称赞道："我果然没有看错人，你的气质不错，尤其镜头前的感觉很棒。"

艾莉莉马上回道："还得感谢您的推荐。"

苏男笑着摇摇头："不用感谢我，是你自己足够优秀，刚才摄影师也对你赞不绝口啊。"

邓枫连忙答道："千里马常有，而伯乐不常有。咱们家莉莉，刚入行，资历还浅，幸好是遇上您，才有了这么难得的一次机会，说多少感谢的话也是不为过的。"

苏男笑而不答。

艾莉莉连忙提议道："苏小姐，如果您没有应酬，要不一起吃个便饭吧？"

邓枫赶紧附和道："是啊，是啊，给我们一个面子吧。"

苏男见话说到这个份上，也就顺水推舟地答应下来了。

三人收拾完东西，一起走出了摄影棚。

14 饭局

上了车，苏男突然说道："我知道一个餐厅，味道还不错，要不咱们去那儿？"

艾莉莉和邓枫当然不会反对，于是车子在宽阔的马路上紧急掉头，朝相反的方向开去。

下了车，艾莉莉一走进餐厅，愣了，赫然是她上次和乔邃就餐的西餐厅。她忍不住问道："苏小姐经常来这儿？"

苏男道："来过几次，朋友推荐的，感觉还行，这里的牛排比较地道。你经常来？"

艾莉莉摇头："跟一个朋友来的。"

邓枫张望了几眼，咂咂嘴道："环境真不错。"

训练有素的服务员在门口迎接，带领三人入包厢，同时递过三套餐谱。

苏男突然站住，笑道："不好意思，我去打个电话，你们先点餐吧。"

艾莉莉看着她婀娜多姿的背影，不由得赞道："没想到这个设计师这么年轻，看来能力很强啊。"

邓枫一边看着菜谱，一边回答道："听说 M 集团的老板木志明很赏识她。"

艾莉莉疑惑："怎么以前没听说过？"

"听说她一直待在加拿大，最近才回国。"

艾莉莉想到了什么，小声问道："有男朋友吗？"

邓枫没明白："没听说。你什么意思？"

艾莉莉打着小九九："乔邃认识一大帮富家子弟，她又长得这么漂亮，如果能介绍成功，我和她的关系岂不是更近一步？"

邓枫顿悟："这主意不错，你脑袋转得比我快……"刚说到这儿，他突然想起什么，赶紧摇摇头："不行，现在 M 集团都在传她和木志明关系暧昧。"

艾莉莉有点惊讶："一个才 20 多岁的妙龄少女，一个 50 多岁的老男人，是不是相差也太……"她停顿片刻，又笑了起来："乔邃和木志明也熟悉，他们俩要是真在一块儿，有了这几层关系，我岂不是更好？"

邓枫还是有些担心："只是传闻，真假没人知道。咱们还是小心点，千万别犯了忌讳。"

艾莉莉拍拍他的手，一副胸有成竹的样子："放心，这点分寸我还是有的。"

不一会儿，苏男回来。落座后，她礼貌地问道："你们都点了吗？"

艾莉莉答："都点好了。"

苏男招手叫来服务生："B 套餐，牛排三成熟，再加奶油培根、南瓜浓汤和意式红萝卜。”她回过头，看见艾莉莉一脸惊讶地看着自己，便疑惑地问道：“有什么问题吗？”

艾莉莉道：“你的爱好跟我的一个朋友一模一样。”

苏男轻笑：“噢？是哪个美女？也是模特？”

艾莉莉摇摇头：“不是，男的，圈外人士。”

苏男有点讶异：“男的好像都不爱吃甜食。”

艾莉莉想了想，说道：“他很特别。”

服务员开始上餐，三人一边吃，一边闲聊。

苏男美美地喝了一口南瓜浓汤，继续刚才的话题：“我来猜猜，男朋友？”

艾莉莉害羞了：“你怎么知道？”

苏男笑了起来：“相由心生，你刚才的表情最美。只是不知道，什么样的男人能让咱们的大美女动心呢？”

邓枫也笑了，答道：“除了乔少，还能有谁？”

苏男不解：“乔少？”

邓枫想起苏男刚回国，对这里的人和事都不太了解，赶紧解释道：“乔少是乔氏集团的董事长乔邃。乔氏集团生意做得很大，全国各地都有分公司。”

苏男恍然大悟：“噢，是他，在杂志上看到过，青年才俊，一表人才。”

艾莉莉不好意思地回了一句：“哪有你们说得这么好？”

艾莉莉看了邓枫一眼，沉吟片刻，说道：“苏小姐，如果下周有时间，我男友有个派对，都是一些熟悉的朋友。要不一起去玩玩？

苏男微笑不语，只是低头喝咖啡。

邓枫瞧了瞧苏男，道：“乔少的朋友肯定不错，素质都很高。如今朋友多了事情也好办，国内都比较流行这种方式做事。”

苏男抬起头，仍然没有松口：“我和乔少也不认识，贸然前去，不太方便吧？”

艾莉莉道：“乔邃跟你们木董也很熟，常有往来。”

苏男似乎有些心动，想了想，终于点头道：“好吧，多交几个朋友也是好事。”

艾莉莉又试探地问道：“要不也顺道请木董一起过去？”

苏男微微一笑，半开玩笑道：“任何场合，只要有老板在场，做下属的总是有些不自在，是不是？”

艾莉莉了然，立即答道：“是的，伺候老板是件苦差事。咱们这次纯粹是玩，图的是自己轻松快乐。”

苏男点头：“就是这个道理。”

15　牵线搭桥

华灯初上，夜色撩人。

艾莉莉急急忙忙收工，提前下班。今天是乔邃回国的日子，他已经去美国一周了，晚上 6 点的航班到，她得赶去机场接机。可没想到，整条大马路被堵得水泄不通。

艾莉莉心急如焚，等了十来分钟，实在受不了，便打开车门，一脚跨出去。因为有点急，八厘米的高跟鞋磕在凹凸不平的马路上，身子自然闪了闪。由于要见乔邃，艾莉莉精心打扮过，穿的衣服也比平时性感时尚，现在整个身子突然倾斜，胸部自然春光外泄，引来身边男人们一阵起哄声。艾莉莉吓了一跳，眼见周围注意的眼睛越来越多，赶紧缩回车内，再也不敢造次。她心想，幸好自己只是一个三流的小模特，认识的人不多，否则这种不雅的样子如果传到网上，估计那个霸道强势的男人又得发脾气了。

今天艾莉莉无论如何都要见到乔邃。一则这是两人重归于好的最佳时机，二则那个派对的事还没落实。

幸好交警很快赶到现场，半小时之后，艾莉莉火急火燎地赶到机场，正好遇见乔邃走出机场大厅，后边只跟着一个老司机。

乔邃见艾莉莉跑得气喘吁吁，不禁笑了：“你怎么来了？”

艾莉莉答道：“路上堵了，幸好来得及接你。”

乔邃挑了挑眉：“有事？”

艾莉莉有点生气：“没事就不能见你吗？”

乔邃似乎心情不错，少见地开玩笑：“那就是说……想我了？”

艾莉莉含羞带怯：“谁稀罕！”

乔邃笑而不答，转头招呼：“华叔，您先回去吧，辛苦了。”

艾莉莉有点讶异。乔邃并不是一个很好相处的老板，对下属呼来喝去是常有的事，极少见他对一个下属如此客气，于是她忍不住打量这个叫“华叔”的人。这是毫不起眼的一个人，年龄看起来大约50岁，头发已有些泛白，脸上有不少皱褶，很有沧桑感。看他对乔邃的态度，依然毕恭毕敬，倒没有丝毫恃宠而骄的样子。

一路上，艾莉莉逮住这个难得的机会，把自己这段时间的生活和工作好好汇报了一遍，真正的目的只有一个，那就是私人派对。乔邃没有回应，他似乎很忙，听了不到十分钟，电话开始响个不断，一直到了公寓门口也没消停。艾莉莉瞧他脸色淡淡的，于是不敢再说话，乖巧地跟随他走进公寓，关上门，双手已经搂了上去，主动亲吻。

乔邃撇了撇脸，拉下她的玉臂，离开她的怀抱。

艾莉莉不解地看着他：“怎么了？”

“没兴趣。”

艾莉莉连忙黏了上去，赔着一脸的笑：“生气了？对不起。”

乔邃从酒柜拿出一瓶红酒，倒了一杯，轻轻晃动着，脸色阴晴不定：“我不喜欢被人利用。”

艾莉莉有点怯意：“我哪儿敢啊？”

乔邃仰头喝完一口酒，静静地看着她，眼神逼人。

艾莉莉赶紧解释：“苏小姐人很漂亮，又能干，你那么多朋友，说不定能……”

乔邃听到这里，越发鄙夷：“漂亮能干的女人一抓一大把。我的私人聚会，每个人都是精挑细选的，你以为什么阿猫阿狗的都能进？想找男人去别的地方。”

艾莉莉急了：“不是这样的，苏小姐是木志明特意从加拿大聘请来的设计师。”

“然后呢？”

艾莉莉低下头：“这次能签到合约，也是她帮的忙。”

“跟我有半毛钱关系吗？”

艾莉莉一听这话，委屈得泪眼迷离：“好歹我还是你的女朋友吧？”

乔邃冷冷地抬起她的下巴：“眼泪打动不了我，我喜欢简单听话的女人。明白？”

“明白……可我，我……已经说出口了。”

乔邃转过身，点燃一根烟，看着玻璃外面车水马龙的夜景，平淡地答道："那是你的事。"

艾莉莉从他身后搂了上去，撒娇道："你就帮我这一回吧，就这一回。"

乔邃低头看了看她如玉般的青葱小手，慢慢回转身，轻轻抚摸着，一脸的欣赏："你的手很漂亮，可惜你的脑袋不够聪明。很多人都想抬出我来给自己撑门面，做人情，这本来没什么，但我讨厌被人算计和利用。"

艾莉莉不敢直视他，低下头道："真没有……我保证你看到她就不会这么觉得了。"

"难不成她还有三头六臂？"

"她很能干，木志明很赏识她的。"

"这里不是人才市场。"

"她长得很漂亮。"

"L 城不缺漂亮的女人。"

艾莉莉眼神闪烁，绞尽脑汁地想着："她……她跟别的女人不一样。她很神秘，给人一种捉摸不定的感觉。"

乔邃这次没再冷嘲热讽了。

艾莉莉赶紧补了一句："对了，你们俩还有相同的爱好，肯定有共同话题。"

乔邃神情一顿："什么爱好？"

"她也喜欢南瓜浓汤和意式红萝卜，还说这两道菜是她的最爱，你们肯定能聊得来。"

乔邃瞬间眯了一下眼，慢慢笑了起来，轻轻抚摸她俏丽的小脸："这个女人，真有你说的那么好？"

艾莉莉连忙点头："真的，真的。"

"那好，带她来吧。"

艾莉莉没想到这事还能峰回路转，不可置信地看着他："你同意了？"

乔邃狠狠亲了她一口："不如你所愿，你会如我所愿？"

艾莉莉害羞地钻进他怀里，甜甜地笑了。

16 谁入地狱

苏男已从酒店搬出来。安啸帮她找了一间公寓，高层，不大，但收拾得干净舒服，正是她喜欢的类型。房间有个大玻璃窗，中间没有隔断，视线完整，非常广阔，能望得很远，尤其夜幕降临的时候，还能看到很美的晚霞。唯一不好的一点是，方便安啸这小子蹭门。

比如今天，安啸拿着一叠新的资料，又一次轻而易举地登堂入室，一会儿吵着要喝咖啡，一会儿又要吃水果沙拉，把这里当成了他家的西餐厅。

苏男煮完咖啡，没空搭理他，只管埋头看手中的资料。安啸端着咖啡在一旁细细打量她。苏男指着一宗收购案，疑惑地问道："这个陈归尘，看介绍倒有些能耐，为什么这个案子却输得这么惨？"

安啸突然笑了，答非所问地道："你这个女人，怎么说呢，用两个字形容——神秘！"

苏男继续看资料："为什么？"

安啸轻饮一口："凌西是你男朋友，你却欺骗他；我是凌西的朋友，你反而信任我。"

苏男凛然抬起头："你也很神秘。"

安啸扬了扬眉："为什么？"

苏男道："你做的只是干活收钱的事，而且你还是我男朋友的朋友，可是，你却对我很感兴趣。"

安啸眨了眨眼："男人都喜欢美女，或许我对你一见钟情呢？"

苏男轻轻笑了："你的眼睛里有一丝一毫的情吗？"

安啸摇摇头："女人太认真，就失了情趣。"

苏男也摇摇头："男人太滑头，就失了稳重。"

"凌西这个大笨蛋，女朋友欺骗他，好朋友出卖他，他做人是不是太失败了？"

苏男突然沉下了脸："你没有资格评论他。"

安啸呵呵直乐："既然这么在乎他，为什么又要欺骗他？"

苏男斜睨了他一眼："你以为自己是太平洋的警察，管得也太宽了吧？"

安啸双手一摊："好吧，那我们就谈点正事。真要去参加这个私人聚会？"

苏男反问："不能去？"

"你确实很有能力，这么短时间就铺好路了。能得到木志明的赏识，不简单；敢打乔邃女人的主意，更不简单。不过，'孤胆英雄'这四个字，听起来很美，做起来那就……呵呵，神秘女郎，你确定已经准备好了？

苏男眼皮一抬："我不入地狱，谁入地狱？"

安啸哑然失笑："乔邃被你形容成地狱，倒也贴切，只是……"话未说完，他突然倾身上前，吓得苏男连忙后退。安啸贼贼地笑道："这样你就害怕了？这个男人不好对付，你好自为之吧。当然，相信美人落难的时候，会有英雄很乐意搭救的。"

苏男不以为然："如果那个英雄是你的话，我情愿落入魔鬼的手里。"

安啸笑得更大声："如果英雄是你的那个凌大哥呢？"

苏男立即答道："那更不行。"

安啸有点迷糊了："你是在保护你的凌大哥，还是在防着你的凌大哥呢？"

苏男不喜欢对方老纠缠在个问题上，冷冷地反将一军："乔邃抢了你的女人？"

安啸突然变了脸色，闭上了喋喋不休的嘴。

第三章　正面交锋

17　私人派对

周日的派对终于到了，有两个女人牢记这个日子。

一个是艾莉莉。她从国外买了一件昂贵的晚礼服，正迫不及待地等着穿上它，让她艳压全场，成为所有人注目的焦点。

另一个就是苏男。她还没有准备好，安啸对她提出的结盟兴趣并不大，但也没有耽搁她的正事。真正令她头疼的是陈归尘，俗话说，敌人的敌人才是最好的盟友。苏男找人递话过去，结果却石沉大海，也不知道对方是怀疑她的身份，还是怀疑她的能力。

此时，近郊的某栋隐秘的别墅里，已经停了很多世界级豪车。漂亮的草坪上，年轻的宾客们已经来得差不多了。衣着光鲜的服务生们正在宾客之间往来穿梭，提供优质的服务以及来自全国各地的美食。

一群公子哥正在点评席间婀娜多姿的美女。

“你们看那个女孩，身材不错吧？”

“这个也不错，长得像林志玲。”

“噢，还真不错。”

……

乔邃带着公司的两位心腹大将，一边闲聊，一边走了过来。

乔邃道：“最近姓陈的怎么样？”

迟玉轩答道：“这段时间倒没看出有什么动静。”

迟玉轩是跟随乔邃的父亲乔子东打江山的人，也是唯一仍然留在集团的老人，不但办事稳重，而且忠心耿耿，乔邃正是看中他的这两点。

总裁办的刘雷笑了起来：“这小子上次吃了大亏，估计是害怕了。”

刘雷三十出头，是乔邃亲手提拔上来的，草根出身，没背景，但能力极强，做事主动拼命，脑袋灵活，上次跟陈归尘的一场大战中，他立下了汗马功劳。

乔邃没有笑，相反，他一脸凝重："骄兵必败，我们不可大意。这小子吃了大亏，应该不会甘心，你们盯紧点。"

两位下属连声点头："好。"

乔邃道："去忙吧。"

两位下属迅速离去。

乔邃转身从经过的服务生那里拿了一杯酒，慢慢踱步到前面，靠近那帮公子哥，听到他们还在谈论美女。

"那个长头发的，气质身材都很棒，不是明星就是嫩模。"

说这话的是个二世祖，叫张真理。张家老爷子能干，这几年生意越做越大，可惜儿子张真理不争气，整日游手好闲，花钱大手大脚。张老爷子只有这一个独子，总希望他能多跟乔邃走动走动，学点生意上的手段。乔邃不忍驳老爷子的面子，每次有聚会，都带张真理在身边。可惜这小子烂泥扶不上墙，每次聚会，他不是谈飙车，就是谈美女。

乔邃猛地敲了敲张真理的头："收起你这肮脏的念头。你把我这会所当成什么地方了？这里所有的俊男美女，都是有来头的。"

张真理眨巴着小眼睛："那……这位美女是谁啊？"

乔邃白了他一眼："你这双眼睛除了看美女，还得会识人。这是慕家的独女，刚从国外商学院读书回来。"

张真理恍然大悟："原来是她。"

乔邃乐了："慕家的物流业做得这么好，多少人盯着乘龙快婿的位置。兄弟，努一把力吧，让你爸也惊喜一回。"

张真理没好气地答道："人家哪看得上我？慕家老头子念的都是你的好。"

乔邃淡淡地笑着，说："我有一点比你强，那就是婚姻大事我可以自己说了算。"

乔邃的话音刚落，在场的人都愣了。乔家八年前那场轰动一时的车祸，无人不知，无人不晓，乔邃因此失去父母。如今见他云淡风轻地提起，也不知道是什么意思，没人敢随便接腔。

"冷场了，知不知道？"乔邃丝毫不以为意地调侃道。

另一个公子哥秦涛赶紧附和："那是，那是。乔哥什么能耐，哪是我们比得了的？"

张真理一脸的不服气："你喜欢美女就叫风流，我喜欢美女就叫败家。"

乔邃乐了："这就叫同人不同命。"

大家纷纷笑了，气氛又热络起来。张真理四处瞅了瞅，问乔邃："今晚你的女伴呢？"

乔邃看着前方，扬了扬头，轻轻吐出两个字："来了。"

众人回过头望去，两位面容姣好的年轻美女出现在视线里，一前一后，前者个头儿高挑匀称，身材和气质都很好，一身养眼得体的粉红色洋装衬得她肌肤胜雪，曲线玲珑。然而更引人注目的却是后面那位穿着黑色裙装的低调美女，看上去有一种神秘的美，像隐世的珍珠，令人看不真切。

几个公子哥眼睛都看直了，议论声纷纷响起。

"这才是今晚的重头戏啊。"

"这美女归我了，你们都别抢。"

张真理咽了咽口水："乔哥，后面这位大美女是谁？快给我们介绍一下。"

乔邃露出意味深长的笑容："我也想搞清楚，她到底是谁？"

艾莉莉和苏男已经慢慢走了过来。

艾莉莉热情地向几位帅哥打招呼："各位哥哥，晚上好啊。"

几个公子哥同时回礼："艾小姐好。"

艾莉莉依偎在乔邃的身边："乔邃，我给你介绍我的一位好朋友，苏男，她是M集团董事长特意从加拿大聘请的首席设计师。"

乔邃淡淡一笑，绅士十足地伸出手，很有礼貌地说道："苏小姐，你好。莉莉已经多次在我面前提起你，今日一见，果然名不虚传。"

苏男轻轻握了握乔邃的手："乔董的大名，无人不知，很荣幸。"

张真理连忙上前自我介绍："苏小姐，我……我叫张真理，很高兴认识你。这是……我的名片，上面有我的联系方式。能否交换一下你的名片？"

秦涛也上前道："这是我的名片。"

又一个人道："还有我的。"

苏男一一接过名片，露出迷人的微笑："真是抱歉，各位。我刚入职没多久，还没来得及印名片。"

"没事，没事。"

“你刚回国，对这座城市还不熟悉，我很愿意当你的向导。”

“是啊是啊，这座城市美食很出名，一定要去尝尝。”

艾莉莉眨了眨眼，回头对男友说道：“怎么样？”

乔邃看着三个人把苏男围在中间献殷勤，笑了笑：“少了三只苍蝇，我的耳边清静了很多。”

艾莉莉呵呵直乐：“走吧，我们去拿点吃的。”

18 打草惊蛇

苏男今天特意穿了一件黑色衣裙，这样有利于隐秘在黑夜里。

所有人的注意力都集中在艾莉莉的曼妙舞姿上。艾莉莉的确是宴会当中的女王，她一举手一投足，都有十足的女人味。在欢快的音乐声中，她跳得很投入，这种热情非常夺人眼球，再加上舞蹈本身的独特魅力，把女人特有的韵味美和形体美放大了很多倍。此时，舞场中间的艾莉莉就是一个发光体，深深吸引了在场的每一个人。

苏男逐渐摆脱三个男人的纠缠，偷偷溜了出来，一个人在别墅内闲逛。

整个别墅并不是特别大，但装修得很有格调，带有更多商务色彩，停车场、草坪、休息室、玩乐场所和服务人员都比一般别墅配备得要多，显然不是隐秘性的居家别墅，估计是乔邃用来交际的场所之一。

四下无人，苏男独自上了二楼。她左右看了看，空无一人，又轻轻地来到三楼。整个过道悄无声息，明亮的灯光在安静的夜里显得有些寂寥。苏男经过一间棋牌室、一间小影院，再往前走，却见房门紧闭，这倒引起了她的好奇。她伸手轻轻拧了拧门锁，门居然开了，但是没人。她随意瞟了几眼，正准备转身时，突然停止了动作，一只手紧紧握住门把手，呆呆地看着前方，全身僵硬。

这是一间很大的书房，侧对门口的墙壁上方挂着一幅画像，黑夜的灯光有点反光，看不太真切，但苏男还是一眼就认出来了，因为画像上的这个人，她已经在另一张照片上看了很多年，月月看，日日看，以至于她单凭他一个眼神，一个轮廓，就能立即认出他。没错，画像里的人正是乔子东。

画像中的这个男人，慈眉善目，和蔼可亲，有一种儒商的气质。谁能想到，就是他亲手杀死了他的女人，也亲手杀死了自己的孩子。这是一个怎样的人？魔鬼？禽兽？偏执狂？

“你认识他？”

苏男身后突然传来一个清冷的声音，在空阔的书房里回荡。她吓了一跳，连忙回过身，乔邃正站在不远处用探寻的目光看着她。

“这个男人怎么会在这儿？他不是应该陪着艾莉莉吗？他跟踪我，还是偶然碰上？”苏男有片刻恍惚，脑子转了好几个圈。

“苏小姐，你怎么走到这儿来了？”乔邃看着眼前这个浑身上下都是疑点的女人。

苏男避开他的视线。这个男人的眼光就像一个探射器，似乎能穿透一切伪装，直达人的内心。她欠了欠身：“抱歉，我有点累，想找间客房休息一下，不想却走错了地方。”

乔邃一脚踏了进去：“进来吧，这里就是休息室。”

苏男只好跟着他走进去。

乔邃指了指墙壁上的画像：“苏小姐，你认识他？”

苏男回过神，想了想，才回答道：“刚才看时，有点眼熟。”

乔邃扬了扬眉：“噢？你见过？”

苏男轻轻摇摇头：“没见过。”她的眼神转移到乔邃脸上，看了几眼，有些明白地点点头：“难怪看起来眼熟。跟你有点像，尤其眉眼部分。是你爸爸？”

乔邃默默地看着她，慢慢露出一丝微笑，点点头。

苏男不想引起他过多的注意，忙结束话题，说：“多谢你的招待，我去找莉莉聊聊天。”

乔邃笑道：“苏小姐，莉莉签约的事，我还没有谢谢你。”

苏男摆摆手道：“那是艾小姐自己争取到的，谈不上谢字。”说完，她转身准备离去，乔邃却眼睛一眨不眨地盯着她，脸上又挂着那种无邪的笑，笑容却不达眼里，显得有点诡异。“只是不知道，苏小姐对什么感兴趣？”

苏男不明白，反问道：“什么感兴趣？”

乔邃放低声音，语气放缓：“你绕了这么大一个圈子，难道不是因为对什么东西感兴趣吗？”

苏男心下一惊，面上却只是微微一笑：“乔先生，我听不懂。”

乔邃没有说话，静静地看她，然后低下头，轻轻靠近她，眼睛却注意她的一举一动。苏男面不改色，站在原地一动不动。乔邃的嘴直到凑到苏男的耳边才停住："你长得……很漂亮。"

苏男平静地答道："我想莉莉听到会伤心的。"

"你的眼神，很特别。"

"我有轻度近视，加青光眼。"

"你看起来很镇定。"

乔邃的话倒不是试探。由于行事狠辣，他的身上多多少少带着一点威严和暴戾，一般人不敢过于与他直接对视，因为受不了他眼睛里那种无形的压迫感。

苏男问道："我为什么要害怕？"

乔邃眸子一深，猛地低下头，用手托起苏男的下巴就要亲吻。苏男吓得赶紧后退。

乔邃嗤之以鼻，轻笑的声音在房间里回荡："原来，这份镇定不过如此。"

苏男生气地说道："我是你女友的朋友，请你放尊重一点。"

乔邃不以为然，倒是看着她的眼睛里多了一点调戏："欲擒故纵，这一招我见得太多，不过你今天的确成功了。我对你很感兴趣。"

苏男轻蔑地看了他一眼，抬脚就往外走。

乔邃看着她的背影，突然说道："今天是我父亲的忌日。八年前的今天，他死于一场车祸。"

苏男顿时站住了。

乔邃问："想不想听听他的故事？"

苏男暗暗紧握着双手，犹豫不决。乔邃目不转睛地看着她，若有所思。

苏男转过身，反问道："你为什么跟我说这个？莫名其妙。"

乔邃调侃道："我随口一说，怎么你的反应这么大？"

苏男全身僵住，哑口无言。

乔邃看在眼里，话锋一转："我的父亲叫乔子东，他的一生嘛，怎么形容呢……应该说……"

苏男聚精会神地看着他。

乔邃心生戏弄，不由笑道："苏男，这名字很特别。明明是一个娇滴滴的美人，却叫着一个男人的名字。小时候没人嘲笑你吗？噢，我明白了，一定是你爸妈想生男孩，结果却出来一个丫头片子。”

苏男狠狠攥紧双手，修长的指甲扎进肉里，深重的恨意在她眸底结成了一层寒冰。她瞪了对方一眼，转身快速离去。

乔邃慢慢收回笑容，转身看着灯光下的画像，露出鄙夷的目光：“姓乔的，瞧见了吗？这又是你的一笔孽债吧？”

19 追求者

苏男懊恼了好几天。

真被安啸料中了。之前收集那么多资料，做了那么多准备，第一次交锋，却就这样惨败而归。这个乔邃不仅仅是一个懂得吃喝玩乐的纨绔子弟，还是一只阴险狡猾的老狐狸。短短几句话，他不仅看出她的迂回策略，也看出了她的兴趣所在。她真是输得彻底。

第一步已经打草惊蛇，下一步应该怎么走，苏男一时也没了头绪。现在她手上只有三张牌：

第一张是安啸。但显然他并不愿意与乔邃正面交恶，原因不详。

第二张是艾莉莉。她的作用不大，也差不多结束了。

第三张是陈归尘。这个人最重要，可惜他态度不明朗。

苏男在纸上很认真地画着，然后撕掉，重新画，再撕掉，重复再重复。

苏男的秘书小杨是一个小姑娘，刚毕业没两年，聪明伶俐。眼见自己的上司工作如此拼命，小杨好心地冲了一杯咖啡端过去。她的手还没放到桌前，忽见苏男蓦地抬起头，眼睛里带着强烈的防备和谨慎。小杨一时愣了，尴尬地站在原地，白皙的小脸涨得通红。她端着咖啡，也不知是该放，还是不该放。

正在这时，有人敲门，两人同时转过头，只见公司前台手里捧着一大束红艳艳的玫瑰，满脸笑容地望着苏男：“苏小姐，您的花。”

原本一个电话的事，前台现在巴巴送过来，也有讨好的成分。谁不知道苏男是老板跟前的红人。

苏男早已恢复平静，和颜悦色地对秘书说道：“我正要喝咖啡，小杨，谢谢你。”她朝花束看了一眼，笑道：“你去处理吧，老规矩，辛苦了。”

这才是小杨熟悉的苏男，永远和蔼可亲，轻声细语，姣好的容颜下总带着一抹淡淡的微笑。小杨只当自己刚才眼花，赶紧把咖啡递过去，笑着应了，转过身，打发走过于热心的同事，准备把花束扔进垃圾桶里。眼瞅着这红得艳眼的玫瑰上面还有几滴露水，可见刚摘下不久，就这样扔掉实在有些可惜。

女人总是爱花的，小杨忍不住说了一句：“唉，这么漂亮，真是可惜。”

苏男趁小杨做事的工夫，已把所有的纸团收拾好，放进碎纸机。听到小杨的话，苏男张口回了一句：“那送给你好了。”

小杨撇撇嘴：“我才不要，花不重要，重要的是送花的人。”

苏男乐了：“看样子，你有心上人了。”

小姑娘被说中了心事，害羞地道：“才没有。”

这时艾莉莉走了进来，看见秘书正在扔花，好奇地问道：“这么漂亮的花，干吗扔掉啊？”

小杨笑着答道：“苏小姐吩咐的。”

艾莉莉了然一笑：“又是那个张真理?

苏男道：“都怪你。你看，烦都烦死了。”

艾莉莉解释道：“他们家这几年生意越做越大，除了原有的百货公司，也开始做房地产了。”

苏男点了点头：“难怪他一副财大气粗的样子。”

苏男示意秘书出去，带着艾莉莉在沙发上坐下：“来点什么？还是咖啡？”

“好吧。”艾莉莉说着随意整理了一下自己的衣领。

苏男一眼就看到了艾莉莉胸口醒目漂亮的钻石吊坠。她笑道：“又败家了？”

艾莉莉有些不好意思：“别人送的。”

苏男打趣道：“是新的追求者，还是那位真命天子？”

艾莉莉没回答，缓缓喝了一口咖啡：“苏男，你觉得女人最需要什么？”

对方突如其来的问题把苏男问懵了。从小到大，她从来没想过这个问题，她想得最多的是人最需要什么。如果换作以前，苏男会说，人最需要的是生存，是温饱。

“这个问题……”苏男敷衍道：“每个女人想的都不一样吧？”

哪知艾莉莉认真地点了点头：“是啊，有些女人老是追求那些会流逝的东西，比如美貌、青春、爱情；还有些女人却追求一些不切实际的东西，比如独立、自由、平等。其实她们都没活明白。”

“今天怎么这么多感慨啊？”

“只是想通了一些事。”

“有空来我这儿，不用陪情郎了？”

“还不是我家那位，他说请你吃饭。”

苏男立即警觉起来：“无端端干吗请我？”

艾莉莉笑了：“上次聚会你走得早，这次吃饭算是感谢。”

苏男连忙摆手。在没想好对策之前，她已决定暂时不去招惹那个人：“不用了。你瞧，今天的活儿都忙不过来，等一下老板又得念经了……”

艾莉莉撒娇道：“去嘛，今天我生日。”

苏男硬生生地把张着的嘴巴闭紧，咽下了后边所有的托辞，看了看表：“呀，我不知道噢，你怎么不早说啊。晚上几点开始？”

艾莉莉站了起来，说：“晚上 6 点。你去已经是最好的礼物了，我先走了。”她走到门口，又突然回过头来补充一句：“恭喜你成为张真理的猎物，如果我是你，我会带个活物来。”

苏男抿嘴一笑，没有回话。

20 街头邂逅

艾莉莉刚走，苏男就出了公司，打算去商店挑一件生日礼物。

想着一般年轻女人想要的，无非华服、首饰以及化妆品。苏男琢磨着，艾莉莉是模特出身，对衣服品味自有一套讲究。首饰一般是男人送得多，剩下的只有化妆品了。苏男跟艾莉莉打过几次交道，艾莉莉只用同一个品牌，每次见面都能闻到那种淡雅的气味，还算比较熟悉，容易识别。

苏男去化妆品柜台转了一圈，很快选好礼物，让商家仔细包装后，拎着礼物径直出了商场大门。

外面一片繁华，苏男走在熙熙攘攘的人群里，突然想起艾莉莉那句话：“如果我是你，我会带个活物来。”她的脑海中涌入的第一个人选就是安啸。苏男腾出一只手，掏出包里的手机，输入一连贯复杂的开机密码，突然不动了。她想起了远在加拿大的那个男人。

每次打电话时，凌西都忍不住嘲笑她，一个这么干净的手机，既没有乱七八糟的照片，也没有什么隐私和秘密，竟然整了一套非常复杂的密码组合——数字加字母再加符号。

苏男每次都会笑着回答："我喜欢。"

凌西这时就会宠溺地挠挠她的头："真是个小狸子。"

苏男想到这里，不由嘴角上扬，无声地笑了起来。他们分开多久了？他会不会像自己一样，站在繁华的大街上，这般睹物思人？

手机铃声突然响起来。

苏男几乎条件反射地接下接听键，果然传来那个魂牵梦萦的声音："嗨，傻丫头，想我了吗？"

苏男一下子傻了，愣愣地说不出话来。

"怎么了？"凌西等了一会儿，也没见回话。"苏男，怎么不说话？"

凌西的声音特别好听，字正腔圆，十分温柔，像是一个发光体，有着莫名的吸引力，让苏男每分每秒都想向这个声音靠近。

"没事。"苏男稳了稳情绪："我在听你的声音。"

"果然是傻丫头。现在工作顺利吗？父母有消息了吗？有没有照顾好自己？是不是还喜欢熬夜喝咖啡？"

凌西一连串的问话让苏男有点招架不住，她连忙安抚道："一切都好，很好，放心吧。"

"怎么可能放心？"凌西叹了一口气："你什么时候会照顾自己？"

苏男顿时无语。她想想两人在一起时，确实都是凌西忙前忙后，张罗一切。

"我想你了，特别想。"凌西的声音从话筒里传来，有点低哑，却带着说不出的魅惑，让苏男的眼眶瞬间潮湿。她柔柔地答道："我也是。"

"那早点回来，好不好？"

"嗯，给我一点时间。"

最近两人每次的谈话都会绕回到这个话题。

"你一个人势单力薄，L城那么大，一时半会儿肯定很难找。叔叔阿姨的事交给安啸吧，他的路子比你广，只要给他足够多的钱，这小子肯定会卖命地干。"

"多一个人，能快一点。"

"我们又不赶时间。"

"我想……"苏男四处张望，努力寻找着合适的借口，猛然看到右手边不远处有一个豪华醒目的婚纱店，店门口挂着一张巨幅海报，一对璧人手牵着手正深情相望。她接着道："我想结婚的时候，能在父母的祝福下，穿着婚纱走过……"

"你说什么，你说的是真的？"凌西打断了她，音调陡然升高，带着掩饰不住的惊喜："你怎么不早跟我说啊？这样好了，等我忙完这段时间，休假回国跟你一起找。"

"不用不用，"苏男连忙拒绝，又怕他生疑，补了一句，"你工作那么忙……"

"没事，我会安排妥当。就这么说定了，两个月后我回国，到时再找几个私家侦探帮忙一起找。"

此时的苏男已经懵了，喃喃自语道："两个月？"

"怎么了，你觉得太长吗？"

苏男反应过来："不用这么着急。父母的事，有我和安啸两个人就够了，我安排的是半年时间，对，就半年，不管找没找到人，我都回去。你就没必要特意请假回来了，是不是？"

"噢，这样……"突然传来一个声音，只听凌西道："抱歉，有事，我先挂了。"

"好，去忙吧。"放下手机，苏男长舒了一口气。

只有半年时间，怎么办？

那个该死的陈归尘，为什么不愿意合作呢？

苏男已经忘了给安啸打电话，她恍惚中重新收拾好东西，转过身朝马路边走去。在人潮涌动中，苏男看到一个女孩，突然愣住了。确切地讲，这个女孩她并不认识，甚至从未见过，但茫茫人海中的随意一瞥，给她一种说不清道不明的异样感觉，似乎很熟悉，很亲切。如果苏男不是对自己的记忆充满信心，她肯定以为她们曾经在哪里见过。

苏男站在原地，静静地看着女孩。女孩长得很干净，很清秀。她扎着马尾辫，穿着浅黄色连衣裙，像刚出校门的大学女生。她并没有看到苏男，她所有的注意力都放在另外一件事情上。她蹲在马路边的一个大垃圾桶旁，眼睛盯着地上的一只猫发呆，一副束手无策的样子。

就在这时，女孩抬起头四处张望，眼睛扫向过往的行人。苏男回过神来，面色一整，低着头跟着前面的人流继续往前走。

女孩提起长裙，踮着一只脚后退两步，然后站起来，小跑了几步，穿过人群，来到苏男面前，脆生生的声音如黄鹏一样悦耳动听："能不能请你帮个忙？"

苏男呆住了。整条街上那么多人，这个女孩独独拦住她。这也太巧合了吧？今天到底是什么日子？一而再再而三地发生这种不可思议的事。

女孩有一张白皙的明星小脸，一双纯净的大眼睛。这么多年来，苏男见过形形色色的人，却从来没有遇见过像她这样干净的女孩，似乎不沾染世俗间的半点尘埃。在这一刻，苏男的心突然变得宁静，像清晨湖泊的水面一样宁静，周遭所有的嘈杂和喧闹都消失不见。

女孩狐疑地看着发呆的苏男，忍不住又问了一遍："能不能请你帮个忙？"

苏男回过神来，浅笑着道："请说。"

"你会包扎伤口吗？"

"啊？"苏男有点惊讶："你受伤了？"

"不是，是那只猫，流了很多血。"

苏男随女孩来到垃圾桶边，一股刺鼻的臭味迎面扑来，苏男忍住呕吐的冲动，低头看着地上奄奄一息的猫。这只猫的腿受伤了，流了很多血，它的眼睛半眯着，发出微弱的"喵喵"声，似乎很痛苦。

"它被一辆车撞了，很可怜。这只猫咪很灵活的，本来它已经躲过好几辆车了，可是……"

苏男道："帮我拿着。等我一下。"她掉头往回走。

女孩还没有反应过来，苏男已在十米开外，而自己手上多了两个购物袋。

很快，苏男快步走了回来。女孩看到她手里拿着医药用品，不由得有了几分雀跃，露出笑容。

苏男蹲下来，对女孩说："你抱稳它，我给它弄伤口。"

女孩连忙配合她的动作。苏男麻利地消毒、止血、包扎，几乎是一气呵成，动作极其熟练。

女孩惊讶极了："你是医生？"

苏男把包扎好的猫交给女孩："这几天注意一下，伤口千万别沾水。下次小心点。"

女孩有些尴尬："这不是我的猫。"

这回轮到苏男惊讶了："那你刚才……"

女孩低下头："它挺可怜的。不管怎么说，这也是一条生命。如果没人管，它可能会死掉。"

苏男半天没有吭声，对方的话在她耳边不停回响："不管怎么说，这也是一条生命……不管怎么说，这也是一条生命……"

女孩问："你没事吧？"

"没什么……"苏男站起来问："那……它怎么办？"

女孩为难了。她只想着救下它，却没想过救下它之后的事情，只能尴尬地答道："我……也不知道。"

苏男看着手上的小家伙，皱了皱眉，自己也没有这闲工夫。

"那就交给我吧。"

突如其来的声音，让苏男和女孩都吃了一惊。

苏男扭头一看，乔邃正靠在车门上，抽着烟，歪着脑袋，笑望着她，也不知来了多久。

"苏小姐，我们又见面了。"

"乔先生，你好。"

乔邃慢慢走了过来，伸出长臂要来抱小猫。苏男下意识地侧身避开。乔邃的双手在空中停顿，他抬起头，似笑非笑地问道："怎么了？"

苏男也觉得自己做得过于明显了，赶紧解释道："小猫养起来很麻烦，你平时工作那么忙，还是不打扰你了。"

乔邃没有理会，仍然伸手从她手里把猫抱了过去："我家已有一只狗，再养一只猫，正好做个伴。"他一边往回走一边说道："这里不好打车，一起走吧。"

苏男站在原地，她不想跟他有过多接触："我已经……"

"忘了告诉你，地点改了。"

"啊？改哪儿了？"

"上车告诉你。"

苏男收起内心的厌恶，扭头问女孩："我还不知道你叫什么名字呢！"

女孩道："我叫许遥。"

苏男还没来得及自我介绍，那个该死的声音又在她耳边响起："许小姐，今天晚上我们有个生日聚会，一起来吧。”乔邃微笑地望着眼前这个纯情善良的姑娘，眼睛里闪着光，含着情，似乎有千言万语。

许遥的小脸立即红了，赶紧低下头：“不了……你们去吧。”

“许小姐看起来很面熟，我们一定在哪里见过……”

“时间不早了。”这个男人的花心果然名不虚传，苏男连忙打断他：“我们走吧。”

乔邃没再说什么，只是回头看了一眼呆立在路边的女孩，若有所思。

21　追杀

苏男坐上车，总觉得哪儿不对劲。她四下打量了一下，才明白过来。乔邃竟然开着一辆上班族常用的低档小车，这好像不太符合这个公子哥的习惯。显然，乔邃没有注意到这个细节，他还在回想刚才那个脸红的女孩，总觉得很眼熟，但一时又想不起在哪里见过。

“喵……喵……”苏男怀里的小猫突然发出哀叫声。

“怎么了，还痛吗？”苏男嘀咕着，低头查看猫的伤口。

这时，车子猛然紧急刹车，由于惯性，两人的身体齐齐往前冲撞过去。可是结果完全不一样，因为一个系了安全带，另一个没有。倒霉的当然是坐在副驾驶座的苏男，她的头磕在挡风玻璃前的香水瓶上，疼得直咧嘴，苏男怒道：“你会不会开车？”

“坐好。”乔邃的声音冷得像块冰。

“你有病……”苏男的话还没说完，汽车突然发狂似的加速，苏男的身子又像过山车似的，直直往后仰，重重地摔在座位上。

“快点，系上安全带。”乔邃的声音很急，车速不但没减，反而还在加快。

苏男立即明白过来，二话不说，扯下安全带急急扣上，眼皮一抬，果不其然，后视镜里两辆黑色 SUV 紧跟在他们身后，步步紧逼。乔邃紧抿着嘴，一言不发，眉头微皱，继续加大油门，很快上了高速。苏男只感觉整个车子像要飘起来一样，道路两边的风景如电影的快镜头般一晃而过。一辆这么低档的小车速度能达到这么快，真是不可思议。唯一合理的解释是，这是一辆经过改良的伪装车，此时它的马力比豪车并不逊色。

苏男不明白到底发生了什么，但是在这个关键时刻，她非常清楚自己正在死亡的边缘游走。如果被后边两辆车追上，无疑自己得跟这个烂人一起去见上帝；如果被后边的车追得不幸发生交通事故，自己这个位置肯定会被司机出卖，成为炮灰。

乔邃听不见女人的尖叫和咒骂声，他有点疑惑地扭头瞟了一眼，只见这个女人双手紧紧抓住车内上方的把手，脚上的高跟鞋早已脱下，两腿微微分开，头稍微下沉，身体保持平稳，一副训练有素的样子。

乔邃的黑眸变得更加深沉，只是一个扭头的工夫，后面两辆车又跟了上来。

乔邃突然打开车窗，一股强劲的风吹得苏男的长发飞舞起来，感觉整个人都要飞出窗外。她还没回过神来，就看到乔邃拿了什么东西随手朝窗外一扔，马上听到后面的车子紧急刹车，随即传来“砰”的剧烈相撞的声音。苏男扭头往后望去，其中一辆车已经被撞得不成样子，一个轮胎滚出老远。

苏男暗暗松了一口气，猛然想起什么，低头一找，果然那只可怜的小猫不见了。想起那个善良干净的女孩，一脸正气地说“不管怎么说，这也是一条生命”，苏男只觉得心口一痛，像针扎似的。她赶紧松开把手，轻轻按顺时针方向抚摸胸口，缓解疼痛。

乔邃问：“怎么了？”

苏男低声掩饰道：“没事，有点晕。”

汽车这个时候向右轻轻一拐，随即从高速公路的出口冲了下去，又连续转了两个几乎 360° 的大幅度弯道，再开出几公里，慢慢拐进一个视线的死角，随即减速，靠边停下。

乔邃打开车门，正准备一脚跨过去，他回头看了看垂目不语的苏男，哑声道：“不用担心，我们已经安全了。”

苏男微微点头，弯腰慢慢摸索着把高跟鞋穿上。

乔邃下车，站在路旁一边打电话一边抽烟。

苏男看着脚边未用完的消炎药水和纱布，眼神黯淡下来。

谁说生命是平等的，只有那个又傻又单纯的女孩以为这个世界每个人都是天使。如果没有她的善心，这只可怜的小猫起码还能保住性命，如今它已被碾得粉身碎骨。有的人，有的动物，他的命运从一出生就注定了是一场悲剧。

突然，前方响起车辆飞驰的声音，苏男连忙打开车门，猫着身子向旁边的绿化带冲了过去，小心地隐藏起来。此时乔邃的注意力也放在朝自己这边飞速开来的几辆车上，丝毫没有注意到苏男的动作。

乔邃站在原地，看着三辆黑色小车快速靠近自己，一动不动。

苏男紧张地捂住嘴，不敢发出一点声音。

三辆车在离乔邃仅有一米的地方突然同时停下，随即车门打开，车里下来一群人，个个穿着黑色西装，戴着墨镜，齐齐站在乔邃面前鞠躬："乔董。"

苏男全身一软，瘫坐在草地上，长长地呼出一口气。

乔邃摆了摆手，走到一边，随即上来两个黑衣人，站在他身边，垂手低头，一边听乔邃说话，一边点头。很快，乔邃走回自己的车边，打开车门，突然愣住了，立即回头四处张望。

苏男知道他是在找自己，于是缓缓站起身，深一脚浅一脚地走了过去。

乔邃深深看了苏男一眼。眼前的女人披头散发，小脸煞白，嘴唇轻轻颤抖，眼睛里却透出一种奇特的光芒，不是恐惧，具体是什么，他也说不上来。

乔邃问："你不害怕？"

苏男反问："害怕有用吗？"

乔邃突然笑了："算你倒霉。"不等苏男回答，他已转身朝另一辆车走去。

苏男犹豫着，站立不动。

乔邃回过头，皱了皱眉，随即解释道："换一辆车。"

苏男哑着嗓子说了一句话："我想回家。"

乔邃不说话，径直坐进车后座，并不关门，只是冷冷地看着苏男。苏男明白过来，立即走上前去，看着副驾驶位已坐了人，她弯着腰，挨着乔邃坐了进去。她不会傻到在这种关键时刻闹脾气，那简直是在跟自己的小命过不去。弯腰的瞬间，乔邃看到女人低头的那一抹温柔，飘逸的长发垂落到一边，玉颈生香，很迷人。

前面的车子缓缓前进，乔邃和苏男坐的这辆车紧跟其后，后面两辆车随即跟上。车子开得很平稳，一点颠簸都没有。车内一片安静。

乔邃伸出两只手，翻来覆去地看。苏男看着他的奇怪举动，心里暗想，这个男人的手看起来不比女人差，白皙，修长，指甲圆润干净。

乔邃突然问道："你觉得我的手长得好看吗？"

苏男已经恢复镇定，答道："嗯，不错。"

“不错在哪里？”

“像钢琴家的手，修长有力。”

“这是夸奖吗？”

“实事求是。”

“这只手，”乔邃举起自己的右手，看着眼前的女人，意有所指地慢慢说道：“刚才杀了你的猫，一点犹豫都没有。”

苏男全身一冷，眼睛里闪过的丝丝寒意在她垂头低眸的瞬间即刻消失。乔邃凝视她良久，目光一变，再次问道：“我的手长得好看吗？”

苏男慢慢抬起头，看着对方如深潭般的黑眸，平静地答道：“好看。”

“为什么？”

“出手一搏，值得。”

乔邃嘴角一撇，露出几颗洁白的牙齿，很像灰太郎的大门牙，迎着太阳光，异常闪耀。

22 再次相见

苏男没有去生日晚宴。到了市区不久，乔邃就让她在路边下车，留下一个年纪最大的下属和一辆车，然后扬长而去。

苏男没敢让这个人送她回家，而是谎报了另一个小区名，在门口煞有介事地下车，慢悠悠地走进小区，在里面闲逛了一圈才出来，确定没有危险后，立即招了一辆出租车，又转了好几个圈，确定无人跟踪后才回家。

苏男洗完澡，整个人清爽起来。就在这时，门铃突然响了。她吓了一跳，轻声走到门边，问道：“谁？”

门外无人应答。

苏男又等了片刻，还是悄无声息。她对着猫眼朝外看了看，没有人影。她打开房门，却傻眼了。门边放着一整篮红艳艳的玫瑰，上面插着一张卡片。苏男想到那个阴魂不散的张真理，不禁皱了皱眉，这花竟然送到家里来了，以前还真小瞧了他。

苏男提着花篮，关上房门，了无兴趣，随手朝屋内一扔，一张卡片轻飘飘地落到她脚下。苏男弯腰捡起来，正准备扔进垃圾桶，随意瞟了一眼，卡片上留言只写了三个字：压压惊。落款也是三个字：陈归尘。

苏男大吃一惊，立即开门跑出去。她在楼道里四处张望，仍然空无一人。她狐疑地返回屋内，坐在沙发上，把所有的花都倒出来，每一朵都仔细检查了一遍，确认没有任何可疑之处，这才放下心来。

手机铃声在这个时候响起。苏男直直地站起身，迟疑了片刻。对方似乎很有耐心，铃声一直响着。苏男看时机差不多了，这才拿起电话。果然是一个陌生的号码。电话刚接通，就听到手机那头传来一个轻快的男中音，很有磁性，非常动听："苏小姐，今天没吓着吧？"

苏男的心一下子跳到嗓子眼，语气却很镇定："请问是哪一位？"

对方轻笑起来："苏小姐，这么快就不记得我了？"

"你是谁？"

"陈归尘。"

苏男倒吸一口气，她的惊讶通过电话线传递到另一头，男人笑得很得意："原来苏小姐只有这点胆识？"

"今天的事，是你干的？"

"见面礼，怎么样？"

"什么意思？"

"你不是要合作吗？我总得露两手，让苏小姐放心啊。"

苏男沉默了。

"那苏小姐是不是也得让归尘放心？"

"我不明白你在说什么。"

电话那头陈归尘的笑声很爽朗："明天下午两点半，东路口左手进去，第一个胡同口有个茶楼，二层，12 号。"

未等苏男回答，听筒里传来一阵"嘟嘟嘟"的声音，对方已经挂了电话。

苏男看着手机发了一会儿呆。她起身去厨房调制了一杯热腾腾的咖啡，接连放了两包奶，两包糖，搅拌均匀，小抿一口，味道刚好。此时的她，借着一连串的动作，心情已经慢慢平复下来，清明的眸子再也看不到一丝慌乱。她让自己深深陷进沙发里，赤着脚，眼睛看着窗外蓝得透亮的天空，开始考虑下一步该怎么走。

苏男还真想见识一下这个神秘男子。

跟乔邃相反，陈归尘很低调，新闻报道和网络上都鲜见他的消息，偶尔几个访谈，也平淡得很。从资料上看，这个男人的发迹史很短，似乎就在一夜之间，L 城就钻出这么一号人物，如果不是行内人士，很少有人知道陈归尘这个名字，更不知道他旗下有个非常知名的连锁卖场及一个大型房地产公司。

第二天，苏男如期赴约。

茶楼很隐秘，如果不是熟人介绍，一般人很难找到。

苏男下了车，抬脚进门，一股清新的茶香迎面而来，伴随茶香传来的是一阵古典音乐，带有一种缠绵悱恻、欲说还休的味道。苏男不觉停住了脚步，这种声音很独特，有淡淡的哀伤，如女子的低语。苏男在加拿大生活多年，一直以为乐器当中以钢琴独奏最为美妙和纯净。没曾想，这种陌生的乐器独奏起来也这么好听，把东方女子的婉约柔情淋漓尽致地表现出来，倒真应验了那句“低眉信手续续弹，说尽心中无限事”。

这时，一个穿着中式旗袍的清秀的姑娘走了出来。姑娘微笑着招呼道：“欢迎，请问几位客人，是否已订位？”

苏男道：“两位，12 号。”

姑娘点点头道：“二楼包厢，请随我来。”

苏男跟在姑娘身后，顺着原生态的实木楼梯拾级而上，忍不住问道：“这音乐真好听，是什么曲子？”

姑娘嫣然一笑：“《琵琶语》，很多客人都喜欢。”

上了二楼，映入眼帘的是一些中国古典器具。墙壁上挂着几幅古代非常出名的临摹书画，壁橱里放着形状各异、色彩斑斓的精美瓷器。苏男顿时喜欢上了这座古色古香的茶楼。在姑娘的引导下，苏男一路向左前行，直到走廊的尽头才停下。苏男抬头一看，包厢名叫“浪淘沙”。她推开房门，里面除了摆设古朴典雅的餐具，竟然空无一人，这倒出乎她的意料。她低下头来看了看表，已经两点半。幸好有美妙的琴音相伴，苏男也不在意有没有人。她招手让那个姑娘泡上一壶好茶，慢慢品尝，耐心等待。

没曾想，这一等就是半小时。

苏男终究忍不住打了个电话过去。让她感到意外的是，昨天刚刚通过电话的那个号码竟然关机了。一向警觉的她心里“咯噔”一下，人已猛地站了起来。她推开门，走出包厢，四处看了看，没见什么异常，暗暗吐了一口气，低眉微蹙了一会儿，又转过身重回房内，从包里掏出几张钞票，便立即下楼。

到了楼梯口，苏男遇上了一个意想不到的人——许遥。

许遥正要上楼，抬头看到苏男，四目相对的瞬间，她已经认出这个美丽的女人："没想到我们又见面了，那只猫今天好一点了吗？"

苏男一下子语塞了："噢……那个……我送去救助站了。"

"也好。"许遥挺高兴的："总比流浪街头强一些。"

苏男略带尴尬地点点头："是啊。对了，你约了人喝茶？"

"不是我，是我男朋友。他临时有事来不了，让我帮他送一样东西。"

"那你赶紧去吧。"

"好啊，"许遥走了几步，又回过头道："我还不知道你叫什么名字呢！"

"苏男。"

"记住了。"女孩露出甜甜的笑容，转身上楼。

苏男站在原地，看着她轻快的步伐，呆立不动，思绪如潮涌，总觉得今天这事透着一股邪劲。没过多久，就听到"蹬蹬"的脚步声，正是许遥下楼来，左右张望。苏男看着对方一张天真无邪的小脸，整个身子如坠冰窖，寒得直打颤。

"你怎么还在这儿啊？"许遥惊讶地问道。

苏男勉强一笑："我在等你。"

"等我？"

苏男岔开话题问："你约的人呢？"

"没见着，是不是走了，"许遥看了看表："我没迟到啊。"

"你男朋友叫你来送什么？"

"一封信。"许遥毫无戒心地拿起手上的一封信晃了晃。

苏男仔细看着她的眼睛，一字一字慢慢说道："我约的人也没到，一个男的。"

许遥疑惑了，她看了看信封，又看了看眼前的女人。

"12号包厢。"

"噢，原来是你。"许遥笑了起来，眼睛闪着光亮："太巧了，原来你们俩认识。"

苏男意味深长地点点头，的确是，从昨天巧到今天。

"你们是同事？"

"不，合作伙伴。"

“生意上的？”

“算是吧。”

许遥点点头，然后又摇摇头，吐了一下舌头：“他的事，我也不太懂。”

苏男突然笑了，仿佛听见了一个最好笑的笑话。“你很可爱。”

许遥只觉得眼前的美女皓齿星眸，一颦一笑都令人赏心悦目，不禁脱口而出：“你长得真漂亮。”

苏男恍若未闻，伸出一只纤纤玉手：“这个是给我的吗？”

许遥反应过来，眨了眨眼，赶紧递了过去。苏男没有犹豫，伸手接过。东西轻飘飘的，感觉不到任何重量。她把信封撕开，朝里看了看，只有一张薄薄的纸，抽出来，质地很好，散发着沁人的香味，上面用电脑的黑体打了一行字：如玉山庄。

苏男抬头看了看眼前这个女孩，笑着问道：“如玉山庄在哪儿？”

“如玉山庄？”许遥疑惑地想了想：“没听说过啊。”

苏男笑而不语，掏出手机说：“我们留个电话吧。我刚回国，对 L 城也不太熟，有空一起出来逛逛，好不好？”

“没问题。”许遥高兴地报出号码。

两人互相道别。

23　如玉山庄

宽大的办公桌后面，乔邃一声不吭地坐着。他的脸色并不难看，眼睛也不灼人，只是低头看着手里的资料，若有所思，偶尔抬起左手，掸几下手里已经燃尽的烟灰。只有戴在小手指上那只黑色的尾戒，随着他的动作在空气中折射出几缕幽蓝的暗光。

老板不发话，几位下属也摸不清楚状况。大伙儿眼观鼻，鼻观心，直挺挺地站立在办公桌前，大气都不敢出。整个房间显得一片寂静。

良久，乔邃说了一句：“陈归尘，有意思。”

大伙儿听出他语气中的懒散和不屑，知道老板并不需要自己的答案，于是仍旧低着头不言不语。

乔邃吸了一口烟，伸手轻轻掸了一下烟灰：“华叔，你怎么看？”

此时，站在乔邃右手边上的华叔上前两步，谨慎地答道："陈归尘是一个做事计划周密的人，这次追尾的事发生得很突然，如果是针对您而来的，显然不会这么轻易罢手。现在他什么动作也没有，很像只是心血来潮，这确实令人费解。除非……"华叔侧眼看了一眼自己的老板，语气稍作停顿。

乔邃突然笑了，带着玩味："除非什么？"

"除非他另有目的。"

"另有目的？"乔邃低语琢磨着这个词，突然眼中精光一闪，朝华叔望去。

华叔立即领悟，朝站着的几个人挥了挥手："你们先下去吧。"

乔邃看着鱼贯而出的下属，站起身走到不远处的紫檀木沙发边坐下。他年龄不大，但偏好一些中国传统的东西，比如这套紫檀木家具，中规中矩，年轻人都嫌呆板无趣，他偏偏喜欢它的沉稳和流畅，一如传统的中国文化所推崇的气质。只可惜他的性格却是外露而霸气，决断专行，跟中国自古以来推崇的"中庸之道"完全不搭。

乔邃示意华叔坐在他的对面，转身从茶几上拿过一包香烟，自己抽了一根，又递了一根给华叔："你对苏男这个女人，有什么感觉？"

华叔双手接过香烟，连忙拿起打火机给老板点上，然后简短地答了三个字："有问题。"

"哪方面？"

"特别冷静，做事诡秘。"

"怎么说？"

"上次发生追尾，我们去接您的时候，亲眼看到她从后座拉开车门，行动敏捷地逃到绿化带躲起来。如果是一般女人，早已吓得六神无主，哪有这份镇定和警醒？"

乔邃点点头。

"您让我送她回家，结果她在另一个小区下车。等我走了，她才打了一辆出租车回家。做事这么小心和诡秘，肯定有问题。"

乔邃问："她住哪儿？"

华叔脸色略带尴尬："跟丢了。"

乔邃听到这里，咧嘴笑了笑："没事，她既然绕了这么大一个圈子来接近我，不会这么轻易主动消失的。我们不急，再耐着性子等一段时间，准备看好戏吧。”

华叔有点不放心，想了想：“陈归尘是不是也盯上她了？”

乔邃愣了一下，随即摆摆手：“我们都没看清楚这个女人，谅他陈归尘也不敢贸然采取什么行动，顶多跟我们一样，存有怀疑和试探之心。”

华叔不由点了点头：“那……我派个人盯着这个女人？”

“不用。”乔邃突然站了起来：“不要打草惊蛇，我自有分寸。”

华叔也赶紧站起来，低头答道：“好。”

“陈一顺最近怎么样了？”

“医生说，老样子，没什么变化。”

乔邃顿了一下：“有四年了吧？”

“嗯，有了。”

两人对视一眼，不约而同地沉默下来，陷入到往事的回忆中。

当年，那场腥风血雨的内部大清洗让乔氏集团上上下下都难以忘怀，老板的儿子和开国功臣为了乔氏集团的控制权斗得天昏地暗。

乔邃以一人之力铲除了3名元老，顺利接掌乔氏集团，成为真正的掌舵人，一战成名。当时乔邃最大的竞争对手陈一顺就是在那场清洗当中被扫地出门。他出了车祸，成了植物人，在病床一躺就是四年。

众人都以为乔邃大获全胜，但只有乔氏集团职务最高的几个老总才知道底细。乔邃当时胜得很险，而且还留了祸根。陈一顺到底在商场混了多年，也有些能耐，过的桥比乔邃走的路还多，早就留了一手。他在出事之前就将所有财产转移到了国外，几乎让乔氏成为一个空壳。一个公司没了现金流，就等同于一个人没了血液，乔氏破产只在顷刻之间。正当所有商场中人等着看好戏的时候，刚掌权的乔邃不知从哪里弄回一大笔钱，竟然轻松过了生死关。从那以后，乔氏越走越稳，自然也越来越大了。

然而那个祸根终究还是留下了。

两年后，陈一顺的儿子陈归尘突然在L市冒了出来。由于他为人低调，做事谨慎，能力又强，再加上陈一顺留下的一大笔钱，他很快结交了一批朋友，站稳了脚跟。等到乔邃发现时，为时已晚，对方已成气候，想铲除已经没那么容易了。从此，这两个年龄相当的年轻人开始了势均力敌的较量。

乔邃坐回自己宽大的办公桌后面，若有所思，整张脸阴晴不定。他想起当年陈一顺在他面前的挑衅和极端蔑视：“你老子在世时还得忌惮我三分，你算什么东西，毛都没长全就想跟我斗？看我怎么玩死你！”

乔邃把烟头狠狠碾碎在水晶烟灰缸里，重重的恨意在眸底涌现：“你最好早点醒来，看我怎么玩死你的宝贝儿子！”

华叔道：“您放心，医院我们一直有人盯着。”

乔邃点点头，面色缓和了一点。华叔站在他对面，欲言又止。乔邃很快察觉，和颜悦色地问道：“华叔，还有事？”

华叔低头答道：“是有一件事，关于如玉山庄……”

乔邃一听，刚放松的面容又变了。他双手交叉，皱紧了眉头。

华叔眼神闪烁，似乎想说什么，终究没有说出口。

乔邃问：“现在怎么样了？”

“下个月竞价，我们已经收到邀请函了。”

乔邃没有再说话，只是呆呆地看着桌面，慢慢地旋转了老板椅，背对着下属，一个人陷入黑暗当中。过了好一会儿，他才道：“这件事，我一直觉得内疚。”

“少爷，”华叔动容，“这次我们一定会拿回来。”

乔邃用力挥挥手：“我想一个人待一会儿。”

华叔叹了一口气，悄无声息地离开。

24　奇怪的盟友

苏男一直在网络上查找关于“如玉山庄”的信息，出乎意料的是，她竟然什么线索都没有找到。这让她想起许遥说过的话，可能这个女孩真的没有撒谎。但她转念一想，又觉得没有道理。陈归尘损失两辆好车，只为了让她看到他的实力和决心，绝对不会是心血来潮，更不可能是在自己面前卖弄和炫耀。一个让乔邃和陈归尘都看中的山庄，竟然什么资料都没有，这不合常理。经验告诉她，往往不合常理的事，背后通常有惊人的秘密。这个认知让苏男心头涌起了莫名的兴奋。或许骨子里，她也是一个偏好冒险的人吧！

如何才能了解如玉山庄？

苏男的手指轻轻敲击着桌面，脑海里已经转了几个圈。最直接有效的办法当然是问陈归尘，但这条路立马被她否定了。如今她和陈归尘之间的关系非常微妙，彼此对对方都存着怀疑，都在相互试探，并没有建立真正的合作关系，更谈不上信任。如果直接问，难免让陈归尘看轻，也就失去了谈判的对等条件。她也不能找艾莉莉。这个女人并不愚蠢，最起码她比那个许遥看起来要精明得多，而且她背后还有那个深沉可怕的男人乔邃，自己稍微露出一点蛛丝马迹，又会打草惊蛇。况且，对战时最忌讳的是两眼一抹黑就深入敌后，到时死都不知道怎么死的。

由艾莉莉联想到许遥，苏男觉得有些奇怪。

势均力敌的两个男人，同样腹黑深沉，同样狡猾奸诈，找女朋友的口味却大相径庭。艾莉莉和许遥，一个精明世故，一个简单干净；一个明艳动人，一个清纯脱俗。

为今之计，只有一个人能解决这个难题，那就是私家侦探。

安啸这个男人，苏男用起来并不十分顺手。如果安啸只是一个单纯的私家侦探，倒也好办，一手交钱，一手交货，干脆明了。偏偏这个男人身上牵扯了两样东西，其一，他是凌西的朋友；其二，他是乔邃的敌人。这关系就变得令人捉摸不定了。和一个既知道你的过去又知道你的将来的人合作，总有点如履薄冰的感觉，他就像一把双刃剑，随时可以刺向敌人，但也有可能伤到自己。

要不要另找一个私家侦探？

说到底，苏男欣赏安啸的办事能力和同仇敌忾的态度，又忌惮他知道太多秘密。小人和君子都有作用，就看使用者的掌控能力。苏男自认为控制安啸的能力还差点火候，从安全的角度来讲，这人不能再用，可如今这件事紧急，一时半会儿找新的合作者也来不及，唯有再用一次。

苏男想到这里，立即拿起手机，给安啸打了一个电话。

两天后，果然没令苏男失望，效率超高的安啸已完成了任务。苏男看着手里的照片，早已忘了沙发对面的那个男人。安啸又好气又好笑："几张破照片，比得上你眼前的大帅哥？"

苏男的视线仍未离开照片，眼睛里带着掩藏不住的欣赏："这样的房子才叫私家豪宅啊，真漂亮！"

照片上是一幢纯中式独立别墅，奇珍名树，小桥流水，亭台楼阁，荷池碧叶，整个房子如同一处风景名胜。

安啸道："又不是你的，看了也是白看。"

苏男终于放下照片，认真地看着眼前一脸嘲讽的男人："说说它的故事吧。"

安啸把手一摊："拿钱来。"

苏男倒欣赏他的这种态度，这才是做生意的正常行为。她二话不说，立即站起身来，去了卧室，不一会儿再出来时，手里拿着一个鼓鼓的白色信封。

安啸伸手接过，抽出一沓百元大钞，一只手熟练地抚过，笑道："还算大方。"

苏男斜睨他一眼，试探地说道："合作愉快的基础在于信守承诺。"

"当然，我是一个重承诺的人。"

"包括任何人、任何事？"

"放心，我只对你负责。"

苏男悬着的心放下了一半，但仍存疑惑："我真的可以信任你？"

安啸听到这话，脸上的笑容慢慢退却。他缓步走到她身边，一脸难得的郑重："我发誓，任何人都不会从我的嘴里得到你的任何消息，除非你愿意。"

这样的承诺出人意料，苏男不禁问道："你对每个顾客都这样？"

"你，例外。"

"为什么？"

"不可说。"

"因为凌西？"

"我有自己的理由，"安啸眨了眨眼，人已走到窗边，脸朝外面望去，"你无须知道。"

苏男碰了一个软钉子，脸上现出一丝尴尬。

"我知道你担心什么，"安啸转过头一笑，"你可以把心放在肚子里。"

"我的担心？"苏男自嘲道。

"你的事情，我不会对别人乱说一个字。"

苏男笑而不语。

"你不相信？"

苏男仍然只是微笑。

安啸耸耸肩膀，道："我和凌西之间并没有好到分享彼此的秘密的程度，否则你该怀疑你男友的性取向了。"

"你的玩笑并不好笑。"

"我帮你并不仅仅是因为凌西。"

"还有其他原因？"

"以后你就知道了。"

又是这句敷衍的话。苏男深深凝视着这个背对着自己的男人，她越发坚定地想，只合作这一回，以后少来往。这么一想，她顿时宽心不少，言语也平静下来："你钱也拿了，是不是该说说如玉山庄了？"

安啸没有说话，眼睛仍然望着窗外灰蒙蒙的天空。

"怎么了？"

"如果我劝你回去，你会听……"

"不会。"苏男打断他，脸色已沉了下来："我们还是谈正经事吧。"

安啸回过头，仔细端详着苏男，说："无论乔邃还是陈归尘，都是棘手的角色。你一个手无缚鸡之力的弱女子，凭什么跟他们斗？这条路有多艰险，你想清楚了？"

苏男嘴角微微一撇，露出一丝不易察觉的嘲笑："我足足想了八年，你觉得清楚吗？"

安啸没有再说话。他掏出一根烟点燃，猛地抽了几口。苏男逆着光线看着站在窗口下的他，若有所思。屋内陷入了沉寂。直到一根烟抽完，安啸才重新坐回沙发上，朝苏男点头微笑，语气已恢复平静："说吧，想听什么？"

"你跟乔邃是什么关系？"

"如玉山庄是乔氏的一个产业，据说是乔邃母亲生前最爱的宅子。当年乔子东刚过逝，乔氏的几个老臣集体造反，抽走了大部分资金，乔邃被逼得廉价卖掉了这座老宅。"

"那跟陈归尘又有什么关系？"

"陈归尘这几年在房地产行业做得有声有色，估计是看中了如玉山庄的地皮。"

苏男有点明白了："现在如玉山庄在谁手里？"

"刘天雄，一个生意人，为人奸诈狡猾。可能他当年买宅子时压价太厉害，得罪了乔邃，后来被狠狠整了一回，这几年生意越做越差。前一段时间听说他全家移民，估计国内的这些产业都得变现，包括这座老宅子。"

"他想卖给陈归尘？"

安啸笑道："别忘了，刘天雄是一个十足的商人，血液里都有铜臭味。

对他们来讲，没有永远的敌人，只有永远的利益。”

苏男低头蹙眉想了想，说：“利益最大化的方法，就是价高者得。”

“聪明，”安啸打了一个响指，“刘天雄现在走的就是这步棋。”

“交易在什么时候？”

“下个月。”

苏男倒吸一口气。

25 迟来的道歉

艾莉莉接到苏男的电话时，正一个人闷在家里看碟。

两个女人闲聊了半天，倒也融洽，这样的关系是艾莉莉乐意见到的。直到苏男提到“生日礼物”四个字，艾莉莉的好心情一下子跌落下来。她勉强笑答了几句，对后面的话题也没了兴致。挂了电话，艾莉莉把手机朝沙发上狠狠一摔，气鼓鼓地跌坐下来，心里憋着一团火。

艾莉莉这几天的糟糕心情，就是在那个生日聚会弄的。

想想自己精心装扮翘首企盼的样子，想想屋子里陪着傻等的一大帮朋友，真是丢人丢到家了。那个男人，只需一个电话，一句轻言细语，就让所有的美好都成了泡影。

“我有事，来不了了。”

冷漠的话至今还响在耳边，没有愧疚，没有自责，更谈不上道歉，这种极端的漠视让艾莉莉的心里堵得慌。但有了上次的教训，她也不敢乱生气，唯恐自己不小心又惹到这个让人捉摸不定的男人。她在事后主动打了几个电话过去，竟然都被秘书挡住了。艾莉莉算是看清楚了，自己在乔邃心里同一只宠物狗没什么区别，想起了，抱在怀里溺爱几天；想不起了，她只能自求多福。

正当她自怜自艾的时候，门铃响了。艾莉莉愣了一下，这个时候谁会来呢？她赶紧起身朝镜子里瞧了瞧自己的妆容，还是那么明艳动人，这才走到玄关处打开房门，是个陌生的小伙子。

对方问：“请问你是艾莉莉吗？”

艾莉莉问：“你是谁啊？”

“我是快递公司的，有人送花，请签收。”

艾莉莉看着堆得老高的玫瑰花，傻眼了：“多少朵啊？”

“9999 朵。”

“噢……”艾莉莉伸手捂住自己的嘴巴，不敢相信，“我怎么拿得动？”

“我帮你拿进去吧。”

艾莉莉跟着小伙子进屋，迫不及待地签了名，拿起贺卡一看，果然是乔邃的字体，顿时心花怒放。她转身开始在沙发上找手机，然后立即给乔邃打电话过去。

艾莉莉娇弱妩媚地说：“喂……你在干吗？”

乔邃正在跟朋友打桌球。斯诺克是他喜欢的一项运动，灼亮的灯光下一张俊俏的容颜，眼睛只顾盯着台面上被撞击的各色彩球。他简单回了一句：“什么事？”

“花，我已经收到了。非常漂亮，我很喜欢。”

“噢。”

球又打进了，周围一片喝彩。乔邃瞧了瞧台上的家伙，对方一副得意的表情，正在向自己眨眼挑衅。不过他也不得不佩服，这小子真有两下子，刚才这个漂亮的香蕉球，出手精准，旋转幅度大，拐了一个弯竟然还能击中进袋，的确够惊艳，赢得掌声和赞扬也是理所应当。只可惜这个本领自己一直没学会，这也是他耿耿于怀的地方。

艾莉莉瞧着镜中自己婀娜多姿的身影，轻轻扭了一下俏臀蛇腰，语带暧昧地继续说道：“你这个冤家，要不几天都不理人，要不就给人家一个大惊喜，把我的心弄得忽上忽下。你说，怎么办？”

“什么怎么办？”乔邃敷衍着，仍然盯着桌球台面。

“今晚你陪我吃饭。”

“今天？”乔邃稍微收回视线，“不行，我已经有安排了。”

“那就补给我一件礼物。”

“你想要什么？”

“我看中了一个钻石胸针。”

“又是钻石。你买这么多石头干吗？”

“我就要……我就要……”艾莉莉想清楚了，既然抓不住他，那就多弄点钱。她早跟那家珠宝商行达成了交易，每次过一遍手，钱又回到了她的荷包。她娇嗔道："亏你还是我的男朋友，这么小气，还不如苏男大方。"

"苏男？"乔邃立即警醒，朝正在打球的朋友摆了摆手，不顾他们讶异的目光，走进休息室，在角落里的一个转角沙发上坐下。

艾莉莉以为他已经忘了，于是说道："就是M集团的那个女设计师，你见过的。"

"噢，是她，"乔邃顺口答道，"她给你买什么好东西了？"

"人家上次没来，今天特意打电话约我吃饭，补送礼物，多有诚意。可瞧瞧你……"艾莉莉说着说着，压抑的委屈也逐渐释放出来，"一连好几天，别说人了，连一句话都没有……"

"喜欢就去买吧，"乔邃瞬间有了主意，"不过今天真有事，要不后天晚上吧，我去接你吃饭，好不好？"

"真的吗？"电话里传来艾莉莉抑制不住的笑声，随即声音又低沉下来，"不行啊，我后天要到公司开个会。"

这个答案让乔邃更加满意："那就把那个苏小姐也一并邀上吧，为了表示诚意，我当着你朋友的面给你赔礼道歉。"

"好啊好啊，"艾莉莉高兴得手舞足蹈，"三缺一，叫上张真理吧。"

"干吗叫他？"

"你不知道，张真理现在追苏男追得很紧，天天送花，"艾莉莉脑袋里想的都是如何讨好乔邃，不知不觉就把苏男出卖了，"他是你兄弟，我怎么也得给你面子，是不是？"

"明白了，到时让那小子好好感谢你。"

两人又说了一会儿，艾莉莉才恋恋不舍地挂了电话。

乔邃未作停留，去柜台结了账，一个人开车默默离开。

26　摸底

因为晚上的邀约，苏男一直在琢磨如何才能帮助陈归尘拿下如玉山庄，此时她心里并没有底。但不入虎穴，焉得虎子？她决定从接触当中寻找机会。

今天的艾莉莉明显精心打扮过，整张脸又嫩又白，眼睛清澈又明亮，披肩的长卷发更显妩媚的女人气质，配一袭收腰紫色长裙，淑女味十足。

和苏男的团队开会时，艾莉莉一直轻声细语，笑意盈盈，带着一种发自内心的喜悦。

有了上次的教训，苏男这次更加低调。她简单地穿了一套随意的家居服。早上起床后，她只抹了点护肤品，连妆都没化，素面朝天，甚至眼角还带有一点黑眼圈，那是昨晚思虑过久的后果。

艾莉莉对这样的苏男甚是感激，只觉得对方很会做人，心里对她更多了一些亲近感。

此时两人正在办公室里喝咖啡，等着乔邃前来迎接。想起今天那个张真理也会来，艾莉莉不免有些愧疚。她低眸瞧了苏男一眼，笑得有些刻意："刚才乔邃说路上碰到一个朋友，可能会顺道一起过来。"

"谁啊？"

"那个……讨厌鬼，张真理。"

苏男下意识地皱了皱眉头。艾莉莉一看，赶紧说道："要不我现在给乔邃打电话，让他找个理由拒了吧。"

苏男没有说话，低头思忖。三个人的饭局总还是有点尴尬，多个张真理，或许气氛能好一点，也有利于套话。再抬头时，苏男轻松一笑，摇了摇头，说："一顿饭而已，再说他送了那么多花，我也趁此机会说声感谢。"

艾莉莉见她如此言语，忙点头附和："好，也是。"

苏男的心思却在另一件事情上，见时机不错，便慢慢试探道："乔董对你还真是好。"

"嗯，还不错吧。"

"以后嫁入豪门，就等着过好日子了。"

这话说到了艾莉莉的痛处，她的回答有点敷衍："将来的事，谁知道啊。"

"在我面前还谦虚？"

"男人的感情就像风一样，来来去去不由人，"艾莉莉对苏男有了好感，倒说了几句真心话，"我和他的事，将来还真不好说。"

"对自己这么没信心？"苏男看着艾莉莉有点落寞的脸，劝慰道，"瞧瞧你吃的穿的用的，哪一样不是他上心的地方？要我说，男人的嘴甜不甜不重要，重要的是他做不做。我瞧你今天这裙上的胸针就很漂亮，又是他送的吧？"

艾莉莉有些害羞地点点头。

“那你还担什么心？”苏男笑道，“不要胡思乱想了，自己吓唬自己。”

艾莉莉笑而未语，心里倒好受了一些。

“不过，”苏男话锋一转，“事业型的男人通常把工作看得比感情重，如果女人能在这方面帮得上忙，男人也会更喜欢一些。”

“他从不主动说，不过打电话时倒也不避讳我。”

这个回答让苏男喜出望外：“以后有这机会也可以说点自己的意见。你这么聪明，给的主意也不会差，多个人出谋划策，他应该也是高兴的。”

艾莉莉也觉得有些道理，不禁点点头。

苏男见火候差不多了，便适可而止，立即转移了话题：“这咖啡，感觉味道怎么样？”

艾莉莉道：“不错，口感很好。”

这时电话响了，艾莉莉掏出一看，立刻喜上眉梢。苏男便起身回到自己办公室开始收拾东西。

张真理停好车，和乔邃一起走进写字楼。今天这两个男人，打扮也迥然不同。

乔邃直接从公司来，和下属们开了一整天的会，也熏了一整天的烟，眉眼之间有掩藏不住的疲惫，一身黑色西装因为坐的时间过长还略有褶皱。没想到这个会开得如此艰难，碰到一个棘手的问题。此时的乔邃更想回去趴在大床上好好睡一觉，就连华叔也提议取消今晚的饭局，但乔邃还是来了，对苏男这个女人，他想近距离观察几次。

相比乔邃，张真理可谓煞费苦心。他穿着一套剪裁合身的白色西装，配一件果绿色衬衣，走在一身黑的乔邃身边，很抢眼。此时的他，看着电梯里明亮的金属内墙，忍不住又上下照了照，又瞧了瞧憔悴的乔邃，越发觉得信心百倍。

四人一见面，眼底都有些许惊讶。今天大家的穿着透着一种诡异，男女完全配不上，但谁也没说破，只是简单寒暄几句。四人正准备结伴而出，突然有人敲门，苏男抬头一看，赶紧迎上前去。是她的老板木志明。

苏男问：“您有事吗？”

“你这是……”木志明见苏男拎着包，刚说了开头，随即眼角瞟到了刚起身的乔邃，于是迎上前去与乔邃拍掌示意，两人哈哈一笑。

木志明道：“贤侄，终于有空来我这儿了？”

“木叔叔，好久不见，早就想来问候，又怕打扰了您。”

“看样子，你这次还是不想来打扰我吧？”木志明看了一眼四个男女，开玩笑道，“佳人有约，就顾不上我这个老头子喽。”

乔邃道：“木叔叔，您这话让晚辈羞愧。”

这时候，站在一旁的张真理和艾莉莉也上前问好。众人寒暄片刻，苏男见时机差不多，又往前站了一步，笑着问道：“木董，请问您有什么事吗？”

乔邃不禁侧目瞧了瞧苏男，目光中带着欣赏。她倒清楚自己的身份，知道首先解决老板的问题。

“没什么，”木志明笑着回头，递给她一个文件，“你的创意案我已经看了，很不错，已经批过了。”

“噢，多谢。”苏男的脸上带着欣喜。

乔邃觉得有趣。这完全是秘书干的活，堂堂一个大老板，巴巴地给一个下属送文件，他总觉得这里面有一些刻意。想起上次艾莉莉提到的那个绯闻，乔邃心里又多了一层考量，于是脱口道：“木叔，我们一起去吃个便饭吧。”

木志明岂是没眼力的人，他连连摇头：“这是你们年轻人的聚会，我就不凑热闹了。”随即往外走去，到了门边又停住：“贤侄，有空多来走动走动。”

艾莉莉连忙改口道：“多谢木叔，下次我和乔邃专程请您吃饭。”

木志明道：“好，就这么说定了。”

苏男细心观察乔邃，见他面色稍沉，似有不满。恰好乔邃扭头，两人突然四目相对，乔邃立即微眯双眼，眼角眉梢露出一丝笑意，显得兴味十足，一双探索的眼睛上下打量面前的女人。

苏男眼神被他抓个正着，心里有些懊恼，但也只是平静地看了他一眼，自然地转过视线，回过身把文件夹放回办公桌上。

27　鸿门宴

四人相继进了电梯。大厦有近 40 层，此时正逢下班高峰，人非常多，电梯几乎每层都停，不一会儿便人满为患。张真理已经被挤到最后一排，身边站着千娇百媚的艾莉莉，见她时不时被挤进来的人群冲撞，有些站不稳，低头一看，这女孩脚上穿着近十厘米的高跟鞋。见她如此辛苦，张真理怜香惜玉之心顿起，自然而然地站在她身前小心护着。艾莉莉也注意到他的细微动作，抬起头感激地笑了一下。

旁人见他们衣着华丽，装扮时髦，很像一对情侣，也就无人再插进两人之间。

乔邃也被挤到了角落里。由于他长得高大，即使人多，他的视线也并未受阻。他四处张望了一下，只见到挤在一起略显暧昧的张真理和艾莉莉，却未见苏男。他不禁皱了皱眉，又用视线在人群之中细细搜寻，突然发现右侧前方有一个娇小的身影，被身边一个高大的男子挡住。乔邃挪了两步，终于错开人群，清楚地看到眼前的女孩果然是苏男。

苏男低眸垂目，眼睛望着脚下，小嘴轻抿，神情漠然。挡住她视线的那个男子正用一双炽热的眼睛望着她。男人见到漂亮的女人，眼睛看得发直，这并不稀奇，但像这种直勾勾赤裸裸的长时间盯着，倒不多见。令乔邃感到奇怪的是苏男的反应。通常女孩在面对男人这种直白痴迷的目光时会有很多不自然的表现，有的恼怒对抗，有的害羞脸红，有的沾沾自喜，还有的躲闪避之。而像苏男这种如老僧入定，心如止水的人，乔邃倒是第一次看见。

电梯满员后不再开开合合，但几十层楼的下行仍然需要时间。

慢慢地，周边越来越多的人也注意到这两个异样的男女。苏男虽然只穿着最简单的衬衣和牛仔裤，倒穿出一身清冷的气质，加上她相貌如皎皎明月般令人赏心悦目，落在她身上的视线也越来越多。然而这个女人浑然不觉，脸上没有一丝变化，时间和空间在她面前就如静止一般，无数的眼光被她隔离，这份定力不是常人所能有的。

也不知道过了多长时间，电梯终于传来“叮”的一声。苏男这才抬起头，清亮的眸子朝四周扫过一遍，很快又低下头跟着人流往外走，在大堂的不远处站定，掏出手机边看边等。乔邃刻意离她一段距离，细细观察，越来越觉得这个女人与众不同，似乎跟自己之前的猜测有些不一样。

艾莉莉出电梯就直奔洗手间，修饰自己的仪容。

张真理瞧着自己的一身白西装此时已经褶皱重重，脸上有掩饰不住的懊恼。

四人上了两辆车，很快到了餐厅门口。艾莉莉紧着上前两步，伸手挽住乔邃的胳膊，并肩走在前面。张真理笑眯眯地看着苏男，也挨着她一同走了进去。

"又是这家？"艾莉莉看着周围熟悉的景色，脱口而出。没想到短短一个月内，自己已是第三次踏进这家会员餐厅。

"不喜欢？"乔邃调侃地问道。

艾莉莉在他怀里撒娇道："哪儿啊，只要有你陪着，吃什么都不重要。"

"上次听你说和苏小姐在这儿吃过饭，想必你喜欢这里。"乔邃的声音里带着一丝慵懒和随意，却让苏男立刻警觉起来。果然，乔邃回过头道："忘了征询苏小姐的意见了。"

苏男笑笑答道："挺好。"

乔邃道："苏小姐刚回国没多久，就能拥有这家餐厅的会员卡，不错。"

"噢，一个朋友的。"

"木董？"

苏男当然不能供出安啸，对方这样误会也好，于是笑而不答。

四人在服务生的带领下进入包间，开始点菜。乔邃随意翻了翻，就把菜谱还给服务生，说："三号套餐。"说到这里，他眼皮一抬，盯着坐在侧对面的苏男，眼睛里带着探寻和捉弄："我听莉莉说，你也喜欢吃牛排、南瓜浓汤和意式红萝卜？"

苏男道："是的，在加拿大习惯了。"

乔邃对服务生说："那给这位女士也点三号套餐吧。"

张真埋赶紧附和道："我也跟这位女士一样。"

艾莉莉手里拿着厚厚的菜谱，等了片刻也未见乔邃询问，心里不免有些委屈。明明今天是为了给自己补过生日，现在倒好，他对自己不闻不问，漫不经心，艾莉莉气恼地把菜谱翻来覆去地看，一直不吭声。服务生拿着电子点菜机候在她身旁，见她迟迟不说话，不免盯着看了几眼，然后转移视线，目光在其他三人当中不停穿梭，希望得到回应。

苏男看出艾莉莉的气恼，也看出服务生的尴尬，赶紧打圆场："莉莉今天是寿星，乔董是不是有特别准备啊？"

乔邃这才回过头看了一眼女友，半真半假地笑道："刚才有人说只要有我陪着，吃什么都不重要，难道我记错了？"

艾莉莉忙收起自己的脾气，抿嘴笑道："我也来三号套餐吧。"

等餐的间隙，四人闲聊，话题都是一些轻松愉快的内容。

这个时候，张真理的优点显露出来了。无疑他的口才甚好，笑话又多，偏偏讲起故事有板有眼，一本正经的样子，更让人忍俊不禁。张真理眼见两个漂亮女孩笑得花枝乱颤，心里不免得意，朝乔邃挑了挑眉。他难得在乔邃面前占上风，便迫不及待地炫耀。

乔邃笑而不语。他看三人的兴致颇高，便默默地站起身离开。他一走，艾莉莉就坐不住了，眼睛不停地往外瞟，心思已不在包厢里。

苏男把一切看在眼里。

乔邃打完电话，回到包厢，一眼瞧见艾莉莉乌黑的眼珠正痴痴地望着自己。他走过去轻轻拍了拍她精致的小脸："等一下给你一个惊喜。"

艾莉莉非常意外，喜悦之情立即浮在脸上："什么啊？"

"就这么没耐心？"乔邃微眯双眼，唇角的笑容兴味十足："吃完饭就知道了。"

艾莉莉挽着他的手，小脸靠着他的胳膊，娇羞地说着感谢的话。

苏男若有所思地看着这一幕。得到如玉山庄的消息，是她今天最重要的目的。

张真理眼见对面的两人情意正浓，转头低声跟苏男套近乎："苏小姐，现在很多人都移民往外跑，你怎么想到来 L 城？"

"现在国内发展很快，恰好木董给了这么一个机会。"

"你和木董很熟？"

"只有几面之缘，他去加拿大出差时我们见过。"

"难怪，那也是一种缘分。"

苏男点点头，想起张真理给她送了那么久的鲜花，她不禁低头浅笑："那些花，谢谢。"

张真理见美人主动提起，有些受宠若惊："没什么，希望你能喜欢。"

"很漂亮。"

"真的吗？"张真理高兴地搓了搓手，声音都变了调，"你喜欢就好，喜欢就好。"

坐在对面的乔邃把这一幕看在眼里，嘴角微微一撇："苏小姐，我突然觉得你有点面熟。"

这句突如其来的话让在场的其他三人都愣了。

苏男蛾眉微蹙，眼里有掩藏不住的嘲讽。如果她没记错的话，这样的搭讪上次在街头他已经使用过一次，对象是一个叫许遥的纯情女孩，也就是陈归尘的女朋友。想到这里，她的心里突然“咯噔”一声——难道乔邃已经知道许遥的身份？

“我们以前见过吗？”乔邃继续问苏男，语调平和，略带调侃。

苏男不敢掉以轻心，在未了解对方的意图之前，尽量少说多听，避免犯错。她想了想，没有直接作答，而是抬起头把目光投向了艾莉莉，眼神里带着询问。

艾莉莉也搞不清楚乔邃想干什么，但女人的直觉告诉她，自己的男朋友对另一个女人追问并不是一个好现象，于是连忙插科打诨：“许小姐一直生活在加拿大，你们俩应该没见过面吧。不过，许小姐长得这么漂亮，像某位明星倒是有可能。”

“是啊，是啊，”张真理附和道，“有点像最近比较火的那部影片的女主角，叫什么……”

乔邃问：“苏小姐，你像爸爸多一些，还是妈妈？”

苏男定定地看着乔邃，抛出一句意味深长的话：“我妈说，我长得不太像她。”

乔邃道：“噢，那就是长得像爸爸多一点。”

苏男道：“可能吧。”

张真理道：“叔叔阿姨也来了吗，哪天我去拜访一下？”

乔邃玩味地笑道：“我猜他们应该在加拿大吧。”

苏男此时已经完全镇定，眼神中露出一丝痛楚：“我父母……早就过世了。”

这个回答出乎大家的意料，尤其张真理，更觉得唐突和尴尬，他连声说道：“抱歉，对不起啊，对不起。”

苏男抬头微笑：“没事，已经习惯了。”

艾莉莉由衷感叹：“你很坚强。”

乔邃微微一笑，一副了然的样子：“我父母也走得早，没想到，苏小姐跟我同病相怜。”

“啊？！”苏男假意惊讶：“伯父伯母，他们……”

“很多年前的车祸，一起走的。”

“真对不起。”

“就像你说的，已经习惯了。”

艾莉莉伸出玉手，轻轻握住乔邃放在桌上的手，安慰道：“他们在天上一定以你为荣。”她转头对苏男说道：“你那么优秀，相信你父母也很欣慰。”

乔邃看着苏男慢慢说道：“你的眼睛和鼻子有点像我爸爸。”

艾莉莉和张真理一下子懵了，眼神迷惑地看着乔邃和苏男。苏男浑身绷得紧紧的，脑子一片空白，已乱了思绪。

乔邃道：“如果我没记错的话，你应该见过我爸爸的照片，是吗？”

这句话虽然是疑问句，但语气很肯定。

苏男当然不会忘记在别墅那晚两人第一次见面的情景，就在二楼的书房前，挂着乔子东画像的那个房间，自己落荒而逃。当时这个男人也问了一个类似的问题。为什么他老是把她和乔子东扯在一起？苏男不自觉地沉思起来。

“苏小姐，你觉得呢？”

“乔哥，”张真理眼瞧着苏男紧抿的双唇，感觉她似乎不愿提及，赶紧解围道，“你什么眼神啊，一个男的一个女的，怎么可能眉眼相像？”

在电光石闪的瞬间，苏男猛然明白了对方的意图。她慢慢抬起头，双眸望着对面的男人，轻轻说道：“我哪有资格跟乔董你的爸爸相提并论。”在他诧异的目光中，苏男看到自己那双清亮如水的黑眸，含了千般情绪，万般纠结。

乔邃显然有些意外，看着她一时说不出话来。

艾莉莉和张真理的目光疑惑地在两人之间穿梭。

恰好这时，服务生端着各色盘子进了包厢，打破了僵局。忙碌的服务生在四人周围大盘小盘地往桌面上摆，不一会儿，大小盘子已经堆满了整个餐桌。

28　峰回路转

一顿饭吃得很沉闷，作为当事人的乔邃和苏男似乎都无意就刚才那个话题深入下去，各自低着头吃饭喝汤。

艾莉莉一向有点害怕乔邃，见他阴沉着脸一声不吭，也不敢随便开腔。

张真理说到底只是外人，对三人的情况更是什么也不了解。他虽然在脑海里早就打了无数个问号，但也不敢贸然开口询问。

四个人吃完饭一同走出餐厅，视线立刻被门口正中央一辆崭新的黄色保时捷吸引。周边来往的行人也时不时回头张望，引起大家兴趣的不仅仅因为这是一辆价值几百万的豪车，更在于它鲜艳夺目的色彩，时尚动感的线条，俨然一道美丽的风景。

旁边一个西装革履的小伙子快步朝他们走来，在乔邃面前停住，鞠躬敬礼，态度谦卑："乔董，所有手续都已经办齐了。"说完递上一个精美的包装袋。

乔邃点点头，并没有伸手，而是侧过身对艾莉莉说道："去试试你的新车吧。"

艾莉莉愣了片刻，有点不敢相信："这是……给我的礼物？"

乔邃面无表情，再次问道："要不要试车？"

"要，要，要要，"艾莉莉连声答道，心头狂喜，一下子扑进他的怀里，高兴得合不拢嘴，"谢谢，谢谢，我太喜欢了。"

张真理以前就听说过乔邃对女人出手阔绰，只不过都是耳听为虚，这回却是眼见为实。这么贵的豪车眼都不眨就这样送出去，就像送女人衣服和首饰一样随便。就算是张真理这样常在花丛中打滚的人，也没有这种魄力和财力。

乔邃又吩咐手下："小刘，你坐在她旁边指导一下。"

艾莉莉的笑脸像一朵盛开的花儿。她在乔邃的脸上狠狠亲了一口，立即转身尖叫着朝豪车奔去。

乔邃的眼里露出一丝鄙夷："女人都这样肤浅吗？"

他这话说的是艾莉莉，眼睛却看向苏男。

苏男皱了皱眉。她一向看不起挥金如土的纨绔子弟，仗着父辈的余荫，挥霍度日，见乔邃暗含讥讽，便忍不住挖苦道："豪车配美女，这好像是富家子弟的最爱。如果说到肤浅，男人应该更胜一筹吧。你在送这件礼物之前，难道不想看到她高兴的样子吗？只不过，不是每个男人都有这样的资本，你应该感谢你的父亲。"

乔邃突然笑了，脸部硬朗的线条变得柔和起来："没想到苏小姐也有被激怒的时候，我还以为你一直都那么镇定。不过……"乔邃话锋一转，眼神突然变得凌厉："我花的每一分钱都是我赚来的，跟我爸爸没有关系，你犯不着打抱不平。”

苏男愤然抬眸，凛然而望：“依靠父辈余荫过日子的富二代，全国到处都是，我又没有针对你。至于你花自己的钱，还是花你爸爸的钱，犯不着跟我们解释。”

“苏小姐什么时候也变得这样牙尖嘴利了？”

“那要看对什么人什么事。”

张真理只听得云里雾里，搞不明白原本不搭界的两个人，怎么突然针锋相对起来，连忙打圆场：“香车美女，多么赏心悦目。”他本是个爱玩的，谈到这个话题，自然有话可说：“男人赚钱为了什么？不就是用来宠女人吗？怎么宠，除了爱就是钱了。给女人很多很多钱，让她们活得快乐，活得随心所欲，作为男人，这也是一件很有面子的事。”

“我差点忘了，你才是行家里手。”

面对乔邃不怀好意的调侃，张真理脸色变了变，猛地抬眼看了一眼苏男，连忙解释道：“哪儿啊，我这都是道听途说，书上也这么写。”又赶紧朝乔邃使眼色求饶，生怕他在美女面前拆自己的台。

“我今天才发现，兄弟当中数你最纯洁了。”乔邃终于笑了起来：“怎么着，纯洁哥，等一下去我公寓坐坐吧。”

“乔哥，”张真理只想寻个机会单独跟苏男待在一起，赶紧摇头：“我们可不想当电灯泡，还是先撤了。”

“那怎么行，这生日蜡烛还没吹，就想中途开溜？！”乔邃直接忽视张真理的暗示，转头问道：“苏小姐，不知能否赏脸去寒舍坐坐？”

苏男不知他葫芦里卖的什么药，正准备开口试探，乔邃的手机铃声响起，他朝两人礼貌地欠了欠身，随即走开了一步。

张真理赶紧低声朝苏男说道：“别理他，两人你侬我侬不嫌够，还要拉我们当观众，这都是什么人啊？”

苏男微笑不语。

张真理又道：“我来应付就好，你不用担心。”

苏男笑笑。

张真理搞不懂苏男的真实意图，想着女人大多爱慕虚荣，别被乔邃这小子的出手阔绰给迷住了，赶紧编排道：“乔邃追女人出手很大方，只不过他的热度也就几分钟，转头就忘了，伤了很多女人的心。”

“噢，我看他和莉莉的关系好像还不错。”

“要是真不错，艾莉莉会这么怕他？”张真理想了想，又说了句公道话：“不过这小子脾气不好，不怕他的也不多。”

两人正说着悄悄话：“如玉山庄的报价方案做好了吗？”乔邃的声音时轻时重地传来，有些模糊不清，却让苏男猛然一惊，整个神经都绷紧了：“行，加密后发我邮箱，晚上看看。”苏男尖着耳朵认真听着，生怕有所遗漏。哪知乔邃话头一转：“下周一的行程，可能有变，你不用陪我去竞标了，飞一趟上海吧。对，就是那个事，这小子敢在我面前耍滑头，得让他长长记性，这件事你处理就好……”

苏男的思绪有些飘浮。

张真理丝毫未察觉：“苏小姐，你平时喜欢开什么样的车？跑车，SUV，还是轿车？”

“车？！”

“对啊，你喜欢什么车？”

苏男回过神：“没有想过这个问题，舒服就好。”

乔邃的声音突然传来：“怎么样，时间差不多了，走吧？”

“乔哥，今晚莉莉小姐肯定会好好报答你，我们就不去凑这个热闹了，”张真理故意说得暧昧不清，扭头又朝苏男眨了眨眼，“苏小姐，你说是不是？”

乔邃扬了扬眉，手中的电话又响起，三人的谈话不得不再次中断。“怎么样，感觉如何？喜欢就好……现在在哪里？”不远处传来零星的对话，不难猜出那头是谁，苏男寻思着接下来该做些什么。“给，莉莉找。”乔邃突然把手机递给苏男，“她有事跟你说。”

“苏男，生日蜡烛还没吹呢！”艾莉莉的声音如糯米一样松软甜蜜，听得人酥麻麻的，“有你这么给人庆生的吗？太不够朋友了，留下来，和我一起吹蜡烛，好不好，好不好？”

这娇撒得让苏男没有招架之力，只能点头答应。

张真理一看这架势，只好作罢。

苏男借口去洗手间补妆，给安啸打了一个电话。苏男已经下定决心不再用他，但现在是紧急时候，一时半会儿也找不到其他人。苏男言简意赅地提了两点要求：第一，立即派人送一个U盘来，另准备好解密专家；第二，给自己弄一份干净的履历表。

出来时，艾莉莉已经试车回来。

四人一同坐着这辆色彩夺目的豪车朝乔邃的公寓驶去。眼见着车子已经开出一段距离，却仍没收到安啸的通知，苏男瞅着窗外的风景，有点心不在焉。她紧紧揣着手机，生怕漏掉任何信息。各种想法涌入脑海，令苏男的一颗心悬在半空中。

一则担心安啸的安排不够周密，拿U盘的方法太过明显，过早暴露了自己；二则担心即使顺利拿到了U盘，她如何能不露痕迹地拷贝到那份加密文件；三是担心乔邃会因为那个误会，派人调查她。

正在恍惚时，手机震动了一下，苏男赶紧收起心思，低头一看，短短一行字：五分钟后，接传单。她立即明白过来，暗暗赞叹安啸的聪明，无疑这个方法最不容易引起车内其他三人的注意。如此精确的时间安排，想必这个男人就跟在她身后，苏男忐忑不安的心，这才慢慢平静下来。

苏男微微皱了皱眉，伸出双手轻轻按了按额头和太阳穴。

坐在旁边的张真理问：“怎么了？”

“有点头晕，可能是空调吹多了。”

张真理一边打开两边的车窗，一边说：“吹吹风，可能会好一点。”

耳边传来艾莉莉的声音：“空调吹多了是容易头晕，吹一下风，过一会儿就好了。”

苏男朝窗外猛吸了几口新鲜空气，才点点头说：“嗯，谢谢。”见张真理准备开口，便笑着说道：“不用担心，我缓一缓就好了。”

张真理见她主动跟自己解释，心里乐开了花：“注意休息，多休息。”

苏男点点头，脸朝窗外转去，无意中扫过车内的后视镜，猛然看到一双男人的眼睛，正像探头似的直直盯着自己。苏男没有避开，反而大方地望着后视镜中那双锐利的黑眼，一语双关地道：“乔先生的车技非常好。”

“他车技好？”艾莉莉笑了笑：“十回有八回都是别人开的车。”

乔邃终于收回了目光，过了一会儿，才道：“今天能为女寿星开车，是我的荣幸。”

这话让艾莉莉喜出望外，今天的乔邃表现出人意料，不仅慷慨送豪车，在朋友面前也很给她面子，艾莉莉不免娇俏地答道：“谢谢你，阿乔，这是我过得最快乐的一个生日。”

张真理忍不住捉狭道：“咱兄弟费了这么多心思，好不容易博得美人一笑，就换来轻飘飘的一个谢字，是不是太不划算了？”

乔邃的声音一如平常：“你这小子，没安好心。”

张真理笑了：“某人放心，我和苏男吹完蜡烛立即走人，至于后面你们吹什么，我们就不管了。”

艾莉莉娇羞地低下头，说不出话来。

乔邃下意识地透过后视镜，看了一眼后座的女人。

张真理也转头看了看苏男，这话他是有意说的。不知为什么，他总觉得今天乔邃有点不对劲，过于关注苏男，这让他不爽。他不敢去向乔邃求证，只能旁敲侧击地警告身边的这个女人。

此时的苏男，脸上仍然挂着淡淡的微笑，眼睛却朝窗外望去。

乔邃自然明白张真理的小九九，含沙射影道：“你的心思，老是用错地方。”

张真理得意一笑，不置可否。

众人说话的空隙，车子已经慢慢停了下来，原来已到了一个繁华的十字路口。

来往车辆太多，红绿灯的时间比一般路口都要长。密密麻麻的几个车队，停满了宽敞的马路，马路看起来更像一个大停车场。只见几个衣着普通的年轻人，正在排列等候绿灯的车辆中不断地穿行，手里拿着五颜六色的宣传单，不时低头询问每个车主。

艾莉莉瞧见其中的一男一女分别朝车的两侧走来，便赶紧关上自己的玻璃，呢喃道：“这些人真是烦，大马路上发传单，车来车往，也不怕死。”

乔邃也伸手关上了车窗玻璃。

苏男突然轻声答道：“我倒有些敬佩他们，现在的年轻人个个娇生惯养，缺少他们这种吃苦的决心。”

张真理已关上玻璃，一听这话，赶紧又摇下来。

正在这时，一男一女已来到窗外的两侧。

苏男仔细看了看站在自己这边的男孩，非常年轻，看起来倒像勤工俭学的大学生，有一双干净的手。前排艾莉莉的座位已关窗，男孩自然向后排的苏男兜售起来：“您好，这房子性价比不错，投资自住都很好，看一下吧。”边说边递过来几张印刷精美的彩色纸张。

苏男不动声色地接过，触手有一个硬邦邦的小东西，便笑着说：“谢谢。”

男孩快速眨了一下眼睛，继续走向下一辆车。

张真理从女孩手里接过相同的宣传单，翻了翻，突然叫道："哇，现在房价涨得好快啊。乔哥，你坐在家里都能数钱啊！"

"这话，你应该留着回去对你爸说。"乔邃打趣道。

"我才不触这个霉头，"张真理一想到父亲那张咆哮的脸，不由得打了一个寒噤，转向苏男，"苏小姐，你现在住哪里？倒是可以买套房，做做投资也好。如有需要，可以随时找我，到时带你好好挑一挑，成本价。"

"啊噢，"艾莉莉刚被张真理调戏了一番，现在抓到了报复的机会，"我说张少，你这话说得也太没有诚意了，还说什么成本价，送一套不就得了。"

这话一下子打在了七寸上，张真理的脸立即红了。

苏男有些于心不忍，替他解围："谢谢，暂时没有这方面的打算。"

车子拐过一个弯，速度减了下来，缓缓开进了一个高档小区。

29 节外生枝

四人下车，苏男眼见乔邃从后备厢取出一台手提电脑，心怦怦直跳，赶紧扭过头去，跟在艾莉莉身边，一起进了电梯。

乔邃的这套公寓不大，100平方米的样子，设计风格偏冷色调，几乎都是黑白配，硬朗简洁，唯有一览无余的红木地板，增加一丝暖色。家具很少，除了必要的几件，没有一丝多余，因此整个客厅显得很大很宽敞。这样的装修跟他的身份比起来，似乎不太相称。不过细看每件家具，都是响当当的名牌。入门左手边这套黑色的吧台，简洁流线的外形获得了很多人的喜爱，坚硬却不僵硬的材料很符合他干脆直爽的性格。这套吧台的设计出自意大利名家设计师之手，在国际设计大赛中获过奖。

几人进了门，一个中年妇女赶紧迎上来，热情地招呼大家。

乔邃提着手提电脑进了左手边的第二个房间。艾莉莉像个女主人一样，指挥着阿姨在厨房里忙前忙后。张真理看中了阳台上那个高倍高清望远镜，对着小区对面的楼层津津有味地看起来。苏男趁着四下无人，开始细细观察房间的各个角落，看看是否有摄像头。

乔邃出来时，已换了一身轻便的深蓝色真丝家居服，跟一本正经的黑色西服相比，多了一点闲散和慵懒。他径直走到沙发边，正好与回头的苏男四目相对，两人都有些意外。谁也没有开口，气氛有点尴尬。

恰好这时，艾莉莉带着阿姨端着蛋糕和一些水果进了客厅，又招呼张真理进来，很快客厅里又热闹起来。众人吃过蛋糕，乔邃打发走阿姨，张真理赶紧道："乔哥，我们……"

手机铃声不合时宜地响了起来。

乔邃走开几步接通电话，苏男不露声色地慢慢靠近。

"噢，好……全部核算过？好，我马上看一下。"

苏男有点紧张，看样子等待的那份文件终于到了。

乔邃接完电话，转身就进了书房。

张真理见苏男低头不语，以为她待得闷，于是走近她身边道："很无聊吧，等他出来，我们就撤。"

苏男突然觉得这个男孩很简单，抿嘴一笑。

艾莉莉瞧见两人的互动，打趣道："说什么悄悄话呢？"

张真理起了逗弄之心，回过头，眨眨眼睛，道："我们不想讨某人嫌，等一下跟乔哥说一声，马上就开溜。"

"说什么呀。"艾莉莉佯装生气，两腮有点红，眉眼处带着一丝娇俏，倒有一种说不出来的媚态。张真理一时看得愣了，忘了回话。

苏男瞧在眼里，嘴角溢出一丝笑意，多多少少带着点嘲讽。

乔邃再次从书房出来，又转身去了酒柜，从里面挑出一瓶红酒，倒在醒酒器里，然后又伸手从头顶的架子上，拿了四个高脚杯："来，尝尝我收藏的好酒。"

"乔哥，酒是好酒，可惜这次没口福了，"张真理答道，"良辰美景，我和苏小姐就不做这种煞风景的事了，下次吧。"

"你急着去干吗？坐下，让你喝你就喝，哪来那么多废话，不给面子，是吗？"乔邃突然变了脸，让三个人都有点吃惊。张真理不敢轻易得罪他："哥说的哪里话，有美酒当然喝了，只要哥不嫌我们碍事就好。"说着转过头朝苏男做了致歉的表情，然后老老实实坐在乔邃对面。

"两位美女，也来点红酒吧，养颜。"

乔邃头也没抬就开始斟酒，似乎笃定两人没有意见。

艾莉莉当然不会，也不敢有任何意见，眼前的这个男人是她的金主，也是她的衣食父母。她赶紧附和道："我最喜欢红酒了。"苏男很厌恶乔邃这样目中无人和趾高气扬，但小不忍则乱大谋，便也一声不吭地挨着莉莉坐了下来。

乔邃突然抬头看了苏男一眼："苏小姐的定力，比我想象中要好。"

苏男心跳漏了一拍，她搞不懂这个男人在怀疑什么，只能装糊涂，笑着道："乔董，你这是夸我，还是损我呢？"

"哈哈哈，"乔邃大笑，"当然是夸你，才貌双全，不多见啊。"然后扭头对张真理说："你可要抓紧噢。"

不知怎么回事，苏男一下子想到了凌西，嘴比脑袋还快，脱口而出："我已经有男朋友了。"见三人面露惊讶之色，她才猛然反应过来。

"你真的有男朋友了？"艾莉莉好奇地问道，"谁啊？"

"在……加拿大认识的。"

这话让在场的三人同时想到一个人——M 公司的董事长木志明。

苏男的直言让张真理感到尴尬，他端起桌上的酒杯一饮而尽。

艾莉莉倒有些高兴，这样的关系或许对自己更有帮助，她似笑非笑地斜睨了一眼张真理，也端起酒杯慢慢小饮一口。

乔邃一反常态，没有再刨根究底。此时的他脑袋已经转了好几个圈，如果眼前的这个女人真跟乔家有关系，再得到木志明的帮忙，那就不容小觑。死去的老爷子当年的荒唐人人皆知，玩过的女人很多，遗漏几个私生子女在外，这是很有可能的事。早年也有女人抱着孩子找上门来要名分要地位，可惜她们遇上的是乔邃绝顶聪明的母亲——张亚萌。她随便一两招就让这些女人消失得无影无踪，细想想，无外乎四个字：威逼利诱。

如今轮到自己来替老爷子善后，乔邃倒不怕突然多了一个同父异母的妹妹，顶多学学张亚萌的手段。但直觉告诉自己，眼前的这个女人，不像是钱能打发的，从她搭上木志明的速度，再搭上艾莉莉的手段，无疑是个玩心计的人。这种人通常很自负，胃口也很大，一点小钱不可能摆平，说不定她真正看上的是乔氏集团。

乔邃还是第一次跟女人玩商战玩心计，只觉得新鲜，尤其对方还是一个大美人，对付这么一个没有根基没有实力的女人，易如反掌，犹如猫捉老鼠的游戏，就当取乐好了。但如果后面替她撑腰的那个人是木志明，那她极有可能成为别人手里的一颗棋子，这事就变得复杂和棘手了。

苏男瞧着乔邃阴晴不定的脸，也陷入了沉思。如果她预料正确的话，这个男人从明天开始就会着手调查她了。

30 挫败

四人各怀心事地喝着闷酒，谁也没有吭声，直到乔邃的手机铃声再次响起。

乔邃站起身听了一会儿，就去了书房，再出来时，已经换好外出的服装，手上拎着那台手提电脑，一边走一边说：“我现在有点急事需要处理，你们有什么打算？”

三人面面相觑，这个家是乔邃的，现在主人自己要走了，客人哪好意思留下。苏男和张真理都看向了艾莉莉，按理说她算是半个主人，有这个决定权。艾莉莉当然明白，但她不敢，乔邃这句话里没有半点让她做主的意思，她站起身，撒娇道：“我也得回去了，明天还有通告呢，不能再熬夜了，否则黑眼圈又要出来了。”

于是大家纷纷起身告辞。

“真理，我不顺路，麻烦你送一下莉莉。”

“没问题。”如果这话说在十分钟之前，张真理肯定不同意，如今倒有些求之不得，此时的他最不想面对的就是苏男。

“那苏小姐怎么办？”艾莉莉问道。

“没事，我打个车就好了。”

艾莉莉道：“那不行，这么晚了，你又没有开车来，一个女孩子太不安全。”说到底，苏男是她的客人，再加上合作关系，不能轻易怠慢：“真理，我们还是先送苏小姐吧。”

未等张真理回应，乔邃抢先答道：“那太绕了，我已经让司机过来处理。”

艾莉莉不敢再多说什么，四人坐电梯直达地下停车场，此时乔邃的司机还没到。张真理和艾莉莉先开车走了，留下的两个人一时都没了言语，地下车库本来就空阔幽静，灯光昏暗，此时夜深人少，更显得阴森可怕。

苏男只觉得凉飕飕的，不自觉双手拢向手臂，不安地看了一眼乔邃，这个男人全身都没入黑暗中，让人看不真切，只有手上那根香烟在夜色中燃烧。

苏男很不喜欢这样的氛围，连空气都变得压抑，不由开口道："乔董，还是不麻烦了，我自己上去打车吧。"

乔邃扔掉手上的香烟，伸出一只脚用力踩了踩，熄灭了烟头："我送你吧。"

"不用了，谢谢。你还有急事，先去忙吧。"

乔邃不管不顾地上了自己的车，打开车门，盯着不远处满脸戒备的女人，眼睛充满了不屑："就这点胆量，也配跟我斗？"

"我不明白你说什么。"

"明不明白，你自己最清楚。"乔邃收回视线，开起发动机，眼睛不再看她："这个时候肯定打不到车，我的司机估计也不会来了，要不要上车，你自己看着办。"

苏男这才明白原来这一切都是乔邃的安排。她没有任何迟疑，立即上了乔邃的车。

苏男有一个特点，懂得审时度势，不会固执到底。"不害怕了？"女人如此快速的妥协倒出乎乔邃的意料。

"你如果想害我，不会笨到以身涉险。"苏男耸耸肩膀道："所以，今晚我一定会很安全。"

乔邃似笑非笑地看了她一眼，不置可否："住哪儿？"

苏男迟疑片刻，报出了一个地名："松花路桃花源小区。"

乔邃没有答话，也没有开车，握在方向盘上的一只手，有意无意地敲击着，在夜色中发出"嘟嘟"的响声，过了一会儿，才语调阴阴地说道："你相不相信，你住的地方比你的男人更容易查到。"

苏男猛地抬头看着他，墨黑的瞳仁之中划过一丝涟漪，继而又归于平静，再低下头去时，小声说道："夏仁港路时代倾城小区。"

一路上两人无语，直到小车停在了苏男的公寓门口，乔邃也没有说一句话。

苏男下了车，转身道："谢谢乔董。"

乔邃眼皮都没抬一下，径直开车走了。

苏男愣在原地，有点摸不着头脑，本以为乔邃绕了这么一个大圈，一定是有重要的事跟她相谈，或警告，或威胁，或直言不讳，没曾想结局会是这样。再想想如玉山庄的那个报价表，也是白折腾一晚，一股挫败感油然而生，眼瞅着四周的黑暗和寂静，更觉孤独和无助，她忍不住长长地叹了一口气，抬起的双脚沉重无比。

突然，夜色中响起汽车的鸣笛声。

苏男心猝然紧了一下，呆立片刻，直到重新整理好情绪才转过身，看着车里走下来一个高大的男人，走得近了，才发现不是乔邃，而是安啸。苏男不由惊呼道："你怎么在这儿？"

安啸看着她，神情复杂："不要给自己太大的压力。"

苏男突然无言以对，摇摇头，一脸的沮丧："我又浪费了一次机会。"

"这个男人狡猾得像只狐狸，警觉性很高，"安啸说到这里，停顿片刻，安慰道，"你不用自责，一般人都不是他的对手。"

"你们到底有什么过节？"苏男一直对这个问题很好奇。

安啸没有回答，从裤兜里掏出一盒红色的香烟，抽出一根，点燃打火机，低下头对着火苗深吸了几口。苏男借着火光看到这个男人的眼眶里有些东西在流动，似乎在极力掩饰情绪。

这是她今晚第二次看到男人在黑夜里吸烟，烟头的火星闪烁，脑海中不由自主浮现出车库里的那一幕。两个同样高大的男人，同样站在夜色里，同样无声地吸着烟，给她的感觉却大不一样，乔邃就像一颗定时炸弹，而安啸却像一个哑谜。

苏男见他无意回答，也没了兴致。此时他们正站在风口下，苏男身子越来越冷："天色很晚了，早点回去休息。"

安啸瞧她畏寒的模样，道："去我车里坐一下吧。"

"不了，我有点困。"

安啸脱下自己的西装，不容分说给苏男披上，见她有些抗拒，低哑道："陪我吸完这根烟。"说完并未退下，两人挨得很近，苏男能闻到他身上那股淡淡的烟草味。直觉告诉她，这个男人今晚的情绪也很低落。

"我妈妈……"安啸突然停顿，转过头去，似乎难以启齿。

每个人心里都有些禁忌不能跟外人说，苏男有些于心不忍，拍了拍他的手："回去吧，有什么话以后再说。"

安啸顺手拉住了她："你不是一直好奇我跟姓乔的关系吗？想听吗？"

苏男点点头。

"我妈妈……在你这样的年龄时，遇到了一个男人，他就是乔邃的父亲，乔子东。”这话让苏男大吃一惊，原以为是他和乔邃之间是情仇，没想到是上一代人之间的恩怨。“他们俩好过一段时间，却被乔家的老爷子拆散了。因为那个时候，乔老爷子已经给儿子物色了一个儿媳，就是乔邃的母亲，张亚萌。”

“他们俩分手了？”

安啸点点头：“然后我妈在另一个男人的追求下，没多久就结婚了。可是……这个男人无意中发现他们俩仍然藕断丝连，于是两人关系开始恶化，我妈却在这个时候怀孕了。”

苏男眼瞧着他神色异样，已经明白过来。

“这个男人认为自己戴了绿帽子，我妈却坚持要生下来，两人越闹越僵，终于离了婚。孩子生下来时，乔子东的妻子张亚萌来医院探望，她以孩子相威胁，逼得我妈不得不远走他乡，过得穷困潦倒。”

苏男不用想都能猜到，孤儿寡母在陌生的城市生存是多么的艰难。

“她临死时，我在部队，她身边没有一个人……”安啸说不下去了，连连猛吸了几口烟，黑暗中的红光亮了许多，甚至可见几缕淡淡的青烟飘逸而出。他突然抬手朝空中弹了一下，那缕红光随即划出一道弧线，恰好掉落在不远处的垃圾箱里。

过了半晌，两人都没有说话。还是安啸开了口：“我的故事讲完了。”

苏男下意识地点点头：“你恨他们？”

“是，”安啸眼眸深寒：“如果不是他们，我妈不会走到这一步，最后……客死异乡。”

“可是，乔子东夫妻俩已经死了。”

“父债子偿。”

“可万一，你爸爸是……”

“不可能，”安啸断然摇头，“绝对不会是乔子东，否则我妈肯定会有暗示。”

苏男突然没了声音，原来自己和这个男人竟有如此相似的经历，连想法都一样。此时再看他，竟多添了几分亲切感。

安啸自嘲道：“这种剥光自己的感觉，有点别扭，很不习惯。”

“为什么告诉我？”

“我也不知道，”安啸茫然地摇摇头，“或许是你刚才的那个表情，触动了我。”

苏男点点头，今晚的他很真实，真实得就像另一个苏男。她柔声道：“今天你也很累了，早点回去吧。”说完准备脱下西装还给他。

安啸双手按住了她：“有点凉，穿着吧。不要胡思乱想，好好睡一觉。”安啸突然上前拥她入怀：“这条路上你不会孤单，现在多了我一个朋友。”说完，不等苏男回话，他已转身大步流星地离开。苏男定眼望去，直到男人的身影消失在视线中，这才转身进了单元门。

很快，小区院子里又恢复了宁静。

昏暗的灯光斜照在平地上，露出一片片光晕。阴凉的微风吹着，两边的大树时不时轻甩着树枝，并没有发出任何声响。隐藏在墙壁后面的男人慢慢走了出来，远远看着苏男在楼道里拾级而上，感应灯在她身后一层一层自动熄灭，只留下一个拉长的苗条身影。

男人转过头，看了一眼手里的高倍摄像机，咧嘴笑了笑。或许是站的时间太长，似乎感觉很累。男人活动了一下肩膀，又左右晃了晃头，转身走向路边一辆毫不起眼的小车，坐了进去。不一会儿，车灯照射前方，小车也随即消失在绵绵不尽的夜色里。

31　误会

又是周一，通常这也是苏男最忙的时候。

临到中午，苏男接到一个电话，没想到木志明会主动邀请她吃饭。苏男连忙推掉其他应酬，答应下来。她眼睛看着电脑，心里却在反思自己的这段表现：工作中有没有失误？有没有犯忌？有没有得罪人？好像都没有，表现可称得上中规中矩，既有成绩，也没有风头过甚。这才放下心来，处理完手上的几个电子邮件，稍微修饰后下了楼，没曾想正是下班高峰期，电梯走走停停，耽搁了一些时间。

餐厅离办公室不远，就在这栋大厦的转角，步行就可过去，一路上她仍在琢磨老板的心思。俗话说，职场如战场，千军万马都在过独木桥，如何从千万人中脱颖而出，无外乎三种人。

第一种人喜欢琢磨事。这种人通常工作能力很强，拼劲十足，业务精湛，犹如骁勇善战的将军，常常攻城略地；第二种人喜欢琢磨人。这种人特别善于揣摩上司的心理，喜欢搞政治斗争，拉帮结派，容易获得升迁；第三种人既喜欢琢磨事又喜欢琢磨人。无疑，这种人最容易成功，常有领袖风范，善于识人用人，业务和管理水平都很强。

苏男有点自嘲地想了想，或许自己可以成为第一种人，但永远无法成为第二种人。就像现在，千想万想都琢磨不透老板木志明这顿饭的目的。可见，她永远也无法成为木志明的左膀右臂。

到了餐厅，一脚迈进包间，苏男愣在门口。

因为房间里除了木志明之外，还有两个意想不到的人——乔邃和艾莉莉。

“来了，坐吧，”木志明热情地招呼她，“今天坐东的是乔董，迟到了总归不好。”

苏男感激地看了一眼老板。木志明一个眼神就看出了她的困惑，一句话就点明了这顿饭的目的。她快步走进房间，在木志明的旁边安静地坐下，正好面对艾莉莉，两个女人微笑着互动了一下，又偏过头，朝乔邃道：“抱歉，实在抱歉，刚才回了两个邮件，结果堵在电梯里。”

“这话倒让我听出另一个意思，”乔邃似笑非笑，调侃道，“苏小姐是在向木叔夸赞自己是个废寝忘食的好员工。”

“就你的脑袋转得快，”木志明倒没有纠缠这个问题，从桌上拿起菜单递给苏男，“我们都点好了，你看看喜欢吃什么？”

苏男连忙伸手接过，趁着看菜单的工夫，开始寻思今天的饭局背后的含义。如果两个男人正正经经地谈公事，作陪的人应该是智囊团；如果是略带私密性的朋友小聚，作陪的人应该是红粉佳人。可是自己两者都不算。苏男抬头环视一圈，自己跟这三个人都能扯上关系的，唯有一件事，就是艾莉莉的签约，看来这应该是一餐致谢的饭局。

如果请客的人是别人，倒也比较单纯，但如果是乔邃，就没有那么简单了，极有可能是另一场较量。苏男相信安啸的能力，她的履历表一定很完美，毫无漏洞。苏男合上菜单的时候心里有了底气：“老板，您点的是什么？”

“生鱼片套餐，”木志明指了指红艳艳的生鱼片，“这个味道做得地道，鱼片也很新鲜。”

“噢，听您说得这么好，我也想尝尝。”

“芥末那个味，你吃得惯？”

苏男微微一笑："大爱。"

木志明乐了，对站在一旁的服务生道："两份生鱼片套餐。"

乔邃的目光在两人之间打转，心里暗道，这个女人倒懂得讨好人，上次吃饭跟他的爱好一样，这回又跟木志明的胃口相同，看来是个精于算计的人。

"苏小姐这么能干，木叔应该很欣慰吧，也不枉大老远从加拿大请回来。"

"人才难得，辛苦一点也无妨。"

"我也去过几次加拿大，可就遇不上像苏小姐这样的人才。木叔给我讲讲，让晚辈好好学几招。"

"人与人相遇，真的讲缘分。"木志明不疑有他，顺口答道："一次是在服装发布会上，当时提出邀请却被苏小姐拒绝了。另一次是在飞机上偶遇，再次邀请没想到就成了。"

"想必是木叔您独特的魅力打动了苏小姐，良禽择木而栖。"

乔邃含笑看着苏男，意有所指。

苏男猛然想起了上次鲁莽之下说出男友一事，心口突突地跳动，连忙岔开话题："乔董在说笑吧，您事业做得这么大，手下肯定人才济济，藏龙卧虎，何必在这里寒碜我。"

"难得见你夸奖人，想干吗，挖墙脚呢？"

乔邃哈哈大笑："苏小姐是您的爱将，我岂能夺君子之美。"

"知道就好，"木志明会错了意，以为他看上了自己的女职员，连忙用手指了指莉莉："这丫头，我看着挺好，安安静静，长得又漂亮，眼光不错啊。"

乔邃微微一笑，眼睛轻轻扫过对面的两人，一股厉色一闪而过。

艾莉莉有点受宠若惊，正欲回话，已被男友抢先一步："莉莉还是新人，承蒙您看得起，给她这么好的机会，今天特意带她来向您说声谢谢。"转身递过来一个精美的包装盒："前几天刚得了一个鼻烟壶，想着木叔喜欢，请您鉴赏。"

木志明向来喜欢收藏这些小玩意，打开一看果然欢喜："好东西，这是清代的珐琅彩鼻烟壶，专门出口西洋之物，存量不多啊。"众人看过去，那东西小巧精妙，色彩斑斓，工艺精湛。盛开的梅花大而饱满，充满整个壶腹。壶面梅花描绘细腻，画法运用娴熟，色彩对比强烈，整个图案既真实又有生趣。

苏男知道乔邃误会了自己和木志明的关系，这倒是一个混淆视听的好法子。于是伸手接过鼻烟壶，细细把玩：“老板，果然是好东西，您看这铜制的胚胎做得多精致啊，珐琅的烧制非常难，如今不多见了，值得收藏。”

乔邃笑了笑，再次试探：“这小玩意放我这儿就是暴殄天物，原本打算送给木叔，没想到苏小姐也这么喜欢。”

木志明随口答道：“给苏男好了，我手上还有几个。”

原本鼻烟壶属于冷门收藏，玩的人不多，如今见自己的下属懂得赏玩，木志明不免生出惺惺相惜的感觉。但这个回答，听到乔邃的耳里却大不一样，几乎坐实了他和苏男的关系不一般，乔邃面色不禁又阴沉了几分。

苏男不想艾莉莉受冷落，主动跟她交流，两个女人谈到兴致处，时不时发出清脆悦耳的笑声，有了女人的娇声细语和顾盼生辉，气氛就显得轻松起来。

艾莉莉也不是一盏省油的灯，刚才餐桌上的你来我往，她和乔邃得出了相同的结论，那就是苏男和木志明的关系耐人寻味，最起码不是单纯的上下级关系，极有可能是秘密情人。更令人遐想的是，木志明的夫人过世得早，只有一个远在国外留学的女儿。虽然两人年龄相差一倍有余，但木夫人的头衔对一般女人还是颇具吸引力。

艾莉莉不禁暗暗盘算：一定要想方设法跟苏男搞好关系，最好是成为闺密。如此一来，无论是跟乔邃的感情，还是在木氏集团的事业，自己的地位都将更加稳固。

32　与狼共舞

苏男做梦都没想到，自己会在这种情况下见到陈归尘。

此时的他就坐在对面竖条纹的布艺沙发上，蓝色的坐垫以及靠垫组成的这个沙发，置于窗口仿佛宝座一般。此人高瘦清秀，年龄看起来二十八九岁的样子，鼻梁高挺，嘴唇有点薄，眼睛细长，有一种时下颇受欢迎的阴柔之美。此时他正斜靠着身子，微闭着双眼，一副怡然自得的样子。

沙发的另一侧，一个安静美丽的女孩正弯着腰，认真仔细地进行淋罐、烫杯和洒茶的表演，此人正是苏男之前见过的许遥。茶几上摆放着全套的茶具，个个精巧细致，其中几只茶杯颇具特色，又小又浅，又薄又白，刚好一口一杯，从光泽度上可看出是上好的陶瓷器皿。更有意思的是那个茶摆件，竟然是一个紫砂磨盘，磨盘上方有手工雕刻的龙翔图案。

太阳光从透明的窗户斜照进来，被镂空细花的白色纱窗筛成了斑驳的点点圆形，正好落在三人身上，时隐时现。屋内设计得很精致，偏古典田园风味，一桌一椅的摆放看着都很舒服，尤其小饰物特别多，令整个房间添色不少。

“苏小姐，你觉得这套房子怎么样？”

陈归尘问的是苏男，眼睛看的却是许遥的功夫茶艺表演。

“陈总……”

“叫我归尘。”

苏男看了一眼许遥，“归尘”两个字是无论如何也说不出口，于是改口道：“陈先生，您自己做房地产，什么样的房子没有，怎么想起在这里置一套公寓？”

“因为想跟你做邻居啊！”

苏男怔怔地看着他，不知如何接话了。这个男人浑身上下怪异得要命，竟然把自己约在了同小区同一单元的居民楼里。陈归尘终于被面前女人的表情逗乐了：“小遥胆小害羞，平常也没什么朋友，上回她说跟你很投缘，我就想着生日礼物，索性送她一个好朋友吧。这不就厚着脸皮蹭过来了。”

“我第一眼看到许遥，就很喜欢。”

“那敢情好，以后就是上下层邻居，少不了请苏小姐多多照顾。”

“陈先生说话太客气了。”

苏男心里明白，这个男人是想让女友当中间联系人，顺便监视她。

此时许遥已经斟好茶，柔声说道：“苏姐姐，请尝一尝。”

“小遥的功夫茶水平很不错，”陈归尘一边说一边端起面前的那皿茶，闻了闻，再小抿一口，含在嘴里回味片刻，这才咽了下去，“好茶，浓而不苦，入口后有余香回味。”

苏男也喝了一口，平日里她喝得清淡，功夫茶稍嫌苦味，但喝完后确实口齿留香。

三人开始专心喝茶，享受着这难得的片刻宁静。

几轮茶饮过后，陈归尘突然对身边的女友说道：“小遥，晚上给你的苏姐姐展示一下你的厨艺，怎么样？”

许遥放下手里的茶具，站起身来，笑盈盈地问道："苏姐姐想吃什么？偏辣、偏甜，还是偏清淡？"

"我没有忌口，什么都行。"

"那就做几个拿手小菜吧。"陈归尘转过身笑着说道："我们家小遥的手艺，连酒店的大厨都自叹不如，晚上你一吃就知道了。"

许遥白皙的小脸染上晕红："哪有你这么夸人的，王婆卖瓜。"

陈归尘像个十八岁的少年，眼皮一抬，任性道："我喜欢夸我的女人。"

"好能干啊，"苏男不由赞道，"现在的女孩子，估计会做饭的都很少了。"

"好了好了，不跟你说了。"

看着女孩轻快地走出家门，苏男终于相信许遥可能真的什么都不知道。

陈归尘的声调突然变冷："你已经被人跟踪了，知道吗？"

苏男的心猝然紧绷了一下，摇摇头。

"虽然我不屑乔邃，不过有一点不得不佩服他，此人确实很聪明，手段又多。既然他现在怀疑你，那么你的一举一动都会在他的掌控之中，我们需要特别小心，"说到这里，陈归尘眼光一转，露出一丝狡黠，"他绝对想不到，我竟然敢安排人住进你这个小区，跟你做起邻居来。"

"你不怕他发现？"

"放心，他的人都守在小区外，而且目标只盯在你身上。"

苏男不由点点头，这确实是一个不错的方法。所谓百密一疏，疏的往往是以为最严密的地方。突然她又想到了一件事："乔邃好像对许遥有点印象。"

陈归尘敛起笑容，沉吟半刻道："你跟小遥只在小区内联系，出了大门，谁也不认识谁，而且出门时间最好错开，你一走跟踪的人也会走。况且这些人不是姓乔的，即使看到小遥问题也不大。"

"好。"

"如玉山庄的事进行得怎么样了？"

"报价方案在乔邃的电脑里，上次有机会，可惜没拿到。"

"然后呢？"

"能否利用黑客技术远程控制他的电脑？"

"可以办到，不过最好先植入木马程序。"

"有难度，"苏男摇摇头，"我如果能植入木马到他电脑里，那就可以直接拷贝报价单出来了，何必多此一举。"

陈归尘眼眸迷蒙，闪烁不定，嘴角一抹微笑缓缓荡漾开来："那我就不知道，苏小姐想如何表现自己的能力？"

苏男被当场将了一军，哑口无言。

"如玉山庄是乔家的精神象征，住了整整两代人，如果败在乔邃手里，特别是让他眼睁睁看着这座老宅子被推土机碾为平地，想想这个画面是不是很爽？"陈归尘说着就笑了起来，露出两个浅浅的小酒窝，"万一乔子东这个老杂种半夜从棺材里爬出来，你猜他是去找你我报仇，还是找他亲生儿子？"

苏男听到乔子东三个字，瞳孔瞬间放大，握了握拳："你想我怎么做？"

"拿到报价方案。"

"我明天真的拿来一份报价单，陈先生你又敢相信吗？"

"不敢！"陈归尘痛快地答道。

"你看，我们的合作如此缺乏信任基础，怎么进行下去？"

"是你追着要跟我合作，这个问题是不是得你解决才好。"

苏男下意识地眯了眯眼，强自克制着心情："既然你不相信我，为什么又要跟我合作？"

陈归尘像是听到了一个天大的笑话，嘲讽道："你会因为发生车祸而不开车吗？你会因为飞机失事而不再坐飞机吗？苏小姐，怀疑是人的天性，就像贪婪一样。用人要疑，疑人要用，这才是最好的合作。"

如果说乔邃是一只老虎，眼前的男人无疑就是一匹狼。陈归尘是一个赤裸裸的投机分子，从他和他父亲合伙算计乔氏集团就可看出，这对父子血液里流淌着的都是抢夺和掳掠。

与虎谋皮也好，与狼共舞也罢，自己都是悬崖边上游走的那个人。苏男暗暗思忖，唯一能够信任的人，是安啸，这个男人就像镜中的另一个自己，忍辱负重，隐而不发，一切只为了生命中最重要的亲人。然而安啸的能力和资源远不及乔邃，做点背后功夫勉强能行，如果想硬碰硬抗争，无异于以卵击石，更别提整跨乔氏集团。放眼望去，能与乔邃势均力敌的，只有眼前的这个男人——陈归尘。

认清这一点，苏男刚才被激怒的情绪瞬间消失得无影无踪。

"你放心，我一定会在正式谈判前拿到报价方案。"

"好，"陈归尘站起了身，优雅地伸出手，"那我就静候佳音了。"

第四章　斗智斗勇

33　再生一计

第二天，苏男重新买了一部手机，10 个不记名的号码。

如果乔邃派人 24 小时盯着她，只有这个方法是最安全的。她在电话里跟安啸简单沟通了一下，两人一致认为突破口在艾莉莉身上，只有通过她的手才能接触到乔邃的电脑，而不被人怀疑。

苏男所剩时间不多，她立即打电话约见艾莉莉，商量下个季度服装发布会的问题。

艾莉莉带着经纪人欣然前往，两个团队商量了几个钟头，终于确定了方案和摄影师人选。几天之后，成片出来，大家都惊叹不已，照片里的艾莉莉穿着白色的婚纱，美如圣洁的天使，让人移不开目光。此次的服装系列是苏男临时更换的，是她一年前的作品，那时她还没到 M 集团，原本打算送给自己，取名幻境。

没想到在这里派上了用场。

会议结束后，苏男叫住了艾莉莉，眨了眨眼："上次你和乔董送的鼻烟壶，我很喜欢。这回礼尚往来，我也送你和乔董一件礼物吧。猜猜是什么？"

"什么啊？"艾莉莉好奇问道。

"给，所有的作品和照片都在里面，"苏男递给她一个 U 盘，"你可以从中挑选一套婚纱，不进入市场，独一无二。"

"真的？"

"千真万确。"

"太棒了，"艾莉莉大叫，"我最喜欢这个系列。幻境，果然如诗如幻。"

苏男见她喜欢，自己也忍俊不禁："赶紧去找你的情郎一起挑吧，最好找台高清电脑，慢慢看。”

“哇噻，苏男，你太好了。”艾莉莉高兴地抱着她，猛亲了好几口。

苏男打趣道：“别，别，说不定乔董压根儿看不上，到时从国外直接给你订制。不过，丑话说在前面，你们结婚时，无论穿不穿这件，我的礼物都已经送了。”

“这件不一样，有特殊纪念意义。”艾莉莉语笑嫣然，欣然接过。

虽然拿不准乔邃对她的情意，但拿着此物倒是可以试探一下。

苏男看着艾莉莉眉开眼笑地离开，一颗心开始怦怦跳了起来。此次计划的成败就在这张小小的U盘上，只要它插入乔邃的手提电脑，木马程序即刻安装完毕。根据安啸刚才的情报，此时的乔邃正带着手提电脑往回家的路上。

苏男双手轻轻捂住胸口，深吸一口气，重新返回到办公室，此时职员们都已经下班，助手也走了，整间大办公室只有她一人，显得空阔又寂寥。她给自己倒了一杯红酒，轻轻晃动着晶莹剔透的高脚玻璃杯，看着那缕红色在器皿里变幻莫测，缓缓走到沙发上坐下，露出洁白的贝齿，轻抿一口。只有独处时，一颗浸泡在复仇中成日算计的心才会舒展开来，全身放松。

苏男低头看了看手表，想必此时此刻两人已经在手提电脑前挑选图片了。只等安啸的电话一来，此计就将大功告成，到时再通知陈归尘，后面的事就由这个男人去处理了。想着那么古朴典雅的如玉山庄被夷为平地，苏男倒心生惋惜。

清脆的乐器声在空旷的室内响起，苏男以往从没觉得这首《琵琶语》如此悦耳动听。她几乎没有思考，抓起手机迫不及待地问道：“安啸，怎么样？”

“什么怎么样？”

熟悉的声音让苏男大吃一惊：“凌……凌西？”

“你在等安啸的电话？”

“噢……噢……他说，我父母有消息，让我等他电话。”苏男眼瞅着静静摆放在一旁的另一个手机，懊恼地直想咬断自己的舌头。

“真的吗？”凌西的声音听起来很兴奋，“那太好了。”

“是啊，是啊。”

“小狸子，想我了吗？”

“嗯。”

“想见到我吗？”

“嗯。”苏男再次看向那个手机，有点心不在焉，又抬手看了看表，半小时过去了，怎么还没动静，到底两人有没有见面？有没有进房间？有没有打开电脑？什么动静都没有，真是急死人了。现在新闻都流行现场直播，为什么安啸不能也直播一下。

“那来接我吧。”

“接……接……哪里接？”

“机场。”

苏男一下子跳了起来，搁在茶几上的高脚玻璃杯应声落地，一下子摔得粉碎。

“怎么了？”

“噢，没事，没事，同事不小心摔破杯子了。”

“你还在公司加班？”

苏男的声音不再那么从容，竟然有点急不可待：“你刚才说在机场？哪个机场？”

“小傻瓜，当然是L城国标机场了。”

苏男的脑袋一下子短路了，眼前火冒金星。她吸一口气，再吸一口气，尽量平和地开口再次确认：“你的意思是你回国了，刚到L城？”

凌西的声音带着一丝宠溺，也带着少许委屈：“你不回加拿大，只有我回国来看你了。”

“在机场？你现在在机场？！”

苏男喃喃自语道，人已在办公室焦急地来回走动。怎么办？怎么办？如果凌西还未上飞机，她可以谎称自己出差外地。可现在人在机场，想要掩饰已经来不及。

内心深处，苏男一千个一万个不希望这个男人卷入这场复仇斗争之中，即使十恶不赦的大坏人，也有自己心灵的一片净土。而凌西这个男人就是苏男复仇之后最向往的净土，她不希望深爱的男人看到自己面目狰狞、不择手段的另一面，更不希望他因自己牵连而受到伤害。不管复仇成功与否，想要在乔邃和陈归尘的势力下全身而退，这绝不是一件容易的事，极有可能脱掉几层皮，甚至命丧于此。如果天意如此，她也无怨无悔，大不了黄泉路上还有晴姨陪伴。但凌西不同，他没必要蹚这浑水。

“苏男，苏男，怎么不说话？”

"噢，我马上去接你，马上。"

苏男挂了电话，一边急匆匆出门，一边给安啸打电话。

此时的安啸也如热锅上的蚂蚁，急得不得了，半路上堵车厉害，走走停停，结果两车越隔越远，直到最后跟丢。没办法，只好去乔邃的公寓楼下守着，可是直到现在，既没见人也没见车，不知道去哪儿了。

接到电话，安啸有点吞吞吐吐，含糊其辞。

苏男一听就明白了，此时责怪别人已经没有任何意义，再者现在还有一个更棘手的问题需要处理。安啸一听凌西人已在机场，惊讶得嘴巴半天合不拢。当务之急，两人需要尽快联手瞒过凌西，哄他早日回到加拿大。一合计，立即商量出应对策略。苏男负责去机场接机，安啸负责整理苏男父母的资料，明天再一起碰头，见机行事。

34 匪夷所思的见面

半个小时后，苏男终于火急火燎地赶到了。

熙熙攘攘的人群中，苏男一眼就看到那个穿白衣白裤、潇洒俊朗的男人。他的眼睛如深潭里的旋涡吸引着苏男的跟随，他长得并不是十分俊，但五官非常耐看，穿着很休闲，但面料看起来非常考究，嘴角的坚毅散发出一种成熟男人的气质。对了，他全身上下最致命的不是五官，也不是眼睛，而是围绕在他身上的这种无法言表的气势。

凌西也早已看到她，于是嘴角含着笑，看着自己朝思暮想的人儿慢慢走近自己。四目相对时都有片刻恍惚，呢喃的声音从男人嘴里不由自主地发出："小狸子……"

这一声呼唤，让苏男瞬间湿了眼角，一双眼睛像江南水乡清晨雾起的烟波浩渺，让人看不清眼底最真切的神色。

凌西的双眸幽深似海，定定地锁住了她的视线，他再次呼唤道："小狸子……"声音很轻柔，很舒服，含着欣喜和深情，任何一个女子听到耳中，都会被他的声音蛊惑了去。苏男再也忍不住，一头扑进他的怀里。

"西，我想你了。"

苏男的声音像是从身体里穿透而来，柔得快要滴出水。

凌西紧紧把她扣入怀中，享受着这难得的一刻，再也不管外界的纷纷扰扰和人潮如织。

与此同时，乔邃在两个下属的簇拥下急匆匆地走进了机场大厅。

美国的供应商临时出了状况，需要他去救急。

乔邃接到电话时本已在回家的路上，硬生生又杀回公司，让秘书把几个高管紧急召回，开了一个小型封闭会议，做了妥善布置后，才赶到机场。身上仍是上班穿的那套黑衣条纹西服，深锁眉头不苟言笑，浑身上下透着一股冰凉和肃杀，穿西装的男人紧随其后，远远瞧着都有一种无形的压力。

墙角边站着一个戴鸭舌帽的男人，正拿着摄像机对着深情相拥的苏男和凌西一阵猛拍，突然看到乔邃走进机场，连忙放下机器，匆匆忙忙跑上前去打招呼："乔董好！"

"你怎么在这儿？"乔邃的语气里有一丝不耐烦。

鸭舌帽赶紧说道："我是跟踪苏男来的。"

乔邃扬了扬眉："她在机场？干什么？"

鸭舌帽用手指了指仍然沉浸在爱河里的两人："在那儿。"

乔邃回头一看，角落里一对男女呢喃私语，耳鬓厮磨，看得出是热恋中的情侣。男人背对着自己，看不清楚，但女人的身形倒是看得真切，正是苏男。这个女人不是跟木志明有一腿吗？原来还在外面养小白脸。乔邃撇撇嘴，露出一丝不屑。想想木志明这么精明，还让女人戴了绿帽子，又觉得好笑。

"多拍点，高清，角度要好。"

"是。"

"回去之后，把这几天所有的图像发到我邮箱。"

"是。"

"24 小时，不能间断。"

"是。"

乔邃吩咐完，随即大步向前，后面的两个下属赶紧跟上。走了几十米，乔邃又突然停了下来，慢慢转回了头。

鸭舌帽赶紧上前询问："您还有什么吩咐吗？"

乔邃没有看他，而是盯着墙角的那对男女，细细打量，总觉得有点怪异。

苏男这个女人不同于一般人，有心计，有谋略，也很聪明。一个聪明的女人，怎么可能会犯这种低级错误，背着木志明在公众场合跟小白脸卿卿我我？这太不寻常了。乔邃的直觉告诉他，这里面肯定有问题，于是又向前走了几步，看着看着，果然有了新的发现，这个背对自己的男人，身影似乎很熟悉，但到底是谁一时半会儿又想不起了。

乔邃站在原地，一时陷入了沉思。

身后的两个下属和负责盯梢的男人，看着上司莫名其妙地呆立不动，不由面面相觑。

正在这时，那对男女转过了身，三人毫无防备地对上，全都惊呆了。

时间似乎在这一秒停止了跳动，最惊讶的莫过于苏男，用瞠目结舌来形容一点都不为过，她只听见自己喉管里发出叽里咕噜的声音，却说不出一个字。她怎么也没想到，乔邃突然从安啸的视线中消失竟是来到机场，而且还见到了凌西。今天真是活见鬼了，怕什么来什么，太匪夷所思了，所有糟糕的事，在这一刻全都发生了。

乔邃也很讶异，他做梦都没有想到，跟苏男热恋的这个男人，竟然跟自己渊源那么深。

最先反应过来的是凌西，他松开了苏男的手，朝对面的乔邃展颜一笑，快步上前，张开双臂，两个男人拥抱在了一起，随即身形分开，你一拳我一脚切磋了几下，又相互搂着肩哈哈大笑。

这回不止苏男傻了眼，连鸭舌帽也惊得差点站不稳。

凌西回头朝苏男招手："小狸子，过来，我给你介绍一个人。"

苏男神情呆滞，缓缓走上前。

"我的女朋友，苏男。这是乔邃，我的……"凌西突然顿住，不知道如何开口，过了一会儿才说，"我的好朋友。"

宛如晴天霹雳，苏男的脑袋一片空白。

乔邃微眯双眼，眼梢、唇角的笑容邪味十足，这是他第一次看到这个女人如此失魂落魄，不知怎么的，看到她吃瘪的样子心里特别爽，他伸出一只手，故作惊讶道："子西好眼光，大美女噢，真是令人羡慕。是叫苏男吧，幸会，很高兴认识你，还有……小狸子！"

苏男看着眼前这个做戏的男人，只觉得恶心。

乔邃瞧在眼里，乐得更欢："怎么了，脸色这么难看，是不是着凉了？"

凌西连忙低头，摸了摸她的额头，急切地问道："哪里不舒服吗？"

苏男闭了闭眼，顺势点点头："最近加班多了，头有点晕，不碍事。"声音细弱如蚊，倒真有一副弱不禁风的样子。凌西赶紧把她搂进怀里，转身对乔邃说道："那我们先回去休息了。你这是刚回来，还是准备出差？"

"我飞一趟美国，很快就回来，到时好好聚聚。"说到这里，乔邃转身对其中一个助手吩咐道："你留下，送子西和苏小姐回别墅，好好招待。"

下属领命答道："是。"

"子西，别墅里一切照旧，你的房间从来没变过，福婶每天都安排人打扫得干干净净。"说到这里，乔邃眼神暧昧地看了一眼苏男，"苏小姐，你住我的书房吧，跟子西的房间离得近。"

"不，不不。"苏男连忙摇头，如果没有记错的话，上次在别墅看到的仇人乔子东的画像，就挂在那间书房里，"我还是住公寓，离公司近，明天还得起早。"

乔邃嘴角微微一撇，露出一丝不易察觉的笑："苏小姐，明天是周末。"

"明天我加班。"

苏男的目光化作锐利锋刃，恨不得在某人身上生生戳出一个洞。

乔邃见好就收："子西，我的时间到了。过几天等我回来再替你接风洗尘。"

两人寒暄过后，各自分开。

苏男眉头微蹙，轻声问着身边的男子："他为什么叫你子西？"

凌西想了想，低声答道："小狸子，抱歉，事情有点复杂，我的本名叫乔子西，凌西是随我妈姓。"

苏男抖着唇，指甲掐进了肉里，失声问道："那……你跟乔邃什么关系？"

"我是他名义上的小叔，虽然我们年龄相仿。"

顿时，苏男脸色煞白，好像掉进了冰窖里，从头顶凉到了脚尖。

35　凌西的另一面

苏男在送凌西回别墅之后，执意回了自己的公寓。

现在她最需要的是独处和冷静。

凌西有点失望，但并没有表现任何不满，心细如发的他，早已发现苏男的不对劲。或许她在责怪自己身份的隐瞒，的确，他也感到内疚，但这件事不是三言两语就能讲得清楚的，况且有外人在也不方便。同时考虑到明天苏男还要加班，精神也不好，凌西还是放她回去休息。

凌西琢磨着过几天找个机会再好好解释一下。

迈进乔家别墅，福婶和华叔热情地迎接凌西，像真正的家人一样嘘寒问暖，这份真心让凌西多少有些感动。这座别墅里认识他的人并不多，只除了这两个人，因为他们都是乔家的老人，看着乔邃长大，对乔家的恩怨了然于心。

凌西不想去分辨福婶和华叔的笑里，有多少是因为乔邃，又有多少是因为自己。这些年他学会一件事，就是放下。人生在世短短几十年，有些事情没有必要牢牢记住，执着过了头就是执念，执念过了头就是禁锢，该放下时就放下，这样才能够腾出手来抓住真正属于自己的快乐和幸福。所以，凌西的心中没有怨恨，只有宁静。

别墅里两个年轻的保姆正躲在角落里，看着这个飘逸出尘的男人，窃窃私语。

“他是谁啊？”

“听说是乔董的好朋友。”

“以前没见过啊。不过，长得真帅。”

“你觉得他好看，还是乔董好看？”

“当然是乔董了。”高个女的尖叫道。

“乔董是长得帅，可是你不觉得太冷了，我都不敢看他的眼睛，”另一个女人说道，“但他不一样，很绅士很优雅，看到我们时脸上总是带着笑容，很容易亲近。”

“小妮子，思春呢，小心害了单相思。”

“说什么呢？你说什么呢？”

两人嬉笑玩闹起来，不一会儿跑远了。

此时的凌西就站在院子里的一棵大树旁，刚才两人的对话他一句不落地都听进去了，但表面上却没有丝毫的波澜。他是一个对男女情事看得比较淡的人，或许是因为自己母亲早年的遭遇，原本以为这辈子都不会涉及情事，不会结婚生子，不会成家立业，孑然一身，自由自在。没想到，上天却让他遇到了苏男，这个女人真正打动他的，不是天使般的容貌，而是那种眼神——遗世而独立，骄傲而孤寂。

凌西伸手摸了摸大树，如果没有记错的话，这应该是乔邃买别墅的那一年种下的，如今已经枝叶繁茂，算算也有六七个年头了。他对这个别墅没什么印象，只在匆忙之中住过一次，房间很宽敞很舒服，收拾得一尘不染。至于乔邃提到的室内陈设和摆件之类，他已经记不得了。乔家留给他印象最深的，还是那座老宅子——如玉山庄。如果这次有机会，他倒是更愿意去那里看一看。因为看完这一眼，下次就不知道猴年马月了。

远离乔氏，是他多年的信念。远离中国，也是他多年的坚守。上一次破例，是因为乔氏差点跨掉；这一次破例，是因为自己心爱的女人。凌西不希望再发生第三次。

福婶站在回廊下看了一会儿，见年轻人仍然在大树底下徘徊，于是抬脚轻轻走了过来，手里端着一个果盘。果盘里黄灿灿的芒果，又大又好看，体形细长，尾部肥胖，头部微小，看起来更像大象的牙齿。

福婶在凌西身后站住，开口叫道："乔……"突然发现不知道该怎么称呼才好，有些莫名的尴尬。

刚好凌西转过身，看到那盘芒果，心里一暖："福婶，你还记得我喜欢吃这个？"

"当然记得。"福婶眯着眼笑道，双手递上果盘，"尝一尝当季的芒果吧，当季的新鲜、皮薄、肉厚，味道还不错。"

凌西伸手挑了一个，轻轻剥了皮，送进嘴里，慢慢品味，点点头："真的很鲜美。"

"乔先生……"

"叫我凌先生吧。"

福婶眼神闪烁："过去的事都已经过去了，况且乔家老爷夫人都过世多年，有空多回来走动走动，俗话说，落叶总要归根。"

凌西笑而不答，又吃了几口芒果，放在嘴里细细咀嚼："刚才你还说当季的水果最甜，我何必非要做乔家的反季节水果呢？"

福婶微微叹了一口气："那您这次……"

凌西突然想到了苏男，于是欠了欠身："福婶，失陪一下，我得去打个电话。"他大步流星地回到卧室，拿起床头柜上的古董电话机，播出那串熟悉的号码，传来的却是一句冰冷的语音报读："您拨打的号码已关机。"

36 分手

屋内漆黑一片，苏男坐在落地玻璃前看着外面，一动不动。

脚底下的那条宽阔马路，车水马龙，人声鼎沸，热闹非凡。后来，人变得越来越少，车子也呼啸而过，只有大广告牌的霓虹灯光偶尔投射进来，一明一灭。再后来，人走了，车没了，霓虹灯也关了，只剩下孤零零的几排路灯惨绿绿地照着路面。现在，天地万物一片寂静，远处的地平线慢慢出现一丝光亮，薄雾弥漫在空气中，若隐若现。

苏男这才醒悟，原来自己坐了整整一夜。

她缓缓站起身，刚走两步，站不稳又歪倒在沙发上，一股刺痛从脚尖漫延到心口。她伸出双手轻轻揉了揉脚关节，渐渐地，那股疼痛感得到缓解，再次站起来时，已能健步行走。

看，这就是生活。

苏男自嘲地笑了笑，原来真的没有什么过不去的坎。

比如疼痛的脚、受伤的心、刻骨的爱。

原本以为自己会崩溃，没想到，仍然能够安安静静地坐在这儿看一整夜的风景，可见这段感情在自己心里不过如此。现在她终于明白了，原来在凌西说出那句“我叫乔子西”时，两人的缘分已经走到了尽头。

想清楚这一点，苏男知道怎么办了。

她用了短短半小时做了三件事：首先打开电脑，给木志明写了一封请假邮件；第二件事是打开手机给安啸打了一个电话；第三件事就是上网给自己订了一张机票。

三件事做完之后，苏男转身进了洗手间，打开洗澡水，又倒了一盒牛奶，慢慢脱下穿了一天一宿的衣服，看着自己光滑细腻的肌肤沉浸在浴缸里，然后看着水漫过腰身、胸部、颈部、嘴唇、鼻子、眉毛，直至头顶。

苏男在水里足足憋了几分钟，直到满脸通红，肺部疼痛，才猛地跃出水面，大口喘气，把残留的那点不舍也清洗得干干净净。先学会对自己狠心，才能学会对别人狠心。看着镜中那双清明的眼睛，苏男觉得自己做得还不错。换过一身休闲衣服，简单整理了一下旅行箱，带着宽边墨镜和大帽子，她毫无留恋地走出了家门。上了出租车，苏男给凌西发了一条短信，然后关机掏出卡片，扬手朝风中一扔，很快没了踪影。

凌西昨晚睡得很晚，不知是因为苏男，还是这张床的缘故，老是翻来覆去睡不着。他爬起来看了好一会儿书，直到倦得不行才迷迷糊糊睡去。第二天醒来时，已是阳光高照，云淡风轻。凌西掀被下床，第一件事就是寻找手机，打开一看，竟然有苏男发来的短信，心里很是欢喜，迫不及待地点击查看，却当场傻了。满目惊异，面色沉静如水，却隐含着阵阵的悸动，好似不相信眼前的一切。

“我们分手吧！”

凌西再次低头看着这五个字，心口已突突地跳动，气息凝滞，浑身绷紧，手轻微地颤抖。下意识只有一个动作，回拨过去，再次听到昨晚那个冰冷的语音报读：“您拨打的号码已关机。”

凌西一下子慌了，浑身发软地瘫坐在床沿。

昨天不是还好好的，怎么一觉醒来，就变得面目全非了呢？

他深吸一口气，强迫自己冷静。苏男不是一个心血来潮骄纵任性的女孩，相反，她是一个非常明理而且克制的人，应该说她做事比一般人更理智和决断。突然一夜之间发生这么大的转变，她一定有不得已的苦衷。这样想来，凌西已能稳住情绪，当务之急是要找到症结。

他拉开桌前的凳子坐下，开始细细回想昨天发生的所有事情，从机场到乔家别墅，苏男说过的话，做过的事，甚至面部表情，任何蛛丝马迹都不放过，一点一滴，慢慢还原、拼凑。

一个小时后，他终于得出了结论，问题出在乔邃身上。

几乎没有思索，他已掏出手机拨了出去，手机接通，但没人听电话。再拨一遍，仍然没有接听。拨第三遍的时候，突然传来一个恶狠狠的声音，透着十二分的不耐烦：“谁？”

“凌西。”

“子西，你干吗？”乔邃在电话那头抱怨，“我正在倒时差，刚睡下。”

“我有事问你。”

“有事等我睡醒再说，好不好？”

“不准睡！”凌西的声音有点急。

乔邃还是头一次听到有人敢用这样的口气跟他说话，不免来了气：“即使天大的事，也得等老子睡醒再说。”说完不管不顾地挂了电话，拆了电池，蒙上被子，倒头睡去。蒙眬中，他又被电话吵醒。乔邃只觉得一个头两个大，真是活见鬼了，手机不是明明卸了电池，怎么可能还叫得这么欢。他睁开惺忪的睡眼，四周打量了一下，才发现是桌上的另一部私人手机。

乔邃猛地清醒，掀开棉被，跳到地上，拿起手机，冷声问道：“什么事？”

“乔董，”电话那头传来鸭舌帽急急的声音，“苏男突然拿着行李出门，我们兄弟跟着她到了机场，接下来怎么办，她走，还是让她留？”

乔邃沉思片刻，命令道：“派两个人跟她上飞机，不要打草惊蛇。”

“明白。”

“任何情况，随时给我汇报。”

“好。”

经过这一闹，也没了睡意，乔邃又拿起之前的那部手机装上电池，给凌西打了过去：“有什么吩咐，小叔？”

对方也不含糊，开门见山道：“你早就认识苏男？”

乔邃暗暗惊讶凌西的聪明，这么短的时间内已经看出端倪。他不禁想起母亲张亚萌生前对他俩的评价，乔家最有野心的人是乔邃，最聪明的人却是乔子西。就是因为这句话，他耿耿于怀了好长一段时间。

凌西等了半刻，不见回答，追问道：“怎么不说话？”

“确实见过两次，昨天见她有意隐瞒，我也不好点破。”

“你跟她有过节？”

“怎么可能，她跟我女朋友关系很好，”乔邃辩解道，“发生什么事了？”

“苏男要跟我分手。”

“为什么？”乔邃一边故作惊讶，一边暗赞这个女人的速度。

昨天机场见面之后，他就断定这一幕会发生，只是比他想象中快了不少。

凌西的声音低沉，甚至带点警告：“理由，你应该比我更清楚吧。”

乔邃沉默了。

“告诉我理由！”

“她……没告诉你？”

“她失踪了。”

联想到刚才下属的汇报，这回连乔邃都不得不佩服这个女人，做得够狠够绝。就冲着这股当机立断、快刀斩乱麻的气度，也配跟自己叫板。“好吧，反正你迟早也会知道，”乔邃决定实话实说，“苏男有可能也是乔家的一分子，我们都流着相同的血液。”

“这不可能。”凌西断然否定。

“真没骗你，我怀疑她回国就是为了追查此事。”

“我说了这不可能，”凌西仿佛听到了一个天大的笑话，再加上刚才乔邃甩他电话，心里早就有怨气，忍不住讥讽道，“你以为人人都觊觎乔家的财产？人人都来跟你争夺乔氏的控制权？”

这是两人心中最深的鸿沟，平时轻易不会触碰。

凌西说完也有点后悔，在与乔家元老那一战中，两人好不容易积累下来这点亲情，他不想在自己冲动之下毁于一旦，于是改口道：“抱歉，无心的。我有点急了。”

乔邃对于凌西的真实流露，倒没有放在心上。

男人对于金钱和权力的热爱是天生的，真正看淡的人，要么得不到，要么成了佛。

凌西虽然是乔家最聪明的男人，却不适合坐在乔邃这个位置上，因为他有两大弱点：优柔寡断，且缺乏斗志。无论是做一个家族的当家人，还是一个财团的老板，无疑这两个弱点都是致命的。相反，乔邃在这方面反而比他出色，有冲劲，够胆量，能杀伐决断。

“没事，能理解，”乔邃语气平淡，一语带过，“你为什么这么肯定？”

“苏男是孤儿出身，从小被父母抛弃在医院门口，在孤儿院待了好几年，直到被人收养带到加拿大。她从小到大都没接触过乔家，怎么可能跟乔家有瓜葛？”

对方言辞灼灼，不像在说谎，乔邃皱了皱眉：“那她为什么要跟你分手？”

“你问我，我还想问你呢！”凌西负气答道。

“除了我刚才说的这个理由，我想不明白，她为什么跟你分手？”

“你难道不晓得你妈的手段？苏男如果真是你的妹妹，你妈能不知道这回事？她能让这个女孩健康长大？”

凌西一连串的质问，让乔邃哑口无言，也在瞬间点醒了他。确实，父亲荒唐这么多年，拥有许多情人，没有一个女人能逃过母亲张亚萌的耳目，她怎么可能会让这个孩子出生，并且有滋有润地活到今天？

乔邃思路有点乱，无数个怀疑在他脑袋里打转，当务之急是要稳住对方：

“我打电话问问莉莉，平时她们俩走得比较近，你也打电话问问她平时接触的人。找到她的人是当务之急，我们现在胡乱猜疑也不是办法，如果有消息随时联系。”

挂了电话，乔邃点了一根烟，猛烈地吸了几口，看着半空中的一个又一个烟圈，陷入了沉思。在他幽邃的眸子里，流动着一种让人费解的情绪。如果苏男真如凌西所说，是孤女出身，从小被抛弃，最后还流落到孤儿院，那她肯定不是自己的亲妹妹。想到这里，不知怎么，乔邃心里某种压抑的情绪似乎得到了释放，让他有一种莫名其妙的欣喜。

37 说客

安啸知道凌西会找上门来，他在等他。

这两天发生的事实在太多，每一件都超出意料，让人手足无措。

两人合计的如玉山庄第二次行动失败，还不知道怎么给陈归尘交代；凌西毫无征兆地突然回国，让苏男措手不及，两人正合计如何让他早点离开，没曾想在机场又被仇人乔邃撞上；还没缓过神来，又来一个晴天霹雳，凌西竟然是乔家人，还是乔邃的小叔。

屋漏偏逢连夜雨，所有不幸的事都撞在了一起。

安啸大清早接到苏男的电话，听出一身冷汗，心脏像在坐过山车一样，忽上忽下，落不了地。偏偏苏男在电话那头还一副云淡风轻、事不关己的样子，好像在念新闻稿，语气没有任何波澜。那一刻，他突然很同情她。一个大男人，如他这样都觉得心力交瘁、疲于奔命，更何况一个娇滴滴的女子，无依无靠，只身对付两个最难缠的敌人；本以为后方有个坚强的臂膀可以依靠，哪知男友突然也变成了敌营中的一员，这种打击不是常人能承受的，这是心灵的极度煎熬和折磨。

苏男希望通过他的嘴，让凌西知难而退，自愿放弃这段感情。

安啸本想拒绝，可是俗话说，“宁拆十座庙，不毁一门亲。”再者干这种事情对自己百害而无一利，最容易猪八戒照镜子——里外不是人。但是当苏男悠悠地说了一句“如今我能信任的人就只有你了”，安啸脑门一热就答应了下来。

两人约在一间咖啡厅见面。

中国这几年，咖啡厅越来越像大排档，人多嘴杂，瞎热闹，完全没有了以前高雅幽静的氛围，反倒茶馆更适合谈事。考虑到凌西从小在加拿大长大，可能不习惯中国喝茶的方式，想想还是照顾对方的喜好，就约在这么一个地方。安啸环顾了一下四周，人不多，倒显得比较安静，看样子时间选得对，错开了高峰期。

没等多久凌西就到了，安啸顺势低头看了看表，提前了五分钟。

“嗨，又见面了。”安啸站起来热情打招呼。

凌西送上一拳，半真半假地道：“你小子不地道，有事瞒我。”

“兄弟有错，今天认罚，”安啸也做好了心理准备，递上清单，“想喝点什么，点吧。”

“随便，你看着办。”

安啸很快招来服务员，点好咖啡，递过来一包烟。

凌西皱了皱眉：“能抽吗？听说国内公众场合也戒烟了。”

“抽吧，罚款算我的，”见对方依然不动，十足的绅士，安啸只好招认，眨了眨眼，“问过了，这是吸烟区，没事。”

“你啊，老是玩这种小聪明。”

两人相视一笑，开始互相点烟，吞云吐雾。过了好一会儿，安啸见凌西仍然专心吸着烟，就是不开口询问，于是心里纳闷得很，自己忍不住了：“你问吧。”

“苏男在哪儿？”

“我不知道，”见凌西闪过一阵厉色，安啸连忙解释道，“不过她说要出去散散心，很快会回来。”

“她为什么跟我分手？”

安啸沉默了，低头抽了一口烟：“你不该瞒她。”

“这么说，还是跟乔家有关？”

安啸点点头：“她这次回来，就是冲着乔家来的。”

凌西很惊讶：“她真是乔家的私生女？”

“当然不是，你听谁说的？”

凌西吊在半空中的心脏终于落了地，脸色也缓和下来：“具体什么情况？”

“她好像跟乔家有很深的仇恨，”安啸想了想，斟酌道，“不过我只是她的私人侦探，真正的内幕如果你不知道，我就更不知道了。”见凌西神情痛楚，嘴紧抿着，一声不吭，他只得继续说道：“你们俩也真是的，你隐瞒自己的身世，她隐瞒自己的仇恨，这都什么事啊……”

这话说到了凌西的痛处，他神情沮丧，耷拉着脑袋，一句不吭。见他无意说话，安啸舔了舔嘴唇：“哥们儿，你这事不好处理。你是乔邃的亲小叔，竟然还有年龄差不多的叔侄，难怪让人吃惊，不仅苏男没想到，我都感到意外。对了，你们俩到底谁大？不会是你侄儿比你还大吧？”

“我比他大两岁。”

“噢，幸好，”安啸呼出一口气：“否则真是毁三观啊，你说乔家老太爷怎么想的，你妈那么年轻，怎么就……”

“你到底想说什么？”凌西呵斥道。

安啸愣了，猛然意识到自己说错了话，哪有当着面说人家爸妈的不是的：“抱歉，抱歉！我想说的是你和苏男的处境。你的身份摆在这儿，这是没办法的事。而苏男的复仇，估计也不是一时心血来潮，这是不可调解的矛盾。手心手背都是肉，帮哪一方，心里都觉得愧对另一方。如果不帮任何一方，估计全都得罪了。苏男之所以提出分手，其实也是替你着想，否则你夹在中间，多难受。”

凌西突然伸手把香烟狠狠摁在盒子里，又来回扭了扭，直到火星沫子都熄灭了，这才抬起头，眼带不屑，冷冷地道：“你收了谁的钱，来这儿当说客？”

安啸惊讶地看着对方，一时无言以对。

凌西目光直直地射过来，若有所思：“苏男让你这么说的？”

不知怎么回事，安啸鬼使神差地点了点头。

凌西脸色一变，俊秀的眼睛略显黯淡，脸上带着隐隐的怒气：“想分手可以，让她自己来跟我谈。”说完扬长而去。

与此同时，大洋彼岸的另一端。

蓝色荧幕前，乔邃一边喝着香槟一边看下属发来的照片，很大很清晰，角度也不错。不知是因为抓拍技术好，还是相机的原因，照片里的女人或微笑，或沉思，或蹙眉，或茫然，神态各异又风情万种，这个女人就是苏男。

乔邃突然伸手一推，转椅立即往后滑行一段距离，手里的酒平平稳稳，一滴未洒。他似乎对自己的技巧颇为满意，咧嘴笑了笑，仰头小饮一口，含在嘴里，回味一番，慢慢咽下去，味道好极了。再回头看着电脑里那张放大的嫣然巧笑的容颜，脑海里却像电影回放般历历在目。

别墅里，黑衣黑裤风华绝代，眼神皎洁又孤寂。

电梯里，低头垂目，无视无数眼光，如老僧入定般波澜不惊。

机场里，依偎在凌西怀里艳若桃李，娇笑轻语，顾盼生辉。

看着想着，乔邃的黑眸越来越亮，嘴角的微笑缓缓荡漾开来。这两天，他的心情还不错，或许是因为美国供应商的棘手事件处理得很圆满。他双脚一蹬，重新回到电脑旁，继续查看后面的照片，电话在这时响起，还是那个隐秘的私人手机，乔邃迫不及待地伸手接过，沉声问道："人在哪里？"

"孤儿院。"

"孤儿院？"乔邃惊讶得站起身来，"有没有搞错？"

"错不了，乔董，我们 24 小时盯着，苏男白天在孤儿院里当义工，晚上就住在附近的宾馆，没跟任何人接触。"

"木志明也没出现？"

"没有。"

"什么时候回来？"

"我们查到她订的是明天下午飞 L 城的航班。"

"行，做得不错，继续。还有一件事——"

乔邃说到这里，突然停顿下来，视线缓慢移到电脑前，看着屏幕里的一张照片，光线有点黑暗，似乎在夜里，苏男站在小区单元门出口，轻轻依偎在一个男人怀里，两人的神情都有一种莫名的伤感，那个男人赫然就是安啸。

"帮我好好查一查这个男人，"乔邃拿开手机，对着电脑照片拍了一张，发送给对方，然后说，"我要的是所有资料。"

38　选择题

苏男接到安啸的电话后，立即订了机票。

有了自己的不辞而别，再有了安啸的那一番谈话，她相信凌西已经有了足够的心理准备来跟她心平气和地商谈。下了飞机，苏男穿着竖领风衣，戴着宽边墨镜，直接从通道下达地面。因为没带什么行李，她很快撇开众人，径直低头向出口走去。走了大约 100 米，猛然停住了脚步，因为面前有人挡住了去路，正是凌西。

这个男人几天前还玉树临风，洒脱俊朗，今天再见已大变样，胡子拉碴，眼圈泛黑，满面憔悴。苏男心口一紧，眼皮发酸，不忍再看。凌西直直地盯着她，似有千般思绪，却不言语。

苏男踌躇片刻，还是上前走了两步：“你怎么来了？”

凌西没有回答，却伸手猛地搂她入怀，伸手拿过她的行李袋，拽着她往前走。

苏男有意挣脱，却被挟得更紧，只得低声喝道：“干什么，你放开！”

凌西嘶哑的声音从头顶上方传来：“现在你还是我的女朋友。”说完两人已走出大门，苏男迅速被推进停靠在路边的一辆出租车，凌西恶狠狠地问道：“你的公寓在哪儿？”

苏男不想在气头上拂逆他，老实地报出了地址。一路上，两人各自望着玻璃窗外，沉默不语。司机见两人上车前还紧紧搂抱在一起，上了车却是一副老死不相往来的样子，暗想他们肯定是一对吵架的情侣，于是伸手打开了收音机。

伴随着悦耳动听的音乐，收音机里传来播音员的声音，很特别，有一种深沉和岁月的沙哑，听起来却感觉安逸和宁静：“传说中女人是男人遗失的肋骨，男人和女人打从一生下来，就只有一半的生命，我们一直在寻找着自己的爱人，寻找着属于自己的另一半，但这个非常难，因为真爱可遇而不可求。如果遇到了，你比很多人都幸福，不要轻易说分手……”

凌西听到这里，气也消了大半，伸出大手包住苏男的小手：“答应我，以后无论在什么情况下，都不要说‘分手’两个字。”然后又把小手扣到自己的胸前：“这里很疼，疼得整晚睡不着，比钝刀子割肉还疼。”

苏男黯然神伤，好不容易鼓起的勇气也失了底气，僵硬的小手慢慢变软，任由他握着不再挣扎。凌西见她有所软化，身子轻移了过来，把她拥入怀里：“小狸子，天底下没有解决不了的事，不要把我推开，不要给我定罪，任何困难我们一起去面对，好不好？”

此时此刻，苏男突然不想说话了，这个男人的怀抱一直是她最渴望的地方，能多待一回就多待一回吧，于是她闭上眼睛，深深地回抱，把头埋进他的臂弯。她的举动无疑让凌西欣喜若狂，几日的煎熬终于有了一个解脱，他人长长地呼出一口气。

两人进了公寓，苏男拿着行李进了卧室。凌西环顾四周，干净整齐，但装修风格明显偏男性化，心里不禁打了个问号。不一会儿，苏男出来，已换了一身家居服，松松垮垮挂在身上，倒多添了几分慵懒的情调。她走到茶几，手脚麻利地泡了一壶茶，看着对面的男人，轻声问道："你什么时候回加拿大？"

"你跟我一起回去。"

"我这边的事还没了。"

"什么事？"

"工作上的事。"

"辞职，我养你，"凌西说到这里，放下手中的水杯，伸出长长的双臂，把苏男抱了一个满怀，柔声说，"小狸子，给我生孩子吧。"

苏男身子猛地僵硬，她想起了晴姨还没来得及出世的孩子。

"你先回去，等我处理完手上的事，很快。"

"不，要回一起回。"

"我还得待上几个月。"

"为什么？"

"有事。"

"为了乔家？"

这话一出，气氛骤然变冷，苏男脸上的柔情也消失不见，挣脱凌西的怀抱坐在了沙发的一旁。凌西倾身上前，不容苏男躲闪，脸猛地压下来，一字一句："乔家的事，我出面帮你解决。"

苏男抬眉，冷着脸道："你解决不了。"

"为什么？"

"因为你姓乔。"

"姓乔怎么了？"凌西俊逸的眉眼刻出道道深痕："我八岁就被乔家送出了国，一个人孤零零地在加拿大长大，没有亲人，没有朋友，我妈临死的时候才让我回国见最后一眼。除了姓乔，我跟乔家一点关系都没有。"

苏男惊讶地看着他，这是他第一次主动说起自己的身世，原来他也有不堪的回忆。

"你恨他们吗？"

“不，”凌西摇头，“我答应过我妈，不仇恨任何人。”见苏男低头不语，他抬起她的下巴，深情注视，劝解道：“长大以后我明白了，原来放下仇恨，我才能活得更好。小狸子，跟我一样，放下它，丢掉它，没有什么比你自己过得快乐和幸福更加重要了，没有什么比我们相亲相爱、牵手一生更加重要了。”

他的嗓音带着蛊惑，苏男的眼神出现了片刻迷茫。远离仇恨，过随心所欲的生活，跟心爱的人组建家庭，生儿育女，其乐融融，这是一个什么样的画面。

她真的迷惑了！

却不知，这样恍惚的眼神，落在男人的眼里，却是另外一道风景。

凌西的吻瞬间落了下来，起初轻轻的，柔柔的，后来越吻越深，越来越要不够，两人的呼吸声在加重，苏男在凌西双手的抚摸下慢慢情动起来，娇喘出声。这样的机会，凌西当然欣喜若狂，甚至可以说，这一切都是他蓄意所为，当女人有了孩子，当她的母爱泛滥时，仇恨之心也必将大大减弱。

苏男有意阻挡，但此时凌西的双手已伸入衣内，抚上了苏男的双胸。他揉捏片刻，猛地张嘴含住，手和嘴并用，不停地挑逗、撕扯。苏男只觉浑身燥热酥麻，忍不住发出呻吟，曼妙的身子软如一滩水，能调出蜜来。凌西微微抬头看着身下的女人婉转承欢，显然她已经意乱情迷，做好了准备，于是腾出一只手往下探去，掀开长裙，炙热的手掌在上面来回摩挲。

“丁铃，丁铃，丁铃……”

不合时宜的门铃声让两人同时一震，凌西不管不顾地继续亲吻着身下的女子。此时的苏男睁开双眼，迷离之色早已散去，清澈的眸子熠熠生辉。她幽然叹了一口气，避开男人的手，侧过一边轻轻站了起来，低头整理好衣服，慢慢走到门边，顿了顿，回头看了一眼凌西，眼神快速闪过一道光芒，然后猛地伸手拉开门，一个干净清爽扎着马尾辫的年轻女孩，正笑眯眯地看着她。

正是陈归尘的女朋友——许遥。

“好久不见，苏姐姐。”

苏男连忙用身子挡住她的视线，笑着答道：“你好啊，小遥，有什么事吗？”

许遥见苏男堵在门口，并未邀她进去，有点尴尬：“没事没事，本来想随便聊聊家常，如果你不方便，咱们下次再聊。”

苏男不想让她见到凌西，便顺势答道："好，下次吧。"

凌西在屋内听到一个女孩清亮的声音，有些好奇，探出一个脑袋，问道："谁啊？"

许遥听到年轻男子的声音，神情呆滞片刻，猛然明白过来，小脸蛋立即白里透红，不好意思地摆摆手："抱歉，真的抱歉，打扰了。"说完拔腿就走。

凌西走出来时，只见到一个匆匆离去的背影："这人是谁啊？"

"楼下的邻居。"

凌西有些疑惑地看着她："有事吗？"

现在的他更想完完全全介入她的生活，接触她的朋友，似乎这样才能离她更近。

"没事。"苏男转身关了门，心里暗暗想着许遥的来意，看样子陈归尘有点不耐烦了，打发他女朋友来催促。

"跟我回加拿大吧。"凌西双手再一次环上来。

苏男一动不动，这个时候她又烦躁又焦虑，急于想出办法解决如玉山庄的事，还不知道艾莉莉那个U盘怎么样了。

"在想什么？"凌西转过她的身子，两人正视着。

"你还有什么事吗？"

"什么意思？"

"坐飞机有点累，我想早点休息。"

这种疏离的口气让凌西有点来气："你这是要赶我走？"

"我真的很累。"

"今晚我睡这儿。"

"不行，"苏男立马否决，"这里只有一张床。"

"你睡床，我睡沙发。"

"我们已经分手了。"

凌西被这句话炸懵了，不可置信地看着苏男："你知道自己在说什么吗？"

苏男平静地看着他，毫不迟疑："我们已经分手了。"

凌西火冒三丈，明明刚才还好好的，现在又突然变卦，看着这个反复无常的女人，他怒极反笑："给我一个理由。"

"我们不可能在一起。"

"理由！"

“因为你叫乔子西。”

“我说了，乔家跟我没关系。”

“如果我现在要对付乔家，你帮谁？”

“我再说一遍，乔家的事，我出面帮你解决。”

“我要把如玉山庄夷为平地，你能做到吗？”

凌西惊讶地看着对方，说不出一个字。

苏男冷眼瞧着，脸带嘲讽：“你看，我只是想让如玉山庄消失，你就哑口无言了。如果我说要让整个乔氏垮台，你会怎么样？”

凌西不敢相信，喃喃地问道：“为什么你这么恨乔家？”

“这跟你没关系，我们已经分手了。”

“我不同意。”

“行啊，你不想分手也可以，那就帮我解决如玉山庄，”苏男低眉闪过一阵寒光，随即翘着下巴，决然道，“你有两个选择，要么选我，要么选如玉山庄。”

凌西连连后退，随即甩门而去。

苏男没有回头，只听到大门“哐当”一声巨响，身子便无力地倒在沙发上，指甲死死掐进肉里，泪水瞬间滑落，如断线的珍珠，冷冷落落，滴个不停。

39　猎物

鸭舌帽坐在乔邃的对面，见他阴沉着脸，一句话都不敢说。

他自己都没有想到，乔邃让他调查的这个叫安啸的人，竟然跟自己是同行，更没想到，这家伙竟然跟凌西关系也不一般。

“你觉得这三个人是什么关系？”

“这个还真不好说，”鸭舌帽小心应答，“从照片上来看，安啸应该跟苏男和凌西关系都不错，但苏男和凌西明明是情侣，他这么插上一杠，有点不地道，老话说得好，朋友妻不可欺。这样的朋友……”

乔邃冷冷看了他一眼。

鸭舌帽连忙住嘴，愣愣地看着他。

“说重点。”

“好。重点不在这三者之间的关系，而在安啸的职业，”鸭舌帽说到这里停顿了一下，见乔邃面色缓和，又继续说道，“他的身份是私家侦探，苏男和凌西接近他，到底让他调查谁？”

“你觉得呢？”

鸭舌帽看着眼前的这个年轻人，乔氏集团的掌舵人，缓缓说道：“乔家，也就是您。”

乔邃并未动怒，食指和中指在桌上相互敲击着，有节奏地发出“嘚嘚嘚”的声音，撇嘴一笑：“有意思。”

鸭舌帽看了乔邃一眼，欲言又止，又想了想，还是开口道：“还有一件事，不知道该不该说？”

“说吧。”

“关于安啸。”

“怎么了？”

“您知道他是谁的儿子吗？”

看着鸭舌帽一副故作神秘的样子，乔邃只觉得好笑：“你总不会说，他是我爸的儿子吧？”

鸭舌帽沉默不语。

乔邃看着他的表情，脸上的笑容一点一点褪去，眼神慢慢变得凌厉：“说，别卖关子。”

鸭舌帽面色一凛：“安啸的母亲叫安小佳，是您父亲的初恋情人，两人交往过一段时间。谈婚论嫁的时候，遭到乔老爷子的强烈反对，最后不得不分手。”

“然后？”

“没多久，安小佳就嫁给了木志明。”

“M公司的老板？！”

“正是。”

乔邃紧锁眉头：“继续。”

“您父亲娶了您母亲后，安小佳也嫁给了木志明。婚后，两人私下仍然偷偷来往，不小心被木志明发现了，他去找乔家算账，后来这事不知怎么回事就不了了之。但没过多久，安小佳就怀孕了，木志明怀疑孩子来路不明，而安小佳一定要留下这个孩子，两人越闹越僵，结果以离婚收场。”

“我妈知道这回事吗？”

鸭舌帽点了点头：“孩子出生时您的母亲去看过，几天之后安小佳带着孩子就从L市消失了，没人知道去哪儿了。”

“木志明知道安啸吗？”

“没见他们俩有过联系。”

“好，今天就到这儿吧，”乔邃想了想，又道，“木志明、安啸、苏男、凌西这四个人如果有交集，就会经常碰面。你也不需要每个人都盯，也没这么多人手，你还是继续盯……苏男吧。”

鸭舌帽对这个结论有点惊讶，提醒道：“乔董，她可能只是一颗棋子。”

乔邃摆了摆手：“我自有分寸。”

打发完下属，乔邃立即让秘书把齐冠华叫到了办公室。这个人在他的心目中不同一般，也是整个乔家最不需要防备的人，所以没做什么铺垫，也不需要任何寒暄。乔邃指了指沙发，待对方坐下后，直切主题：“华叔，你知道安小佳这个人吗？”

齐冠华浑身一震，惊讶地看着他。

这个反应已经表露无遗。

“我妈去找过她？”

齐冠华低下了头：“是。”

“安小佳的孩子到底是谁的？”

“谁告诉你的？”

“华叔，你只需要回答我的问题。这个孩子是我爸的吗？”

齐冠华瞬间抬起头，断然否定：“当然不是。”

“理由？”

齐冠华踌躇片刻，答道：“夫人去找安小佳的时候，偷拿了孩子的样本，去医院做过DNA比对，跟你爸的不相符。”

乔邃听到这里，一直紧绷的脸慢慢缓和下来：“这倒像我妈会干的事。”

齐冠华暗想老板怎么无缘无故提起这件旧事，忍不住问道：“这个孩子出现了？”

乔邃点点头，从桌上随手拿起一张照片递给他，似笑非笑地道：“正监视我呢。”

齐冠华低头一看，正是安啸和苏男互相安慰的那一幕，立即紧张道："他想对你不利？"

"他还没这个能耐，"乔邃眼里带着不屑，"不过，对乔家的仇恨肯定有。先观察一段时间吧，只要他不先对我动手，看在我爸和他妈相恋一场的份上，我不会计较。但是，如果他不识时务，敢对乔家打歪主意，就别怪我不留情面了。"

齐冠华也觉得在理："需要监视他吗？"

乔邃摆了摆手："不用。他的身世查明之后，已经算不上威胁了。倒是有一个人，让我放不下心，还得时刻提防……"

"您指的是苏男？"

"是啊，"乔邃的身子突然后仰，在老板椅上轻轻晃动着。

"不是找人打听过，没什么问题吗？"

"你不觉得她的履历太干净太完美了吗，好像专门给我看似的。"乔邃边说边站起了身，慢慢走到落地玻璃前，看着外面的霞光，脸上带着一丝了然。

齐冠华也连忙站起身来，紧跟他的身后，问道："您的意思，她在资料方面动过手脚？"

"这是肯定的。"

"要不，我们再重新调查一遍？"

"不用，我自有安排，"乔邃摆了摆手，过了一会儿又道，"华叔，如果让一个仇恨你的女人最后爱上你，是不是很刺激、很有挑战？"

"万万不行。"齐冠华连忙道。

乔邃笑了，转过头，扬了扬眉："原来华叔对我没信心？"

"不是这个意思，"齐冠华连连摇头，脸上的皱纹有点收缩，急切说道，"我瞧着她和子西……嗯……凌西的关系不同一般，而凌西是您在这个世上唯一的亲人，没必要为了这么一个女人，伤了这份感情。"

乔邃置若罔闻，专心地看着外面的晚霞。远处地平线上小小的太阳更像一个鸡蛋黄，周边的白云像镶了金边的锦缎一样，光彩夺目，变幻莫测："朝霞莫出门，晚霞行千里。看样子，明日又是一个好天气啊。"

齐冠华心下一凉，刚才的话他压根儿没听进去，只得又继续劝道："我瞧这姓苏的女人也不简单，明明是凌西的女朋友，还跟木志明暧昧不清，现在又勾搭上他的儿子，这种又漂亮又有心计的女人，简直就是……"

"华叔，"乔邃突然叫住了他，笑道："你今天的话，有点多了。"

齐冠华连忙住嘴，正准备退出去，乔邃的声音清晰传来："凌西在陈一顺那一战给了乔家和我莫大的帮助，只要他做人老老实实，本本分分，我必不会亏待他，即使他姓凌，也是乔家的一分子。不过……如果他不知足，上蹿下跳……我也不会心软。"

齐冠华宽下心来，言语中更带着崇敬："对不起，是我多虑了。"

"华叔，您这是真情流露，哪里需要道歉。"

齐冠华从小看着乔邃长大，这么多年一直陪伴在他身边，两人的感情自然不同常人，眼见他羽翼丰满，成绩傲然，仍然这么重情重义，齐冠华心里由衷的高兴，动情道："能为您做事，是我一生的荣幸。"

40　买醉

事情闹到这个地步，凌西一时也不知道该怎么办。

男人的自尊让他无法放下身段去求那个绝情的女人，但分手的痛苦又让他分分钟都过得窒息，现在唯有酒精能麻醉自己。光怪陆离的酒吧，灯光酒色，红绿相映，令人目眩神迷。在这里，谁也不认识谁，想怎么放纵就怎么放纵。就像此时，他的身边就围着两个身材火辣、千娇百媚的美女，论姿色论身材一点都不比苏男差。

"来来来，陪我喝酒。"凌西搂着左边的美女亲了一口，给她斟了一杯，又给右边的美女也倒了一杯。因为有些醉，手抓不稳，大半部分酒都倒在了两人身上。"怎么回事，不愿意，嗯？"

"哪儿啊，是您不小心洒的，怎么怨我们俩呢？"右边的美女娇滴滴地辩解。

"好吧，那你们俩亲我一下。"话音刚落，耳边立即响起两声亲嘴声，这让凌西哈哈大笑起来。

乔邃进来的时候，看到的就是这样一幅香艳的场景。包厢内的三个人同时抬头看向他，凌西摇晃地站起了身，笑道："哟，乔邃，你终于回来了。正好，陪我一起喝酒。"乔邃没有回答，从裤兜里掏出一把钞票，喝道："出去！"两个女人立即放下酒杯，乖乖地拿钱走人。

“哎，你们怎么都走了？回来，回来，陪我喝酒。”

凌西追了两步，浑身无力，软倒在了沙发上。乔邃冷眼瞧着，没有做声，但眼神中带着一丝不屑。他虽然也纵情，但从不来这种地方，因为总感觉来这里就掉了身价。

“苏男……苏男……苏男……”凌西轻声呓语，乔邃上前看了看，原来他已经睡着，眉头紧皱，神情痛苦。“一个女人就把你折磨成这样？”乔邃摇了摇头，站起身，走出包厢，不一会儿，进来两个年轻男人，一人一手扶着凌西慢慢出了房间。

凌西醒来的时候，已是第二天早上。

头疼得厉害，口又渴，他踉踉跄跄爬起来，到了一楼餐厅，眼见乔邃正悠然坐在餐桌喝着白米稀饭，眼睛正在盯着电视里的财经新闻。

“乔邃，你什么时候回来的？”

凌西打着招呼，一屁股坐了下来，由于用力过猛，头晕脑涨，不得不伸手揉。

福婶递上一杯蜂蜜水：“喝点这个，凌先生，解酒，喝完之后脑袋就不疼了。”

凌西抬起头笑了笑：“谢谢你，福婶，蜂蜜水等一下喝，麻烦先给我一杯清水。”

福婶连忙转身去倒水，凌西仰头一口气喝完，再拿起蜂蜜水一口气喝完，终于解了渴，脑袋也清醒了一些：“你什么时候从美国回来的？”

“昨晚我们见过，在酒吧里，”乔邃转过身，似笑非笑，打趣道，“没想到，一向洁身自爱的凌公子，也有寻花问柳的一天。”

凌西很尴尬，嘴巴抽动了几下：“只是喝酒，没干别的。”

“这话，我看还是留着跟苏男解释吧。”

凌西脸色变得极不自然，一阵红一阵白，似是懊恼又似不甘。乔邃瞧在眼里，已明白几分，只是佯装不知，问道：“明天我做东，替你接风洗尘，想去哪儿？对了，听说这两天有十年难遇的月全食，要不出海吧。我的游艇刚做了修整，挺干净。大海上白茫茫一片，人躺在甲板上看天狗吞月，效果应该不错。”

“无所谓，你安排吧。”

“怎么，兴致不高？”

毕竟是乔邃的一片心意，凌西勉强笑道："从没看过月全食，挺新鲜。"

乔邃喝完最后一口稀饭，擦了擦嘴，站起身来，走了两步又折回来，凑上凌西耳边，眨了眨眼："小叔，追女人得浪漫点，甲板之上方寸之间，最适合谈情说爱，再矜持的女人也没地方躲。我会让莉莉把苏男一起叫上，后面的事就看你自己了。"

凌西一听这话，一扫刚才的颓废，欣喜若狂，笑着上前就是一拳："没人比你的鬼点子多，难怪那么多女人前仆后继，一个个心甘情愿地拜倒在你的脚下。"

"错，不是拜倒，而是沦陷。"

凌西心情好了，也调侃起来："那你和这个叫莉莉的女孩，谁被谁沦陷了？"

乔邃眼皮一抬，傲然道："让我沦陷的女人还没出生。"

凌西突然想起了自己的过往，叹了一口气："我没遇到苏男之前，也是这么想……人这一生，有太多的意外。所以，话不能说得太满。"

乔邃哈哈一笑，不置可否，大步流星地走出家门。

41　出海

艾莉莉的邀请电话让苏男犹豫了很久。

一颗心分成了两半，一个声音警告她长痛不如短痛，另一个声音又在劝解，再看一眼就好。见她久久未回答，艾莉莉会错了意，以为照片的事惹得她不痛快，连忙解释道："苏男，乔邃上次临时去美国，也没时间跟我一起挑照片，对不起啊，耽搁你时间了。"见她仍然不吭声，艾莉莉有点急："不过，乔邃已经答应我，这回一定看。"

苏男出窍的灵魂在听到这句话时回了躯壳："什么时候？"

"明天。"

"明天你们不是出海吗？"

"乔邃说需要处理一点公事，会带手提电脑上游艇，到时抽空一起看看。你在的话，也能现场给我们出点主意。去吧去吧，我都给你赔不是了。"

苏男心想：有自己在旁边盯着，这回总不至于再失手。机会难得，也就顺坡下驴答应下来。挂了电话，她突然想起会跟凌西独处，又开始患得患失，一颗心忽上忽下，悬在空中。

眼见着一天就这样过去了。

凌西为了这次难得的机会，特意上网恶补了一通月全食的知识，又好好收拾了一番，并对着镜子照了照，果绿色纯棉 T 恤配笔挺的白色长裤，清清爽爽，看上去很舒服。想着会游泳，又带了一身泳衣和几件换洗衣服。

苏男和艾莉莉坐着乔邃的车来到码头，苏男瞧着乔邃一只手提着简易的旅行袋，另一只手提着一个电脑包，放下心来。苏男正准备登船，突然不知从哪里伸过来一只手，抬头一看，正是凌西。不管两人私底下怎么闹，苏男并不想让他在众人眼前失了面子，于是伸出手，搭在对方的手掌中。眼见着一男一女两手双握，一个修长有力，一个白玉无瑕，倒是极配。

“你们俩可以做手模了，真漂亮，”走在后边的艾莉莉娇笑着说道，见凌西扭头看着自己，便上前自我介绍一番，“你好，我是艾莉莉。”

“早就从乔邃嘴里听过多次，今天才得相见，太遗憾了，”凌西也伸出手拉了她一把，上得船来，补充一句，“果然是人见人爱的大美女。”

“凌先生嘴巴很甜，像抹了蜜一样。苏男，你可要小心噢。”艾莉莉已经从乔邃嘴里得知两人的关系，尽管很纳闷木志明在三人中间扮演的角色，不过也没太在意。

“我知道错了，还请艾小姐能在苏男面前多美言几句。”凌西半真半假地说道。见苏男脸色淡淡地转身走开，似有不悦，也赶紧跟了上去。

艾莉莉扭头看了看身后的乔邃，忍不住问道：“这两人怎么回事？”

“正在闹分手。”

“啊？难道是因为木老板？”

“讨人喜欢的女人一般不多话。”乔邃漠然答道。

艾莉莉赶紧依偎上去，赔着笑脸低声道歉。

几个人进了船舱，站在门口都有点惊讶。没想到，一艘船竟然也能装修得如居家过日子一样，有客厅，有厨房，还有卧室。离众人最近的是一个半转角灰色真皮沙发，下面铺着一张厚厚的同色系毛毯，沙发旁边是一个红色酒柜和一个小型吧台。左手边是一个简易的小厨房，虽然小巧但一应俱全。右手边竟是一张精美舒适的大软床，坐在床上可以看到外面浩瀚的大海。

一个船员模样的人走了过来：“乔董，准备好了。”

"出海吧。"

"是。"

众人的眼光让乔邃很受用，尤其是一向冷漠的苏男也带着羡慕和欣喜，让他更觉得有面子。乔邃热情招呼几人坐下，简单介绍了船舱内的陈设和场所，随即各自散开溜达。凌西一直看着苏男，见她眼神总是看向别处，心里不免有些黯然，怕她生气，也没敢上前搭讪。苏男避开众人，一个人慢悠悠踏上顶层的甲板，没想到别有洞天。整个空间一分为二，前面摆放着一张小型沙发和一台高倍望远镜，后面放着两把贵妃椅和一个小茶几。这样的地方既适合几人小聚赏月，也适合独处一个躺下来聆听浪声。

离陆地越来越远了，放眼望去，海天一线，一眼望不到尽头，唯有几只海鸟低空飞行，无拘无束。苏男突然有了感觉，侧身躺在一张贵妃椅上，两手伸过头顶自由张开，眼睛正对着天空，只见满眼的碧蓝，干净清爽。她缓缓闭上双眼，用耳朵去捕捉阵阵涛声，那是一种心灵的放逐，一种自由的渴望。她忍不住愉悦地笑道："真美啊。"

"很喜欢吗？"旁边传来一个男人的低声。

苏男知道是凌西，她不想睁眼，此时此刻一切都太美了，她不忍回到现实当中去面对千疮百孔的自己和一段没有结果的感情。

"如果你喜欢，可以经常来，"男人又说道，随即传来窸窸窣窣的声音，他似乎在她旁边也躺了下来，"难得见你喜欢一样东西，这里有什么吸引你的？"

"心灵的放逐，自由的渴望。"苏男顺口答道。

"我也喜欢这里，很喜欢，但理由跟你不一样。"

"你喜欢它什么？"

"放空，归零。"

"什么意思？"

"在大自然的面前，会看到自己的渺小，原来我什么也不是，卑微得就如同大海里的一朵浪花，转瞬即逝，所以每次自我膨胀时，就会来这里把自己放空，让一切归零，看清楚真正的自己。"

苏男直觉不对，这样的话不会出自凌西的嘴，心里"咯噔"一下，立即侧身睁眼，猛然跌进一双幽深似海的黑眸。他的眼睛正默默地看着她，眼里流动着一种让人费解的情绪。苏男一时怔住了，呆呆地看着眼前的男人，心一下子跳了起来。她强自克制着心情，努力让表情一如从前的冷漠，正准备从椅子上爬起来，却被对方阻挡："该走的人是我，对不起，打扰了。"乔邃说完站起身来，走了几步，又回过头露出邪魅的一笑，目光复杂地看了她一眼，随即下了楼梯进了船舱。

经此一闹，苏男也没了心情，想着那张U盘的事，就去找艾莉莉。苏男在甲板外围找了一圈也没见人影，只得硬着头皮也进了船舱，结果没看到乔邃，却见沙发上莉莉和凌西正在谈论今晚的月全食，兴致颇高。

"当月亮、地球、太阳完全在一条直线上的时候，整个月亮全部走进地球的影子里，你想想是不是很壮观？"

"那到时是不是一片漆黑？"

"不会，月全食的光度是会分级的，有深黑色、深红、砖红、橙色几个级别。"

艾莉莉乐了："长这么大，还从没见过红色的月亮。"

凌西也笑了起来："食甚和生光时的颜色最好看，红得透明。"见艾莉莉不太明白，又解释道："小时候你有没有用手去遮挡过手电筒的光？"

"当然有，很好玩，双手立刻就变红了。"

"月全食的红色跟那个有点像，晶莹剔透。"

"哇，那一定很美。"

"过几个钟头就能看到了，船上还准备了一台望远镜。"

艾莉莉喜不自禁地道："到时你还在旁边给我讲一讲，好不好？"

"没问题。"

……

苏男见两人聊得兴起，也不好打扰，又悄悄退了出来。她纳闷凌西什么时候也这么懂得天文知识，虽然说已经分手，但眼见前男友在其他女人面前卖弄学识，侃侃而谈，心里还是很不舒服。

苏男眼中滑过一丝痛色，终是长长一叹，出了船舱走到甲板上，看着游艇乘风破浪，告诫自己什么都不想。远远望去，天地万物除了水天一色再无其他，没有了参照物，如果不是船底下翻滚的浪花，你甚至以为一切都静止了。

乔邃从驾驶舱出来，又一次看到站在甲板上的苏男，娴静的背影令人驻足。

这个女人安静的时候远比说话时要动人很多，没有冷漠，没有疏远，更没有张牙舞爪和针锋相对。乔邃忍不住靠在门边欣赏起来。松散的卷发随意披散在肩头，多了一点慵懒和妩媚；一件宽松的黄色针织外衫松松垮垮地套在身上，露出白皙秀气的脖颈，如长颈鹿般独立而傲然；一件齐膝的白色连衣裙，很有质感，修长笔直的双腿轻轻站立，皮肤光滑细腻，完美的长度，完美的颜色，有一种说不出来的性感。

这个女人留给他很多不同的面孔，却从来没有像今天这样，只因为一个背影走进了他的心里。乔邃甚至有片刻的恍惚，如果苏男不是凌西的女朋友，该有多好！

42　私订终身

乔邃猛然回神，脸色微变，懊恼地转身去了船舱。

眼见屋内的两人还在热烈讨论月全食，乔邃没有上前打扰，而是走到角落里，打开手提电脑开始处理邮件，看看有没有紧急事件。

凌西瞟见乔邃进来，终于找了一个借口停止了讨论，正准备出去寻找苏男，却见她已经走进船舱，两人互相看了一眼，都有些尴尬。

凌西轻声问："出去溜达了？"

苏男点点头。

"感觉怎么样？"

"还行。"

"这几天忙吗？"

"就那样。"

两人有一句没一句地闲聊着，气氛远不如从前，总带着一种疏离。正在这时，苏男无意中发现乔邃在用电脑，精神一振，立即用眼光搜寻艾莉莉，见她已在靠近乔邃，手里拿着的赫然就是U盘。苏男不动声色地看着，其实内心极其紧张，压根儿没注意凌西在说什么，为了更好地观察，她顺势往旁边的沙发坐了下去。

凌西见她心不在焉，原本想好的说辞也没勇气说出来，为了缓和气氛借口去拿饮料。苏男不置可否，眼睛一直盯着艾莉莉和乔邃，只见两人低头细语，似乎艾莉莉在撒娇，又拉又扯，表情很丰富。乔邃大部分时间看着电脑，偶尔抬头对谈两句，兴致并不高。苏男越发紧张了，暗暗替艾莉莉捏一把汗，这时忽见乔邃抬头，目光想要躲避已经来不及，只好朝他笑了笑。

乔邃对苏男的主动示好感到莫名其妙，若有所思。

艾莉莉还在劝说，并拿出U盘，他摇了摇头，挑选婚纱照片是假，试探虚实是真。今天他就要断了艾莉莉不切实际的想法，两人关系仅仅是你情我愿的都市游戏，离爱情、离婚姻差了十万八千里。如果他今天做了这个举动，说不定明天报纸的头条就是“两人好事将近，高调发布婚纱照”。这明摆着的坑，谁都能看出，只有艾莉莉这种女人把他当傻子。不管她怎么说，乔邃一直冷着脸，无动于衷。

苏男看不下去了，立即站起身走了过去，把端着两杯饮料迎面而来的凌西晾在屋子正中间。乔邃看着这个慢慢走近的女人，眼睛里闪烁着光芒。

“莉莉，怎么样，挑选好了吗？”苏男的声音婉转动听。

艾莉莉颇为尴尬：“马上……很快。”

“乔先生，不给女朋友一点意见吗？”

“我相信她的眼光。”

苏男莞尔一笑：“那不一样，俗话说女为悦己者容，你的意见才是她心里最看中的。”

乔邃笑了，开始琢磨着这个女人的来意，如果说艾莉莉的最终目的是为了嫁入豪门，那苏男的举动就没有这么简单了，这个女人在打什么算盘？乔邃意味深长地咧了咧嘴，露出一口洁白的牙齿：“好吧，不过我的眼光只做参考啊。”说完伸手从莉莉手里接过U盘，正欲插入电脑，突然抬头，见苏男双手握紧，脸带微红，神情很不自然。

乔邃心下顿时明白过来，这个女人意在U盘。

此时的苏男，心中就好像有一面小鼓，一直在“咚咚咚”地敲着，随着乔邃的手离电脑越来越近，她心脏的跳动声也越来越响，好像随时都会飞出去。时间在这个时候似乎变成了影视剧里的慢镜头，极其缓慢地移动。眼见这个男人的手已经触碰到电脑，就差最后一步，苏男更加紧张了，双眼一眨不眨地盯着。

突然，乔邃的手停止了动作，随即把U盘放在一边，轻轻拍了拍脑门：“瞧我这记性，员工发来的邮件带着隐形病毒，我还是先给电脑杀一杀毒，别感染了。”

苏男一听这话，嗓子吊在半空，正欲开口，乔邃已早她一步点击杀毒软件运行起来，而且点的是木马全盘扫描，也就是说，这两通检查完毕，最少半个小时过去了。

乔邃眼见苏男的小脸像失了水分的花朵瞬间蔫了，心情很愉悦："我听莉莉讲，这个系列的婚纱本是苏小姐的珍藏之物，是什么原因让你改变了初衷？”

“好的作品只有合适的人穿上才会大放异彩。”

“这有点像外交辞令，”乔邃半开玩笑道，转眼看到身后的凌西，“我还以为是苏小姐留给自己的呢？”

凌西的气息立即变得凝滞不动。

苏男心口一疼，低声答道："不是。”

“苏小姐以后结婚的话，想必是自己设计吧？”

苏男不明白这个男人为什么老是纠结于这个问题，她只想速战速决，让他赶紧插上U盘，植入木马程序，于是顺意点点头说："是的。”

“杀毒估计一时完不了，我们先喝点东西吧，”乔邃突然转换话题，离开电脑，走向吧台，一边慢条斯理地倒香槟一边说道，“凌西，给两位美女讲讲月全食的知识吧，等一下是不是要开始了？”话音刚落，电脑上杀毒软件扫描的进度条突然不动，然后就是一片蓝屏。

乔邃连忙放下手中的杯子："坏了坏了，电脑死机了。”

苏男比他的速度还快，第一个冲到电脑旁，只见一片瓦蓝瓦蓝的底色上面，飘浮着满屏看不懂的各种奇怪的字符，刹那间眼睛发直，神情呆滞。

凌西一直站在后边看着三人，心里跟明镜似的，眼见苏男当场失态，生怕乔邃对她不利，一个健步冲上去，把她紧紧搂在怀里："这里有点闷，我们去吹吹海风吧。”不容分说，把她搂出了船舱，走到拐弯处，看四下无人，才低声喝道："你知不知道，乔邃已经怀疑你了？”

苏男一脸的沮丧："离成功只差一步，一步。”

“你到底在干什么？”

“如玉山庄的报价方案，在乔邃的电脑里。”

凌西倒吸一口气："你真的要毁了它？”

“西，帮帮我，好不好？帮帮我，”苏男已经没辙了，离竞标时间越来越近，或许这是最后一次机会，“今天我无论如何都要拿到价格。”

“不行。”凌西断然拒绝，他毕竟是乔家的一份子。

苏男心里一凉，猛地推开他，调整了一下情绪，冷声答道：“既然你帮不了我，就别挡住我。”说完抬脚就走，她还得回去，还得另想办法。

凌西伸手拉住她：“苏男，不要去。乔邃已经怀疑你了，你根本没机会下手。”

“事在人为。”

“你根本不知道乔邃的手段，你会受到伤害。”

苏男使劲掰开他的手：“那也跟你没关系。”

凌西急了，双手用力一带，猛地扣她入怀：“你有多危险，知不知道？当年那么厉害的陈一顺都没斗过他，你怎么可能是他的对手，拜托，脑袋清醒一点。为什么这么倔呢，以卵击石这样的事，你也要去干？知道陈一顺现在在哪里吗？他躺在医院成了植物人，随时都有可能完蛋。”

苏男毫不领情，讥讽道：“我还以为他早就完蛋了。”

“不许去。”

“很抱歉，凌先生，我的生死跟你没关系。”

眼见这个女人倔得十头牛都拉不回，两眼一抹黑走到底，凌西又急又痛，劝又劝不住，骂又骂不醒，可他真的不愿意看到苏男和乔邃起正面冲突，这个女人绝对不是在商场里摸爬滚打的乔邃的对手。站在亲情和爱情中间，凌西知道自己今天一定要做一个选择。他暗吸一口气，双眼直直看着苏男：“你想要的东西，我去帮你拿到手。”

苏男惊呆地看着他：“你改主意了？”

“我不想看到你受伤害。”

苏男犹豫了，之前的话只是情急之下的脱口而出，并不是她的本意，一直以来她最不想这个男人卷入这件事情，于是摇了摇头：“不用了，我自己想办法。”

“不要固执，你是拿不到的，但我有办法。”

“那你怎么面对乔家？”

凌西痛苦地闭上眼睛，再次睁开时，已作了决定：“如果一定要在两者之间作选择，我的答案只有一个，就是你，其他的我管不了那么多。”见苏男还想反问，连忙打断她：“但我有一个条件。”

“什么条件？”

“如玉山庄被夷为平地，也算是报了乔家的仇。小狸子，答应我，这事一了立即跟我回加拿大。”

苏男望着这双深情的眼睛，不由自主地点点头：“好！”

“我们回去就结婚，定居温哥华。”

“好！”

43 大功告成

天色渐渐暗下来，四人在甲板上美美地吃了一顿海鲜大餐，都有点酒足饭饱之意，纷纷进船舱小憩一会儿，等待今晚的重头戏——月全食。

跟刚上船的时候不一样，四个人的关系发生了改变。原本有说有笑的乔邃和艾莉莉，多了一些疏远和冷漠，确切地讲，是乔邃故意冷落这个大美人。而之前冷眼相对的苏男和凌西，显然已冰释前嫌，眉眼之间多了几分情谊。

乔邃在吃饭的时候已经看出了端倪，进了船舱，见两人自然而然地在沙发上相依而坐，不禁打趣道：“看样子雨过天晴了。”

凌西回头见苏男有点害羞和躲闪，连忙朝乔邃使眼色。

乔邃只当没看见，故意道：“哟，什么意思，嫌我们在这儿碍眼？”然后斜睨着眼伸手指了指：“外面才是谈情说爱的地方。”

苏男一听这话，“噌”地站起身，笑道：“我们不打扰你们俩才是，”说完主动伸手握住凌西的手，“如你所愿，走吧，西。”然后扭头看了一眼艾莉莉，眨了眨眼。

乔邃瞥见两人十指紧紧相扣，沉默下来。

艾莉莉看着两人离开，才慢慢踱到乔邃身旁，轻轻蹲在他脚边，侧身坐在毛茸茸的地毯下，双手依偎在男人的膝盖上，讨好地问道：“生气了？”

乔邃掉头看向外面的大海，没有回答。

“以后你不高兴的事，我都不去碰，我只想留在你身边。”

乔邃仍然没有回答。

“原谅我这一回，好不好？”

“你最喜欢什么东西？”乔邃突然转过头问道。

“啊？”

“你最想得到什么东西？”

“我……”艾莉莉见他终于肯和颜悦色地与自己说话，心里很是高兴，有些怯懦地答道，“有一个，但我不能说，我怕你会生气，只是我心里的梦想罢了。”

乔邃已经明白，嘲讽道：“乔夫人的头衔有这么好吗？”

“不，”艾莉莉摇了摇头，“乔夫人很多，但乔邃的夫人才是我最向往的。”

“呵呵，”乔邃皮笑肉不笑，俯视这个女人，像情人之间的呢喃，“不，你应该在前面再加上一个词，乔氏集团乔邃的夫人，宝贝。”艾莉莉有些尴尬，正待反驳，对方又问道：“除了刚才这个，你最想得到什么东西？”

“这个……还真不知道。”

“没关系，慢慢想。”

“房子吧，在L城市中心有一套属于自己的公寓。”

“明白了。”

乔邃似乎又恢复到从前的样子，艾莉莉放下心来，把头轻轻靠在他腿上，缓缓合上眼睛，嘴角含着笑。与此同时，乔邃的目光移到了那台手提电脑上，墨黑色瞳仁之中划过一道异色，继而又恢复平静。

甲板上，凌西和苏男依偎在一起，这是两人吵闹之后第一次安安静静地相处，没有敌对，没有冷漠，只有心与心的融合。两人看着远处的长天一色，红遍半边天的火烧云非常壮观，毛茸茸的白云边缘镶上了一道道金边，不断地变幻着形状，像千军万马奔腾，气势磅礴，连海水都红得耀眼。

“从来不知道，晚霞也这么美，太漂亮了。”苏男感叹大自然的奇妙。

“一道残阳铺水中，半江瑟瑟半江红——说的就是这种景色吧。”

“你还知道古诗？”苏男讶然抬头。

凌西笑了：“来这里之前临时抱佛脚，学了一点知识。”

苏男想起了他侃侃而谈的天文知识，明白过来：“月全食的那点内容也是填鸭而来？”

凌西不好意思地点点头：“想在你面前表现得更好一点，所以抄在纸片上一路死记硬背。还是有好多知识忘了，年龄一大，记忆差了不少。”

苏男只觉得好笑，没想到30岁的男人还干这种糗事。

两人不再说话，看着远处的太阳一点一点下沉，刚才红透半边天的景色也变得暗淡了许多，天上海上都笼罩在一片灰紫色之间，显得有些寂寥。苏男想到了即将开始的月全食，也想到了那份梦寐以求的东西。

“西，你怎么拿到那份报价单？”

“嘘，不要破坏这一刻。”

苏男没再说话，把头深深埋进他的怀里，让海风吹散她的长发，缠绕在这个与她相爱的男人身上。

夜色来得很快，月亮升起来了。

四人都来到了甲板上。

艾莉莉有些激动，急忙站起身，跑到望远镜面前。

“能不能淑女一些，还没开始，再等一等。”乔邃伸了伸懒腰，在贵妃椅上躺了下来。艾莉莉被笑得不好意思，跑到他身边，在另一张椅子上躺下。

凌西拥着苏男走远几步，低声在她耳边说道：“等一下你和艾莉莉缠住他，多提问题，我偷偷回船舱一趟。”

苏男有些担心：“会不会有危险？”

“不会，船上没有其他人。”

“他的电脑不是坏了吗？”

凌西刮了刮她的鼻子，笑道：“对女人来讲，电子产品就如天书一样难懂。但对男人来讲，那更像一个魔方挑战智力，其乐无穷。放心，这点小事难不倒我。”

苏男放下心来，转念一想，又有些后悔：“对不起，对不起。”

“好端端说什么对不起？”

“我担心会害了你。”

“又在胡思乱想，”凌西生怕这个女人又想到分手，便道，“古人都说‘百年修得同船渡’，你看，我们现在就在同一艘船上，这是百年修来的缘分，多不容易，我们不能轻易放弃，好不好？”

“嗯。”

艾莉莉见乔邃有点心不在焉，又想不出其他有趣的话题，眼睛四下打量着，无意中看见不远处卿卿我我的两个人，不由感叹：“看得出来，他们俩是真心相爱。以前还以为苏男和木董是一对，真是错得离谱。”

乔邃也回头看了一眼：“你怎么就看出他们是真心相爱？”

“神态和感觉。”

"何以见得？"

"一个男人真心喜欢一个女人，最明显的一个特征就是患得患失，心绪不宁。"

"什么逻辑？"乔邃哂笑。

艾莉莉继续说道："没得到时想得到，得到后又怕失去。"

乔邃深邃的目光一转，抓起身边的香槟浅饮一口，目光再次回到仍然窃窃私语的两人，突然扬声喊道："喂，这是集体活动，严禁另起炉灶说私房话啊，月全食马上就要开始了。"凌西抬头看了看，果见一轮明月高挂空中，便低声道："小狸子，我们的战斗开始了。"苏男紧紧握了握对方的手，重重地点点头。

四人坐在一起，抬头看天，月亮的一角已有部分黑色阴影，像被一层黑色幕布慢慢笼罩，苏男好奇地问道："月全食的整个过程是怎么样的？"

乔邃自然地接口道："一次完整的月全食包含五个阶段，分别是初亏、食既、食甚、生光、复圆。不过初亏，只凭人的肉眼看不真切，最好通过望远镜观察。"

"我们要不要敲锣打鼓啊？"艾莉莉突然问道。

"干什么？"

"天狗吞月，敲锣打鼓救月亮啊。"

众人都笑了起来。

"这次得多长时间？"苏男又问道。

"大约 3 个小时。"回答的又是乔邃。

艾莉莉看了看凌西，笑问："你怎么不回答啊？"

"我都是从网上临时抱佛脚背下来的，哪比得上这位帅哥的专业，"凌西笑着解释道，"你们知道他从小的理想是什么？宇航员。"

两个女人都有点吃惊，眼睛多多少少带着一点敬意。这顶高帽子戴下去，倒让乔邃有些受用，免不了开始侃侃而谈："这次我们能见到非常难得的红色月全食，很多人都惊讶，为什么白色的月亮会变成红色？那是因为太阳光是由红、橙、黄、绿、蓝、靛、紫七种颜色的光线混合成的。当太阳光经过地球上的大气层被折射到地球背后影子里去的时候，它们都受到大气层中极其微小的大气分子的散射和吸收。像黄、绿、蓝、靛、紫等色的光波比较短，在大气中受到的散射影响比较大，它们大部分都向四面八方散射掉了；红色的光线波长比较长，受到散射的影响不大，可以通过大气层穿透出去，折射到躲在地球影子后面的月亮上。”

艾莉莉忍不住问道：“红月亮，听说不吉利啊。”

“那是古人不懂大自然的规律，就像刚才说到天狗吞月就敲锣打鼓。”

趁着两人说话，苏男和凌西对望了一眼，凌西随即偷偷退了出去。

“那我们现在要用望远镜看吗？”苏男故意指向相反的位置。

“月全食刚开始的时候，最好不要用望远镜观察。”

“为什么？”

“光线太亮，容易伤眼睛，过一会儿就可以了。”

随着几人说话，此时的月亮已经被黑影吞没得更多，只剩下月牙儿的白色。

“注意看，大约 20 分钟后，月亮就会变红了。”乔邃的解说员当得很称职，这话让苏男和艾莉莉都有些兴奋，一副翘首企盼的样子。只不过，前者是表演出来的，后者是真情流露。时间在一滴一滴往前走，凌西还没回来，苏男有点坐不住了，但又怕乔邃发现，只得拼命忍着。

“看，看，快看啊，”艾莉莉突然叫了起来，“月亮变红了，变红了。”

苏男也被吸引住了，果见原先皎洁的月亮变得通红，带着一点透明，隐隐约约还能看到传说中的吴刚在砍树，玉兔在捣药，就差嫦娥奔月了。苏男看了好一会儿，脖子有些发酸，低头休息时，却见凌西的一双墨眼在黑暗中闪闪发亮。

苏男不动声色走了过去，双手相握时，对方悄悄递过来一部手机，随即铃声响起。

“谁啊，这么不合时宜？”凌西故意问道。

“噢，是我的助理，我交代她办一件事，去去就回。”苏男转身走开，直到船尾，又四下张望，才低头一看，凌西竟然把整套报价方案用手机拍了下来。苏男紧紧按住响如鼓声的小心脏，快速把所有图片都转到自己的手机上，立即传给了陈归尘，同时删除凌西手机上的一切证据。一直到等来陈归尘的一个笑脸和一朵鲜花，她才呼出一口气，浑身放松下来，这时才感到背后衣服有点凉意，竟然出了一身冷汗。

第五章　复仇

44　连环计

凌西是在如玉山庄拍卖会前一天被公司紧急召回的。

凌西不愿意回去，人还在休假中，将在外君命有所不受。可苏男一直劝他，因为这次的召回不是坏事，而是一件大好事，他被擢升为公司总经理。凌西仍然不同意，他希望明天的拍卖会结果一公布，立即让苏男辞职，两人一起回加拿大。然而公司的人事部连打了三个电话，催促他立即起程，因为新闻发布会的时间不等人。

苏男拉来安啸一同劝说，又连哄带骗把他弄到机场，凌西无奈，一再提醒之前两人的约定，心不甘情不愿地离开。

回程的路上，安啸也忍不住劝苏男："这事一了，你就回去吧。"

"你不想报仇？"

"弄垮如玉山庄，无异于给了乔邃一记响亮的耳光，"安啸说到这里，深吸一口气，"我妈生前最大的心愿，应该就是成为如玉山庄的女主人吧。这次夷为平地，也算是给她一个交代了。"见苏男沉默不语，又道："我不知道你和乔家的仇恨有多大，不过，凌西为你做到这个份上，很难得。"

苏男点点头："我明白，只要亲眼看到如玉山庄化为废墟，我就离开中国。"

"到时我们一起去现场看。"

"好。"

晚上苏男失眠了，多年的愿望即将实现，这让她有一种莫名的兴奋。他躺在床上，数了无数只羊，眼睛仍然很精神，一点睡意都没有，只好爬起来看电视，一部很老的影片，一个家喻户晓的讲报恩和复仇的故事，一个爱也彻底、恨也彻底、报恩也彻底、复仇也彻底的人——《基督山伯爵》。

影片看完时，天也亮了。

苏男倒在沙发上蒙蒙胧胧睡去，她感觉做了一个很长很长的梦，梦中只有两个人，一个是自己，另一个是晴姨。梦中只有两种颜色，一种是黑色，另一种是白色。

她在黑暗中前行，摸索，像一只瘦弱又害怕的小老鼠，战战兢兢，畏畏缩缩，小心谨慎地慢慢前行。然后有人骂她，用最恶毒的语言骂她，鄙视她，嘲笑她。她不敢还嘴，只有默默忍受，但受辱的心灵让她忍不住流泪。立即就有人上来打她，有用手的，有用脚的，还有用小板凳的，落在身上钻心的疼，刺骨的疼。她紧紧闭着嘴巴，默默忍受，并且还得擦干脸蛋，不能掉一滴眼泪，否则这种暴打会没完没了。

然后梦境中变成了白色，非常漂亮的白色。她看到插着天使翅膀美丽圣洁的晴姨来到她身边，晴姨用温暖又细腻的手牵着她走出那个冰冷的孤儿院，每晚每晚守护在老做噩梦的她身边，柔声对她说以后会有一个全新的家，四处奔波凑钱为她安排眼科手术……

苏男是在睡梦中被铃声吵醒的。

她不愿从梦境中醒来，因为她已经很久没梦到晴姨了，她相信这是晴姨在拖梦给她，在梦中与她相会，有话对她说。可手机铃声不依不饶地响着，平日里清脆悦耳的《琵琶语》现在变成了一种噪音，使劲地折磨着她。

苏男从被子里伸出手到处摸索，寻找着关机键，却误打误撞弄到了接听键，然后她就听到了一个男人在电话的另一头急切地说道："苏男，不好了，出大事了。"

这个声音好熟悉啊，苏男在睡眼惺忪中使劲地想，这个男人到底是谁？

熟悉的声音又说道："苏男，你在听吗？如玉山庄被乔邃拍下了。"

这句话犹如一盆冷水一下子浇醒了苏男，她立即翻身下床，拿手机的手在发抖，牙齿在打颤，声音也变得很不连贯："你……说……什么？"

"乔邃的价格比陈归尘只高了十万元，现在已拍下了如玉山庄。"

"这不可能，今天不是愚人节，"苏男笑了，"你的恶作剧骗不了我。"

安啸在电话那头深深叹了一口气，有些不忍："虽然很残忍，但千真万确，乔邃拍下了如玉山庄。"

"这不可能。"

“我们所有人都被乔邃摆了一道，包括你、我、凌西，还有陈归尘，我们所有人都上了他的圈套，那个报价单就是一个饵，等着我们跳下去。”

“不，我不相信，”苏男想起游艇的那一幕，“如果姓乔的有意让自己上当，何必弄坏电脑，还让凌西去冒险拍照。”

“这个我也不知道，”安啸在电话那头沉重地道，“苏男，赶紧回加拿大吧，我担心姓乔的会对付你。还有陈归尘，你害他丢了这个项目，他也不会放过你。”

这话猛然点醒了苏男，她急急挂了电话，这个时候千万不能跟陈归尘翻脸，无疑乔邃现在最希望看到的是敌人的窝里斗，好坐收渔翁之利。可是，一遍遍电话打过去，都是同一个冰冷的声音：“您拨打的电话已关机。”苏男急得不行，穿上拖鞋，披了一件衣服，匆匆忙忙出了门，她得去找陈归尘的女朋友——那个叫许遥的女孩。然而半小时之后，仍是无功而返，对方早已人去楼空。

看着时间在一点一滴流逝，苏男毫无办法。

第二天一早，她再次被电话铃声吵醒，还是安啸，这次更急了：“苏男，上网，快点上网。”

“怎么了，又发生什么事？”

“你的新闻，全是你们的新闻。”

苏男顾不上其他，一下子冲到电脑前，输入自己的名字，果见屏幕上都是她，或站，或立，或微笑，或含情，旁边的配角有好几个，有凌西、有艾莉莉，还有乔邃，尤其有一张四人在甲板上举杯同庆的照片，被用得最多，也拍得最美。

苏男眼前模糊起来，难怪陈归尘不愿意给她解释的机会，这些照片足以定她的罪——死罪，换作她自己也不会相信。想必现在的自己在陈归尘眼里，就是一个不折不扣的双面间谍——乔邃的同党兼走狗。

苏男只觉得身子像是四分五裂了一般，强烈的撕裂之痛蔓延全身，却又感觉不到那种裂痛来自何方，很难受很难受。她痛得蹲下身子蜷缩起来，心里害怕到极点。这个时候，她才理解凌西那句话的含义：“你根本不知道乔邃的手段有多可怕。”

是的，她根本不知道这个恶魔的手段，他从什么时候开始察觉，又从什么时候开始设局，她就像瞎子一样，一步步踏上他的圈套，义无所顾地跳进去，还连累了安啸和凌西。

苏男仿佛看到了乔邃狰狞的笑脸。

临到最后，这个男人还使出了一招借刀杀人。

此时此刻，他根本不需要动手，陈归尘就会急着跳出来先宰了她。

45 绑架

乔邃这几天心情很好，一天到晚笑容满面。

下属们也很高兴，又一次完胜陈归尘。这家伙手上另外两块不相连的土地，现在不仅不是聚宝盆，反而变成了烧钱机器，每天赚的钱都变成了利息，不得不给银行打工。

乔氏别墅的人也很高兴，比如华叔和福婶，因为如玉山庄终于重回乔家。

此时乔邃就在书房，坐在老板椅上，听着音乐，喝着香槟，一个人庆祝。

每次取得大的胜利，他都喜欢这样，一个人慢慢品味。他不需要别人陪伴，也不需要别人喝彩。因为乔邃相信一句话，这世上没有“感同身受”这四个字，无论快乐和痛苦，每个人经历的故事都不一样，怎么可能完全理解。朋友们的喝彩只是恭维、讨好，甚至是掩饰内心深处的嫉妒，这些对乔邃来说，微不足道。

“咚咚咚”，传来一阵敲门声。这个时候，秘书敢放行的只有一个人：“进来。”

齐冠华带着鸭舌帽走了进来。乔邃看着他们，慢慢放下杯子，坐直身子，漫不经心地问道：“怎么样？”

鸭舌帽赶紧脱下帽子，答道：“乔董料事如神，苏男被一帮人绑走了。”

乔邃咧开嘴笑道：“很好，陈归尘的动作比我想象中还要快。”说完朝心腹递了一个眼色，齐冠华立即从身上掏出一个鼓鼓的信封：“这是乔董奖赏给你和兄弟们的，好好乐一乐。”

鸭舌帽受宠若惊，连忙双手接过，一个劲地道谢，收好钱，小心翼翼地问道：“接下来，您的指示是？”

“放假，咱们就在家等着看好戏吧。”

“是，是是，我明白了。”

看着鸭舌帽离开，齐冠华迟疑了一下："苏男落在陈归尘手里，不死也得掉层皮。"

"吃点苦头，长长记性挺好。"

"可她毕竟是凌西的女朋友。"

"华叔，正因为他是乔家人，所以我没动他，只动他女朋友，难道还不够给面子？"

"如果凌西知道了，肯定会不顾一切赶回来。"

"那就不让他知道好了，"乔邃不以为然，"这些年，他不是一直都不知道那家公司的背后老板吗？"

齐冠华点头："是，他完全不知情。"

"那不就结了，多给他派点活。"

"好的"。

齐冠华沉默了片刻，见老板没有开口的意思，便鞠躬告退，快到门边，又转过身，轻轻说了一句："要不要派鸭舌帽去盯着，苏男毕竟只是个女人，有了这次教训，估计下次也不敢了。"

乔邃突然有点烦躁："你什么意思？"

"陈归尘肯定会把账全算到她头上，出手不会轻，我是担心这个女人会毁在他手上，比如强暴，或者毁容……"

乔邃一下子愣了，他想起了游艇上那个美妙清丽的背影。

正在这时，桌上电话铃声响起，乔邃扫了一眼，是秘书专线电话，明明打了招呼不见客，疑惑中还是按了免提："什么事？"

"乔董，很抱歉打扰您，"传来一个干脆利落的声音，"刚有人送来一张光碟，一定让您现在就看。"

乔邃和齐冠华同时一震，对望了一眼："拿进来。"

很快，年轻秘书敲门进来，递上一张光碟，然后快速退了出去。

乔邃连忙打开电脑，聚精会神地看起来。

灰暗的房间里，一个年轻女人被绑在柱子上，毫无生气，全身是血，头发披散着遮盖了脸部。这时一个露出背影，头上套着尼龙袜的男人走上前，慢慢收拾着她的头发，镜头上前，露出一张又红又肿还淌着血的面孔，正是苏男。尼龙男转过身，阴阴笑道："乔董，心疼了吗？这只是开胃小菜。"说到这，男人突然伸手轻轻抚摸着女人的脸，带着猥琐，咂了咂嘴，猛地抬起苏男的脸，继续说道："瞧瞧，这皮肤，光滑细腻，再看看这脸蛋，美艳动人。兄弟们很想尝尝乔家女人的滋味，是不是够骚够味，是不是蚀骨销魂，"尼龙男说到这里，停顿了片刻，咧嘴笑了笑："如果乔董没有想好，下次我们会送来另一张光盘，让您好好欣赏电影院里看不到的精彩大片，哈哈哈……"尼龙男在笑声中慢慢消失。

乔邃放在桌上的双手猛地收紧，双眸厉意闪现。

齐冠华看了看他的脸色，正准备开口说话，突然手机铃声响了。乔邃一看，是陌生号码，电话里传来陈归尘的声音："乔董，你好啊。"

"你想怎么样？"

"刚才的录像，感觉怎么样？是不是很振奋人心？"

"我想你搞错了吧，这个女人是你的人，竟然拿来威胁我？"乔邃嘲笑道，"难怪每次都输在我手里。"

"错不了，我已经调查得很清楚了，"陈归尘也不动怒，"她是你的小叔——乔子西的女朋友，两人在加拿大可是如胶似漆，快到谈婚论嫁的地步。"

乔邃皱了皱眉，没想到这个秘密也被查到了，语气中却丝毫不退步："恭喜你，答对了。你应该拿给乔子西好好欣赏欣赏。"

"真够绝情的，"陈归尘也挖苦道，"外界只想知道，苏男是不是乔家的女人，至于乔家哪个男人的女人这不重要。不过，话说到这儿，我得感谢你啊，多亏了你前几天铺天盖地的新闻和照片，让L城所有的父老乡亲都知道了苏男和乔家的关系。你想想，明天这张光碟和照片到了记者手里，他们会怎么写？"

"我会告诉他们真相，这个女人是你派来的卧底。"

"很好啊，观众肯定会更感兴趣，乔子西的女朋友为什么甘愿替我陈归尘卖命？记者会很兴奋地继续追查下去，然后他们就会挖出更多的猛料。到那时，乔家可就热闹了，陈年烂芝麻的旧事一桩桩翻出来，就像看电视剧一样惊心动魄，跌宕起伏……"

乔邃深吸一口气："说吧，你的条件？"

"爽快，"陈归尘语气里透着得意，"我要如玉山庄。"

"不可能。"

"那就高价收购我手里的两块地。"

“这更不可能。”

“你玩我？！”陈当尘似乎没了耐心，“后果你可要考虑清楚。”

“一个女人而已，你以为手中的筹码值得跟我谈条件？”

陈当尘一下子愣住了。

乔邃突然话锋一转：“我有个重要电话，等下打给你。”说完不等对方反应立即挂断。

齐冠华想要阻止已经来不及。

“晾一晾，他会打来的，”乔邃摆了摆手，“你觉得他手上的两块地，多少钱拿下比较合适？”

“我看，还是通知凌先生吧。”

“什么意思？”

“毕竟苏男是他的女朋友。”

乔邃缓缓摇了摇头：“我以为……凌西不会参与，没想到……”他的手指轻轻地敲击着桌面，发出“笃笃”的声音，过了一会儿，又说道：“这回，我想让他也长点记性。”

齐冠华站在一旁，不敢吭声了。

果然电话又打来了。

“姓乔的，考虑得怎么样了？”

“你的地太贵了，不划算啊。”

“你还有心情在这儿跟我讨价还价？”陈归尘的语气中带着急躁和暴戾，“这样吧，我就让你提前看一场现场直播的限制级影片，怎么样？女主角当然是那个娇滴滴的苏大美人，男主角嘛，临时也没别的人选，我就勉为其难吧。”

“你敢！”乔邃脱口而出。

陈归尘哈哈大笑，咂了咂嘴：“没想到，心疼她的人是你？”

乔邃沉默不语，懊恼地直想咬断自己的舌头。

“乔董，考虑得怎么样？要不给我如玉山庄，要不高价买我的两块地，两者选其一。”

“我买地，但只能按原价，多一毛都不给。”

“原价？做梦吧，我喝西北风去？加价 30%。”

“不可能。”

“这样吧，”陈归尘阴笑道：“我们先不谈价格了，放松一下。我想能让你心动的女人肯定滋味不一样，要不先让你看一场一对一的限制级表演。如果还是没有考虑清楚，那就接着看第二场一对多的更加刺激的表演。怎么样？”

乔邃只觉得一股怒火从两肋蹿了上来了：“你将来一定会后悔。”

“将来？呵呵，将来的事将来再考虑，”陈归尘死死拿捏住他，丝毫不以为意，“给你最后十秒考虑时间，一、二、三、四、五、六、七、八、九……”

“成交！”

“给你三个小时准备，钱到账立即放人。”

齐冠华看着一脸颓废的老板，一时也没了言语，不知道怎么安慰。明明是一场胜利之战，转眼之间败得这么惨。令他感到费解的是，明明乔邃对苏男这个女人恨之入骨，一副看好戏的样子，怎么突然又愿意接受陈归尘的敲诈，并且答应得如此爽快，难道真如陈归尘说的那样，老板动心了？

“你去准备吧。”

乔邃的声音里透着无比的沉重。

“不要动公司里的钱，用我妈的私人账户。”

齐冠华心中立时“咯噔”一声，那是死去的乔老夫人留给儿子的备用金，不到关键时刻绝不允许动用。这些年来，乔邃也只在陈一顺那一战中动过这笔钱，后来也很快填补上了。如今这一次，远远没有达到当年那种困难的地步。再者乔邃自己还有私人账户，这钱估计不会比老夫人的钱少：“公司的账上应该够数，虽然要费点周章，但三个小时足够了。”

“不想听到一些高管的啰唆。”

齐冠华明白了：“那要不用您自己的私人账户？那里面的钱也足够。”

“不是钱的问题，”乔邃摇摇头，“是人的问题。”

齐冠华眼睛里带着疑惑。

乔邃似乎不愿意再谈及这个话题：“接到人之后，把苏男秘密送到乔氏别墅，不要让任何人知道她的去向。”

“是。”

“通知刘医生立即赶过去，悉心治疗。”

“是。”

“买份分手礼物给艾莉莉，让她滚蛋。”

“是。”

“我出海三天，有什么事情你看着处理吧。”

“是。”

乔邃摆了摆手，齐冠华悄无声息地退去。

屋内又陷入一片寂静。

46 治病

苏男醒来时，发现自己在一个完全陌生的环境里，映入眼帘的也是一个完全陌生的人，他身穿白大褂，戴着白口罩，一双亲切的眼睛正看着自己。

“感觉怎么样？”

“还行，”这个声音似乎不像自己，很嘶哑，“这是……医院？”

“这里很安全，不用担心，一切都已经过去了。”

苏男放下心来：“谢谢你。”

“不用客气。”

“我伤得严重吗？”

“没有伤到筋骨，”医生摇头，然后安慰道，“可能在某些方面，会留下一点痕迹。不过时间久了，很快就会消失。”

“在脸上？”

“没有，腿上。”

苏男点点头，不再关心：“我感觉很累。”

“这是正常现象，”医生笑着说道，“你可以继续睡一觉。”

“行，那我睡了。”

医生惊讶这个女孩的镇定，然后看着她很快又进入梦乡。出来时，齐冠华站在门口候着，两人边走边聊：“已经没有大碍，再卧床几天，就能下地了。”

“辛苦你了。”

“我们还说什么客气话，我会留下一个护士再照顾几天。”

“好。”

“这个女孩很特别，本来还担心会留下心理阴影，但刚才醒来时特别冷静，”刘医生想了一下，又说道，“不过，太冷静往往也不是一件好事。”

“什么意思？”

“更容易压在心里。咦，怎么没看到乔先生？”

“出海了，估计明天能回来，”齐冠华答道，“他让我跟您说声谢谢。”

张医生皱了皱眉：“又来了。”见齐冠华面带笑容，忍不住问道：“第一次在乔家别墅看到女人，而且还遍体鳞伤，怎么回事？”

“一言难尽啊，有空跟你好好说。对了，这女孩的事还要请你帮忙隐瞒。乔先生的意思，暂时不想让任何人知道。”

张医生见对方一副慎重的样子，连连点头。

苏男再次醒来时已是晚上，那个白大褂不见了，只有一个年轻的护士在给她量体温，动作很轻柔，不过还是弄醒了她。

“真希望睡着的时候打针。”

护士笑了，露出两个漂亮的小酒窝：“现在感觉怎么样？”

“有点迷糊。”

“怎么了？”

“这里有点不像我家，”苏男眼睛四处张望了一遍，“也不像医院。”

“这是乔氏别墅，你不记得了？”

苏男有点惊讶：“我怎么会在这里？”

护士更惊讶了：“咦，这不是你家吗？”她得到的信息是躺在床上的这个女孩是乔家人，不能怠慢。

苏男闭了闭眼，努力挤出一点笑容：“谁请你们来的？”

“乔先生啊。”

“哪个乔先生？”

“乔邃先生。”

苏男倒吸一口气，随即想到了一个问题：“我需要多长时间才能好？”

“一周左右。”

“我会全力配合你的治疗。”

“很好，”护士笑着点点头，“把手伸出来，你得打针了。”

苏男看着细长的针管慢慢插进肉里，有点痒，像蚊子叮咬一样，然后看着药水一点一点推进自己的血液里，护士的动作很专业，又柔又轻，像天使一样。

“你打针一点都不疼，很舒服。”

护士微笑答道：“熟能生巧。”

“我能洗澡吗？身上有点黏糊糊的。”

“你暂时还不能动，这几天伤口不能沾水，稍微忍耐一下，好吗？”

“我全听你的。”

护士又笑了：“那你得吃点东西了，这样有助于伤口愈合。”

“没问题。”

很快护士把食物端上来放在床上，东西倒挺丰盛，颜色搭配很好，主要还是以流食为主。苏男二话不说，低头就吃了起来，尽管没有食欲，尽管牵扯着伤口，仍然咬牙吃得干干净净。现在她需要尽快恢复体力，才能走出这个鬼地方。趁着护士前来收拾东西，苏男一边擦嘴一边漫不经意地问道：“我想打个电话给朋友报平安，能帮我拿手机吗？”

“你的手机放在哪儿？”

“不知道放哪儿了，”苏男摸了摸额头，“借你的手机用一下，行吗？”

“当然可以，”护士不疑有他，爽快地从自己包里取出手机，正准备递给苏男，突然另一个声音响起，“我看，还是不要打电话的好。”两人同时回头，只见一身睡衣的乔邃施施然走了进来。护士赶紧站起身来问好。苏男一动不动地看着这个恶魔般的男人，饭桌上的双手慢慢握紧，心头的火苗隐隐窜动。

“苏小姐，怎么这么看着我？”乔邃一边调侃一边在对面的椅子上坐下来，“不认识吗？我们前几天还在游艇一起共享晚餐，一起观看月全食。那晚，我记得你穿的是一件宽松的黄色针织外套，一条齐膝的白色连衣裙，对不对？”

苏男努力克制自己：“我只是想打个电话给凌西，报一声平安。”

“我已经跟他说过了，他让你好好养伤。”

“我相信在医院养伤更好。”

“麻烦你，我有点私事想跟苏小姐商量。”乔邃突然扭头对一头雾水的女护士说道。对方连忙放下手中的东西，告辞出去。

“昨天你见到的张南医生，医术很好，你在这里会得到更好的照顾。”

“你的好意我心领了，不过，我还是希望能到医院继续治疗，”苏男不想惹怒他，只想心平气和地解决问题，“这里毕竟是你家，不太方便。”

“你只是不太习惯，久了就习惯了。”

“可是，我的日常用品都放在公寓里。”

乔邃似笑非笑地道：“你的行李，我已让人全部搬过来了。”

苏男惊呼道：“你想干什么？软禁吗？这是犯法的事。”

“如果你想让陈归尘第二次绑架你，那随便，不过丑话说在前面，到时我可没东西再赎你一次了，”乔邃见苏男还想开口，劝阻道，“如果我是你，肯定先把自己的病治好，再来谈其他的事。”

苏男不再争辩，继续留下来治病。

在这期间，她分别接到凌西和安啸的电话，这让她宽心不少。

三天后，她已能下地缓慢行走，腿上的几个伤口已开始结疤，其中一条弯弯扭扭像细长的蚯蚓，难怪那个刘医生会好意提醒她。换成任何一个女孩，看到自己细腻无瑕的大腿上出现这种丑陋的图案，都会悲痛欲绝，泪流满面吧。

护士每天都要给苏男换药，看到伤口一天天在愈合，也看到伤疤一天天在形成，她忍不住皱了皱眉，准备安慰她时，却看到这个女孩诡异地笑了。

“你没事吧？”

“没事，我很好。”

“现在医学美容很发达，做个小手术就能恢复。”

“不，”苏男摇头，笑道，“我想留着，做个纪念。”

护士惊讶极了，这是一个什么样的女孩，思维太不一样了。

不过，到了晚上，她就明白了。那是苏男第一次洗澡，腿脚不方便，她搀扶着她进了浴室，就在她离开的瞬间，她看到苏男肩头的衣物慢慢滑落，她一道更深更丑的疤痕赫然窜穿整个光滑的后背，极其丑陋。看得出来是刀伤，这么深这么长，可见当时凶手非常凶狠，她能活下来已经算是奇迹。

“你这伤……”年轻的护士掩嘴问道。

“小时候留下的。”苏男毫不介意。

“伤口很深。”

“嗯，当时去鬼门关走了一趟，结果阎王爷不收，又死皮赖脸地回来了。”

护士赞叹：“你非常坚强。”

苏男眨了眨眼：“我也觉得。”

看着护士离开，苏男对着镜子扭头，洗手间的壁灯很漂亮，灯光也很亮，看到那个疤痕随着岁月的流逝已淡下不少，但在皓如凝脂的皮肤的衬托下，仍然触目惊心。她用手缓缓抚摸着，顺着自己玲珑的曲线，手指慢慢滑过臀部，来到大腿上，继续抚摸着新的伤疤，像情人之间充满爱恋的手，一直抚摸到最末端，才抬起脸，望着镜中自己的那张脸，略带嘲讽，喃喃自语道：“你的生活，从来没有变过。”

47 交易

乔邃这些天很忙，不仅他在忙，华叔和福婶也在忙，他们都忙相同的一件事，就是如玉山庄的重新装修。他们要让这座昔日乔家老宅重新散发新的光芒，既有老一代的经典，又有新一代的传承。对乔邃来说，他还有一件更重要的事，就是赶在父母忌日那天，带领乔家正式搬进这座老宅，以告慰父母的在天之灵。

乔邃把整个三楼都留给了自己，一间书房，一间会客厅，两间卧室。

齐冠华把其中一间卧室让设计师做成了婴儿房套间，里面附带了一个保姆房。

乔邃看完后摇了摇头，指出那间婴儿房仍然改为主卧，不过是女士风格。

齐冠华不解，以后乔邃结婚，理应夫妻双方同住一间卧室，怎么做成相邻的两间？

退出董事长办公室，齐冠华疑惑地问设计师：“有夫妻这样过生活的吗，各住各的房间？”

设计师是个年轻人，在西方读的大学，思想很潮，对待这个问题跟近60岁一丝不苟的齐冠华持完全不同的意见：“这很正常，即使亲密的夫妻也不能互相干扰。你想想，两人在一起彼此透明，没有一点遐想空间，哪还有爱的感觉，这太恐怖了，距离产生美啊。”

“过日子又不是玩过家家，搞得这么神秘干什么？”

“每个人都有自己的隐私。”

“你隐瞒我，我隐瞒你，这就叫隐私？”

“善意的隐瞒不叫谎言。”

“不叫谎言叫什么？”

“美丽的童话。”

齐冠华气得半天说不出话来，从此跟这个年轻的设计师卯上了，在装修图纸来来回回的过程中，故意找茬成了其中必不可少的功课。乔邃在听到设计师的投诉后，只觉得好笑。平时做事严谨，执行力超强的华叔，也会有如此任性的时候，还真是越老越小。想着华叔从年轻小伙做到两鬓斑白，一生都奉献给了乔氏集团，没有结过婚，也没有子女，那就让如玉山庄成为他终老的地方吧。

很快，齐冠华调任为如玉山庄总管家，掌管山庄所有人财物的支配权。

年轻的设计师一气之下辞了职。

乔邃给了一笔赔偿金，又让齐冠华找来一个女设计师，这回两人的配合非常默契，他也终于有时间回乔家别墅，会一会那个休养生息即将痊愈的女病人。

此时的苏男已经能下地行走了，虽然有点慢，但站得很稳。为了锻炼行走，她在别墅里四处溜达，东走走西看看，路上总能遇到乔家的保姆们，他们或多或少带着异样的目光打量她，或在身后窃窃私语，但这些她毫不在意。

几天下来，大部分地方都走遍了，只有一处例外，就是挂着乔子东遗照的书房。苏男决定今晚去看看，她不是一个懦弱的人，也不是一个轻易退缩的人。如果这次的惨败是为了下次的胜利，起码在离开乔氏别墅前，她需要前去跟这个刽子手当面说一说话。

令她万万没想到的是，迎接她的却是乔邃。

此时他就坐在门对面的沙发上，看着她得意地笑道："我知道你一定会来。"

苏男掉头就走。

"明天准备离开这儿？"

"……"

"我救了你。"

苏男回转身："谢谢，还有这些天的照顾。"

乔邃潇洒地站起身，走到她的面前："我准备跟凌西谈点事。"

"凌西？"

"是。我想和他商量一件事，跟你有关。"

苏男凭直觉断定不是好事，冷笑道："我的事情，只有我能做主。"

"嗯，我也是这么想的，"乔邃点点头，又指了指沙发，"你的腿不适合长时间站立，要不我们坐下来聊聊。"

苏男依言坐下，充满戒备地看着他。

乔邃哑然失笑，递过去一杯茶："你的眼神让我想起了我们小学老师，那时候我总是逃课，又爱搞恶作剧，所以我做任何事，说任何话，他的反应千篇一律，就跟你现在一样。"

苏男移开了视线，看着杯里一朵盛开的野菊花。

乔邃满意地笑了："知道陈归尘为什么愿意放过你吗？"

"我得到的教训还不够？"

"天真的女人，"乔邃嘲笑道，"那是因为我答应了他的条件。一个是把如玉山庄还给他；另一个是回购他手上的那两块地，并且加价 30%。你猜我选哪一个？"

苏男沉默，半信半疑。

"如玉山庄不是一座普通的宅子，我不可能让给任何人，然而出一大笔钱买下两块毫无作用的废地，也不是我的作风。所以，我拒绝了。"

"然后呢？"

"然后……陈归尘说要给我看一场血脉贲张的直播节目，男主角是他，女主角是你，"乔邃说到这里，突然邪念一生，"你猜我怎么回答？"见苏男脸色有些不自然，继续调侃道："我说，麻烦尺度拍得大一点，内容拍得清晰一点，尤其声音要销魂。"

"你无耻！"苏男立即喝道，小脸涨得通红。

乔邃哈哈大笑："这么容易动怒，实在不像你。"

"有完没完？"

"好，继续说。我的回答是两个字：你敢！"

苏男抬头看他，对这个答案有些意外。

"结果我输了，因为这两个字输得很惨，我用超出 30% 的价格买了两块不可能拆除的地，烂在自己手上。第一次为一个女人做亏本买卖，而她，跟我没有任何关系。"

苏男低头不语。

"你听到这儿，是不是有些感动？"

"如果是真的，我跟你说声感谢。"

"一句感谢太廉价了，"乔邃嘲笑道，"我是一个生意人，从来不做亏本的买卖，所以我得从其他地方赚回来，你当然还不起，有一个人能还，就是凌西。”

苏男疾言厉色道：“你想要他干什么？”

“当然是还债了。”

苏男怒了：“我为什么会被陈归尘抓去，你心知肚明，现在倒在我面前装好人，你不觉得自己太卑鄙了吗？”

“商场就如战场，明明是你技不如人，怎么能怨别人？”

苏男气得哑口无言。

“既然你不同意，那我就去找凌西商量好了。”

“他又不是老板，哪里能赚到这么多钱？”

“有两个解决办法，”乔邃微微一笑，翻手为云，覆手为雨是他的拿手好戏：“第一，凌西把他手上乔氏集团的股票让给我；第二，你立即辞职来乔氏工作，做我的特别助理。”

苏男咬牙切齿道：“你做梦吧。”

乔邃像是听到一句赞赏的话，很绅士地答道：“非常感谢，通常我都会美梦成真。”然后站起身来，慢慢走到苏男面前，直直看着沙发上的女人，居高临下地道：“如果明天我下班前仍然没有得到回复，我就默认你选择了第一个答案，我的律师马上飞去加拿大跟你心爱的人谈股权转让合约。”

“你这是要挟。”

“那你可以选择第二种。”

苏男怒眼盯着他，却又毫无办法：“为什么要我去乔氏工作？”

乔邃见她已做了选择，便退回去，重新坐到沙发上，跷起二郎腿：“华叔的位置空着，我一时找不到合适的人选。”

苏男冷笑，这种鬼话三岁小孩都不会相信：“你不怕我和陈归尘联手？”

“他还会相信你吗？”

“有句话叫作一切皆有可能。”

“那更好，我们就赌，看谁能笑到最后。”

“别得意得太早。”

“你可以拭目以待。”

“成交。”

“很好，明天开始跟我一起上下班，以后你就住乔氏别墅，”乔邃抬脚往外走去，临出门时又转过头，警告道，“对了，你如果不想连累那个叫安啸的朋友，最好离他远一点。上次的事，我没找他麻烦，是看在我死去爸爸的份儿上，下次再犯事，我就不会手下留情了。”说完，吹着口哨扬长而去。

48 特别助理

苏男就这样莫名其妙地成了乔邃的特别助理。

说是特别助理，其实就是一个保姆，负责乔邃吃喝拉撒，鸡毛蒜皮的小事。真正带有商业性质的高层会议，她连旁听的资格都没有，另有一个名校出身，精干历练的男助理代劳。她只负责和茶水妹在会议中场休息时，进去增添茶水和糕点。

乔氏管理层在看清她的容貌后，有的人恍惚，有的人动容，但眼神一致在她和乔邃身上打转，然后露出一副了然于心的神态。苏男统统视而不见，专心干好端茶递水的活儿，好像这是世界上最值得尊重的一份工作。

齐冠华看到这个女人也觉得奇怪，他没想到乔邃竟然敢把苏男放在自己身边，而且还同进同出，这无异于在自己的心脏边放了一颗定时炸弹，时时刻刻都能听到滴答声。

“我今天看到苏男了。”

“嗯。”

“她现在是您的特别助理？”

“嗯。”

“我担心这个女人不太安分。”

“嗯。”

乔邃仍然没有抬头，聚精会神地看着下属递过来的业务报告。

齐冠华见他不在意，只好换一种说法：“凌西知道吗？”

“关他什么事。”

“毕竟苏男是他的女朋友。”

乔邃终于抬起头：“华叔，你想说什么？”

齐冠华硬着头皮劝道：“乔董，一个女人而已。”

乔邃眯了眯眼：“在我动用我妈的私房钱救下她时，苏男就不是一个普通女人了。”

齐冠华倒吸一口气："那您的意思……"

"我想玩一个更刺激的游戏，"乔邃邪魅一笑，"让一个恨我的女人爱上我。"见齐冠华要阻止，摆了摆手："华叔，这个问题我记得以前谈论过，当时我说过这样一句话，'只要凌西做人老老实实，本本分分，我必不会亏待他，即使他姓凌，也是乔家的一分子。不过……如果他不知足，上蹿下跳……我也不会心软。'对不对？"

"是。"

"他竟然敢联合外人，窃取乔氏的商业机密。"

齐冠华叹了一口气，无力地道："惩罚没有错，只不过方式有很多种，中国的男人有两种仇恨会刻骨铭心，一种是杀父之仇，另一种就是夺妻之恨。凌西一直生活得很低调，这些年跟乔家相处得也不错，陈年往事大家都在努力慢慢淡忘之中，您又何必去打破这种难得的平静？"

"照你这么说，我还得感谢他不计前嫌？"

"不是这个意思，"齐冠华辩解道，"您想惩罚他有的是办法，没必要去动这个女人。"

"我偏偏就要动，怎么着？"乔邃的飞扬跋扈和暴戾显露出来了，"我倒要看看，他有没有本事保住自己的女人。"

"何必呢？"

"华叔，这件事情我已经决定了。"

"可是，少爷……"齐冠华情急之下叫出了另一个称呼。

"在公司叫我乔董。"

"是。"

"出去吧。"

这是两人第二次因为这个女人发生争执，但这一次，显然乔邃没有再给他足够的礼遇和尊重，这也让齐冠华更加确信，苏男就是一个红颜祸水。

下午时分，苏男接到乔邃的电话，通知她参加一个慈善拍卖晚会。

"要不要我给艾小姐打个电话？"苏男做着下属应尽的义务提醒道。想着一个月前自己还是艾莉莉的半个甲方，如今对方倒成了自己的半个老板娘，可见世事无常。

"干什么？"

"邀请她作为您的女伴。"

“不用，我已经有了。”

“不知是哪位小姐，要不要我现在通知她？”

“已经通知了。”

苏男还想询问，已听到电话听筒里传来“嘟嘟”的声音，她拿着手机愣了一会儿。半小时后，快递小伙找上了门，送来一个大的礼品盒，苏男莫名其妙地签字接收，打开一看，却是一套华丽的晚礼服。

苏男立即拨通了老板的电话：“乔董，我不明白这是什么意思。”

“没头没脑，你在说什么？”

“晚礼服，快递刚送过来的。”

“给你的，挂了。”乔邃正在跟两个得力干将商量事情，语气里有些不耐烦。

“等一等，”苏男觉得这件事非常重要，一定要说清楚，“我记得我们俩当时的约定是特别助理，而不是女伴。”

“我现在在开会。”

苏男厉声道：“我的事也很重要。”

乔邃很想发火，但并不想在下属面前失态，他深吸一口气，捂着话筒对手下人说道：“今天的事就到这儿，明天再继续沟通吧。”看着下属离开，才恶狠狠地说道：“苏男，没有哪一个女人敢这样跟我说话，我警告你，老老实实，安安分分地做事，不要惹怒我，否则后果自负。”

苏男沉默了片刻，还是重复道：“我们之前的约定里没有提到女伴，只是特别助理。”但口气已经软了下来。

“我和艾莉莉已经分手了，一时半会儿找不到女伴，你就临时滥竽充数吧。”

苏男有些惊讶，但想着这个男人对待感情一向随便，这样的结果也是迟早的事，心里更加鄙夷，但口上却已恢复平静：“我明白了。”

此时华灯初上，夜色阑珊，盛装打扮后的苏男更加炫目，乔邃看着也有片刻恍惚，苏男迟疑片刻，把自己的手放入他的手中。乔邃低头看着苏男的手指紧紧收拢，粉脂凝香，眼神一变，突然变换手势，与她十手相扣。苏男大吃一惊，男女十指相扣代表着非凡的意义，这辈子有资格跟她做这种亲昵动作的男人只有一个，那就是凌西。

“放手，放手！”苏男边说边挣扎起来。

“你今天是我的女伴。”

“这是两码事。”

“在我眼里，这是一码事。”

不管苏男如何挣脱，乔邃就是不放手，而且这种扣法非常紧，除非对方松手，否则根本抽不出来。两人身着华丽，外貌登对，此时有这些拉拉扯扯的小动作，在别人眼里倒成了打情骂俏、自娱自乐的情侣。

就在这时，又一辆豪车开进了会场，车里也出来一男一女，男的风流倜傥，女的娇艳动人。四人相对时，都愣住了，最惊讶的莫过于苏男，一时也忘了跟乔邃拉扯。

艾莉莉大摇大摆走了过来，看着两人十指相扣的手，又嫉妒又鄙夷：“我还以为苏小姐有多么清高，原来也不过如此。”

苏男反应过来，连忙挣脱手，解释道：“你误会了。”

“误会？”艾莉莉听了呵呵直笑，用手指了指乔邃，“你问问他，是不是误会？”

乔邃沉声道：“艾莉莉，你不要太过分。”

“过分的人是你吧，一份礼物就把我打发了？”艾莉莉眼中含着怨恨，冷眼瞧了一眼苏男，“苏小姐，好歹我们也算朋友一场，送你一个忠告吧。知道乔董分手的前奏曲是什么吗？如果有一天他莫名其妙地问你，最想得到什么东西，你可要注意了，你说出的这样东西，就是你的分手礼物。我很傻，我说最想在这个城市有一套自己的房子，结果乔董送了一套200平米的公寓。”说到这里，又转向乔邃，满目含情，微笑道：“如果当时我说，最想要的是天上的月亮，乔董，你打算怎么办呢？”

乔邃冷笑道：“你想要的不是月亮，而是乔夫人的头衔。”

“那又怎么样？”

“那个头衔太大，你戴不起。不过，”乔邃扭头看着站在一边看好戏的陈归尘，调侃道，“陈夫人的头衔挺适合你的。”

“你和新欢旧爱闹闹小情调就好了，”陈归尘一脸的无辜，“何必把我扯进来。”

苏男看着这个男人，眯了眯眼：“陈总，晚上好，咱们又见面了。”

“苏小姐今晚好漂亮，果然是红颜一笑值千金啊，”陈归尘绵里藏针，讥讽道，“这点我比不过乔董，怜香惜玉，出手这么大方。”

“这个我可要说你，好歹你也是爷们儿，对一个手无缚鸡之力的女人玩阴的，说出去难免让人看不起，”乔邃不屑地笑道，“不过让你承认自己技不如人想必也很难，只能在一些旁门左道的小伎俩上下功夫，理解！理解！！”

说完拉着苏男一同走进会场。

49　慈善晚会

会场里面又是另一番景色，灯火通明，衣香鬓影，人声鼎沸，热闹非凡。

不时有人上前跟乔邃打招呼，又顺带瞧了瞧他身边的女伴，见乔邃没有介绍的意思，看苏男的眼光便又多了一层肆无忌惮，似乎认定这只是乔家少爷带出来开心的玩物。如果这个场合换成其他女人，必然有些愤愤不平，可苏男不一样，仍然微笑着面对所有的一切，似乎这些人的目光都跟她无关。

乔邃乐了："我从你身上深刻体会出一个成语——宠辱不惊。"

“乔董，你的注意力应该放在公事上。”

“嗯，很称职，”乔邃拍了拍她的手，“那我去忙了，你随便。”

苏男环视四周，艾莉莉仍然像只孔雀一般在人群中招蜂引蝶，陈归尘并没有陪在身边，乔邃已不知道去了哪里。偶然上来几个跟苏男主动打招呼的人，都是男性，直勾勾的眼神，让人很不舒服，要求交换名片的一律被她搪塞过去。这样的环境，苏男并不喜欢，于是一个人走到旁边的休闲区，随手从餐桌前拿了一杯咖啡和甜点，准备去哪个角落猫着。

“你还好吗？”身后传来一个男人浑厚的声音。

苏男回头一看，竟是昔日的老板木志明，她微笑道："木董好！"

“最近怎么样？”

“挺好的。您呢？”

对于这个长辈，苏男还是心存感激，无论是当初自己的就职，还是后来莫名其妙的离职，他都没有半分为难。

“老样子，”木志明笑了笑，然后迟疑地问道，“听说你现在……帮乔氏做事？”

“嗯，”苏男有点难为情，“让您失望了吧？”

“不，乔邃人做事一向霸道，”木志明收敛了笑容，声音里透着一丝无力，“想必你也有苦衷。”

苏男一时感慨万千，低下头去。

“在乔邃身边做事要格外小心，这个年轻人能力很强，但骄横跋扈，更多继承了他母亲的性格，为求目的不择手段。”木志明像一个长辈般循循告诫，“如有机会，还是早点离开比较好。”

苏男不是一个感情外露的人，听到这里也有些许感动，重重地点点头：“我记住了。谢谢木董的指点。”

“指点谈不上。不过如果以后有什么难处，可以随时来找我。”

“哟，原来是木叔啊。”乔邃的声音突然从身后传来。

说话的两人都有些惊讶，只觉得这人神出鬼没，没有一点声音。

其实从木志明一接触苏男，乔邃就躲在一旁细细观察，这个男人和安啸始终牵动着他的心，毕竟上一代的恩怨那么深。至于木志明为什么这么多年都没找过乔氏麻烦，乔邃不明白，也没人告诉过他，正是因为不明白不了解才让他更加忌惮。

现阶段乔邃的注意力都放在了陈归尘身上，一时也腾不出时间同时对付木家父子，所以最希望两家保持原来的相处模式，井水不犯河水。眼见这个老男人跟苏男越说越来劲，两人互动也很默契，这让他又有些不爽，想起以前的那个暧昧传闻，他更是坐不住了，连忙走了过来。

乔邃端起桌上的两杯酒，一杯递给木志明：“一直想找个机会向木叔赔罪。”

木志明微笑着接过：“这话从何说起？”

乔邃指了指苏男：“我知道她是您的得力干将，硬拉了过来，一直觉得愧疚。”

“既然如此，贤侄能否忍痛割爱，把苏男让给 M 公司呢？”

乔邃正准备自罚一杯，表示歉意，一听这话倒愣了，没想到对方会如此直截了当。不过他的失神也只是刹那间的事，很快把皮球抛给了苏男：“没问题，这个主要还是看苏小姐本人的意愿，不知苏小姐的意思是？”

苏男已经看到乔邃眼里隐藏的怒火，又不想当场让木董失了面子，只能低头不语。

木志明看在眼里，连忙解围道：“开个玩笑，贤侄还当真了，哈哈哈。”

"您说的任何话我都会相信的。"乔邃皮笑肉不笑。

"那我自罚一杯。"

"木叔这是折煞小侄了，我敬您。"两人微笑着碰杯。

主持人开始上场，宣布今晚的慈善拍卖会正式开始。

乔邃带着苏男坐在中间位置，明亮的灯光相继熄灭，只留着台上部分的商品展示，这样更有利于大家的观看。连续几件的拍卖，乔邃似乎都没有什么兴趣，只顾低头玩着 iPad，处理一些邮件和公事。陈归尘倒是很应景地拍了一个钻戒给艾莉莉，惹得大美女笑逐颜开，两人窃窃私语，举止亲密。不知怎么，苏男突然想起了那双干净的眼睛，那个纯美的姑娘许遥，也不知道她现在怎么样了，是跟陈归尘分手了，还是一直被蒙在鼓里。

"喜欢那玩意儿？"乔邃见她盯着陈归尘，低语问道。

苏男摇摇头。

"如果真喜欢，我等一下拍件东西送给你。"

"不用，我不喜欢。"

"女人不都喜欢首饰吗？"

"我是你的助理，乔董。"

"噢，多谢你提醒，我差点忘了。"乔邃阴阳怪气地说道，又继续低头忙自己的事。

苏男不知道这个男人来这儿到底想干什么，也没见他去跟别人谈什么事，好像对拍卖也不感兴趣，今晚的目的是什么？想到这里，她忍不住扭头观察，没曾想与乔邃的视线对个正着。

"你偷看我？"男人的声音里带着得意。

"你今晚来这儿有什么事？"

"待会儿就知道了。"

两人再没说话，直到主持人提到一件拍品——清代西洋铜胎画珐琅鼻烟壶。或许是这玩意儿收藏的人不多，比较冷门，主持人介绍时格外详细和卖力。

"鼻烟壶，简而言之，就是盛鼻烟的容器。一般都比较小，便于携带。明末清初，鼻烟传入中国，鼻烟盒渐渐东方化，产生了鼻烟壶。鼻烟后来被香烟替代，慢慢衰败，但鼻烟壶作为一种精美艺术品流传下来，而且长盛不衰，被誉为'集各国多种工艺之大成的袖珍艺术品'。

"接下来，我们再来看看它历年的成交价。1994 年，一件清代中期玛瑙杜甫游乐图烟壶，以 18.7 万元的价格成交；1997 年，香港苏富比拍卖会上，一件料胎珐琅彩葫芦形鼻烟壶被买家以 193.6 万港元拍走。2002 年，香港佳士得春拍中，一件'乾隆年制'款清宫内府御制铜胎画珐琅西洋画景图鼻烟壶以 227.4 万港币拍出。2005 年，纽约佳士得，李公伟夫妇收藏的清乾隆御制珐琅彩西洋人物图鼻烟壶拍出 66.56 万美元，清康熙御制铜胎画珐琅莲池图鼻烟壶拍出 32.96 万美元。2007 年，香港佳士得以 360.75 万元拍出一件清代西洋表铜胎画珐琅嵌珍珠葡萄鼻烟壶。2011 年 5 月，香港邦瀚斯铜胎画珐琅彩鼻烟壶开创了鼻烟壶拍卖史上的最高价格，成交价为 928 万港币，接近千万元大关。"

乔邃见苏男目不转睛地看着这个小玩意儿，突然低声道："我怀疑这个鼻烟壶就是拍卖师自己收藏的？"

"哪里看得出？"

"讲得唾沫横飞，像打了鸡血。"

"人家是熟能生巧。"

"上次我送你的那个还在吗？"苏男愣了一下，猛然想起上回吃饭时木志明转赠给她的那个鼻烟壶，点点头。

"这小玩意儿能卖这么多钱，那你岂不是发了？"

"100 万卖给你，行吗？"苏男反讽道。

乔邃乐了，摸了摸鼻子，没再说话。

苏男又把目光投向了主持台，此时已开始叫价，应征的人比她想象的多，或许是刚才那一连串骄人的拍卖纪录打动了不少人，叫价声此起彼伏。她注意看了看，木志明举牌次数比较多，很快就叫到了 50 万。

"60 万！"乔邃突然举牌，让苏男吓了一跳。

"65 万！"紧跟随的不是木志明，而是陈归尘，这让两人跌破眼镜。

"70 万！"

"75 万！"陈归尘再次跟紧。

"75 万！现在已经叫价 75 万了。"拍卖师兴奋极了，尖着嗓子大喊，煽情得很。

"100 万！"

乔邃直接叫出了最终报价，顿时全场鸦雀无声，随即拍卖师疯狂地大叫：

“52 号叫价 100 万，100 万，鼻烟壶已叫价 100 万，还有没有继续，有没有，有没有？ 100 万，有没有高出这个价格，好，100 万第一次，100 万第二次，100 万第三次，成交！”

随着拍卖师的落锤，全场响起如雷掌声。

苏男愣愣地看着乔邃，不明白他为什么愿意花这么高的代价买这么一个小玩意儿。

这时陈归尘和艾莉莉已经走了过来：“乔董，恭喜你了。”

“承让，承让。”

陈归尘一副幸灾乐祸的样子：“没想到随便动动嘴皮子，就让乔董破费 40 万，实在不好意思。”说到这里，瞟了一眼苏男，暧昧地笑道：“不过，为博美人欢心，这 100 万花得不冤。”

艾莉莉也娇笑道：“乔董非常懂女人啊，以前我喜欢珠宝的时候，三天两头送钻石。现在苏小姐喜欢鼻烟壶，又三天两头送这新奇小玩意儿，不愧是花丛中打滚的人精。”

乔邃扭头看了看苏男，对方脸色倒未见异常，但眸子里的冷意已经很明显，看样子这个女人万万不会接收这个东西，他不禁有点懊恼，转念一想有了主意，也不搭理眼前之人，而是转身迎着正走过来的木志明笑道：“木叔，这个鼻烟壶也不知道您喜不喜欢，就擅自拍了下来。”

木志明一头雾水地看着他。

乔邃又说道：“刚才说了给您赔罪的，这个就权当我的一点小小心意。”

“不要客气，”木志明笑着拒绝，“这礼物太贵重了。”

“还请不要推辞，同时也感谢这些年来您对乔家的特别关照。”

木志明顿时明白过来，看样子乔邃已然知道上一代人的恩怨，这是在试探他：“既然这样，那我就恭敬不如从命了，多谢贤侄。”

“您先忙，回头再聚。”

“好，再见。”

原本等着看好戏的陈归尘和艾莉莉一时傻了眼。

苏男知道木志明喜欢收藏这种小玩意儿，见他愿意收下，也有些高兴。

50　新闻头条

回来的路上，乔邃的心情却不好。

今晚之所以带苏男去参加这个拍卖会，就是为了鼻烟壶。

平时见这个女人对什么东西都是淡淡的，一副不上心的样子，上次吃饭却见她对鼻烟壶兴致颇高，想着送个礼物给她，增加好感。没想到半路杀出个程咬金，被陈归尘和艾莉莉两张乌鸦嘴一唱一和，如今不仅没落个好，反而让苏男印象更差。想到这里，他气不打一处来，立即拨打电话，也不知道跟谁说了一句："封杀艾莉莉。"然后挂了电话。

苏男见他发脾气，不想无故受牵连，只一门心思看着窗外的夜景。

车厢里一片沉寂。

"我和陈归尘的争斗，你更希望谁赢？"乔邃的声音响起。

"没法回答。"

"为什么？"

"跟我又没关系。"

乔邃乐了："一个是你的前任老板，一个是你的现任老板，这叫没关系？"

"我的前任老板是木志明。"

"你对他倒是不赖。如果我想听听你的答案呢？"

苏男回过头，冷冷一笑："最好两败俱伤。"

乔邃笑得更欢："不虚伪，不做作，够胆，够种。怎么办，我越来越喜欢你了。"

"对不起，我不稀罕。"

这句话终于激怒了他，乔邃突然倾身上前，双手紧搂住她，眼神里带着暴戾："以后你就会稀罕，很稀罕……"然后又重重地放开她，不再言语。

第二天，铺天盖地的新闻，全是关于一对情侣的分手。

由于两个都是名人，所以这种事不需要炒作，只需要放出一个风声，记者们就会很乐意转载报道，以博取眼球和点击率。苏男看着网络上两组照片的对比，前一组乔邃和艾莉莉相拥而笑，后一组两个孤独的背影。又联想起昨天听到的那句话，估计乔邃的话已在起作用，近一段时间艾莉莉会过得很辛苦。

果然，三天之后，一脸憔悴的艾莉莉召开了新闻发布会，坦承已与乔邃分手，言语当中颇为委屈，在被问及分手原因时，一再躲闪，似有回避。突然，一名记者手里拿出一张照片，尖锐地问是不是乔邃情变，劈腿。这时，艾莉莉亮闪闪的大眼睛终于落下泪来，承认交友不慎，同时遭到好朋友和男友的背叛。这时全场轰动起来，记者们没想到又挖到另一条爆炸新闻，纷纷探听这个抢闺密男朋友的女人到底是谁……等到乔邃发现时，苏男已被曝光，同时媒体还拍到苏男入住乔氏别墅，与乔家掌门人一同上下班。

舆论一片哗然，苏男立即成为了新闻的头版头条。

乔邃知道这事是陈归尘在背后搞鬼，否则仅凭艾莉莉，借她十个胆也不敢。这样的绯闻以前也出过，他也没放在心上，可这次牵涉到苏男，他还是有些担心，立即吩咐公关公司紧急处理，同时开始提前对陈归尘设局，新仇旧账一起算。

此时的苏男确实很紧张，她紧张的不是自己，而是远在加拿大的凌西。如今互联网这么发达，这种八卦新闻又极容易被放在醒目的位置，如果他看到了，会怎么样？又会怎么想？生气，失望，还是厌恶？

乔邃来到苏男办公室的时候，见她一直低着头，不知想什么，看样子情绪不太好，一副失魂落魄的样子，忍不住安慰道："没事，所有的新闻明天都会消失。"

"万一凌西已经看到了怎么办？"苏男焦急地问道。

乔邃胸口微微窒闷："看到了就看到了。"

"不行。"

"你怕什么？"

"他一定会跑回来，一定会的。"

"跑回来又怎么了？"

苏男摇头："不行，他肯定会选择卖股权。"

乔邃只觉得怒火在胸中翻腾，自己在为这个女人担心，这个女人却为她的情人担心。他压抑住内心的波涛，表面上却很平静："你可以阻止他。"

"怎么阻止？"

乔邃调侃道："成为我的女朋友。"

苏男惊讶："开什么玩笑，别在这儿添乱了。"

“好吧，你自己想一想。我走了。”

乔邃落荒而逃，再待下去，他怕会真的暴露自己。

俗话说，越担心的事越有可能发生。

凌西这次没有任何征兆地悄悄回了国，而且是直奔乔氏别墅，他就想看看八卦杂志写的到底是不是真的。福婶见到他，很欢喜，连忙热情招呼。凌西见她在帮忙收拾自己的东西，试探道：“最近有什么变化吗？”

“当然有啊，”福婶以为他提的是如玉山庄，一脸的笑容，“下个月我们就可以搬到老宅去住了。还是那里舒服，有山有水，也安静。”

凌西有些惊讶，如玉山庄重回乔家的事，苏男并没有跟他提起：“我刚才进别墅时，听下人们说，这里住了一个女人，谁啊？”

“真是嘴碎的东西，”福婶是这里的管事，平时不允许下人们乱嚼舌根，骂完之后才猛然醒悟，“噢，对不起，凌先生，我不是这个意思。”

凌西摆摆手：“我明白。”

福婶放下心来，详尽地解说起来：“前段时间乔董带回来一个女人，伤痕累累，还满身带血，看起来挺严重……”

“怎么回事？”凌西急急打断。

“还好，张医生说只是皮外伤，没动筋骨，不用动手术。”

“然后呢？”

“她就在这里养伤，乔董专门安排一个护士悉心照顾，大约一个星期才好。”

凌西心里顿时凉了半截：“她现在还住在这儿？”

“是啊。对了，你等一下就能见到她，苏小姐现在跟乔董一起上下班，她长得很漂亮，大家都在猜测以后会不会成为乔家的女主人。只是不太说话，也不爱笑。”

这个消息宛如晴天霹雳，凌西久久说不出话来。

“怎么了，凌先生，不舒服吗？”福婶看他脸色有些难看，“是不是感冒了？要不我给你拿点药来。”

“不用，可能时差的问题，我睡一觉就好了。”

“那好，你先休息。”

看着福婶轻轻带上门，凌西一屁股坐在床上，心里的苦如层层秋雨一重又一重。

傍晚时分，乔邃和苏男一前一后进了大厅。福婶已安排好晚餐，见两个人进来，连忙迎了上去问好。乔邃今天心情不错，因为新城改造涌现的商机，陈归尘最近花巨资吃进了一起新的地皮，而这正是他设计好的圈套。

“福婶，我饿了。”此时的乔邃更像个小孩。

“马上开饭，先洗手。”

“好，好，苏男，洗手。”乔邃不忘吩咐别人。

苏男正犹豫着晚上要不要给凌西打电话试探一下，听到有人叫自己，也就懵懵懂懂地跟在后面。迎面从厨房里面走过来一个人，苏男抬头望去，傻眼了，正是凌西。

“西，你……”苏男太惊讶了，说话都不连贯。

“你怎么住这儿？”凌西沉声喝道。

“我，我……”苏男一时找不到合适的理由，连忙转移话题，“你什么时候回来的？”

乔邃此时已进了洗漱间，听到对话，疑惑地探出头，见到凌西，立即皱了皱眉，走出来时已满脸是笑：“哟，什么风把你吹回来了。”

凌西没好气地答道：“梅超风。”

“那你会什么武功啊？”

“摧心掌。”

“金庸的书读得很熟啊，连摧心掌都知道了。”乔邃调侃道。

“跟某人学的。”凌西说完把视线移到苏男身上，深深凝视，眸光温润如水，却如江河涌荡着莫名的情绪，痛楚、伤心，还有无奈。苏男最受不得他这样的眼神，便孩子气地伸手捂住他的双眼，撒娇道：“不许这样看我，不许看，不许。”

乔邃从未见过这样的苏男，如此放松、率真、单纯，一时愣住了。

凌西终究叹了一口气，没再说话。

苏男放下手，像做错事的孩子一样，小心地看着他。

恰好这时，福婶带着保姆端菜上来，见三个人立在中间，连忙道：“乔董，可以吃饭了。”乔邃恢复正常，拍了拍凌西的肩膀，笑道：“一起吃饭吧。”

凌西没搭理他，回头牵起苏男的手，粗声粗气道：“吃饭。”然后两人十手相扣地从乔邃身边走过，乔邃瞳孔瞬间收缩，脸色阴沉起来。

51　决裂

一餐饭吃得很压抑，没有人说话，乔邃时不时抬头看一眼苏男，苏男的注意力全放在了凌西身上，而凌西只顾低着头吃饭，目不斜视。

吃完饭，凌西拉着苏男进了自己房间，直接扔给她一个手提箱："去，收拾东西。"

"干吗？"

"搬出这里。"

"现在？"

"对，现在就走。"

苏男见他语气不善，不好直接拒绝，于是说道："那套公寓是安啸的，不知道现在方不方便去住。"

凌西怒道："我让你去别的男人家住了吗？"

"好，好好，"苏男不想在他气头上拌嘴，"那我搬去哪儿？"

"酒店。"

"酒店？"

"对，先到酒店住两天，辞职，然后跟我回加拿大。"

"可是……我……"

凌西见她还在犹豫，更加气愤："什么意思，还想留下来做乔家夫人？"

"不是这个意思。"苏男担心这一走，正好中了乔邃的圈套。

"我只问你一句话，走，还是不走？"

苏男很少看到凌西发脾气，这是两人在一起，他对她最严厉最不客气的一次。如果她这样不管不顾地收拾行李跟着凌西走，不用想都知道接下来会发生什么，乔邃肯定会把选择题扔出来，依凌西的脾气，肯定毫无悬念地选择卖股权。

"西，你最在意什么？"

凌西不知道她为什么突然问这个，但还是回答道："明知故问。"

苏男看着他，轻轻说道："我最在意的是你。"

"你想说什么？"

"我不能跟你走。"

"为什么？"凌西青筋暴起，怒火中烧，"这就是你的最在乎？"

苏男摇头，目光有一种坚定："在我的生命中只有两人最重要，除了晴姨，就是你。"

凌西瞬间明白过来："乔邃对你做什么了？他威胁你？"

"不，没有。"

"那你上次浑身的伤是什么情况？如玉山庄怎么又被乔邃买下了？陈归尘为什么会善罢甘休？你为什么突然辞职去乔氏上班？"

一连串的问话让苏男哑口无言，她忘了这个男人的聪明，他能从一点蛛丝马迹里发现端倪，并且迅速厘清头绪。凌西已从她的表情中得到答案，一张绷紧的脸立即放松下来，走上前轻轻拥她入怀，有些自责也有些内疚："对不起，小狸子，我不该随便对你发脾气。"他想到乔邃的卑鄙手段，心潮涌动，很不是滋味："你是我的女人，一切事情由我来解决，不需要对任何人妥协。"

苏男正想解释，抬头却见乔邃赫然站在门口，双手一摊："对不起，打扰两位了。"

"有什么事？"凌西冷冷问道。

"我找她，"乔邃用指了指苏男，"明天有个重要客户需要接待。"

"你另请高人吧，她明天辞职。"

乔邃意味深长地看了一眼苏男，慢慢问道："你……确定辞职？"

"你不用问她，我替她做的决定。"未等苏男回答，凌西已抢先一步。

乔邃毫不示弱，反问道："你能替她做这个决定？"

这句话一下子激怒了凌西，他隐忍的火迸发出来："我是她男朋友，可以替她做任何决定，有什么事你可以冲我来，何必为难一个女人。"

乔邃阴阴地笑了笑："我和你没事，我和她有事。"

"什么意思？"

"这个，得问她，"乔邃伸手指了指，"苏男，告不告诉他，决定权在你。"

苏男看着凌西，不知道怎么开口，如果她说出乔邃开出的两个条件，这个男人肯定会义无反顾地选择卖股权；如果她不解释，又很容易引起误会。怎么办？她一时之间竟无法抉择。只得狠狠瞪了一眼那个恶毒的始作俑者，没曾想却得到了乔邃的回应，他很应景地吹了一声口哨，带着些许得意。

两人的互动落在凌西眼里，却是另外一码事，反而坐实了之前的传闻。

凌西脸色越来越沉："到底什么事？"

乔邃火上浇油："要不我来说吧。"

"闭嘴，"苏男转头喝道，"你出去。"

乔邃从未被女人如此呵斥，眼中闪过厉色，心头的火苗隐隐窜动，但看到苏男一副焦急万分的样子，突然又改了主意："好吧，不打扰了，你们慢慢聊。"然后转身走出去，顺便轻轻带上了门。

凌西惊讶不已，这还是自己认识的乔邃？

苏男见他一脸的沉思，以为还在恼怒自己的隐瞒，只得一五一十地说出了事情的原委。果不其然，凌西听完后的第一句话就是卖股权。苏男不忍也不愿这个男人做出如此巨大的牺牲，申辩道："一年就可以了，我只需要待在乔氏做一年。"

凌西立即摇头，即使真如苏男说的乔邃只为逼迫他卖股权，他也不敢冒这个险，一年的时间足以改变一切，更何况刚才乔邃的表现更让他胆战心惊："我们俩有手有脚，有胆有才，还怕闯不出一片天地？再者乔氏股权已经捆绑了我这么多年，或许扔了它，才能还我真正的自由。"

苏男无言以对。

凌西的心"咯噔"一下，小心翼翼地问道："小狸子，你还想报仇？"

苏男低下头去，声音低沉："我的命，是晴姨给的。"

"你待在乔氏，就能报仇？"

苏男有些迷茫："总是能找到机会的吧。"

这样的话让凌西有些难受，更多是委屈："那我呢？"

苏男愧疚难当，伸出双手，慢慢抚摸着男人熟悉的脸，试探地问道："一年，就一年，行吗？"

凌西一把搂她入怀："不，我不同意。"

苏男挣扎道："每次闭上眼睛，我都能看到晴姨；可是每次睁开眼睛，却总是想到你。"

"傻瓜，你只需要为自己而活。"

"为我自己？"

凌西存了心思一定要劝服她，上次的绑架事件让他心有余悸，无论是乔邃还是陈归尘，都是危险人物。"我不知道你和晴姨之间的故事，但我相信，她是爱你的，她更愿意看到你活得开心快乐，就像我的母亲，希望我能学会放下。如果你被仇恨绑架，如果我被乔氏绑架，我们俩永远跳不出这个怪圈，一生都会过得不快乐。”凌西双手托起苏男的小脸，眼睛中充满了期盼：“看着我，宝贝，让我们一起学会放下，放下上一代的枷锁，在我妈和晴姨的祝福中，延续她们的生命，真诚过好每一天，好不好？”

“放下？”

“对，过我们自己的生活。”

苏男眼神迷离：“我们真的能放下吗？”

“当然能，我们还会生活得很幸福。”

苏男心动了，这辈子她还从没感受过幸福的滋味：“幸福长什么样？”

凌西笑得很温暖：“我们俩一起看着儿女慢慢长大，看着自己慢慢变老，这就是幸福！”

苏男的眼睛开始滋润起来，把头深深埋进他的怀里，吸取着这份温暖。

“跟我一起离开，好吗？”

苏男哽咽得点头。

凌西欣喜若狂，连忙说道：“我们现在就走。”

“好。”

52 患得患失

乔邃坐在沙发上看着楼梯口慢慢下来的一男一女，他们看起来很登对，也很默契，十手相扣，时不时深情对望，这样的场景让他觉得刺眼，便轻轻掉转头去。凌西在乔邃的面前站住，冷冷看着他，仅存的那点亲情已然消失不见，取而代之的是漠视和不屑：“我要带苏男离开这里。”

乔邃坐着没动，似笑非笑地道：“噢，那你们俩的决定是什么？”

“你不就是想要我手上的股权吗，给你。”

“好啊，”乔邃潇洒地站起了身，“我会尽快让律师拟好合约。”

“没问题。”

“那，后会有期。”

“不，”苏男抢先答道，“后会无期。”

乔邃神情平静，看不出悲喜，两只眸子深得像两口古井，直直地看着苏男。苏男鄙夷地扫视这个手段卑劣的男人，眸子里带着冰冻一般的厌恶。

“我们走吧。”凌西上前搂住她。

苏男偎依进他的怀里，温柔地点点头。

乔邃一动不动地看着两人走出自己的视线，猛然转身从茶几上抄起东西狠狠朝墙上摔去，“哗啦”一声巨响，电视机被砸得稀烂。福婶听到声响，赶紧跑出来，见乔邃站在屋子中间，阴沉着脸，双手紧握，牙齿咬得“咯咯”作响，眼里闪着一股无法遏制的怒火。福婶一时也不敢上前，连忙转身拿了一块打湿的毛巾，站在一旁候着。

过了一会儿，乔邃身上的暴戾之气慢慢散去，福婶才上前两步，轻轻把毛巾递了过去。

乔邃接过来擦了擦手，抬脚迈上楼梯，走了几级，停住：“送杯牛奶上来。”疲惫的声音里透着一股浓浓的失意和颓废。

福婶看着乔邃长大，这种感情非同一般，尽管她知道苏男和凌西的关系，如今眼见乔邃如此隐忍和难受，心里难免疼惜，忍不住劝慰道：“喜欢一个人没有错，是苏小姐不懂得惜福。”

乔邃顿住了脚：“如玉山庄，还是你来管吧。”

“啊？”福婶惊讶地看着他。

“以后如玉山庄就交给你了。”

第二天，乔邃一上班立即让秘书叫来齐冠华。

齐冠华听完之后欣喜若狂，没想到这事竟然峰回路转，还因祸得福拿下了乔子西手里的乔氏股权，不由感叹道：“没想到，真的没想到。”

乔邃看着空中升起的缕缕青烟，若有所思。

“乔董，您的手段高明，太高明了，股权可比陈归尘的那两块地值钱多了，”齐冠华连连称赞，突然想起之前因为苏男的事曾跟乔邃起过争执，不免羞愧难当，“对不起，老板。”

“什么？”

“您让苏男当特助，我还……实在是目光太短浅了。”

乔邃眼色黯淡，仍然抽着烟：“你盯着点合同。”

“好。”

“尽快。”

“那我现在就去办。”

“等一下，”乔邃想了想，“如玉山庄的装修进行得怎么样了？”

“已经差不多了，还有最后一点收尾工作。如果加上这份股权转让书，就是双喜临门啊，”齐冠华越说越兴奋，“如果夫人泉下有知，肯定会特别欣慰。”

“嗯，”乔邃脸上难得露出一丝笑容，“对了，你还是留在我身边帮忙处理公事，这个更要紧。入住如玉山庄后就让福婶去操那个心吧。”

“好。”

“这周的几个业务会议提前到今天开，你让秘书去通知相关人员。”

“全排在今天？”

“嗯，这样效率高。”

乔邃的性格向来说一不二，不容置疑，齐冠华虽然有些纳闷，但没有说出口，连忙起身出去安排相关事宜。办公室又恢复了平静，乔邃看了一眼电脑里的报表，只觉得头疼。他推开椅子，在大玻璃窗前站了好一会儿，外面的风景怡人，视野极其开阔，可是看不进去，脑海里总是想起苏男离去时那个鄙夷的目光，就像一道枷锁紧紧纠缠着自己。这种感觉让乔邃很不爽，他掉转头拉门大步走了出去，正在打电话的女秘书见他突然出来，急匆匆挂掉电话站起身迎上去等待指示。

“去会议室。”

“可……人员还没到齐。”

“怎么这么慢？”

“对不起，”秘书一边道歉一边觉得委屈，“刚刚通知完。”

“还要多长时间？”

秘书看了看表：“第一个会议是 10 点开始，离现在还有 20 分钟。”

“先去会议室等着，我倒要看看有多少人迟到。”

这样的乔邃让秘书有点莫名其妙，她也不敢申辩，连忙应声下来，跟在他后面，不忘回头给其他同事使眼色，让她们紧急通知各位经理人提前到场。

第一个会议，乔邃发火了，冲着一个中层管理人员大声训斥；第二个会议，乔邃又发火了，因为交上来的报表里有几个错别字；到第三个会议时，下属们都变得战战兢兢，唯恐自己撞到枪口上。

回到家已是深夜，乔邃只觉得头晕晕沉沉，腰酸背痛，很疲惫。想想多久没这么拼命了，那还是当初刚接手乔氏集团时，曾经三天三夜没合眼。现在的乔氏集团比他父亲乔子东在世时还要鼎盛，他也极少这样不要命地工作。

齐冠华今天一直陪在身边，这样怒形于色的乔邃他很少见，也有些纳闷，明明是双喜临门的好事，怎么瞅着他却极不开心的样子。不过，年轻人的心思转得快，他有时还真猜不透，只得打起十二分的精神，赔着小心，鞍前马后地忙碌着。

乔邃下了车，揉了一会儿肩膀，才想起他："华叔，你年龄也大了，以后不用这么整天陪我开会。"

"没事，我这把骨头还行。"

"嗯，早点回去休息。"

"好。张律师说，合同已经发到您邮箱，如果没有异议的话明天可以签约。"

"明天？这么快！"

齐冠华惊讶，今天早上催促的人难道不是老板自己？当然他不会笨到开口反驳："那您的意思……"

乔邃没有回答，而是问："凌西签完合同，会去哪儿？"

"回加拿大吧。"

"苏男呢？"

齐冠华再次惊讶："应该一起回吧。"

乔邃沉默片刻："明天你去签了吧。这两天我在家休息。"

齐冠华低头答道："好。"

53　牢狱之灾

凌西签完合同，回来后和苏男立即着手订机票，退酒店，收拾行李。

忙完这一切，还有一天的空余时间，两人决定跟各自的朋友道别，再次相见也不知道猴年马月了。

凌西约了安啸早早出了门，苏男想来想去，决定去 M 公司走一走，这是她回国后最熟悉的地方，见见昔日的同事，顺便也拜访一下木志明。想到前老板，苏男就想到了饭桌上的那个鼻烟壶，作为临别礼物这个再适合不过了。苏男咧嘴笑了笑，打开行李箱，可是翻来覆去却找不到自己那个首饰盒，这让她的心猛地慌张起来。鼻烟壶只是小事，丢了就丢了，可首饰盒里有一样非常珍贵的东西，那就是晴姨临终前送给她的翡翠手镯。

苏男急急站起身，思前想后，最有可能是落在了乔家别墅。

福婶接到电话后，立即差人去房间查找，不一会儿，保姆手里拿着一个老旧的首饰盒下了楼。苏男呼出一口气，放下心来，立即挂了电话，打了一辆出租车。到了乔家别墅门口，苏男不愿踏进这个地方，只得再次给福婶打了一个电话，请她帮忙派人送出来。两人刚说了几句话，突然对方停顿了，等声音再次传来时，已变成了男中音。

“进来拿。”

乔邃冷冷扔下三字就挂了。

苏男只好硬着头皮进去，进了门厅，果见乔邃端坐在沙发上，眯着眼看着她。

“首饰盒呢？”

乔邃站起身：“跟我来。”

“我在这里等吧。”

“想要就跟我来。”乔邃不管不顾地上了楼。

苏男犹豫不决，瞧了瞧站立一旁的福婶，眼睛里带着询问。

“首饰盒被乔董拿去了，”福婶有点不好意思，想着乔邃对苏男的心思，或许这是两人最后一个机会，不免劝道，“去吧，他没有恶意，可能只是想说几句道别的话。”

苏男默然，拾级而上，到了二楼转弯处，见乔邃停靠在门上望着她，一时愣了。两人都没有说话，一前一后进了房间。

“东西呢？”苏南问。

“什么时候走？”乔邃转身从沙发的另一侧拿过一个古朴素雅的首饰盒。

苏南伸手去接。

乔邃绕开她，微微一笑，打开盒子，再次问道：“什么时候走？”

“今天。”

“噢，”乔邃点点头，似乎一点都不意外，从盒中拿出鼻烟壶，“这是饭桌上我送你的那个？”

“不是，这是木董送我的。”

乔邃点点头：“也算，这老家伙倒很会借花献佛。”

苏男再次伸出手：“我得赶时间，麻烦把首饰盒给我。”

乔邃充耳不闻：“这又是什么？”一个有明显包浆但做工精美的手镯：“看样子有些年代了，祖传的？”

“乔董，这是我的私人物品，请还给我。”

“好吧。”乔邃耸耸肩，把首饰盒递了过去。

苏男立即站起身，拿起东西就走，却听身后传来冷冷的嘲笑：“你不检查一下吗？”苏男暗叫不妙，赶紧低头看了看，果然那个最贵重的翡翠手镯不见了，转过脸，怒道：“拿来！”

“什么？”

“手镯。”

“你说的是这个？”乔邃从裤袋里慢慢掏出一个满绿透亮的翡翠手镯。

“这是我的手镯。”

“你确定？”

“当然。”

乔邃慢慢沉下了脸，少见的凝重：“你说这是你的手镯？”

“不是我的，难道还是你的？”苏男没好气地答道，“快点拿来。”

“这种又绿又水的手镯价值不菲，有些年代，一般是富贵之家用来传承。你怎么可能有这么贵重的手镯？”

苏男深吸一口气，暗暗警告自己不能生气：“乔董，这是我的一个长辈留给我的，麻烦你还给我，我要赶时间。”

“你知道这只手镯值多少钱吗？”

苏男不屑地道：“在我心里是无价之宝。”

“无价之宝，很好，很好，”乔邃连连点头，脸色已黯淡下来，带着冷冷的寒气，“我只是希望你能想清楚再回答，你确定这只手镯是你的？”

苏男的耐心已经被磨得差不多了，忍不住吼道：“你没听清楚吗？我已经说过三遍了，这只手镯是我的，是我的！”

乔邃深深地看着她，没再说话，只是慢慢伸出手，手上放着那只满绿满水的翡翠手镯。苏男二话不说，立即拿过来，转身准备开门。

“我已经准备放手了。这次，是你做的选择。”

苏男停住，有种不祥的感觉，回头看他："你什么意思？"

乔邃的脸背对着光，看不真切，只有一双眼睛炯炯有神，含着万语千言："你想不想听一个故事？"

"对不起，我没兴趣。"

"那你相信命运吗？"

苏男嘴角一撇，冷笑道："我只相信一句话，我命由我不由天。"

"我命由我不由天，"乔邃慢慢重复了一遍，感叹道，"我以前也不信，可现在，我信了。"

苏男搞不明白这个男人在打什么哑谜，也没兴趣探寻，虽然有种怪怪的感觉，但眼下也顾不了这么多，尽快离开这里，离开中国，才是最安全的做法。

苏男扭头拧开房门，逃似的跑下了楼，走出乔家别墅，出了大门，突然愣住了，外面草坪上停着两辆警车，几个全副武装面无表情的警察朝她走了过来，其中一个女警问道："你是苏男吗？"

"是。"

"你涉嫌跟一桩古董失窃案有关，请跟我们回公安局配合调查。"

苏男大吃一惊："是不是搞错了？"

"这里装的什么？"女警指了指她手上的首饰盒。

"几件小首饰，"苏男一头雾水，立即打开盒子，极力申辩道，"你看，这些都是不值钱的东西，哪儿有什么古董？"

女警从中挑了挑，然后拿出那只翡翠镯子："这是什么？"

"玉镯啊。"

女警没再说话，合上盖子，把首饰盒全部拿了过去，冷冷地说道："跟我们走一趟。"

此时乔家很多佣人都发现了异常，渐渐围拢过来，又不知发生了什么事，交头接耳议论不停。

苏男不服："为什么，我犯了什么罪？"

女警对这种现象司空见惯了，平静地答道："你刚才提到的那只翡翠手镯，就是出自清代末年的古董。"

苏男懵了。

站在人群中的福婶也懵了，茫然地看着这一切，苏小姐不是跟乔董待在一起互相道别吗，怎么突然就变成了一个窃贼，还把警察招上门来了？

两个女警察上前，一左一右挟着苏男，很快上了警车，离开了乔家别墅。

凌西得到消息时，已经是两个钟头以后的事。

他和安啸急匆匆赶往派出所，通过熟人才打听出事情的原委。事情就出在那只翡翠手镯上，这原来真是乔家的祖传之物，本是一对龙凤镯，因为年代久远、材质上佳、雕工精湛，极其珍贵，曾经还被某珠宝协会借去做过全国巡回展览。而苏男首饰盒里的那一只翡翠玉镯，已被权威专家检验确认为乔家之物，正是其中的一只凤镯，市场价值约 500 万元。

这个消息让两人都惊呆了。

安啸对国内刑法比凌西熟悉很多，当男警察说出市值 500 万时，他立即明白一件事，如果苏男盗窃罪名成立，就属于数额特别巨大，最少得判 10 年有期徒刑，甚至可能是无期。

“有什么办法，哥们儿，帮我们想想办法。”安啸连忙递上去一根烟。

男警察跟安啸很熟，两人曾经一起侦破过案子，此时却不得不摇头：“兄弟，不是我不帮你，这个案子比较棘手，因为人赃并获，而且嫌疑人也供认不讳。”

“不，不是这样的，”凌西急了，连忙解释，“苏男刚从加拿大回国，根本不懂这边的法律。这里面肯定有误会，有隐情，警察同志你想想，一个手无缚鸡之力的女人，怎么可能从戒备森严的乔家别墅偷出这样一件祖传宝贝，而且还是在众目睽睽之下。”

男警察再次摇头：“话是这样说，可嫌疑人一口承认这只玉镯是她的。”

“那有没有可能，真有极其相像的两只手镯？”安啸提出疑问。

“不可能，我们请的专家很权威，而且还做了两次比对，一次是比对图片，一次是比对实物，结果都相同。”

凌西顿时紧张起来，陡然上前，抓住他的手腕：“她是无辜的，苏男是无辜的。”

安啸吓了一跳，连忙上前劝抚：“别这样，冷静点，凌西。”说完又焦急地问道：“兄弟，给我们支个招吧。”

“办法倒是有一个。”

“什么办法？”两个人异口同声。

男警察踌躇片刻：“如果乔家愿意出面撤销这个案子，那就能私下和解，但是时间很紧，千万不要拖成了刑事案件，那时想撤销都来不及了。”

凌西猛然醒悟过来。

安啸拍了拍男警察的肩膀：“感谢感谢，明白了，兄弟。”

54 放手

凌西最终决定单独去找乔邃面谈。

他相信这个男人设下这个陷阱，真正想要对付的不是苏男，而是他。另外他也不想让安啸涉入太深，毕竟这是乔家的家务事，尽管凌西表面并不承认自己是乔家人，但骨子里仍然放不下这份割舍不去的血缘亲情。

两人约在一个私家会馆的天井里，环境很美，也很安静，甚至能听到风吹落叶的沙沙声。凌西直切主题：“说吧，什么条件？”

“你身上还有什么东西值得我感兴趣呢？”乔邃低头吹了吹手上的茶沫子。

“那你想怎么样？”

“顺其自然。”

“你真的想送苏男去坐牢？”凌西不敢相信，脱口而出，“你不是喜欢她吗？”

“你说得对。”乔邃点头承认。

“那你为什么还这么做？”

“因为你。”

“我？”

“对，因为有你在，她不可能心甘情愿留在我身边。”

凌西咬牙道：“卑鄙无耻。”

乔邃笑了笑：“现在这个社会，讲的是成王败寇。”

凌西怒极反笑了：“不管你用什么阴谋诡计，苏男都不会爱上你。”

“这就是我的事了，”乔邃跷着二郎腿，“不过在她爱上我之前，希望你能配合一下，先消失一段时间。”

凌西心中一凛：“消失？”

“放心，我是合法公民，不会干杀人越货的事。”

“什么意思？”

“你跟她分手，立即回加拿大。”

“你做梦。”凌西怒不可遏。

“好吧，就当我做梦吧。”乔邃不以为然，站起了身，“你什么时候分手，离开中国，我就什么时候撤诉。回去好好想想，不着急。”走了几步，又停下来：“噢，对了，友情提醒一下，如果这件事变成刑事案件，我即使想撤诉，估计也无能为力了，你最好做好长期探监的准备，比如在这里买一套房，或者找一份工作，然后看着一个娇滴滴的大美人红颜慢慢老去。”

凌西愤怒到了极点，冲上去拽紧乔邃的领口，挥拳相向，边打边骂：“你身上流的是乔家的血吗？怎么有你这么冷酷无情的人，你就是人渣，就是魔鬼，王八蛋！”

随着打斗，屋内的茶桌很快被掀翻在地，弄出巨大声响。

屋外立即冲出几个人，带头的正是齐冠华。

众人一看立即愣了，纷纷上前制止，此时乔邃已被打倒在地，身上挨了好几拳，脸颊嘴角均已出血，狼狈不堪。齐冠华连忙扶起他，替他整理好衣服，而凌西早已被乔家的两个保镖紧紧制住，动弹不得。

乔邃疼得龇牙咧嘴，狠狠吐出一口血水：“乔子西，你有种。”

齐冠华一听这话，立即朝保镖使了使眼色，乔邃却摆了摆手：“不用，你们下去。”

“少爷！”齐冠华惊呼。

“没事，皮肉伤，死不了，你去车里等我。”

两人看着下属鱼贯而出。

乔邃舔了舔唇角的血：“好久没挨揍了，痛快。”

“你欠揍。”

乔邃冷笑：“我这个人做事还算光明磊落，我抢了你的女人，这顿打我认了。作为补偿，甚至你手上的那些股权我会让财务按现在的市价购买，到时打到你账户上。不过，从此以后，你不准再在苏男面前出现，跟乔家也无任何瓜葛，否则，别怪我翻脸不认人。”说完弯腰从地上捡起一条湿毛巾，朝脸上胡乱抹了抹，扬长而去。

苏男做梦都没想到，凌西会在这种情况下跟她提出分手。

“为什么？”

“对不起。”

“为什么？”

“对不起。”

“到底为什么？”

“对不起。”

多么无聊的对答，这个男人连个解释的理由都懒得给。

“你爱我吗？”

“对不起。”

“你走吧。”

“对不起。”

凌西前后总共说了六句话，一句分手，五句对不起，然后义无反顾地走出了苏男的视线。回到监狱，苏男透过密封的墙壁和层层栏杆，看着照射进来的几缕阳光，只觉得寒凉之气从脚底蔓延到心脏，那个晚上，她没有睡觉，房间里太冷，冷得睡不着。

几天之后，安啸来看她，看到苏男那双沉静如深潭的眼睛，一时没了安慰的勇气。

“谢谢你还记得我。”苏男的声音有些沙哑。

安啸见她脸色苍白，有些担心：“有人打你了？”

苏男摇头，半开玩笑地道：“来到陌生的地方，有点不习惯，床太硬，睡不着。”

安啸沉默了，想着眼前这个既漂亮又坚强的女孩，有可能在冰冷寒窗中度过十来年，心里难受得要命，险些失态流下泪来。这两天，他很忙。他去找凌西，才发现对方已经悄悄离开了中国。他跑去找乔邃，却在乔氏大厦里被保安阻挡，入不了门，然后他又跑去乔家别墅蹲点，结果守了一天一夜也一无所获。

安啸不知道自己还能为这个女孩做什么。

“对不起。”

苏男现在听到这三个字都想吐。

“什么忙也帮不上。”

苏男摇头：“你和我非亲非故，能为我做这么多，我已经感激不尽。”

“你还有什么亲人，需要我通知他们吗？”

"没有，我是孤儿。"

"朋友呢？"

"也没有，除了你。"苏男低下头去。

安啸哑口无言，不知如何回答。

"我会坐牢吗？"

"现在的情况不明朗。"

"不要瞒我，我想听实话。"

安啸舔了舔嘴唇，艰难地答道："可能会。"

苏男愣了一下，喃喃自语："我会判多久？ 3 年？ 5 年？"见安啸不回答，心下一沉，继续问道："8 年？ 10 年？"

"那只玉镯市价估值是 500 万。"

"500 万？！"苏男有些吃惊，晴姨留下的这只手镯竟然值这么多钱，她随即想到另外一个问题，眼神黯淡下来。数量如此巨大的盗窃案，肯定判得不轻："难道是 20 年？"

安啸耷拉着脸袋，不敢看她："可能是 10 年。"

"10 年，"苏男突然笑了，"呵呵，10 年。"

安啸见她脸色惨白，连忙劝道："你放心，我会替你请最好的律师。"

"律师，有用吗？"苏男微笑着反问道。

这种笑在安啸眼里比哭还让人心痛，他突然想起母亲去世时自己连绵不断的悲伤和绝望，忍不住伸出双手，对着玻璃拍打道："不要绝望，苏男，不要绝望，一定要挺住。"

"住手！"耳边突然传来狱警严厉的呵斥，两人都吓了一跳。

"噢，对不起。"

"还有 5 分钟。"

"好的，好的。"

安啸重新看回苏男，忍住伤痛："不要绝望，我一定会帮你。"

"没用的，"苏男仍然摇头，眼圈有些发红，这几天她疯狂地想念一个人，"他怎么样？"

"谁？噢，你是问凌西吗？"

苏男点点头。

"他已经回加拿大了。"

话音一落，苏男的脸立即变得黯淡。

安啸急忙改口道："他肯定是去想办法了，走之前他还去找过乔邃。"

"真是这样？"

"应该是吧。"

苏男两眼直直盯着他，再次问道："真是这样吗？"

安啸说不下去了，他不忍心骗她，但更不敢告诉她实情。在听闻凌西悄悄回加拿大时，他就疑惑了，派人去乔氏集团内部打听，才知道凌西拿着自己的乔氏股权套现出了数亿元，如今身价今非昔比，成了炙手可热的钻石王老五。

苏男低下头去，过了半晌，轻轻呓语："这样也好，挺好的。"

此后，无论安啸说什么，苏男再也没有开口，直到狱警把她带走。

晚上，靠着墙壁，苏男一遍一遍回忆着自己和凌西的点点滴滴，想着想着笑了，再想着想着又哭了。接下来的日子，她就在这样漫长的白天和永无止境的黑夜中孤独度过。她一直睡不好，整夜失眠，偶尔累极了也会打个盹，睡得迷迷糊糊，不停地做梦。梦里只有两个人，有时是晴姨，有时是凌西。

梦境中，晴姨还是那么年轻漂亮，她伸出手轻轻摸了摸苏男的小脸，很温暖很舒服，像天使一样。晴姨说："从今以后，你就跟我姓，姓苏，好不好？"晴姨又说："你是我见过的最坚强最勇敢的小女孩，胜过很多男孩，以后你就叫苏男。"晴姨还说："小苏男，你再也不是瞎子了，你的眼睛很大很美，长大以后肯定是个迷人的姑娘。"

苏男醒来后，大哭了一场，直到哭得再次沉沉睡去。

这次她梦见了凌西，他们俩站在游艇的甲板上，十指相扣紧紧依偎在一起，看着海面耀眼夺目色彩斑斓的火烧云。凌西说："以后你不高兴的事，我都不去碰，我只想留在你身边。"凌西又说："我们回去就结婚，定居温哥华。"凌西还说："我们俩一起看着儿女慢慢长大，看着自己慢慢变老，这就是幸福！"

苏男醒来后，无声地笑了，笑得没心没肺。

两周后，安啸再次来看苏男。

这回他带来了一个意外的惊喜，乔邃同意私下和解。

苏男此时已经想清楚了一件事，她的亲情没了，她的爱情也死了。

55 真相

很快，苏男被无罪释放。

接她的是一个陌生的小伙子，穿着西装革履，手上拎着公文包，一直在跟警察说话。看得出来，这是一个职业律师。无论年轻律师跟她说什么，苏男都不说一个字，只是冷漠地看着地面。律师讨了没趣，也不恼，但也不再问问题，麻利又准确地办完所有手续，带着她走出了看守所。

两人在一辆黑色的奔驰车前停了下来。

车窗玻璃摇了下来，露出一张男人的脸，正是乔邃。他认真看了好一会儿，才说出四个字："黑了，瘦了。"

苏男低头不语。

"一切都过去了。"

苏男仍然不说话。

律师怕乔邃生气，正欲开口解释，却被乔邃抢先一步："多谢马律师，辛苦了。要不我送你一程。"

"不用了，我的车就停在外面。"

"那好，后会有期。"

律师很快走远，苏男仍然站立不动。

乔邃下了车，站在她身边，极其温柔地说道："如果我是你，我会找个地方洗洗晦气，再吃一顿饱饭，然后美美睡一觉，攒足了精神再找仇人算账。"

苏男侧过身子，从他身边走过，一脚跨进车里。

乔邃无声地笑了笑，在她旁边坐下："开车吧。"

汽车很平稳地前行，驶过市区，又驶过郊区，苏男一直闭着眼靠在座位上一动不动，乔邃也没有说话，一直低着头看着电脑，忙着处理公事。大约过了半小时，车子慢慢停了下来。苏男睁开眼，有些疑惑，这并不是乔氏别墅，而是一座气势恢宏的独幢中式别墅。

"到家了，下车吧，有什么事明天再说。"

乔邃说完，打开车门，先下了车。等苏男也下了车，他又重新坐回车内，车子绝尘而去。苏男有片刻恍惚，忽然听到有人叫她："苏小姐。"苏男转身一看，正是福婶，不禁问道："这是哪里？"

"如玉山庄。"福婶恭敬答道。

苏男心房猝然紧绷了一下，原来这就是她心心念念想要夷为平地的如玉山庄，她不禁往四周打量了一下，果然风景怡人，绿树丛荫。"苏小姐，请跟我来。"

福婶在前面带路，苏男在后面跟着，两人穿梭在中式园林中，有回廊，有小桥，有流水，还有参天古树，甚至能听到小鸟欢快的叫声，阳光透过树叶洒下斑斑点点的印迹，时不时落在两人身上。进了一楼大堂，右手边有一个宽阔的玄关，靠着墙壁辟出了一个长方形的水池，水池里有一个小型的喷泉和拱桥，几条红艳艳的锦鲤在其中不停穿梭。

福婶径直把她带到三楼的一个房间，打开门："您先洗漱一下，饭菜已经准备好了 。"

苏男点点头，一脚踏进去。尽管已经有心理准备，还是有些惊讶。这是一个超大的豪华公主卧室，装修华丽，欧式风格的深绿色窗帘与同色系的卧室床品搭配，淡淡的复古图案装饰出一份特有的生活情调。有将近一半的面积不是墙壁，而是落地大玻璃窗，所以整个房间的光线极好，一眼望过去，整个宅子最好的景色尽收眼里。

苏男跟着福婶来到卧室左手边的一个房间，同样很大的面积，一排整齐的柜子，明亮的镜子，福婶打开第一个柜子："这是当季的裙，各种颜色和款式都有。"然后又打开第个排柜子："这是上衣。"接着打开第三个柜子，"这是裤子。"最后打开第四个柜子，"这是外套。"

或许每个女生都有一个公主梦，拥有美丽的大房子，幻想着在豪华的公主卧室中，有一张超大柔软的床、一个优雅的梳妆台、满衣柜的公主裙……苏男也不例外，如今看着这满室的奢华，恍如置身于梦幻中，她不禁问道："我住这儿？"

"是，"福婶的态度跟比前有些变化，更谦卑，但也疏远了些，"这些都是刚定制的衣物，您看看喜不喜欢，需不需要添加？"

"为什么？"

"什么为什么？"

"为什么我住这儿？"

"乔董吩咐的。"

苏男明白了，一切答案都得等乔邃回来解答："他什么时候回来？"

"明天或后天。"

"他不住这儿？"

"乔董的卧室在您隔壁，偶尔忙的时候，乔董会住在市区的公寓。"

"谢谢福婶。我洗完澡就下楼。"

"好的。"

苏男很安静地洗澡、吃饭、睡觉，醒来继续吃饭、睡觉。她似乎要把监狱里那十五天暗无天日的生活补回来，像一只懒猪，每天只做两件事——吃饭和睡觉。一上桌，胃口很好，吃得很尽兴；一上床，酣睡不已，连梦都没有。

苏男再次见到乔邃，已是第三天的深夜。

或许是这两天睡过了头，苏男在床上怎么睡都不舒服，只好下床准备去楼下找水喝，一打开门，却看到乔邃就站在门口，四目相对时，都有些惊讶。

"气色好多了，"乔邃肆无忌惮地上下打量，此时的苏男一头乌黑的长发，一袭雪白的真丝睡裙，装束看起来很简单，却有极致的美丽，"再休养几天，就能完全恢复了。"

苏男冷冷地看着他，不说话。

"你这是准备去哪儿？"

"不去哪儿。"

乔邃笑了："我刚回来，肚子有点饿，要不陪我下去吃点东西？"

"不去。"

"任性得像个孩子，"乔邃丝毫不以为意，"走吧。半睡醒来不填饱肚子，只能睁眼到天亮了。"

苏男站着不动，仍然冷冷地看着他。

"我明天一早又得忙，可能几天都不回来。如果你有什么疑问，只有今天晚上这点时间。"乔邃说完，似笑非笑地看着她。

两人一同下了楼，四周静悄悄的，并无灯火通明的景象，苏男有些讶异，按道理一家之主回来，身边立即就会围着不少人，忙前忙后。

"我让他们去睡了，"乔邃眨了眨眼，"今天我亲自下厨，想吃什么？"

“不用，我喝杯水。”

“好吧，你随便，我很快就好。”

说完乔邃一头扎进了厨房，苏男也跟着进去冰箱拿矿泉水，见他像模像样地搅拌鸡蛋，切香葱，动作似乎很熟练。苏男心里嘀咕，这种人渣竟然还会下厨？

“你不用怀疑，我不仅会做，而且味道还不错。”乔邃像长了后视眼，一边说一边开始煎鸡蛋，油锅里发出“哧哧”的声音，随即鸡蛋特有的香味飘来，很容易勾起食欲。

“你还需要多久？”

“10分钟。你先想想有什么要问的，最好一次性问完，趁我今天心情好。”

苏男走出厨房，回到客厅的大沙发上开始整理思路。想想自己回国的这些天发生的所有事，慢慢发现了问题。明明是回来替晴姨报仇，结果这条路越走越偏，卷进来的人也越来越多，从最早的木志明、安啸，到后来的艾莉莉、陈归尘，直到现在的凌西。他们这些人跟自己的复仇又有什么关系？

“西红柿鸡蛋面来了……”

苏男的思绪被打断，随着声音，乔邃双手端上来一个陶瓷碗，白的面，黄的蛋，红的柿子，绿的香葱，看起来色香味俱全。

“要不要尝一尝？”

苏男摇头，看着对方吃得津津有味，眼神复杂。

乔邃连吃了好几口，才抬起头：“问吧。”

“那只玉镯怎么回事？”

这是她最关心的一件事，那只玉镯不仅差点让她遭遇十年的牢灾，还埋葬了她最美好的爱情。

“我猜你第一个问题就是这个。”

“那确实是我的玉镯。”

“既然你说是长辈传下来的，那你说说它有什么特点？”

苏男一下子哑了，她平时也没佩戴，一直收藏在盒子里。

“说不出来？那我来说吧。这只手镯名字叫凤舞九天，天然翡翠A货，老坑，满绿，水头足，内径54.7mm，”乔邃像背书一样朗朗上口，“雕刻精湛，美妙绝伦，这样的手镯被称作为翡翠中的极品，颜正水好，十分难得，再加上年代久远，清朝末年的老东西，视为古董。”

苏男疑惑：“你怎么这么清楚？”

“他们没告诉你真相？”乔邃低头喝了一口汤，倒不掩瞒，“这玉镯本有一对，叫龙凤镯，乔家传了好几代了。你的这个叫凤舞九天，乔家历来传给女主人，即乔夫人；我手上还有一只，叫飞龙在天，传给主事的当家人。”

苏男瞬间明白过来，看样子乔子东对晴姨还是有感情的，当年这个风流浪子有过那么多的女人，却独独把这么贵重的代表乔家女主人身份的传家之宝赠与她，而不是给他名义上的妻子，即乔邃的母亲，这是对晴姨极大的尊重和身份的确认。既然有这么深厚的感情，为什么最后却要下此毒手？莫非这里面另有隐情，还是杀人凶手另有其人？

苏男想到这里，突然打了一个激灵，抬头正好迎上一双黑色的眸子，那双眼睛里带着猜测和玩味。乔邃问道：“还有问题吗？”

“我为什么被抓，又为什么被放？”

“这个问题很犀利，我发现你适合当记者，”乔邃笑了，推开面前的碗，拿起纸巾擦了擦嘴，幽邃的眸底流动着一种让人费解的深切情绪，“我这个人呢，虽然手段比较多，但有一个优点，敢作敢当。你这么聪明，难道看不出我对你的心思？只是我没想到，让你吃了这么多苦头，对不起。”

乔邃对自己的感情，苏男早有察觉，这种滥情的男人谈情说爱就当儿戏，通常只有三分钟热度。即使面对今天晚上这样的表白，苏男也只是瞬间的慌神，并没往心里去，更不会当真。更何况，他们之间还有两条人命的血海深仇。

“凌西为什么离开中国？”

乔邃突然沉下了脸：“对不起，你的问题太多了。”

这个女人对他的表白视若无睹，毫不在乎，这让他有点恼火。

“怎么，不敢回答？”

“你以为你的情郎是我逼走的？”乔邃嗤之以鼻，“告诉你真相也不是不可以，凌西手上的股权我没有白要，我按目前的市价买了过来，所以，他一下子套现了数亿元。之后，他拿着这笔钱离开了中国，而你那时候，正在看守所面临10年的铁窗天涯。”

“你胡说！”苏男厉声打断。

“好吧，”乔邃两手一摊，嘲笑道，“你现在也出来了，为什么不直接打电话问一问？”

苏男一下子没了底气，这个男人的话戳中了她的要害，她怒道："你故意的！"

"是，我是故意。"

"为什么？"

"我想看看你爱的是一个什么样的男人，在面对金钱诱惑的时候，他会不会守候这份艰难爱情，结果，很遗憾……"

第六章　与魔鬼同行

56　强吻

凌西手上的乔氏股权，最终折算成现金又回到他的手中。

苏男和乔邃的和约继续生效，她不得不再次成为乔邃的特别助理，用一年的自由弥补那两块高价得来的土地。

对于这个结果，安啸并不乐见，但苏男已不让他插手。

不是这个男人不够优秀，而是不想他受伤害。在苏男的心里，安啸代表的是友情。在她面临牢狱之灾的时候，唯有这个非亲非故的男人，一直默默帮助她，鼓励她，支持她。如今对苏男而言，亲情没了，爱情死了，唯有这份友情，成为她生命中唯一剩下的温暖。

大自然中，最冷血的动物是鳄鱼。

人类社会中，最冷静的职业是狙击手。

他们有一个共同的特点，就是一击毙命。

冷血的鳄鱼为了捕捉猎物，可以趴在肮脏的污水中一动不动潜伏 10 个钟头以上，其超强的忍耐力无人能及。冷静的狙击手或许枪法不是最好的，却最令敌人闻风丧胆，因为他们越是到关键时刻出手越准，从不失手。

经过这一连串的打击，苏男认清了一件事，要复仇还得靠自己，所以她最需要学会的是鳄鱼的潜伏、狙击手的冷静，最终只有一个目的——一击毙命。

有一个人对这个结果并不满意，那就是齐冠华。

这件事来来回回就像过山车一样，转了好几个回合，眼花缭乱让人看不懂，乔氏动用了两笔大资金，结果到头来不仅没赚到什么，还弄回一个浑身打着问号的女人，这一点已不像老板的风格。

面对齐冠华的试探，乔邃只是一笑而过，他无意解释，他是乔氏集团的拥有者和最高领导者，不需要跟下属作更多说明，即使这个人身份特殊，忠心耿耿，但仍然只是一个下属，他要的更多是无条件服从。

令他没想到的是齐冠华的固执，在这个老人眼里，苏男就是红颜祸水，迷住了老板，有她在乔氏集团，乔邃迟早要出大事。在苏男的眼里，齐冠华这个人举足轻重，是乔邃的亲信，极其忠心，去掉他等于去掉了敌人的左膀右臂。

于是，两人的摩擦自然升级。

齐冠华采取的是高压政策，高举高打，让这个女人知难而退，最后受不了委屈愤而离去。而苏男采取的是以退为进，她相信一句话，拳头收回来打出去才更有力量。于是，总裁办的同事们经常能看到这样一幅画面：齐冠华的呼来喝去，苏男的逆来顺受；齐冠华的谩骂侮辱，苏男的饮泣吞声。

时间一长，乔邃偶尔也能碰到一两回。

此时，他对付陈归尘已到关键时刻，也没精力去搭理办公室的这种小争斗，再者他也有意挫一挫这个女人，等到她快要被挤压得崩溃时，他再以英雄的面目救场，无疑更容易收服她的心。

“华叔，你叫刘雷和迟玉轩立即来我这儿来。”乔邃按响了电话的免提。

不一会儿，三人进了总裁办公室。

每个都有自己负责的专项内容，他们各自简单向乔邃汇报了最近的工作进展，主题都是同一件事——陈归尘的商业写字楼。乔邃听了大半个小时，满意地点点头。一切都在掌握之中，现在是万事俱备只欠东风。

“刘雷，从明天开始，宣传就可以做了，你只需盯好两条线，一个是文物专家，一个是新闻记者，我们不仅要搭好台，还要解决他们的后顾之忧，让他们放心大胆地叫板，同时注意节奏跟进，众人拾柴火焰高，事情闹得越大越好。”

“没问题，保证完成任务。”

刘雷是他一手提拔的年轻干部，敢想敢干是他的优点。

“很好。”乔邃又转身对迟玉轩说：“迟叔，你要盯好几个关键部门，刘雷那边的大戏唱到一定时候，就轮到你这边继续唱戏了，政府的表态起着至关重要的作用。”

“放心吧，这事包在我身上。”

迟玉轩是乔氏的老人，办事稳重有条理，最适合跟政府部门打交道。听到他的信誓旦旦，乔邃信心更足："好，剩下的工作就靠华叔了，银行的事就交给你了。他们俩完成了合围之势，最后一击就在现金流上，我不希望看到任何一家银行去给陈归尘送钱，哪怕一毛钱都不行。"

"是，明白。"

"很好，很好，"乔邃似乎看到胜利在向自己招手，不禁兴奋起来："华叔，让何秘书送一瓶上好的红酒进来，我们提前庆祝一下。"

齐冠华走到外边，却不见秘书在座位上，皱了皱眉，无意中瞟到了苏男，心生一计："苏助理，麻烦你送一瓶红酒来总裁办公室，快点。"说完转身走了。

苏男压根儿不知道红酒的存放之处，无头苍蝇般到处找人问。

这些职场人在乔氏也混了不少年头，个个猴精得很，自然知道齐冠华的特殊地位。他们这些天早已看出两人的矛盾，没人敢轻易为了一个新人得罪老板的心腹，于是人人推脱逃避。

乔邃和三个肱股之臣聊了好一会儿都没见酒来，脸色有点暗沉："何秘书是怎么回事，华叔，你去瞧瞧。"

齐冠华等的就是这句话，他立即站起身走了出去，果然见苏男还在四处找酒："苏助理，红酒呢？"

"对不起，我不知道放在哪儿？"苏男只能实话实说。

齐冠华劈头盖脸就是一顿臭骂："苏助理，你是木头人吗，长着一张嘴干什么用的，不会问啊，这么多同事在这儿。随便问一个都知道了。我最讨厌做不好还找借口的人，我问你，你会干什么？你能干什么？"说到这儿，齐冠华不屑地上下打量了她一番："你要记住，这里是乔氏，不看脸蛋看实力。你的嘴是用来问东西的，不是用来吹东西的。"

话音刚落，立即传来一阵哄堂大笑，尤其男同事的笑声更响。

苏男的脸涨得通红，低下头去，双手死死掐到肉里，告诫自己一定要忍住。

乔邃在办公室远远听到众人的笑声，又听到齐冠华的呵斥，忍不住走了出来。

齐冠华仍在继续骂道："没能力就不要出来丢人现眼，趁早回家去。凭你长得这副模样，还怕没男人养，随便抛一个媚眼，大把男人愿意拿着钱供着你养着你，别墅住着豪车开着，还有人伺候着，多轻松，何必在这里赚这点辛苦血汗钱，还连累别人！”

这话骂得很露骨，就差一句“人尽可夫”。

尽管苏男已经很隐忍，但听到这些话仍然有些控制不住，身子微微发抖。

没有哪个年轻女孩在大庭广众之下，被人如此辱骂还能无动于衷。齐冠华要的就是她的羞耻心，要的就是她的反抗，他在等着她拂袖而去。

事实上，苏男也受不了了。

在M公司，她是首席设计师，众人殷勤巴结的对象，是老板木志明的得力干将。在这里，她是一个卑微的端茶倒水的小妹，任人践踏欺辱，连最基本的人格都没有。尽管知道这是齐冠华的伎俩，这一刹那，感性还是超过了理性，苏男愤而抬头，正准备反击时，突然瞄到不远处的乔邃，立即改变了主意，哀怨地看了他一眼，撇过脸去，不再说话，但身子开始抽泣起来，显得极其委屈。

乔邃的心猝然紧绷了一下，冷冷问道：“都站在这儿干什么？”齐冠华回头，正准备解释，又听见乔邃的声音：“华叔，迟叔，刘雷，你们先回去吧，一切按计划行事。其余人散了。苏助理，来我办公室一趟。”

苏男依言跟在他身后。

两人进了屋，乔邃随手关上了房门，靠近她身边，柔声问道：“哭了？眼睛红红的。”

苏男后退一步，低头不语。

乔邃又轻轻上前两步，两人挨得更近：“他常常这样欺负你吗？怎么不跟我说呢？”

苏男再次后退，沉默相对，但泪水已经慢慢盈满眼眶。

乔邃看着楚楚可怜的苏男，心疼不已：“怪我疏忽了，对不起，这次华叔做得太过分了。”

“不关他的事，是我自己笨手笨脚做不好。”苏男轻轻抹了抹泪：“乔董，没别的事，我先出去干活了。”

乔邃一把拉住她，搂了一个满怀香玉。

苏男惶恐，她和乔邃相处也有些日子，这个男人虽然言语中有些暧昧，但从不动手动脚：“乔董，这样不好，你放手。”

“华叔的这口气，我会替你出的，忍耐一下好不好？”

苏男停止挣扎，暗暗思忖：如果因为这事能让两人心生芥蒂，今天这番委屈倒也值得。

“陈归尘的事已到收网阶段了，我曾经发过誓，一定要让这小子付出代价，你等着，马上我就能替你报仇了。”

苏男只觉得好笑，这个男人和陈归尘是生死宿敌，彼此恨之入骨，现在倒说成了替她报仇，未免也太幼稚可笑了。

“乔董，您能不能帮我换一个更简单的工作？”

“还生气呢，”乔邃笑了笑：“好了，我答应你，等陈归尘的事一结束，就让华叔换个工作岗位，这样总行了吧？”

苏男讶然，抬起头看着乔邃，猜测这个男人到底说的是真还是假。

却不想，此时的她落在乔邃眼里，却是一幅活生生的香艳美图，雪色颜容，泪盈于睫，凤眼轻挑，盈波流转，他哪里忍得住，猛地低下头搂紧怀里的女人不管不顾地吻了下去。苏男吓坏了，左右躲闪，无奈被他死死扣住，男人的舌头在她的嘴里恣意妄为。苏男敌不过，又气又急，忍不住掉下泪来。乔邃直到吻到泪水的咸味，这才住了手，低头瞧着苏男红彤彤的小脸喘息不已，心情愉悦至极，语气柔得快要滴出水来：“苏男，做我的女朋友吧。”

惊魂未定的苏男一听这话更觉五雷轰顶，连忙一把推开他，怒道：“乔董，请你自重，如果你再这样，我立即辞职。”

乔邃偷香成功，也不想逼得过急，笑道：“好吧，算我没说过。不过，从明天开始你就搬到我的办公室来吧，这样也没人敢欺负你了。”

苏男本想拒绝，转念一想，同处一个空间，乔邃的一言一行自己都能得知，这是多么好的机会：“那你不能随便动手动脚，我们约定的关系不能变。”

“没问题，一切都依你。”

57　惨败的陈归尘

第二天，苏男搬进了乔邃的大办公室，整个总裁办一片哗然。

在员工眼里，有钱公子哥玩玩女人，这是常有的事，没人当面谴责。乔邃以前也常换女友，正因为如此，尽管大家都猜测苏男是乔邃圈养的女人，却没多少人真正尊重她，因为老板换女人就像换衣服一样随便。但这次的举动有些非同寻常，乔董一则把自己的女人弄进公司，上下班带在身边，这是第一次；二则在心腹齐冠华和苏男的斗争中，老板如此旗帜鲜明地力挺这个女人，这也是第一次。乔邃的这两个举动，无疑都在告诉自己的员工：苏男的身份特殊。

于是，办公室很快出现了截然不同的两种声音，一种是更加鄙视和怨恨，以齐冠华为首；一种是献媚和巴结，以小职员为主。苏男微笑着迎接每一位前来示威或示好的同事，不亢不卑，让人看不出她的高兴或不高兴。

日子就过样不紧不慢地过着。

乔邃没有食言，一直把苏男当成一个真正的下属对待，工作上严厉苛刻，生活上以礼相待。渐渐地，向苏男示威和示好的同事也少了很多。

苏男近距离接触乔邃，才知道这个男人的厉害。

她亲眼看到乔邃如何收拾陈归尘，多少有些震撼。

从地皮就开始布局，一步一步引诱敌人掉进陷阱，眼看着他建起高楼大厦，眼看着他宴请宾客，再眼看着高楼大厦成了烂尾楼。

陈归尘建了一半的房子，有一天突然挖出了宋朝古墓，挖掘机的操作手私自藏了几件从古墓中拿出来的陶罐，被文物局的人收缴拘留。这事被媒体一曝光，立即引起很大反响，专家呼吁保护文物古迹，相关文物部门立即介入调查，进行发掘和研究，整栋写字楼的修建工作不得不紧急叫停。已买房的业主要求高额赔偿，拉横幅喊口号，静坐示威，引发了投资者的关注；紧接着，公司内部的明星员工状告陈归尘，因为工伤患病却惨遭辞退，引来舆论一片哗然，进行道德声讨；很快新闻又曝出陈归尘的公司资不抵债，拖欠大量工程款，银行早已停止贷款，公司岌岌可危；最后他的高管团队集体叛逃，把陈归尘的公司彻底变成了一个没钱没人的空壳。而压垮陈归尘的最后一棵稻草却是苏男，几个月前的绑架和勒索案终于曝光了，随着公安机关的介入和侦破，他们很快就找到了幕后主谋。

陈归尘像变了一个人，曾经那么志气风发、趾高气扬，短短数日，竟变得神情呆滞，木讷猥琐。法庭宣判了他的最终归宿——15 年的铁窗生涯。

苏男看着电视上这个既是盟友又是敌人的男人，一时感慨万千。

“怎么样？”身后突然传来乔邃的声音。

苏男立即站起身，表示下属应有的尊重：“乔董好！”

“高兴吗？”

"嗯。很佩服您，一次完美的复仇计划。"

"复仇计划？"乔邃咀嚼着这四个字，轻轻笑了起来。

突然门被推开，几支香槟酒朝两人猛地喷射过来，随即传来众人的欢笑声。

苏男赶紧躲闪，还是被溅了不少，头发湿漉漉的，还不时滴下酒来。

乔邃也好不到哪里去，白衬衣已被打湿，前胸贴着后背，露出几块腹肌，若隐若现。

伴随着酒和欢呼声，总裁办公室涌进来一些高管和同事。

"乔董，你的肌肉好棒，超性感。"有女同事尖声叫道，引得大伙哈哈大笑。

乔邃也忍不住笑了起来，扯了扯白衬衣，回头看了一眼苏男，得意地眨了眨眼。

"乔董，喝庆功酒啦。"

"我们成功啦，老板。"

"陈归尘完蛋了。"

刘雷和几个年轻人扯着嗓门各自喊道，开心得不得了。

乔邃也很高兴："现在收拾东西，兄弟们，今晚好好乐一乐，不醉不归。"

"噢，噢，噢。"人群开始起哄。

"太棒了，不醉不归。"

"乔董，明天给我们大伙放一天假吧。"

"好，今晚好好喝，明天死死睡。"乔邃的话音刚落，整个房间叫得更欢了。

人事总监喊道："兄弟们，半小时后我们准时出发。"

众人终于散去，苏男扯了几张纸巾，低头轻轻擦拭着头发上的酒水，突然头顶上多了一只手，原来是乔邃，他拿着毛巾正准备帮她擦拭。

苏男连忙侧过身："谢谢乔董，我自己来。"

"以后私下没人的时候，叫我乔邃吧。"

"您是我的老板，还是叫乔董比较好。"

乔邃不再说话，把毛巾递给她，退后一步，开始脱衣服。

苏男吓了一跳："你……你想干什么？"

此时乔邃已把难受的湿衬衣褪去，露出一身的肌肉，看得出来他平时经常健身，锻炼得很好，胸肌和腹肌都发达，厚实而精致。他见苏男满脸羞红地转过脸，目不斜视地看着地面，只觉得好笑："过来，帮我擦擦。"

"啊？"苏男猛然一惊，抬起头看到的又是那一身性感的肌肉，目光闪烁。

乔邃瞧在眼里，起了挑逗之心，上前两步，拉了拉她手里的毛巾："你不帮我擦，那我就帮你擦吧。"

苏男更加骇然，紧扯着毛巾不放手："我自己来，自己来。"

乔邃暗暗一使劲，看着女人直直往他怀里钻，忍不住笑了起来："好吧，你来擦吧。"

苏男慌乱之中站不住脚，双手只能全部撑在对方的肌肉上，很结实，很有弹性，这种零距离的触感让她更感羞涩和无措，手都不知往哪儿放。

此时乔邃的双手已紧紧环上她的腰，低头调侃，略带嘶哑的声音里有一丝动情："我喜欢你，苏男，第一眼就喜欢上了。可笑的是，那时候还以为你是我同父异母的妹妹，"乔邃想到这里，忍不住笑了起来："庆幸的是，我们俩没有血缘关系。当我在游艇看着你的背影时，才真正确认这份感情。和我在一起，好不好？"

苏男使劲挣脱出来，平静地说道："乔董，聚餐时间马上就到了，您该换件衣服。"

"做我乔邃的女人，难道不好吗？"

"抱歉，我只是您的员工。"

乔邃面色一沉："我随时可以让你变成我的女人。"

"您一定听过一句话，兔子不吃窝边草。"苏男不卑不亢，和颜悦色地帮他分析："您的条件这么好，多金又帅气，有大把的女人愿意排队做您的女朋友，没必要跟我这种人较劲。第一，我既不温柔也不听话，这样的女人你一般瞧不上；第二，我们之间一开始就是一场交易，掺了感情就不伦不类了；第三，好歹我也曾经是您的小叔乔子西的女朋友，传出去会影响您的名声。"

乔邃勃然变色，曜玉般的眸内厉意一现："你最在意的还是第三点吧？"

苏男沉默不语。

"这样无情无义的男人，你还忘不了他？"

"我跟您不一样，爱情对我就像米饭，习惯不会轻易改变，不像您……."苏男说到这里，抬头斜睨了一眼，带着掩藏不住的鄙视。

“我怎么了？”

“爱情对您来说只是零食，想吃就吃，不吃就扔，随便得很。”

“没想到，你还是一位哲学大师，”乔邃的好心情已经荡然无存，讥讽道：“我看，你倒挺适合做我这个浪子的终结者。”

“真正的浪子，没有终结者。”

“什么意思？”

“所有的女人，都只是你的过客。”

58 分手礼物

自那次表白被拒之后，乔邃有一段时间没再搭理苏男，包括一些重要的会议、邮件处理和日常安排，都是由秘书代劳。还好她的座位没有变化，仍然和乔邃在同一个大办公室。同事们虽然私底下纷纷议论她是否失宠，但表面上也不敢有过多的踩低和嘲讽。

苏男丝毫不以为意，她在积极努力地学习，尽可能以最快的速度熟悉乔氏集团，熟悉这家公司的核心业务和内部流程。没有人要求她这么做，但苏男总感觉这些东西有一天会派上用场。

苏男还惦记着一件事，就是齐冠华。

乔邃答应过她，只要陈归尘的事一结束，就立即调离这个人。不过如今两人的关系如此糟糕，苏男也不敢指望他会履行承诺，或许他给女人承诺的太多，自己都记不清了。尽管如此，每次齐冠华来办公室汇报工作时，苏男还是忍不住多打量几眼，又偷偷瞧乔邃，希望奇迹能够发生。

苏男现在只替乔邃做一件事，每天调两杯咖啡，早晨上班一次，下午上班一次。

“今天咖啡的味道不错，”乔邃突然说道。

这是两人冷战之后的第一次面对面交流。

苏男本已准备转身，听到这句话，又回过头，低声说道：“谢谢！”

“是不是我不主动开口，你就准备继续做哑巴？”

“您没吩咐，我也不知道说什么好。”

“那你这几天在干吗？”

“上网。”

“还有呢？”

“没有了。”苏男实话实说。

“原来你的工作内容就是这样，”乔邃讥讽道：“每天上上网，调两杯咖啡，舒服的一天就这样过去了。然后工资照拿，位置照做，是不是？我看你这班上得倒挺享福。”

苏男低下头不吭声，不知道这个男人想干什么。

“我在想，你这个特别助理能给乔氏带来什么，你说呢？”

苏男冷笑，坦然答道：“不知道。”

“既然你不知道，那就别干了。”

“好。”

苏男求之不得，立即转身回到自己办公桌，无视乔邃直勾勾的目光，开始有条不紊地收拾自己的私人物品。十来分钟就结束了，她低头看着纸箱，稀稀拉拉也没几样东西。

苏男慢慢走到男人面前：“乔董，我已经收拾好了，需要保安清点一下吗？”

乔邃看了一眼她手里的纸箱，开口道：“你就这么想离开乔氏？”

苏男惊讶地看着他。

“一年时间好像还没到吧？”

“刚才明明是您要求的。”

“你这个女人太狡猾，故意引我上当，不算。”

苏男哭笑不得，这个男人的脸皮厚得堪比长城，懒得跟他争辩，只得又端起箱子重新放回自己的办公桌，慢慢收拾起来。

乔邃跟在后面，突然道：“我答应你的事，一定会做到。”

苏男一头雾水，不明白他在说什么。

“华叔的事。”

苏男心跳加速，目不转睛地看着他。

“从下周开始，他不再担任我的助手。”

“真的？”苏男脱口而出。

乔邃点点头，语气颇为无奈：“这些天你不是一直想着这件事吗？每次他来，你才会正眼瞧我几眼，否则就把我当空气一样。”这话像极了一个受冷落的孩子："我只想让你知道，在我心里，你跟别的女人不一样。"乔邃不等她回答，已转身回到自己的办公桌后，开始发号施令："苏男，帮我安排明天会议的演讲稿；还有，未来三天的行程你去秘书那儿做最后核对；另外，明天增加一个内容，空出两个小时，我要和华叔好好谈一谈。"

就这样，两人的冷战到此结束。

第二天，乔邃处理完公事，果然叫来了齐冠华。

苏男不方便待在办公室，找了个借口出去躲避了两个钟头，回来后，齐冠华已离开。她偷偷瞧了几眼乔邃，对方似乎正在思考什么。乔邃听到脚步声，回过神来，见是她，招了招手："苏男，请人事总监来我办公室一趟。"

苏男放下心来，脸上不由带着笑，动作迅速地完成了任务。

第三天，集团的人事任免令下来，通过内部邮件系统，传递给每一位乔氏集团的员工。齐冠华因故被免去总裁特别助理，贬去负责一个偏远子公司的仓库管理。没有人知道这个调令背后的故事，一时间大家纷纷猜测和议论，只觉得老板的心思难以琢磨。

接下来的一段时间，苏男过得很舒心，整天挂着笑容，跟乔邃说起话来和颜悦色，轻声细语，态度无形当中好了很多。乔邃只觉得好笑，暗暗奇怪这个女人什么时候和华叔的关系闹得这么僵，以至于一纸调令就让她如此开心。

不过，他可不会放过这个好机会，上完班回到如玉山庄，临睡前的那杯牛奶，已经从福婶的工作变成了苏男的。以至于苏男每次端着牛奶进他卧室时，都忍不住想着同一个画面：

清晨的阳光透过大玻璃落扇，点点投射在大床上，一身华服的乔邃静静地躺在雪白的床幔当中，像贪睡的孩子一样。门外打扫卫生的保姆，抬头看了看笨重的大钟，忍不住轻轻敲门，很久都没有回应，便急急叫上管家，众人拿出备用钥匙打开房门，却发现主人早已全身冰凉，死去多时。

电视上或小说里，常常有这样的场景。

苏男也觉得奇怪，她如今有这么好的机会，白天的两杯咖啡，晚上的一杯牛奶，这是最好的下毒机会，不被察觉地每天放一点点，慢慢地，神不知鬼不觉。或许一年之后，乔邃在某个清晨就被人发现静静地死于床上，原因不明。

苏男这样想的时候，人已走到了乔邃的卧室。

她腾出一只手，上前敲了敲房门，里面传来一个沉闷的声音："进来。"苏男随即旋转了门把手，轻轻推开门，慢慢走了进去，抬起头打量乔邃所在的位置，没曾想，正对上一双眼睛，眼神复杂地看着她。

苏男莫名地心慌起来，连忙递上手中的东西："乔董，您的牛奶。"

乔邃没有回答，只是把目光转到沙发上："放这儿吧。"

苏男上前几步，放下牛奶："没事我先出去了。"

"有事。你坐吧，我问你一件事。"

见对方郑重其事的样子，尽管苏男心里有些嘀咕着，但也挨着沙发的一角坐下。

"你最怕什么？"

苏男惊讶不已，这个男人留下她就为了这个问题？

乔邃等了片刻，不见回答，再次问道："最怕什么，嗯？"

"我怕火。"

"怕火。"乔邃喃喃自语，皱了皱眉头。

苏男刚才只是情急之下的自然回答，所幸对方念了一遍，未再追问下去，而是问了另外一个问题："那你最喜欢什么？"

这个问题好熟悉啊，苏男蓦地想起了艾莉莉。

那个慈善晚会，当时艾莉莉跟苏男说过一段莫名其妙的话："苏小姐，好歹我们也算朋友一场，送你一句忠告吧。知道乔董分手的前奏曲是什么吗？如果有一天他莫名其妙地问你，最想得到什么东西，你可要注意了，当你说出这样东西的时候，这样东西就是你的分手礼物。"

乔邃见她又低头不语，有些不耐烦了："难道又要我说两遍？"

苏男一下子闪过几个答案，最后回答了一个最容易实现的东西："珠宝。"

"不是鼻烟壶？"

苏男原本想着这个答案，转念一想，鼻烟壶不容易买到合适的便说道："女人更喜欢珠宝。"

"知道了。"

苏男站起身："那我先出去了。"一边走，一边暗暗猜测对方会不会真送给她一套首饰作为分手礼物。

"苏男……"乔邃突然叫住了她。

"您还有什么事？"

“听说你是孤儿？”

“是。”苏男心中一凛，不知道这个男人为什么会突然问到这个问题。

“见过父母吗？”

“没有。”

“他们为什么要遗弃你？”

苏男想了想，还是有所隐瞒：“因为我是女孩。”

“所以你的名字里有一个男字？”

“是。”

“苏男这个名字，是自己取的？”

苏男瞬间眯了眯眼，语气已发生变化：“有什么不对吗？”

“噢，没有，随便问问。”

“那我可以出去了吗？”

“可以。噢，等一下，你刚才说你最喜欢的是珠宝，是吗？”

“对。”

“我过几天送你一样东西吧。”

苏男的心狂跳不已，脱口而出：“分手礼物？”

乔邃突然笑了起来，露出两个小小的酒窝，像个大男孩：“如果你想这样理解，也可以。”

59　父母的故事

几天之后的一个晚上。

苏男送牛奶的时候，乔邃递给她一样东西。

苏男低头一看，心房猝然紧绷了一下，这是一个首饰盒，质地一般、装饰简单的首饰盒。从面积来看，里面的首饰不大，从外包装来看，想必不太值钱。她暗暗深吸一口气，按捺住心里的激动，平静地伸手接过。

“打开看看喜不喜欢。”

“没关系，乔董送的肯定是好的。”

“喜欢就好。”乔邃一语双关地答道：“那你出去吧。”

“好的。”

乔邃似笑非笑地看着苏男离去的背影，打开了效果极好的音响，慢慢喝着牛奶，一边听着歌一边和着拍子，跟着轻轻哼唱起来。

我将真心付给了你
将悲伤留给我自己
我将青春付给了你
将岁月留给我自己
我将生命付给了你
将孤独留给我自己
我将春天付给了你
将冬天留给我自己
爱是没有人能了解的东西
爱是永恒的旋律
爱是欢笑泪珠飘落的过程
爱曾经是我也是你
我将你的背影留给我自己
却将自己给了你
……

歌刚唱完，苏男一卷风似的冲进了他的房间，浑身上下像点燃了的火药筒，随时随地都有可能爆炸。她本想把手里的首饰盒狠狠扔给这个男人，临出手时，想到是易碎品，又轻手轻脚地放下，打开了盒盖，指着里面的首饰："你什么意思？"

乔邃低头一看，简陋的首饰盒里，静静地躺着一个通体透明的全绿翡翠玉镯，正是那只价值500万元的乔家女主人信物："不喜欢吗？"

"我不想再进一次监狱。"

"不喜欢就算了。"乔邃不以为然，伸手拿来放进自己的兜里，很随意的样子："明天陪我出席一个晚会吧。"

"不去。"

乔邃坏坏地笑道："我还没说完就急着下结论，这个坏习惯得改。就像刚才，我让你当场看看喜不喜欢，你却说什么我送的一定是好的，肯定喜欢，现在又来反悔，还责备我，搞得我好像一个十恶不赦的大坏人，这样公平吗？”

苏男义愤填膺：“乔邃，你不要欺人太甚。”

“终于肯叫我的名字了，好听。”

苏男的口才远不如这个男人，气得转身就走。

“不想知道明天的晚会？跟你也有关系噢。”

“你到底什么意思？”

乔邃没有回答，而是拿起桌上的遥控器：“坐下吧，听完这首歌，我告诉你答案。”音响里随即传来了刚才那首充满深厚感情的歌曲。“这是一首非常老的歌，名字叫《爱的箴言》，你肯定没听过，因为这首歌的历史比你的年龄还长。可是，我从小听到大，因为这是我妈妈最喜欢的一首歌。小时候特别不喜欢听，软绵绵的。长大以后，仍然不喜欢这首歌的旋律，但已经能慢慢地听懂这首歌词的含义了。尤其最后一句话，”乔邃静静地看着苏男，里面似乎含了诸般情绪：“‘我将你的背影留给了我，却将自己给了你。’”

苏男猛然想起了乔邃之前的表白中提到自己的背影，面对男人赤裸的目光，她有些不自然，连忙躲闪开去，有意岔开话题，之前的怒气倒消散了不少：“你刚才说明天的晚会，跟我有什么关系？”

“你的前任老板木志明董事长，为他的千金国外留学回来举办的欢迎酒会，他邀请了我们俩。”

“噢，知道了。”

“想不想听听我父母的故事？”乔邃突然问道。

这个问题苏男拒绝不了。

关于乔子东，到目前为止，她收集到的资料仍然很少，远不如眼前这个男人的多。再者牵涉到那只玉镯——凤舞九天，可见两人曾经也有过一段真挚的感情，或许真的另有隐情。内心深处，苏男更愿意相信，下毒的凶手另有其人，这或许是对晴姨在天之灵最大的慰藉。

“我可能讲得很零乱，咱们说到哪儿算哪儿。”

乔邃的声音慢慢变得沉重起来，眉头不自觉地皱着。

“我妈是一个个性很强的女人，那时候叫女强人，现在叫女爷，她和我爸的结合是因为两个家族的政治联姻，这也是他们婚姻的悲剧所在，因为我爸当时已经有了喜欢的女人。”

苏男猛地想起了安啸，想起了他的母亲——安小佳。

“富豪家的子女常常不能在婚姻上做主，但他们照样生活得有滋有味，因为他们很清楚自己能做什么，不能做什么，彼此心照不宣。但我父母是个例外，两人过得很纠结，甚至成为一对互相怨恨的伴侣，这并不多见。原因在于我爸念念不忘他的初恋情人，而我妈很不幸地爱上了我爸。”

“你爸真的很爱他的初恋情人？”苏男太惊讶了，那晴姨算什么？

“是的，我爸结婚整整一个月，都没碰过自己的妻子，最后还是我妈使了计谋才有了我的存在。自那以后，我爸认定我妈是一个心计多手段狠的女人，更是避而远之。”乔邃说到这里，面容有些尴尬和阴沉，语气中透着一种无力感：“别的孩子都是在父母的祝福当中降生，我却恰恰相反，是在父亲的不理不睬，母亲的以泪洗面中来到这个世界的……”

乔邃突然停顿下来，低下头去。看得出来，这个回忆让他比较痛苦。

苏男一时也不知道说什么好，所幸没过多久，他又继续说起来：“后来，爸爸的初恋情人嫁给了青年才俊木志明。”

果然跟安啸说的一致。苏男有些愣了，如果乔子东最爱的人是安小佳，为什么又把凤舞九天送给晴姨？

“没过多久，安小佳也怀孕了。”

“那孩子的父亲……”

乔邃俊秀的眼睛深沉黯淡，凝重的声调有些怅然：“连你都在质疑这个问题，可想而知，当年的三个当事人，我爸、我妈还有木志明，他们是什么样的心态。”

“后来呢？”

“安小佳生下孩子没多久，就失踪了。”

“为什么？”

“我妈逼走了她。”

“那你爸呢？”

“我爸认定这是他的孩子，所以对我妈恨之入骨，从那以后，夫妻俩的关系彻底决裂。”

苏男有些惊讶，记得安啸说过，他是木志明的儿子，怎么会又出来一个亲爹？

“那个孩子到底是谁的？”

“谁知道呢？”乔邃耸了耸肩膀：“很无聊吧。”

“没有。”

“对不起，今天就讲到这儿。”

苏男其实更想听听乔子东后面的故事，比如他如何认识晴姨，谁最有可能杀害晴姨：“下次再讲给我听？”

乔邃沉默片刻，点点头：“过几天吧。”

“没关系，等你有空的时候。”

乔邃默默地看着她，不置可否，从口袋里掏出首饰盒，语气伤感地道：“我妈一辈子最想得到的东西，就是这个玉镯——凤舞九天，她总是希望能穿着旗袍戴着玉镯出席乔家的晚会，堂堂正正做乔家的当家主母，因此买了很多旗袍，挂满了整个衣柜。可……直到去世，都没能实现这个心愿。”

苏男眉头一皱：“你妈为什么不去追查这个玉镯？”

“她以为在我爸的保险柜里。”

这个答案让苏男有些意外：“她难道没想过，你爸会送给其他女人？”

“是啊，她太自负了。”

“什么意思？”

“我妈对我爸实施了严密监控，她以为他没这个胆量。”

苏男很震惊，问出了心里埋藏已久的话：“那为什么你从来不问，它怎么会在我的手上？”

乔邃没有回答，只是静静地看着她，两只眸子深得像两口古井。过了好一会儿，就在苏男以为他不会回答时，却传来平淡至极的一句话：“这或许是天意吧。”

60 再见凌西

乔邃给苏男订的是一套湖水蓝的中式旗袍，高领削肩，柳腰款摆，浅开叉，更显女性身材的风情万种和摇曳生姿。高高的发髻，优雅的颈脖，白皙的皮肤，再加上绝美的容颜，当苏男从换衣间慢步走出来的时候，乔邃一下子就愣了，神情恍惚。他仿佛看到了多年前，那个高傲精致的女子，那个人前坚强人后哭泣的女子，那个总喜欢穿着旗袍优雅地走来走去的女子。

乔邃撇开了脸，神情变得伤感起来，哑声道：“你很适合穿旗袍。”

“嗯。”

“很美。”

“嗯。”

“很有气质。”

“嗯。”

“很像我妈。”

苏男愣愣地看着他。

“我妈很喜欢穿旗袍，她喜欢每天这样走来走去，”乔邃的眼睛看向窗外：“只为了吸引一个男人的目光。”

“你爸？”

“是。”乔邃点点头：“我妈每次穿上旗袍，都会看着自己空荡荡的手腕，长叹一声。”

苏男突然有些同情这个女人，无疑她比晴姨爱得更苦，更压抑，更决绝。

“苏男……”

“啊？”

“今晚，你能为我妈戴上这只玉镯吗？”

苏男抬头一看，乔邃手里拿着的正是凤舞九天，便本能地拒绝：“这是你们乔家的信物，我戴着不太合适。”

“这原本就是你的。”

苏男一下子说不出话来。

“你相不相信天意？”

“不信。”

“是啊，我上次问你的时候，你也说不信。”乔邃突然笑了起来。

苏男却没有了上次的理直气壮，喉咙里的那句“我命由我不由天”终究没有说出来。

“走吧。”

乔邃恢复了神态，收回玉镯，两人一前一后下了楼。

木家的酒宴设在自己的别墅，两人到时已经宾客满棚。木志明亲自迎了上来，热情招呼，随即朝不远处一个穿着粉红色洋装的年轻女子叫道：“小雪，过来一下。”

苏男看到一张年轻美丽的脸，既不同于艾莉莉的妩媚动人，也不同于许遥的清纯脱俗，这个女孩更加娇俏可爱，古怪精灵："老木，有什么指示？"

"给你介绍一下，这是你的乔邃乔大哥。"木志明分别指着两人郑重介绍起来："这是苏男苏小姐，非常能干，她以前可是你老爸的得力助手啊。"

"噢……我明白了，"木雪那双又黑又大的眼睛在两人之间转了转，然后盯住乔邃："你挖我爸墙脚了？"

"怎么说话的，"木志明训斥道："没大没小。"又转过脸朝乔邃致歉："对不起啊，这是小女木雪，从小顽劣惯了，又在国外长大，不懂得礼数，还望见谅。"

"哪儿的话，木雪妹妹很可爱。"

"谢谢夸奖。"木雪又仔细打量了一下苏男："你长得很美，我想任何男人都抵挡不住你的诱惑。"

"木雪，怎么说话的，赶紧道歉。"木志明再次训斥。

"爸，我称赞苏姐姐长得美，这也有错？"木雪拉着木志明的手撒娇，语气中带着委屈："如果我是乔大哥，也会喜欢她的。"

"没事，没事，木董。"苏男赶紧劝道。

"木雪妹妹，不知道你喜欢什么，这是我的一点心意。"乔邃也赶紧岔开话题，送上秘书帮忙挑选的礼物。

"谢谢乔大哥，"木雪高兴地接过："我可以打开看吗？"

"当然。"

木雪当即拆起包装，眼睛却时不时盯向大门进口处，似乎在等待什么人。突然她高兴地大叫起来，把礼物朝她老爸身上一推："你帮我拿着，凌西哥哥来了。"随即人已快速跑了上去。

木志明只得又跟乔邃道歉。

此时的苏男已经完全懵了，这个久违的名字犹如五雷轰顶，炸得她头脑一片空白。片刻恍惚后，还是艰难地回过头去，一个潇洒伟岸的人影出现在人群当中，一身笔挺的深色西装，玉树临风，十分惹人注目，正是她魂牵梦绕的那个男人。

此时，木雪已近到他身边，双手自然地挽着他的胳膊，亲昵地靠了上去：仰起头，欢快地说着什么。凌西脸上带着满满的笑，看着她，认真倾听，时不时低头附和几声，说到动情处，甚至曲起手指在女孩吹弹可破的肌肤上，轻轻弹了几下，惹来木雪的一片娇笑，小脸直往男人怀里钻。

苏男无法再看下去，只觉得身子像是四分五裂了一般撕痛，双膝发软，重心后移，细细的高跟鞋支撑不住，正好跌进乔邃的怀抱，被对方一把托住：“怎么了，苏男？”

“有点不太舒服。”

“很难受？”

苏男只是摇头，说不出话来，此时的她生怕自己会当场哭出来。

“能撑住吗？”

苏男再次摇头。

“那我带你离开这儿。”

“好。”

乔邃双手紧了紧她的腰身，已完全抱住了她。苏男听到他跟木志明道别，她随即被他快速带离了现场。苏男的头紧紧靠在乔邃的怀里，她不敢抬头，不敢面对凌西的目光，更不敢正视自己早已死去的爱情。直到上了车，苏男仍然没有缓过神来，神情恍惚地看着路边不停闪过的街灯，心里像是塞了一颗石头，闷闷的，好难受，想哭，却哭不出来，想发泄，却找不到发泄的地方。

“想喝酒吗？”头顶上传来乔邃的声音。

“好。”

“去酒吧，还是回家喝？”

“随便。”

“那去我的公寓吧。”

“好。”

苏男不知道自己喝了多少，似乎只有这一样东西能麻痹和缓解疼痛。乔邃静静地坐在沙发另一头看着她，既不劝阻也不怂恿，此时他的内心煎熬丝毫不亚于苏男，看着自己喜欢的女人为另一个男人深夜买醉，这让一向骄傲自负的他心里很不是滋味。

“苏男，别喝了，起来。”

“不，我还没喝够。”

“你已经醉了。”

“我没醉。”

“走吧，我们回家。”

苏男睁着蒙眬的双眼：“这不就是你的家吗？”

“我们回如玉山庄。”乔邃有他的傲气，尽管他爱这个女人，但绝不允许自己在她不清醒的时候发生关系，更不屑成为另外一个男人的替代品。

“噢，对了，这是你和艾莉莉的香闺。”苏男想到这里，倒也配合着站起来，无奈身子重得很，腿脚软绵无力，没走两步就倒了下去。

乔邃伸手扶住，脸已变得阴沉：“你会在意我和艾莉莉的过去？”

“你们男人都一样。”

“什么一样？”

“让女人伤心。”苏男伸出指了指他：“你让艾莉莉伤心，凌西让我伤心。”

乔邃不再说话，半扛半抱着她出了门，到了楼下，司机已开车在一旁候着。半路上，苏男已控制不住呕吐起来，稀里哗啦吐了一车，也吐了乔邃一身。很快，整个车里散出一种酸臭难闻的味道。好不容易到了如玉山庄，乔邃不管不顾把她径直抱下车，仍然扛在身上，急急进了门。

福婶带着几个保姆已经候在门边：“乔董，洗澡水已经准备好了。”

乔邃二话不说，把苏男扔了过去：“帮她好好清洗一下。”随即自己噔噔地上了楼。

洗完澡，乔邃只觉得浑身又累又乏，明明今天发生的一切都在掌握当中，甚至很完美，却不知道自己为什么高兴不起来，眼前总浮现苏男痛苦而绝望的脸，后来迷迷糊糊竟然靠在沙发上睡着了，乔邃是被女人的尖叫声惊醒的，他猛地坐起身，仔细辨认，才反应过来，这是苏男的声音。他来不及穿上衣服，就光着膀子冲了出去。到了苏男的房间门口，福婶也正好赶了过来。两人打开房门，只见一个女人披头散发，穿着单薄的睡衣，紧紧缩在床的一角，全身蜷缩，似乎害怕到极点，闭着眼睛，口里不住地喊道：“火，火，火……”

乔邃一个健步冲过去，一把抱住女人：“你在做梦，苏男，醒醒。”

“火，好大的火，火啊。”

“别怕，别怕，没有火，你在做梦。”

“烧起来了，都烧起来了，”苏男仍然紧闭双眼，嘴唇发抖，突然伸出双手指了指前方：“烧死他，烧死他。”

乔邃神色顿然严厉，紧紧抓住她的手，回头对保姆喝道：“你出去。”福婶见他无缘无故发起脾气，也不敢停留，连忙退出，还带上了房门。

“烧死他，烧死他，烧死他……..”苏男仍在喊叫。

乔邃细长的眸内升起一抹深邃，低头猛地堵住了对方，苏男只觉得嘴里突然多了一样软绵绵的东西，想顶出去，但那玩意儿却直往口里钻，非常灵活。苏男已顾不上喊叫，呼吸越来越困难，猛地一个激灵惊醒过来，睁开双眼，却见一个男人正在亲吻自己。

"乔邃，你在干什么？放开我。"

"你终于醒了，不在梦中？"乔邃侧坐在一边，仔细辨认她的神志是否清醒。

"我做梦了？"苏男的神情仍然有点恍惚："我说什么了？"

乔邃居高临下地盯着她，眼睛里带着探寻："你说，你把一个人活活烧死了。"

"不，你胡说，你胡说。"苏男又尖叫起来。

乔邃想喝止她，但苏男已经害怕得全身发抖，目光涣散："我没有烧死他，我没有，我没有，要怪只能怪他自己。"乔邃叹了一口气，伸手轻轻拍着她的背："别怕，有我呢，一切有我在，不怕不怕，乖，不怕啊，你不需要怕任何人。"

苏男钻到他的怀里，哽咽地哀求道："西，西，别离开我，别离开我。"

乔邃猛地撑开两人的距离："你看清楚，我是乔邃。"

苏男已经惊吓得语无伦次："乔邃，陪我好不好，好不好？"

"你知道我是谁吗？"

"乔邃，你是乔邃。"

"你要我留下来？"

"要，要，你留下来，别走。"

乔邃仍然一动不动，死死地看着这个女人。

苏男生怕他会离开，害怕得要死，紧紧抱着他，脸蹭着他的胸膛，手抚上他的脸，肌若凝脂，气若幽兰："你不要我了吗？你不要我了吗？"

乔邃突然转身，拥住她的身子扑了上去，迫切地吻住女人的双唇，用力啃噬，撕咬，温柔似水又浓烈似火，厚实的手掌摩挲着女人的香肩，胸部，丝滑如锦锻，触手芳馨满体。此时乔邃的身上已微微蹭出一层薄汗，但神志仍然清醒，最后关头紧急刹住，侧脸撑起，再一次问道："知道我是谁吗？"

苏男不做声，迷蒙的双眼似醉非醉，努力辨认着。

“我姓乔。”

“你是……乔邃。”

乔邃终于受不了，从牙缝里蹦出一句话：“苏男，这是你自找的。”话音未落已如雄鹰般俯身下来，双手迫不及待地撕扯对方的睡衣，上下其手。很快一股热流在苏男的身体蔓延开来，她嘴里不禁发出娇羞的呻吟。在酒精和梦魇的双重作用下，她彻底沦陷，随着男人忽上忽下，折腾了很久，才沉沉睡去。

61　一夜情

苏男是在乔邃的怀里醒来的。

刚开始是头痛，动了动，才发现身体也痛，浑身像是散了架。苏男呆立片刻，猛然清醒过来，抬起头见乔邃正望着自己，幽邃的眸底流动着一种让人费解的情绪。苏男的小脸唰的一下变成死灰，随即抄起床单胡乱卷了卷赤裸的身子，从床上滚落下来，爬起来就朝浴室冲去，她腰膝发软，跌跌跄跄，有些狼狈。

苏男打开水龙头，硕大的淋浴盘如天女散花般倾泻而出，水雾顿时把她完全罩住。站在水的中央，苏男一边冲洗一边流泪，越想越伤心，慢慢地身子站立不住，软软地匍匐在地上，放声大哭。女人压抑的哭声透过浴室，断断续续传到卧室，乔邃靠在松软的大床上一动不动，狠狠抽着手中的烟，整张脸阴沉得可怕。

不知道过了多久，苏男哭得累了，穿戴好才回到卧室。还未来得及看清楚任何东西，一阵呛人的烟雾让她忍不住咳嗽起来，她连忙赤着脚拉开窗帘，推开落地大玻璃窗，呼吸着外面掺杂着绿叶和鲜花的空气。恍过神来，才想起始作俑者，愤然回头看到乔邃仍然坐在床上，嘴里叼着烟，正目不转睛地看着她。

苏男走了过去，只见地板上扔得全是烟头，怒道：“别抽了。”

“我会对昨晚的事负责。”

“别抽了。”

“做我女朋友吧。”

"你知不知道二手烟最毒？"

"和我在一起。"

两人的对话根本不在同一频率上，苏男只觉得屋内的空气浑浊刺鼻，抬脚就准备往外走。乔邃立即熄灭烟头，翻身下床，伸手拦住了她。

"你想干吗？"

"我会对昨晚的事负责。"

"不用。"

"做我的女朋友吧。"

"没必要。"

"那你的意思？"

苏男抬头看他："如果你真想补偿，我们一年的约定能否现在结束？"

"不行。"

"那也没有说下去的必要了。"

"我说过，我会负责的。"

苏男笑道："如果每个跟你发生关系的女人都负责的话，你忙得过来吗？"

乔邃语塞，过了一会儿才说："你跟别的女人不一样。"

"不就是酒后乱性，不就是一夜情吗？乔董难道没玩过？"

乔邃怒极反笑："看样子，你也是身经百战啊。"

"彼此彼此。"

乔邃猛地上前，双手已经摸上她的脸，邪恶地说道："那我昨晚表现如何，让你销魂了吗？"

苏男连忙避让，如避蛇蝎。

"怎么，没有满足你？"

"你让我觉得想吐。"

"一个晚上，就这么大反应？"

苏男不想跟他逞口舌之利："我自认倒霉行不行，滚开！"

乔邃正色道："我会负责到底，相信我，苏男。我们认认真真交往一段时间，如果你想结婚，我随时都愿意。"

"别在这里惺惺作态了，看到你都觉得无比恶心。"

"我是真心的。"

自昨晚这件事之后，苏男对这个男人有了更深的认识，也更加鄙视："真心？你配吗？”

“什么意思？”

“昨晚的事，你敢说你不是预谋？凌西的出现，你敢说事先不知道？带我去喝酒，你敢说不是另有所图？我上了你的贼船我认栽，我自己对这个结果负责，但不希望有人再提起，尤其是你。”

“我预谋？”乔邃只觉一股怒火从两肋一下蹿了上来了，这个女人太不识好歹，自己三番四次的表白都被视若无睹，这次变相的求婚也被践踏，男人的尊严荡然无存。他忍不住讥讽道：“昨晚是你主动投怀送抱，紧紧拉着不让我走，我一而再再而三地问，每次你都很清醒地叫着我的名字。现在后悔了？想否认了？恼羞成怒了？苏男，你别自欺欺人了，你和我上床这是不争的事实，你全身上下每一个地方都留下了我的烙印……”

“闭嘴，你给我闭嘴！”

“我偏要说。你以为凌西还爱着你，做梦吧，女人！木雪又年轻又漂亮又有钱，你哪点比得上她！”乔邃又妒又恨，越发口无遮拦：“昨晚你当着所有人的面投入我的怀抱，求我带走你。凌西忙着跟新女朋友打情骂俏，正眼都没瞧你一眼。今天这么急着撇清我们之间的关系，给谁看？醒醒吧，笨女人。跟我睡完之后还想跟着凌西，真是人尽可夫的婊子！”

“你这个魔鬼，都是你，都是你！”苏男突然冲上前，死死卡住乔邃的脖子。

乔邃没提防，被抓个正着，喉咙一时喘不过气来，挥起拳头就想扇过来，临到半空中终究舍不得，情急之下改变姿势，双手搂住女人，结果两人双双倒在旁边的沙发上，乔邃整个身子顺势压在了苏男身上，腾出一只手死死压住女人的双手，双脚固定她的下身，恶狠狠地说道：“警告你，我的耐心有限，把我惹毛了什么事都做得出来。”

苏男撇开脸，牙齿咬着下唇，强忍着泣声，泪水一滴一滴掉落。

乔邃见她哭得伤心，心里也很难受，不免松开了手，语气软了下来：“苏男，我喜欢你，真的，长这么大从没为哪个女人如此上心。第一眼就爱上了，拼命压抑，可还是越来越喜欢，没有办法，也控制不住。为了你，我不惜向陈归尘妥协；为了你，我甚至跟凌西翻脸；为了你，我还驱赶最亲近的下属。就连这如玉山庄，这是乔家的祖业啊，我都把视野最好的房间留给你。我掏心掏肺为你做这么多，你又是怎么对待我的？”

经过这一翻闹腾，苏男也没了力气，冷冷道："你的爱跟我无关。"

"怎么可能没关系，有一天你也会爱上我。"

"做梦！"

"那就让我们在梦中前行。"

苏男不想再跟这个无赖纠缠："如果你真的爱我，那就放我走吧。"

"晚了，来不及了，"乔邃长叹一声。

自那件事以后，乔邃的态度发生了很大变化。

无论是在如玉山庄，还是乔氏集团，他都准确无误地传递一个信息——苏男是他的女朋友，极有可能是未来的乔夫人。这样大张旗鼓的高调肯定，还是头一遭。在乔邃的心里，这个举动是他对苏男最大的诚意，也是自己对那一晚最彻底的负责。

苏男多次矢口否认，可惜收效甚微。

在这个世界上，地位悬殊的男女爱情，人们总是选择无条件相信强势的那一方，对于弱者，人们更喜欢谈论别的东西，比如她的美貌，或者运气。很快，乔氏集团的女职员们，就把苏男和老板的历届绯闻女友做了一个详细对比，最后得出的结论是：苏男的相貌好，有富豪家族最喜欢的旺夫相，这是麻雀变凤凰的最大资本。

相比女人的八卦，乔邃的智囊团，那些高管们，则考虑得更实际更深远一些。

对于投资人和消费者来说，良好正面的企业家形象更容易获得好感，也更具有美誉度。于是，他们借着这个机会，找来策划人好好包装了这段感情，把以前那个处处留情、绯闻不断的乔邃，塑造成了一个重情重义、痴情专一的好男人。

就这样，在世俗的力量下，苏男莫名其妙地成为了乔邃的女朋友。

至于这个女人同不同意，没有人关心，更没有人倾听。次数说多了，甚至被认为是矫情和无理取闹。苏男无力改变大家的看法，只好去找乔邃理论，结果这个男人说了一句轻飘飘的话，让她魂魄满天飞："苏男，你不想追查杀你晴姨的凶手了吗？"

"你……你怎么知道？"

"你是我的女人，我当然要关心了。"

苏男突然意识到这个男人的可怕，这个秘密深藏十几年，除了她之外，无人知晓，甚至连凌西和安啸都没提起过。

“你到底怎么知道的？”

乔邃看着她受惊吓的脸，站起身慢慢走到身边，双手抱她入怀，呢喃道：“这个世界上哪有永远的秘密。在你看来，这是一段没人知道的往事。在我看来，这是一个标着价格的故事。待在我身边吧，慢慢了解我，也慢慢解开你所有的谜团，关于晴姨，关于玉镯，关于凌西，还有，关于木志明。”

苏男惊讶：“我的事跟木董有什么关系？”

乔邃笑了：“这世上没有无缘无故的爱，也没有无缘无故的恨。我喜欢你，是因为男女之情；而你和木志明，既没有男女感情，也没有父女亲情，为什么他会对你好，想过这个问题吗？”

“他欣赏我的能力。”

“噢，原来我的女人这么有才华，”乔邃戏谑道：“难怪轻轻松松就能坐上 M 集团首席设计师的宝座。”

苏男猛然一惊，这个男人的精明她早已领教：“你查到什么了？”

“没有，只是怀疑。”

“木董只是跟你们乔家有关系。”

“你的晴姨，也跟我们乔家有关系。”

苏男半信半疑地看着他，陷入了沉思。

乔邃一看机会难得，循循劝导起来：“苏男，和我一起去解开所有的谜团，好不好？如果真相出来，确定凶手就是我爸，我一定会给晴姨一个交代，到时你是留是走，我绝不阻拦。”

苏男抬头看着他。

乔邃继续劝道：“你难道不想知道，凌西为什么和木志明走在了一起？”

苏男垂下了眼睑，沉默半晌：“你不能强迫。”

“啊？”

“那天晚上的事。”

乔邃顿时明白过来，心花怒放：“宝贝，我发誓，没有你的指示我绝对不敢越雷池一步。”

62 冰释前嫌

几天之后，凌西的新闻也出来了。

他全盘接手了陈归尘那个濒临破产的公司，改名为西南集团，并成为该公司的总裁。令人意想不到的是，L 城大名鼎鼎的 M 集团的大老板木志明也前去捧场，并且在新公司成立庆典会上极力赞赏和推荐，引起不少人注目。

媒体纷纷猜测，凌西即将成为木志明的乘龙快婿，甚至有人偷拍到凌西和他的独生女儿木雪结伴出行的私人照片，态度亲昵，明显关系不一般。

乔邃看着新闻，脸色沉重起来。

他已经隐隐感觉到暴风雨即将来临，这次的对手，远比陈归尘更有实力，也更难对付。苏男看着新闻，黯然神伤。尽管在她心里已经决定放下这段感情，但亲眼看到凌西和另一个女人暧昧亲密的照片，仍然心如刀绞。

同时，看到这则新闻的还有一个人，就是安啸。

他怎么也无法理解凌西的决定，这个男人在女友身陷囹圄的时候绝情而去，转身又找了一个白富美做起了富豪女婿，这还是安啸认识的那个重情重义的男人吗？

安啸从裤兜里掏出手机，打开通讯录，才发现这家伙回国后就没联系过他。他只好先打通西南公司的总机，从总机找到前台，从前台找到秘书，一遍又一遍地解释和沟通，嘴皮子都磨破了，才找到那个始作俑者，电话刚接通劈头盖脸就是一通臭骂：“你小子现在厉害了，有钱了，摆谱了，不认穷哥们儿了？小样儿，我告诉你，凌西，你小子即使脱了长马褂还是那个熊样，当不了大爷！”

此时，凌西正在会议室跟一大群下属开会，只听到电话那头噼里啪啦一顿抢白，听懵了，愣了半晌，才反应过来：“我在开会，半小时后给你打过去。”

安啸一听更气了：“什么意思，要挂我电话？拉倒吧，别装了。开什么鸟会，真以为别人当你是什么老总，不过是个吃软饭的小白脸。”

凌西沉下脸：“一个钟头后，我们见面谈。”

“行，小子，我等着你来，就在苏男以前住的那个公寓。”

安啸挂了电话，立即给苏男又打了一个，说明事情的缘由。在他的意识里，凌西做事不厚道，至少欠苏男一个交代。现在这个年代，爱情变成了快餐泡面，男女之间分分合合很正常，但不管谁变心，谁劈腿，谁爱财，谁虚荣，两人最好当面说清楚，好聚好散。

苏男沉默半晌："算了，不去了。"

"你不想知道他为什么这么做？"

"何必纠结于过程。"

"万一有苦衷呢？"

苏男再次沉默。

"你在意乔夫人那个头衔？"

"你觉得呢？"

"不像。"

"嗯。"

"那为什么不去？"安啸又回到这个问题。

苏男没有回答，轻轻挂断了手机，她没有勇气再次面对那句冰冷的"对不起"。

两天后，安啸约了苏男面谈。

犹豫了整整一个上午，看着时钟滴答滴答地响个不停，苏男心烦意乱，压根儿没有心思工作。所幸今天乔邃不在公司，也没人发现她的异样，临到点时，还是站起身匆匆忙忙赶去赴了约，一路走一路安慰自己。

这是闹市区一个安静的咖啡馆，整整三层楼，有落地的大窗户，有香浓的咖啡，有明亮的阳光，有口耳相传的好书，还有悦耳动听的音乐。苏男在服务生的带领下，提起长裙拾级而上，转弯走过通道，再转弯，一路上收获不少惊羡的目光。在众人眼里，这个美丽的女孩有一种特别的味道，穿着一条剪裁得体的蓝色长裙，披着一件白色针织外套，就像是从画面上走出来一般，尤其那种略带忧愁的面容，特别动人。

服务生在三楼一个靠窗的位置停了下来，随即退身而去。在透过窗幔缕缕投射进来的阳光中，苏男看到了一双温暖的眼睛，这个人不是安啸，而是凌西。四目相对的那一瞬间，两人均心下微微一震，有一种恍如隔世的感觉。凌西就那样傻愣愣地看着她，看进她宛转秋波层层叠叠望不到尽头的瞳孔，忘记了语言，忘记了动作，忘记了周遭所有的一切。

时间在这一刹那静止不动。

苏男最先反应过来，有些尴尬地别过脸。

凌西立即恢复了神态，连忙站起身："坐吧。"

"我不知道是你来。"

"如果知道是我的话，你还会来吗？"

苏男无言以对。

两人一阵沉默，苏男低头看着手边晶莹剔透的咖啡杯，凌西则痴痴地看着她的眉眼，低哑的声音传来，带着心疼："瘦了。"

苏男的眼皮立即变得酸涩起来。

"气色也不好。"

"……"

"有黑眼圈了。"

"……"

"不想和我说话？"凌西有些伤心："恨我，是不是？"

苏男这才抬起头，强自克制着心情，平静地答道："一切都过去了。"

"我……看了你和他的报道。"凌西艰难地开口问道："真的吗？"

苏男想起了看守所的那一幕，脸色有点冷："是。"

凌西面如死灰，愣愣地看着她，张了张嘴，已说不出话来。这样伤痛欲绝的表情不像装假，苏男不忍对视，垂下眼帘，悠悠地说道："你不也一样吗？你和木雪。"

凌西嘶哑道："我只当她是妹妹。"

"妹妹？"苏男咀嚼着这个词，忍不住嘲笑："我也是吧。"

"你不是。"

"那我是什么？"

"你是我的劫，一生难逃。"

苏男一下子呆住了。

凌西缓缓伸出手，慢慢抚上她的双手："对不起，这么晚才来找你。"

"为什么……要分手？"苏男终于问出了这句话。

"别无选择，"凌西抬起头，看着眼前最爱的女人，摇摇头："我不能让你坐牢。"

苏男猛然醒悟，厉声问道："乔邃威胁你？"

“这是我们男人之间的事，”凌西疼爱地看着她，眼中带着某种坚定：“为了你，我不会再退缩，不会再忍让，即使遇到再大的困难。我会向乔邃拿回属于我的一切，到那时，你仍然是乔夫人，是我乔子西的夫人。”

“不，我在不乎这个。”

“我在乎，我要把最好的东西给我最心爱的女人。”

晶莹的泪珠，瞬间在苏男眼眶里打转。

凌西眼圈也有些红：“知道我的新公司，为什么取名叫西南吗？”

“难道是……”

“对，西是我，南是你。”凌西说到这里，语气中带着遗憾：“本来就想叫男，他们不让，只好改谐音了。”

苏男大为感动，连连摇头：“不需要这么做的。”

“这是我们爱情的见证。”

“你很傻。”

“我遇见你才傻。”

两人痴痴相望，过了好一会儿，凌西突然想起一件事：“噢，对了，明天下午有空吗？”

“嗯？”

“你来我办公室吧，我和律师等着你。”

“有什么事吗？”

“我把一半的股权划到你名下了。”

苏男惊讶不已：“不，不要这样。”

“这个公司既然叫西南，股份里有我的一半，理应也该有你的一半。”

苏男双眼再次眨起泪花。

“答应我一个请求，好不好？”

“什么？”

“回到我身边。”

苏男猛然想起了那个晚上的事，心里一凉，眼睛看着他，一句话都说不出。

“怎么了？”

苏男只是摇头，说不出话来。

凌西有一种不祥的感觉：“告诉我，是不是发生什么事了？”

苏男有些嗫嚅，但还是支支吾吾说了出来："我……我和他……有天晚上……"

凌西顿时明白过来，只觉得一股寒流深入骨髓，冻得全身发抖。

苏男一见他这个神情，痛如心扉，再也没办法待下去，凄然一笑，非常客气地说道："谢谢你告诉我这么多，谢谢。"说完，慢慢站起了身："对不起，先走了。"

凌西猛然反应过来，一把抓住她："别走。"

苏男使劲甩开他的手，语气仍然很客气："实在抱歉，我还有个会，今天多谢你了，有时间再聚，好不好？"

"不，不，"凌西紧紧抓住她，急忙解释："你误会我了，小狸子。不管之前发生过什么事，我都不会在意。更何况这是我的错，我没有保护好你，让你受委屈了。"

苏男的眼泪终于滚落了下来。

"离开乔邃，好吗？"

"好。"

"回到我身边？"

"好。"

凌西拿起她的手，轻轻放在嘴唇边亲吻，深情呼唤："小狸子……"

"嗯。"

"小狸子……"

"嗯。"

就在两人浓情蜜意的时候，谁也没有注意到楼梯口站着一个身材高大的男人，他正目不转睛地看着卡座上的两人，黑着一张脸，青筋暴露，牙齿咬得"咯咯"作响，眼里闪过一股无法遏制的怒火。站在他旁边的，正是已被驱赶去做仓库管理员的心腹大将——齐冠华。

"华叔？"

"在。"

"安啸得提前出场了，你去安排吧。"

"是。"

"那凌西，怎么处理？"

"不用，先让他蹦跶几天，我们集中精力对付他背后的那个人。"

“明白了。”

齐冠华看了看乔邃，又看了看那两人，迟疑问道：“您看，苏男要不要……”

“华叔，”乔邃突然转过头，厉色道：“你听清楚了，她是我乔邃这辈子唯一想要的女人，以后也会是乔家的当家主母，明白吗？”

齐冠华急了，辩解道：“可她和凌西……”

乔邃的眼神中透着暴戾和坚定：“我会让他们断得干干净净。”

63 强迫求婚

苏男从咖啡馆直接打车回到如玉山庄，她要赶在乔邃回来之前，先搬出这个地方。福婶见她搬出行李箱收拾东西，有些惊讶地上前询问。苏男微微一笑，流利答道：“乔董让我去上海处理一些事，今天晚上的飞机。”福婶见她着急的样子，也上前帮忙，两人很快收拾好一个箱子，东西并不多，苏男只带走自己紧要的东西，其他一概不要。

福婶起身去叫司机，走到门口，看见乔邃就站在门外，连忙打招呼：“乔董，您回来了。”

“去，做几个好菜，准备一瓶好酒。”

“好的。那我现在先替苏小姐安排好车。”

“不用了，她不出差了。”

“噢，好的。”

苏男在卧室里听到两人的对话，心跳得厉害，不停地搓着双手，忐忑不安。

乔邃进了卧室，随手关上了门，并上了锁。听到“吱嘎”落锁的那一声，苏男浑身不由自主地抖了一下，迟迟不敢回头，仍旧坐在床上。乔邃慢慢地走近她，又轻轻地在她旁边坐下，苏男害怕得立即站起了身，喝道：“你想干吗？”

“怎么了，一惊一乍的？”乔邃笑了起来：“我想跟你商量一件事。”

“什么事？”

“想不想去国外走一走？我陪你。”

苏男疑惑问道："干吗？"

"你是我女朋友，好像我还没陪你出去好好玩过，"乔邃有点不好意思："你是不是怨我这个男朋友，当得不称职啊？"

"没有，没有。"苏男连连摆手。

"我想去一趟加拿大，"乔邃似乎没听见，继续说道："看看你原来生活的城市。如果有时间，顺便去一趟当地的子公司，微服私访，检查他们有没有偷懒？"

苏男有些惊讶："你在温哥华有公司？"

乔邃乐了："你这个女朋友当得可不称职，我有多少身家，你应该最清楚才是，"见苏男低头沉默，眼神复杂地说道："凌西走后，岗位空缺下来，听说现在乱成一团糟。"

"凌西？！"

"是啊，凌西是乔家在温哥华公司的负责人，你不知道？"

"噢，噢。"苏男胡乱应着，猜测他到底有什么目的。

"昨天，财务总监说那家公司账目不对，有一大笔钱对不上，"乔邃慢慢悠悠地说道，像谈天气一样随便："我去看看谁在里面搞鬼。"

苏男越听越心寒，眼前的这个男人手段之狠辣无人能及："你到底想干吗？"

"怎么了，这么激动？"

"有什么手段尽管冲我来，不准你动他。"

乔邃厉色一闪，怒极反笑："他过得好不好，在你，不在我。"

"什么意思？"

"别急，再让你看段视频，这样有助于你做出正确的决定。"

乔邃不由分说，拉着她的手，来到手提电脑边，又从口袋里拿出一张小型U盘，不一会儿，电脑里出现了一幅画面：一个男人拿着手机正对着一部电脑不停地拍着什么，还时不时东张西望，一副做贼心虚的样子，这个男人竟然是凌西。

苏男骇然，指着电脑，说话哆哆嗦嗦："这是……这是……在……在游艇。"

"宝贝，猜对了。"

"原来，你什么都知道。"

"当然，陈归尘败在我手里也不冤。"乔邃回过头露出邪魅一笑，目光复杂地看着她："你的所有事情我也知道啊，比如，今天你和谁在一起；比如，你的晴姨是怎么死的；再比如，很多年前那场离奇的纵火案。"

苏男吓得目瞪口呆，连连后退，毛骨悚然地看着这个男人。

乔邃眯着眼睛，笑了笑，戏谑道："我像不像你肚里的蛔虫？"

"你……是魔鬼。"

乔邃轻轻走过去，双手捧起她的脸："宝贝，安安心心待在我身边，你所担心的一切都不会发生，嗯？"

苏男抬起无神的眼睛，喃喃自语道："你是魔鬼。"

乔邃低头开始轻吻她的额头、眉毛、眼睛、鼻子，最后在嘴唇上方停了下来："我们订婚吧。"

"不。"

乔邃伸出舌头轻扫了一下女人的嘴唇："这个世界上，只有我最了解你，也只有我能帮你达成所有的心愿。你除了嫁给我，别无选择。"

"不。"

"那你就忍心看着凌西像陈归尘一样，在寒窗中度过余生？"

苏男心中一凛，她相信这个男人的手段，也不怀疑他的狠辣，所以那个"不"字再也说不出来。乔邃见她软下来，继续说道："我们俩的相爱，是上天注定的。"声音轻而柔，像情人之间的呢喃。

"可我不爱你。"

"没关系，有一天你会爱上我的。"

"你爱我什么呢？"

乔邃想了想，突然笑着说："说不清楚，或许一见钟情，也或许是那个背影吧。"

"你看，你自己也不是很确定，"苏男想起他的花花名声，努力劝解道："何必为了一棵树，放弃整片森林呢？"

"你太妄自菲薄了，你可是浪子的终结者，"乔邃仍然温柔地说道："三天后我们举行订婚仪式吧。"

苏男急了："不，不。"

"或者你想陪我去温哥华？"

苏男更急："不，不，不不。"

“那或者，让警察查查当年的那场纵火案，听说一家三口全都烧死了，好惨啊。”

苏男猛地尖叫起来：“不是我，不是我，真的不是我。”

乔邃连忙搂她入怀，安抚道：“我知道，宝贝，不是你，不是你。”

“他打我，死命打我，我很疼，疼得快死了。我使命推他，结果他就倒在地上，后来……后来……不知道怎么就起火了，不知道……我也不知道……你要相信我……不是我……”

乔邃一看苏男的神色有点不对劲，懊悔不已：“我相信，我一直相信，不是你，是别人。有我保护你，放心放心。”

苏男靠在他怀里，慢慢平静下来。

福婶在外面敲门，乔邃拥着她走出了房间，两人安安静静吃完饭，苏男的情绪一直很低落，不说不笑，甚至也不生气。乔邃当着所有人的面宣布订婚的事，她也没什么反应。乔邃生怕她有什么过激的行为，一直在她房间陪着，看着她入睡，又担心她半夜做噩梦，仍不敢离开。夜慢慢黑下来，一切静悄悄的，乔邃自己也熬不过睡意，守在一旁睡着了。

第二天清早，苏男醒来又看到这个男人睡在自己旁边，吓得六神无主，又叫又闹。乔邃在睡梦中惊醒，还以为苏男做噩梦，连忙起身想去安抚，才发生双手双脚已经麻木，动一下就如数万只蚂蚁在噬咬，又痛又难受，只得趴在一侧使劲地揉着肌肉。

苏男低头一看，两人衣服好好的，一时没反应过来，生气地说道：“你怎么在我床上？”

乔邃疼得龇牙咧嘴，仍不忘逗她：“想一亲芳泽，结果遭老天报应，动不了了。”

“你下去。”

“亲我一口。”

“无赖。”

“再加一句，你真坏。”

苏男气得上前推他，疼得乔邃大呼小叫：“轻一点，轻一点，你想谋杀亲夫啊。”

苏男见他不像作假：“你怎么了？”

“一个姿势睡了一晚，你说怎么了？”

“你昨晚都待在这儿？”

“嗯，怕你失眠，怕你做噩梦，”乔邃没好气地答道：“结果你睡得像头死猪。”

苏男仍有怀疑，又低头看了看自己的衣服，好好的，严实得很，一点暴露都没有。

“放心，你担心的事没有发生，”乔邃手脚的麻痛感好了很多，慢慢站起身。蛊惑道：“那种事要你情我愿才会感觉更好啊。”

苏男又羞又气，朝他扔枕头：“你滚蛋。”

乔邃哈哈大笑：“洗澡去了，再见，”走了两步又回过头来提醒道：“后天，不要忘了我们的订婚典礼。”

苏男猛地想起凌西，急呼：“不行。”

乔邃勃然变色：“你再说一遍？”

苏男看着这个男人变脸如翻书一样快，脸色阴沉得可怕，眼睛如老鹰般灼灼逼人，不敢对视，只得别过脸。

乔邃仍不放过她，伸出手勾住她的下巴又拉回来正对着自己：“从今天开始，不要胡思乱想，也不要轻举妄动，高高兴兴去挑选婚纱，快快乐乐地成为我的未婚妻。那么，一切都会好好的，没有人受伤，也没有人坐牢。晴姨的凶手，我会帮你查，还有，当年的纵火案……”苏男一听这话，又禁不住发抖，乔邃瞧在眼里，不免有些心疼：“可怜的小东西，这件事是不是让你害怕了十几年？相信我，一定会帮你查个水落石出，还你清白。”

64 新欢旧爱

凌西没有等到苏男的到来，而是等来了一张印刷精良考究的订婚请柬。

凌西疑惑地打开一看，整个人呆住了，一时没了反应。

他不明白，昨天两人还说得好好的，为什么一个晚上就发生了翻天覆地的变化？他不相信女人善变那样的话，更不相信苏男是这种人。他猛地反应过来，急忙打电话给苏男，得到的却是关机的提示音。打到乔氏集团，秘书很有礼貌地回答不知道。再打到如玉山庄，告知已出国挑选婚纱礼服去了。

订婚典礼就安排在如玉山庄，宾客经过严格挑选，都是两人平时经常走动或亲近的人，虽然人不多，但流程仍然一丝不苟。由于乔邃身份的特殊——乔氏集团的大老板，又是突然订婚，引来了很多媒体记者，虽然都被拦在了外面，但好吃好喝侍候着，他们也没了怨言。

苏男看着镜中的自己，脸上没有一丝的笑容。

艾莉莉站在她后面，蹲下身子整理裙裾，做得很仔细。

讽刺的是，苏男在 L 城没有什么朋友，乔邃帮她找的伴娘竟然是艾莉莉。短短几个月不见，这个女人变化很大。以前那样的美貌明丽，如今憔悴很多，整张脸变得瘦削，像失了水分的苹果，没有光彩。

艾莉莉看着镜中美如天使的苏男，神情恍惚起来。

谁能想到，就在几个月前，她还穿着苏男设计的婚纱登上了时尚杂志的封面，美轮美奂，艳光逼人。那个时候，苏男是她的朋友，而她是乔邃的女朋友，最大的心愿就是能嫁给今天的准新郎。造化弄人，今天她却成了自己朋友的伴娘，看着她和最爱的男人牵手一生。

两人的视线在镜中相遇，都有些许尴尬。

最后，还是苏男开了口，轻轻问道："你为什么来？"

艾莉莉站起了身，面色有点不自然道："乔董给了我一份工作。"

"你不在 M 公司了？"

"你走了以后，我也被解聘了。"

苏男皱了皱眉，有点疑惑，木志明怎么会这样？

"对不起，我不知道。"

艾莉莉摆了摆手："跟你没关系。"

"陈归尘，现在怎么样了？"

"不知道。"

苏男没再问下去，艾莉莉一心想嫁入豪门，如今陈归尘锒铛入狱，两人的结局可想而知。不知怎么回事，尽管陈归尘那样凶残又冷血地对待自己，苏男对他并没有多少恨意，更多是可怜。

艾莉莉看了看她，笑道："今天是你的大喜日子，应该多笑一笑。"

苏男看着镜中的自己，置若罔闻。

"你很有福气。"艾莉莉又说道。

苏男低下头去："如果你指的是嫁给乔邃是福气的话，我真想和你交换。"

艾莉莉明白过来，叹了一口气："你还爱着凌西？"

苏男点点头："你也爱着乔邃吧。"

艾莉莉微微动容，别过了脸。

"我不知道伴娘是你，否则我会阻止的。"她知道艾莉莉此时此刻心在滴血。

"我主动要求的。"

"为什么？"

"长痛不如短痛，也许过了今天，我就……死心了。"

苏男看着眼圈发红的艾莉莉，心生怜惜，忍不住牵起她的手："这样挺好，你马上就能解脱了，所以今天该笑的人，是你。"

乔邃进来时看到的就是这样匪夷所思的场景，他的新欢旧爱竟然手牵着手，默契甚好地相对而泣，便问道："你们俩在干什么？"

艾莉莉转头一看，赶紧松开手，擦了擦泪水。

苏男也低下头去。

乔邃看了一眼艾莉莉，担心她胡乱说了什么，严厉道："你出去。"

艾莉莉脸色发白，刚刚收起泪水的眼睛，又有些发红，扭头就往外走去。

65 决裂

乔邃压根儿没留意她，所有的视线全都放在了苏男身上，小心翼翼地靠近，低下头去，语气温柔地说道："怎么了，大喜的日子，还喜极而泣呢？"

"爱你的人，其实是艾莉莉。"

"我知道，"乔邃伸出手指，抬起她的下巴，深情道："但我，爱的人是你。"

"可我不爱你。"

蓦然，乔邃将她拥入怀中，厚实的手掌摩挲着她的小脸，有些无奈："如果感情能够控制的话，我一定不会让自己爱上你。苏男，天底下也只有你这个女人，敢把我的尊严和骄傲肆无忌惮地踩在脚底下，让我爱得这么卑微，而我仍然想要和你在一起。"

苏男顿时无语，愣愣地看着他。

就在这时，走廊上传来了急促的脚步声，两人同时回过头，赫然正是凌西。

他直直地盯着穿着婚纱的苏男，眼睛里含着痛楚和不解："你明明爱的人是我，为什么却要和他订婚？"

乔邃皱眉，立即迎了上去："凌西，现在婚礼还没开始，麻烦你去大厅等一下。"

凌西轻蔑地看了他一眼："我不是来参加你的婚礼的。"

"那你来干什么？"

"我要带她走。"

乔邃厉色一闪："那要问问，你有没有这个本事？"

凌西撇过他，上前两步，拽起苏男，大声道："跟我走。"

苏男呆立不动，眼睛瞬间含满了泪水，说："对不起。"

"走啊，跟我走。"

"对不起。"

苏男连续两次相同地回答，让凌西一下子醒悟过来，痛苦道："是不是他逼迫你，是不是？"

"我警告你，不要乱说话。"乔邃说道。

"你闭嘴！"

"你再说一遍。"

凌西咆哮道："你这个人渣，你除了威胁别人，还会干什么？你陷害苏男进了看守所，逼我跟她分手。现在你又故伎重演，想陷害我，逼苏男和你订婚。你这个无耻的卑鄙小人……"

"我是小人？！"乔邃怒极反笑，嘲讽道："那你跟苏男解释一下，你开公司的钱从哪里来？"

凌西哑口无言。

"我来替你说吧，"乔邃整了整白色的结婚礼服，神态潇洒道："没错，是我逼你和苏男分手，这事我敢做就敢当，我不择手段想要和她在一起，那是因为我爱她。而你呢，你就无比高尚？你一样不择手段，而且还是为了你自己。你用这个女人换走了我几个亿的资产。现在，又去讨好另一个女人木雪，想借木志明来对付我，抢回乔家的控制权，难道你不无耻，不卑鄙吗？"

"我没有，你胡说。"

"有没有，你自己心里有数，"乔邃目光一转，含着阴笑道："不过，你想利用木志明也没那么容易，这是只老狐狸，远比陈归尘厉害，希望你不要聪明反被聪明误。”

“我懒得跟你啰唆，”凌西转身拉着苏男就往外走，却发现苏男呆立不动：“走啊。”

“我……不能走。”

“为什么？”

“今天我订婚。”

“可你爱的人是我。”

苏男不能眼睁睁看着他落得和陈归尘一样的下场：“你还记得那只玉镯吗？”

“差点让你进监狱的那只翡翠玉镯？”

“是，那是晴姨留给我的，是乔邃的父亲乔子东送给她的，也是乔家的信用和象征。晴姨……希望我，能代替她嫁入乔家。”

“不，”凌西大喊道：“现在都什么年代了。”

“没有晴姨，就没有我。”

“报恩有很多种方法，你犯得着陪上自己一生的幸福吗？”

苏男低下头去，泪模糊了双眼，可却流不下来，嘶哑道：“对不起。”

凌西还想再说，乔邃挥了挥手，身后突然多了几个男人，穿着清一色的黑色西装，长得五大三粗的样子，看样子是保镖，他们走向了凌西。苏男把心一横，急切说道：“你走吧，不管什么原因，到如今这一步，只能说明我们俩有缘无分。忘了我吧，凌西。”

“不，你不能这么残忍。”

“如果你爱我，就让我平平静静地过日子。”

苏男说完，不再看他，转向乔邃坚定地问：“仪式什么时候开始？”

乔邃低头看了看表：“还差十五分钟。”

“我头有点晕。”

“那我陪你去出去走一走。”

“好。”

凌西想上前，却被身强力壮的保镖挡住了，只能眼睁睁地看着两人远去。

66 身世之谜

婚礼时，安啸四处张望，却没找到凌西。

他又想去找苏男聊聊，但很快也放弃了，因为他根本接近不了，她被乔邃拥着在花园里散步，后边还跟了好几个身强力壮的保镖。安啸意识到，以后他想见苏男的机会应该越来越少了。

订婚典礼很隆重，看得出来乔邃下了功夫。

安啸一直坚持到最后，他知道苏男没有亲人，在 L 城也没有朋友，或许这么多宾客当中，也只有自己是她唯一的娘家人。苏男也看到了他，并朝他笑了笑，这个男人总能在最关键的时刻给自己一丝温暖。

婚礼过后的喜宴，仍在如玉山庄。

苏男换了一身衣服出来，这是一套剪裁得体的半身旗袍，大朵红艳艳的牡丹从后背一直延伸到腿边，有一种雍容华贵的感觉，更衬托出苏男的端庄大气。

这是她自己挑选的，乔邃做梦都没想到，自己的女人竟然挑了一件旧衣服，作为结婚礼服。但他没有阻止，相反，他很感激她，非常非常感激，因为这件衣服是他母亲张亚萌生前最爱的一件旗袍。苏男一直恨着自己，但恨并没有泯灭她的善良和纯真，在这样重大的场合，她不避讳死人的晦气，选择这套衣服，只因为一件首饰——凤舞九天。她在帮自己的母亲实现她一生当中最大的心愿，她穿着母亲最爱的旗袍，戴着凤舞九天，出席乔家的聚会，堂堂正正做乔家的当家主母。

乔邃在这刻终于知道一件事。或许自己人生当中做得最正确的一件事，就是娶了眼前的这个女人，尽管手段很不光彩，但他不后悔。如果这世上真有因果轮回一说，以后无论遭受什么样的报应和惩罚，即使失去一切，他也无怨无悔，只为这一刻的幸福会让他铭记一生。

面对乔邃的激动，苏男显得平静很多。

她认为，无论是晴姨，还是张亚萌，都是天底下可怜的女人，只因为爱情让她们变得如此卑微。这是女人的悲哀也是女人的伟大，正如才气逼人的张爱玲遇到胡兰成，一样会说出那样让人唏嘘的话来："遇见你，我变得很低很低，一直低到尘埃里去，但我的心是欢喜的，并且在那里开出一朵花来。”

喜宴结束时，安啸正准备离场，却被一个人拦住了。

他就是乔邃的心腹——齐冠华。

他对他说：“安先生，你母亲有一样东西在我这儿，请随我来。”然后安啸就跟着他走了。两人上了台阶，又转过一条走廊，来到了一间书房，里面坐着一个人，因为视角挡住的原因，看不清楚。齐冠华朝那个人微微鞠了一个躬，悄无声息地转身出去，并轻轻带上了门。

安啸上前几步，光线变得明亮起来，定睛一看，竟是今天的准新郎——乔邃。

“你怎么在这儿？”安啸惊讶地问道，说完又左右看了看：“苏男呢？”

“她很好，多谢你的关心。”乔邃笑了笑，又指了指沙发：“坐吧。”

安啸站着没动：“你有……”

乔邃点点头，指了指放在茶几上一个看起来有些年代的女士梳妆盒：“你看看吧。”

安啸纳闷地拿起来，没想到小东西还有些沉，应该是金属制品，泛着青色的光芒，有明显岁月磨损的痕迹，雕工精湛。打开一看，里面是一层蓝色的绒布，他又打开绒布，掉出来两样东西，一张是泛黄的纸，另一张是泛黄的照片。

这个时候，安啸的心开始快速跳动起来，手也不禁微微颤抖。他首先打开了那张破烂得起了一些毛边的黄纸片，竟然是一张出生证明，上面赫然写着他自己的姓名、生辰日期、身高、体重等一系列数据。

“这是哪里来的？”

“我父亲的遗物。”

安啸倒吸一口气，又低头看照片，这是一个胖墩墩的婴儿满月照，小手小脚像莲藕一样，很可爱。他翻开背后，果然有一行字：“平生不会相思，才会相思，便害相思。”落款也是一行字：“小佳携啸儿遥记当年。”

安啸的脸色一下子变得惨白，这不可能。如果自己真是乔子东的儿子，母亲安小佳肯定会有暗示或者遗言，两人相依为命这么多年，不可能没有机会说。“不，这不可能。”安啸连连后退两步，不敢置信：“我的父亲是木志明。”

“那他为什么不和你相认？”

安啸痛苦地闭上眼睛，摇头："他还不知道我的真实身份。"

"那你……想公开你的真实身份吗？"

"这……"安啸有些犹豫，从小他就是一个没有父亲的人，内心深处当然渴望亲情和父爱，但木志明当年对他和母亲的所作所为，深深伤害了他。如今凭空又多出了这样的东西，原来的信念也开始动摇。

"其实你公开，我也能猜到结果，"乔邃平静地说出一个事实："他不会认你的。"

安啸知道他没有说谎，木志明自始至终都认为妻子红杏出墙，给自己戴了绿帽子，并深引为耻。安啸猛地想起乔邃的狡猾，疑惑地问道："你为什么要告诉我？"

"我一直很犹豫，内心深处我不想这样做，"乔邃低声说道："今天之所以下定决心，是因为苏男。你可能没注意她身上穿的那件旗袍，那是我妈的遗物。"

安啸讶然："她怎么穿这种衣服？"

"是啊，我劝过她。但她说，我妈一生最大的心愿就是穿着这件旗袍戴着玉镯，出现在乔家的正式场合，给她应得的名分，她想帮我妈圆了这个梦。"乔邃说到这儿，语气略带些伤感："你也知道，她一直恨我，嫁给我也是情非得已，但她却能够抛弃自己的仇恨，为我妈做到这一步，这点让我非常感动，也很羞愧。"

"她一直都那么好，那么善良，"安啸动容道："你既然娶了她，好好善待她吧。"

"放心，我会用一生去照顾她。"

"我不怀疑你对她的感情，但真正的爱情，不是占有，而是成全。"

乔邃微微震动，似乎明白过来，眼神复杂地看着他，缓缓说道："你是一个真君子。"

67　订婚之夜

乔邃送走安啸，急匆匆赶往新房。

其实在他的心里，更愿意一步到位，直接结婚更好，但他担心苏男，所以仍然以订婚的形式存在，其实所有的流程都跟结婚无异。乔邃已经谋划好了，等结婚的时候，就去周游世界，不再请客吃饭，被世俗牵绊，只过两人世界。

新房安排在苏男的卧室，这是她熟悉的环境。

乔邃到的时候，做梦都没想到，这个女人竟然能在这种时候睡熟，身子轻轻靠在沙发上，一只手紧紧贴着脸，仍然穿着那身凹凸有致的旗袍，侧转着身，灯光斜斜地射下来，在她身上洒下一层光晕，有一种说不出来的温馨。

乔邃慢慢蹲下去，轻轻唤道："苏男，苏男。"

睡梦中的女人竟然没有反应。

乔邃瞧了瞧铺满玫瑰鲜花的大床，又好气又好笑，站起身，收拾好床铺，转身回来，弯下腰，靠近身子，准备抱她上床，却发现苏男躲闪着，脸往里侧了侧，小手轻微地抗拒，想要推开他。

原来这个女人是假寐！

乔邃眸光一闪，站起了身，倒了两杯红酒，轻轻摇晃，温暖地说道："我们喝交杯酒吧。"

苏男不敢回答，更不敢睁眼，她有点害怕面对这个男人。

乔邃狡黠一笑，自己喝了一大口，慢慢俯下身，见苏男紧张的眼睫毛微微颤动，更觉得有意思。他突然抬起她的下巴，低头吻了下来。苏男没提防，只感觉嘴里猛地涌进来一口酒，来不及反应就咽了下去，马上第二口酒又来了，她想挣扎，但男人抱得紧，第三口酒又来了，苏男有些慌乱，只得又咽了下去，但仍然流出一部分。

乔邃调侃道："宝贝，不睡了？"

"你想干什么？"

"我们喝交杯酒啊。"

苏男赶紧坐直身子："我自己来。"

"不行，我喜欢这样喂你。"

乔邃坏笑，转身又喝了一大口酒，低头抱住她，小口小口地渡，苏男不喝他就一直吻着，僵持之下只好妥协，喝完一小口再喂一小口，两人看起来既缠绵又悱恻。

此时苏男的小脸已经涨得通红，别过脸，伸手推他。

"最后一次。"

“不要，我自己来。”

“乖，最后一次。”乔邃不由分说，又俯下身子。

苏男只想快点结束这种极其暧昧的做法，她喝得很急，哪知被呛了一下，咳嗽一声，嘴里的酒流出了一半，红色的液体在白皙的小脸上慢慢流淌，有一种说不出来的妩媚和娇艳。乔邃的眼睛变得深邃，嘶哑道：“这次不算，重来。”

“不行，不行。”

乔邃的强势和霸道不容她反驳：“慢慢喝，别急。”

苏男再次被迫承受他的渡酒，一小口一小口，时间好像过得很慢，乔邃的舌头伸了进来，跟着酒在她嘴里慢慢搅拌，很温柔。酒终于渡完了，可那个肇事者却没有停止，他的嘴唇仍然深深地吻着她，双手已经抚摸上来，开始解扣子。

苏男有点晕晕沉沉，或者因为喝酒的缘故，身体变得越来越热。

乔邃见她不再反抗，露出邪魅一笑，拦腰将她抱入怀中，朝那个松软的大床走去，壮硕的身子随即压了下来。

68　告白

与此同时，凌西正在酒吧买醉。

他旁边坐的是一个妙龄少女，担心地看着他，劝道：“别喝了，好不好？”

“你回去。”凌西粗着嗓子，不耐烦地喊道。

“我不走。”

“你迟早会走的，像她一样，”凌西冷笑：“女人都是善变的动物。”

“不是每个女人都像她一样。”

“我不信。”

“我会让你相信。”

凌西摇头，苦笑，继续喝酒，连喝了好几口，才发现酒瓶是空的，扬手叫道：“再来一瓶，再来一瓶。”等到酒保拿酒过来时，他已经不省人事。

木雪无法，叫来了保安，一起把他搀扶进了车内。

刚进家门时，凌西就吐了，满屋子里的酒味。木雪慌忙扶他上床，打开窗户，又拿来拖把清理脏物，可怜她这个千金大小姐，从没做过家务事，费了九牛二虎之力，总算搞干净了。又赶紧跑下楼去 24 小时便利店买了一瓶蜂蜜，兑好水喂他喝下，此时她已累得浑身散架，靠着床边休息了一下，又打水给凌西擦脸，换衣服，忙前忙后地张罗着。

凌西被惊醒，突然抓住她的手，问道："你在干什么？"

"我帮你擦一下，给你换下衣服。"

"为什么换衣服？"

"你喝醉了，刚才吐了一身。"

凌西突然倚身上去，搂住了她。木雪吓了一跳，却听到他轻轻说道："小狸子，小狸子，我心很痛，很痛，你知不知道？"

木雪软了下来，轻轻回抱着他。

凌西把脸朝她脖颈靠去，深深呼吸着女孩的清香："你不会再离开我，是不是？"

木雪神色复杂，伸出手慢慢抚摸他的脸，慢慢答道："不会。"

凌西满意地笑了，随即沉沉睡去。

木雪轻轻靠上他的胸膛，听到铿锵有力的心跳声，心里有着无比的满足。她伸出手慢慢地、一点点地，像微风拂过水面一般，在他的脸上来回抚摸。这个男人有着高挺的鼻梁，宽阔的额头，性感的嘴唇，温暖的笑容，还有很多……

第一眼看到这个男人，她就莫名地喜欢上了。

那个时候，她和他素不相识。

木雪去机场送父亲，无意中看到一对外形出色的情侣，正在浓情蜜意大秀恩爱，她没有多想，只觉得陷入爱河的两人很美，一时兴起拍了几张照片，然后就听到这个男人转过脸笑着对她说："女朋友会害羞，还请删除，谢谢。"

木雪当场愣住了，看着这个玉树临风的男人，瞬间想起了一句成语：温润如玉。

那一夜，她失眠了。

机场那几张照片她没舍得删，一直保存在手机里，后来被几个闺密看到，还被狠狠取笑一番。本以为这段少女情窦初开的小插曲就这样过去了，没想到回国后，又一次见到他。还是在父亲的办公室偶然遇到，从此她的生活翻开了崭新的一页。

凌西朦朦胧胧感觉到脸上的异样，那是一只女人手，柔柔的软软的，充满了爱意，像她……他一下子捉住了她，再次睁开眼，嘴里一直念道："小狸子？"

女人柔声答道："嗯。"

"小狸子？"

"嗯。"

凌西内心一阵狂喜，翻身深吻下去，随即两人紧紧拥在了一起。

……

第二天，凌西醒来时，旁边睡着一个女孩。

他一下子跳下了床，低头看了看自己，只着一条短裤，上身光着膀子。更害怕了，紧张得手足无措，愣了一会儿，才想起去偷看女孩的衣着，掀起被子的时候，木雪醒了。

"你醒了？"凌西尴尬地问道。

木雪坐了起来，甜蜜地问道："你头疼吗？"

"没事，没事，"凌西看了看她："昨晚，昨晚……"

"昨晚你喝了很多酒。"

"噢，这样啊，那……我们……"

木雪静静地看着他，没有说话。

凌西有点急："我们，没有发生什么吧。"

"你很担心吗？"

凌西点点头。

"担心什么？"

"担心，担心无意之中伤害了你。"

木雪低下头，沉吟片刻，轻轻说道："我不认为是伤害，相反我很快乐。"

凌西脸色大变，全身的血液如寒潭倒流，冻得直打哆嗦。

木雪下了床，慢慢走向他。

凌西下意识后退了几步。

木雪站住身子，眼里闪过一丝痛苦，没再说话，转身回到沙发上弯腰拿起了自己的衣服，又整了整披散的头发，随手绕了几圈打了一个发髻，走向鞋柜换好鞋，转过头巴巴地看着屋子中间的男人。

凌西愣愣地看着她，一个字都说不出来。

木雪见他没有挽留的意思，回过头，眼泪水在眼眶里打转，牙齿紧紧咬着下唇，强忍着泣声说道：“是我主动的，你不用放在心上。”

凌西心里也很难受，走上前去，痛苦地说：“对不起。”

木雪泪中带笑，摇摇头，说：“你不用抱歉，这是我自己心甘情愿的。”

凌西早有察觉眼前女孩的那份异样感情，但他对她更多是喜欢而不是爱，所以他一直采用的是鸵鸟政策，能躲就躲。可经过昨晚这一夜，隔在两人之间的窗户纸终于被捅破了，而且还是以凌西最不愿意的这种方式捅破，此时此刻，他的心情非常复杂，懊恼、悔恨、自责、愧疚、怜悯一起堆积在心头，最后只能汇出一句话：“木雪，实在对不起，我……我一直把你当妹妹。”

木雪突然伸出手捂住他的嘴，赌气道：“你不爱我，我没有办法。我爱你，你也别管。”

凌西哑口无言。

木雪深深看了他一眼，无奈道：“你也很傻。”

她随即转过身，轻轻带上了门，凌西只看着靓丽的背影从自己的视线慢慢消失，听着高跟鞋摩擦地面发出的“噔噔”声，如石化了一般，久久没有动作。

第七章　生死之战

69　反目成仇

西南公司和乔氏集团终于开始正面交锋。

这一战，挑事的人是凌西，他看中了乔氏旗下最有前景的网游公司。

这也是乔邃近几年最得意最漂亮的一场收购案，很短的时间内就已经为集团创造了不菲的利润，并且前景一片光明。凌西以其人之道还治其人之身，利用猎头以重金挖来了该公司的总经理及其两个助手，投资他们三人，很快又成立了一家新的网游公司，跟乔氏打起了擂台。

乔邃得知此事，在内部管理层会议上大怒，这三个人作为集团的中高层领导，集体跳槽这么大的事，主管“领导干部培养”的人力资源部门竟然没有提前防范，加以预警，这是工作上的重大失误。

第二天，人力资源部门最高负责人不得不引咎辞职。

乔邃历年来奉行的是雷厉风行的处理原则，处理完内部漏洞，又立即开始对外的反击，他不能容忍下属的背叛，更无法容忍凌西的蓄意挑战，于是以泄露商业机密罪去公安机关报了案。同时，乔氏通过商业媒体和杂志，发了几篇义正言辞的新闻报道，强烈谴责西南公司这种违法商业道德的行为，并积极准备法律维权。

乔邃不惜自曝家丑，大张旗鼓地宣传，令凌西有些意外。

他本以为这个男人会提出私下解决。然而，很快事情的发展就超出了所有人的想象。突然，越来越多的娱乐八卦媒体也参与进来，他们的报导重点不在这三个人的泄露商业机密罪，而在于乔邃和凌西错综复杂的关系，把一个原本寻常普通的商业纠纷案，变成了一个大家族内部争斗案。

性质变了，受关注的面也广了。

这种富豪家族牵涉隐私的话题，最容易得到普通老百姓的喜欢和青睐，他们看不懂复杂的商业内幕以及争斗，但他们看得懂穷人和富人都共有的人情冷暖和人性善恶。于是乔氏家族的这则新闻很快登陆了各大报纸及网络的头版头条。而娱记们为了吸引眼球，也用夸张的手法做出种种猜测。其中某媒体用一篇“乔氏家族的爱恨情仇狂想曲”为题，添油加醋地详细报道了凌西的身世之谜以及凌西和乔邃与上一代人的恩怨情仇关系。很快L城的老百姓开始热衷探讨两件事，一个是凌西到底是不是乔家人，一个是乔邃和凌西年龄之差。

这个变化令乔邃有些措手不及。原来的商业纠纷案件里，乔氏集团是受害者，打好这张牌，不仅能拿回所有的损失，也容易得到大众的感情分。现在变成了大家族成员之间的内斗，那就是丑闻，搞不好极有可能令乔氏集团蒙羞，影响股东和投资人的信心。

然而事情仍然没有结束，甚至往最坏处发展。

又有人爆出猛料，称乔邃的未婚妻苏男，曾是凌西谈婚论嫁的女朋友，并且刊登了凌西和苏男在机场深情相吻的几张照片。

舆论一片哗然，乔邃终于坐不住了，他已感觉到风向变了，以他对凌西的了解，他绝对不会主动把战火烧到苏男身上，毕竟这也是他一生中最爱的女人。况且，凌西也不会笨到主动抹黑乔氏家族，毕竟乔氏的衰败荣辱也关系着他的命运。

由此可见，在他们两人背后，肯定还有第三人。这个人才是整个事件的背后黑手。乔邃猜测，他极有可能就是M公司的老板——木志明。对于这个人，他一直不敢掉以轻心，但也避免与他正面为敌。如今看来，这个愿望估计是自己的一厢情愿了，形势逼得他不得不改变。乔邃原本不想打安啸这张牌，自从上次得知他对苏男那种深埋在内心的浓浓爱意，他对这个男人多多少少有些敬佩。事到如今，只能出此下策。

乔邃很快找到安啸说明事情的原委，果然不出他所料，安啸在得知苏男的困境之后，欣然同意了乔邃的所有安排。很快，乔氏集团安排了一场盛大的新闻记者招待会，乔邃作为当家主事人，在会议上隆重介绍了一个人，就是安啸。乔邃当场出示了两份证明——安啸的出身证明和婴儿满月照，同时公布了父亲和安小佳的一段陈年旧事，亲口证实安啸实为自己同父异母的亲弟弟。

媒体再次哗然。

这个消息远比乔邃与凌西的消息更为猛烈。

因为安小佳的名字，有些年龄大点的媒体人并不陌生，当年她可是M集团董事长木志明的前任妻子，后来莫名其妙消失。这样一来，戏剧又升级了，由乔氏家族的内斗，变成了乔氏和M集团两个财团的恩怨情仇。全城的媒体记者都参与进来，尤其他们更希望得到木志明的回应，毕竟这种大老板突然被人戴了一顶大大的绿帽子，他的反应太令人期待，剧情更刺激更狗血更有看点。

70　20年前

此时的木志明正在训斥下属。

他扔给对方一叠厚厚的报纸，冷漠道："我不管你用什么办法，三天之内，不要再让我看到这些，他们不消失，你就消失吧。"

报纸像天女散花一样落在下属身上，这个人是M集团的办公室主任，名字叫赵岩石，也是木志明的得力大将，一直深得他的喜爱。木志明很多机密事件都是由他经手，包括之前乔邃和凌西之间的新闻也是他在亲自操刀。

老板原本还打算和他喝庆功酒，哪里想到峰回路转，乔邃突然来这么一手。

如果从商业角度来说，这个男人使用的就是36计之声东击西。如今老百姓的注意力全都放到了木志明的身上，哪里还记得苏男和乔氏两个男人之间的情感纠葛，他们更愿意听听L城同样大名鼎鼎的有钱人——木志明如何窘迫和丢人现眼。毕竟这是中国人，尤其中国男人最不能容忍的事。

"说话啊？！"木志明见他呆立不动。

赵岩石反应过来，答道："是，是。"

"滚出去。"

"是。"

看着下属狼狈的离开，木志明也很懊恼，一屁股跌进了老板椅，眉头紧皱，自己还是低估了乔邃这小子。本以为接连下了好几盘棋，这回一定能扳倒姓乔的，再一鼓作气吃掉乔氏集团，以雪当年的耻辱。现在倒好，那一坛子发臭腐烂的东西竟然被硬生生地挖出来，令人发指的臭味令他恶心得想吐。

这些年来，为了复仇，木志明已经不记得做了多少安排，多少谋划。那个烂泥扶不上墙的陈归尘，本以为他是复仇最好的一颗棋子，背地里给他投了不少钱，哪知道中看不中用，那么轻易就被乔邃打败，还被送进了监狱……

木志明点起一根烟，看着袅袅青烟，陷入了陈年旧事的回忆当中。

20多年前，他还是一个冲动的毛头小伙，喜欢上了一个美丽动人的姑娘安小佳，后来才知道她另有所爱，这个人就是乔家少爷乔子东。伤心绝望之余，上天却给了他一个难得的机会，乔子东迫于家族压力，不得不与安小佳分手。趁着安小佳失魂落魄之际，他嘘寒问暖，时时刻刻陪在身边，慢慢赢得对方的好感。后来乔子东娶了张亚萌，在他新婚的那一晚，木志明也得到了安小佳，事后他跪地向她求婚，并发誓一辈子会对她好，很快两人也步入了婚姻殿堂。

那个时候，木志明是真心爱安小佳的，他希望能和自己最爱的女人好好过日子，生儿育女，共度一生。可是事与愿违，他的美好愿望很快落空，他的妻子竟然背着他跟乔子东秘密幽会。这种事情突破了他的心理承受范围，更可气的是安小佳矢口否认苟且之事，于是他动手打了她，坚韧的皮带狠狠抽到安小佳娇嫩的身子上，她痛得在地上打滚，全身很快肿了起来，渗出血迹。最后安小佳痛不过，只好说出实话，她的确跟那个男人上了床。

这个消息让木志明怒不可遏，所谓爱之深恨之切，他对这个女人原有的爱一下子转变成了恨。锥心刺骨的恨意让他立即拾起皮带继续抽打，一顿歇斯底里的发泄之后，安小佳痛晕了过去，他仍然不解恨，撕破了她所有的衣服，以极尽屈辱的方式强奸了她。之后，他就消失了。

木志明没有勇气再面对安小佳，更没有勇气提出离婚。

这种爱恨交织的痛苦每日每夜折磨着他，于是他怒气冲冲地去找乔子东算账，结果到了如玉山庄，却意外地见到了张亚萌。这个女人居高临下地扔给了他一样东西——一张价值不菲的支票，之后，他就灰溜溜地离开了。出了乔家大门，木志明低头看着自己灰头土脸的模样，又抬头看了一眼气势恢宏的如玉山庄，那一刻他想明白了，只有自己拥有足够的能力，才有资格谈“复仇”二字。从那以后，他把所有精力都放在了工作上。

一个月后，安小佳怀孕了。

木志明得到消息后，怒气冲冲地踏进了家门，这是他出手打她之后第一次回家，安小佳原以为等到的是丈夫的原谅，却没想到他说的第一句话就是：“做掉孩子。”安小佳死活不从，甚至以死相逼。这一刻，木志明的心终于死了。不管安小佳如何解释，他都不再相信，冷冷地扔出了两个选择：要么去医院，要么离婚。

第三天，安小佳收拾东西，一个人默默离开了木家。

木志明就站在窗前，隔着厚重的窗帘，看着她一步一步离开的背影，心痛得全身发抖，那一刻他对乔家的仇恨达到了顶峰。他坚信，终有一天，他要让乔子东体会到什么叫锥心刺骨；终有一天，他要让张亚萌知道什么叫悲痛欲绝。

门突然被人大力推开，也打断了木志明的思绪。

进来一个怒气冲冲的女孩，正是木雪。

“你看看这是什么！”女儿在他办公桌前狠狠甩出一张报纸。

木志明皱了皱眉，这是他刚才给下属做的动作，他沉声道：“你这是什么态度？”

“那要问问你干了什么！”木雪又委屈又气愤：“这些文章是你指使人干的吧。”

“小孩子不要插手这些。”

“我不是小孩子了，”木雪大叫：“还有，这几张，”她用手指了指温哥华的照片：“你哪儿来的？”

木志明不耐烦了：“你不用管。”

“我不用管？”木雪冷笑道：“这是我手机里的照片，你竟然叫我不用管？爸爸，你知道什么叫隐私吗？你知道什么叫尊重吗？”

“有你这样跟爸爸说话的吗？出去！”

“爸爸，你不是很欣赏他吗？”木雪见木志明真生气了，连忙变软了语气：“你要对付姓乔的，为什么把凌西哥也扯进去？”

“他不姓凌，他姓乔，叫乔子西。”

“可你不是很欣赏他吗？我求你了，爸爸，我喜欢他。”木雪说出了实情：“我爱他，你能不能看在女儿的份上，不要为难他。”

木志明很吃惊，怒道：“我跟姓乔的誓不两立，你最好断了这个念头。”

“凌西已经跟乔家没有关系了。”

“他身体仍然留着乔家的血。”

木雪一下子醒悟了，眼眶红红的："我明白了，原来你一直都在利用他，算计他，你真卑鄙。"

木志明怒喝："你再说一遍？"

"我说你不择手段，你不是我爸爸。"

木志明上前就是一记响亮的耳光。

木雪大叫一声，然后哭着跑了出去。

71　一切都是交易

此时此刻，心情最复杂的人就是苏男。

因为事件中的四个人，都跟她有着厘不清的关系。凌西是她爱的人，乔邃是爱她的人，安啸是温暖她的人，木志明是感动她的人。从情感上来讲，她不希望这里面任何一个人受到伤害，更不希望看到他们之间互相残杀。

乔邃，无疑是她心里最纠结的一个人。

虽然这个男人以卑鄙的手段得到她，但订婚宴之后，却一反常态，对她礼遇有加，尽管下人们都以"夫人"的名义称呼她，他却再没骚扰她，两人一直分房而睡。平日里丈夫该做的一切哪一件他都没落下，温柔体贴，深情款款。不仅每天按时回家，嘘寒问暖，就连普通的商务宴会都很少参加，只为腾出时间陪在她身边，以前那些燕燕莺莺，花花草草全都消失不见了。

这个男人就像突然变了一个人一样，让苏男感觉到陌生。

有一天，她实在忍不住，问出了心中的疑惑。

乔邃只是笑了笑："我曾经说过，你会是我这个浪子的终结者。"

苏男更加疑惑了。她相信爱情能让一个女人变得面目全非，可她不敢相信，爱情也能让一个男人变得如此彻底。

乔邃瞧着她迷茫的双眼，更是乐了："乔夫人，你应该感到无比的自豪。瞧你这本事，竟然把一个浪子收拾得服服帖帖。有什么经验可以分享吗？"

面对这样的乔邃，苏男板不起脸，只能一笑而过。

每天晚上，乔邃都会给她送来牛奶，看着她喝完才会离开。苏男看着这个男人微笑的面孔，有些感动，明明自己愁到夜夜失眠，却小心地不在她面前露出一丝一毫，生怕影响她的心情。她接过他手里的牛奶，忍不住劝道：

"以后不必每天给我拿，让他们送来就行。"

乔邃脸色一变："怎么了？不喜欢？"

"不是这个意思，我看你最近很辛苦。"

乔邃放下心来，笑了笑："这是我每天难得的福利，既能见到你又不会让你讨厌，不要剥夺我这个权利。"

苏男一时无语，低下头去喝牛奶。每次乔邃的话题稍微深入一点，她都采取这种逃避态度。这是两人的症结所在，虽然关系对比以前有所改善，但也仅此而已。

他瞧了瞧她的眉眼："有事？"

苏男只是摇头。

乔邃耐心说道："我是你的丈夫，也是你以后携手共度一生的人，有什么事不能跟我说吗？""共度一生"，这四个字让苏男浑身一震，有些恍惚。她要跟这个男人共度一生吗？她并不爱他，以后也不可能爱上他，这样的两人捆绑在一起能幸福吗？

"你……你……"

"说吧，有什么想法都可以说出来。"

苏男鼓足了勇气："你曾经说过，找到杀晴姨的凶手之后，去与留由我自行决定。"

乔邃一下子愣住了。

苏男不敢看他，她知道这个男人的温柔和冷酷常常就在一念之间，今天原本也不是想谈这件事。她有些懊恼，赶紧缩进被子里，轻声说道："我想睡了，你也早点休息吧。"

乔邃看着她，没有动："你还是想离开我，是吗？"

"我……我们的情况比较特殊。"

"怎么特殊？"

既然话都说到这个份上，眼见他也没有动怒的征兆，苏男横下心，索性把话说开："一直以来，我们之间都是交易。"

乔邃瞬间眯了眯眼："原来，我所做的一切在你眼里都是交易。"

"不是，不是这个意思，"苏男怕他生气，连忙解释道，"其实你比我想象中要好，你为我做的这一切我也很感动。可是，可是爱情终究是要两情相悦。"

"好，好个两情相悦，"乔邃突然站起了身，尽管内心早已波涛汹涌，但表现仍然很平静："你放心，如果真有那么一天，我会给你选择的权利。"说完，快步离去，临到门口时，却又回过头，正好看到苏男担忧的眼神，心下一软："睡吧，我没有生气。我刚才说过的话一定算数。"这才关门离去。

苏男心绪不宁，很久没有入睡，总觉得姿势不对，怎么睡怎么难受，索性爬起来披了一件外套，走出阳台。一股新鲜空气带着淡淡的花香扑鼻而来，顿觉心旷神怡，她不禁伸了伸懒腰，在阳台的贵妃椅上躺了下来，细细打量庄园里的夜色。在灯光的衬托下，庄园倒有一种别致的温柔的美，她不知不觉中进入了梦乡。

乔邃就站在隔壁的阳台，隐没在深沉的黑色里一动不动。

今晚注定又是一个不眠之夜。

有一种直觉告诉乔邃，木志明不会善罢甘休，或许还有更阴毒的招数没有使出来，但他却不知道是什么，所以无从防范，这让他总有一种惴惴不安的感觉。再加上晚上苏男的那些话，让糟糕的心情更加透顶，所以他失眠了。

乔邃站在黑暗里看着苏男来到阳台，看着她伸懒腰，看着她躺下，再看着她沉沉入睡。这个女人警觉性太差，压根儿没有察觉到在她身边就站着一个大活人。乔邃原本不想打扰她，可又见她竟然在这夜凉如水的晚上睡去，担心她会着凉。无奈之下，只好打开了隐门，进入苏男的卧室。

这道隐门一般人无法觉察，因为门的颜色跟墙壁一模一样，缝隙很窄，除非特别留意。当初设计这道隐门时，乔邃确实没安好心，原本打算半夜入室偷香用的，哪知一次都没用上。乔邃从贵妃椅上轻轻抱起苏男，又慢慢把她放在床上，小心翼翼地盖好被子，正准备离开时，却听到苏男的喃喃呓语："凌西，凌西……"

乔邃浑身一震，两个拳头松了紧，紧了松，终究什么也没干，轻手轻脚地离开了。

72　谁惹的祸

周末，阳光少见的明媚，之前连续下了好几天雨，乔邃难得有了心情，特意去苏男房间叫她起床，一起去庄园里散步。自从那晚，两人其实很少见面了，乔邃有意避开她，已经有好几晚没再给她送牛奶，晚饭也都在外面解决。

苏男瞧他似乎瘦了些，眉眼之间有些掩藏不住的疲倦和憔悴。两人在餐桌上并不交流，只是静静地吃早饭，偶尔福婶会上前帮忙盛些粥，添些菜。吃完饭，两人又回到客厅喝了一会儿茶，乔邃见休息得差不多了，回头招呼苏男："走吧。"

两人离席，正准备起身去外面散步。

齐冠华匆匆走了进来。"乔董好！"

"华叔，这么早？吃早餐了吗？"

"吃过了，谢谢！"齐冠华礼貌地答道："乔董，您现在方便的话，有事想跟您汇报一下。"

乔邃看了一眼苏男，有点为难："要不你去书房等一下。"

"乔董，"齐冠华上前两步："公事比较急！"说完特意看了一眼苏男，眼睛里带着敌意和不屑。

苏男明白他的意思，心里冷笑，把脸撇向一边。其实她很想知道，为什么这个倔强的老头没能阻止乔邃办那场订婚宴？

乔邃瞧见两人私下的小动作，担心苏男生气，笑着对下属说道："华叔，今天是周末时间，我散完步马上就回来，你先去书房等一等。"

齐冠华只好退后一步："好的。"

两人并排在园子里闲逛，和煦的阳光照在身上很温暖。

突然几天的冷落，苏男猜不透乔邃什么意思，也懒得想。乔邃精神有些恍惚，华叔这段时间一直盯着木志明，今天急匆匆过来，想必有重大发现。两人一路无语，直到走完了大半圈，乔邃才突然想起来，说："对不起。"

苏男不明白他为什么道歉。

"华叔的事。"乔邃解释道："这么多年用习惯了，所以又把他调回来了。"

苏男只觉得可笑，别过脸看向花丛中。

"生气了？"

苏男不想陪他演戏："他真的当过仓库管理员？"

乔邃愣了，自知理亏，赔笑道："处理完木志明的事，你想怎么办都依你。"

"乔邃，"苏男突然站住："你能不能用点新鲜的招数，我就这么愚蠢好骗吗？一而再再而三……"突然打了一个激灵，这个男人说谎已成习惯，他的其他承诺又怎么可能会算数？

乔邃见她低头锁眉，一副心事重重的样子，忍不住劝解道："好了好了，不生气。华叔其实人挺好的，对乔家有恩，对我而言更是半个父亲。就是年龄大了，有时做人做事太固执。苏男，我知道他曾经给你难堪和羞辱，能不能看在我的面子上，不要跟他一般计较？等一下我也说说他，不要仗着自己是元老，谁也不放在眼里，如今你的身份不同了……"

"身份不同"，这四个字犹如利剑一下子击中了苏男。

是啊，怎么能忘记这个？

齐冠华当初之所以敢对她侮辱和欺凌，就是因为她是乔邃众多女友中的一个，说难听点，就是男人手中的一件玩物。那个时候的她，在别人眼里，跟艾莉莉没有什么两样。即使如今有了未婚妻的头衔，本质上也并没有改变，仍然只是乔邃手中的一件玩物，只不过身份比其他女人高了一点点，所以齐冠华才敢如此嚣张，如此鄙视她。

苏男越想越心寒，越想越懊恼。

这些天，乔邃的甜言蜜语，温柔体贴，君子风度，还有那些所谓的牺牲和承诺，现在想来，只不过是他玩弄女人常用的一些伎俩罢了，跟爱情搭不上任何关系，更别提什么真心了。

"脸色这么差，不舒服吗？"

乔邃上前摸摸她的脸，苏男忙后退两步，眼里带着戒备。

乔邃有些愕然，手悬在半空中，一时没了动作。

苏男突然觉得难受："对不起，我先回房了。"

乔邃一把拉住她："怎么了，这么讨厌华叔？"

"不，不不，我很感谢他。"苏男这话说得倒有几分真诚，今天齐冠华的态度犹如一记棒喝，一下子让她看清了自己。

"感谢，什么意思？"

苏男不想再提及，抬头冷眼道："让我回去休息，好吗？"

乔邃见她动了怒，不由放软了声音："你老窝在家里对身体不好，今天天气不错，我陪你再走走吧。"

苏男摇头："你犯不着做这些，不值得。"

乔邃脸色一沉："什么叫不值得？"

苏男只觉得心里乱得很，忍不住提高了声调："乔董，请您让我回去休息，好吗？”

“你叫我什么？”

“乔董，即使我是您圈养的金丝鸟，”此时苏男的眼神已变得锐利起来，寒意逼人：“当累的时候，我也有休息的权利。”

乔邃陡然上前，一把抓住她的手腕，隐忍了几天的情绪终于控制不住，带着怒气的声音从苏男头顶传来：“金丝鸟？原来我乔邃养一只金丝鸟需要花这么大的代价。”

“现在后悔，还来得及。”

“我从不做后悔的事，”乔邃低头看了一眼苏男，眼中寒芒一闪：“既然你喜欢把自己当成金丝鸟，很好，那就做金丝鸟该做的事，现在陪我散步。”

苏男的眉眼笑了起来：“好。”

乔邃恨得牙根直发痒，拽着她的手就往前走，苏男倒也配合，低眉顺眼地跟在他身边，看着脚下的路，一言不发。两人走了二百来米，乔邃的气慢慢顺了些，扭头看了一眼苏男，见她仍然一副冷脸若冰霜的样子，显然还在生气。原本这段时间两人关系好了不少，经此一闹估计又倒退了。乔邃这样想来，心生悔意，思前想后，解铃还须系铃人，于是主动说道：“等一下我让华叔来跟你赔礼道歉，好不好？”

苏男充耳不闻。

乔邃只得继续说道：“等木志明这事了结，到时我们给他一笔钱，让他离开吧。”

苏男已经不相信了：“犯不着为我这样一个外人，伤了你们的和气。”

“你怎么可能是外人？”乔邃见她越说越疏远：“你是我乔邃的女人，是乔夫人。”

苏男心里冷笑，刚才还是金丝鸟，转眼就变成乔夫人了。

乔邃瞧着她的表情，皱了皱眉，女人耍点小性子没关系，但不能无理取闹，更不能不依不饶：“华叔毕竟没有什么大的过错，你也要体谅我，公司那么多员工看着，我也不能做得太过了。况且我都已经赶他走了，你还想怎么样？”

“不用了，我自己处理就好了。”

“你想怎么做？”

“我看到他，会主动跟他赔礼道歉，”苏男清冷的声音，像初春的溪水一般冷冽："并请他再耐心等待一两个月，到时我能滚多远就滚多远。"

乔邃双手紧握，青筋暴起，呵斥道："苏男，我的耐心有限。"

苏男莞尔一笑："乔董，面具戴久了是不是很累？何必玩那么多虚的，真实多好。你我心里都清楚，我只是你圈养的一只宠物而已，所以请你不要再提什么乔夫人，本质上没有什么区别。"

乔邃心脏猝然紧绷，俊逸的眉眼刻出道道深痕，他终于明白过来，这些天自己所有的努力都白费了，原来这个女人丝毫不领情。他咬牙切齿地说道："很好，很好。既然你想做金丝鸟，那我就成全你，今天晚上给我洗干净了，到时好好取悦我。"

苏男直直看着他，脸色惨白。

"怎么了？后悔了？"

"可以，"苏男从牙缝里蹦出两个字："不过我们是不是先签个协议？"

"什么协议？"

"你曾经答应过我，帮我查出晴姨的凶手，之后放我离开。我想半个月应该够了吧，我们的协议就以半个月为准。"

乔邃恨恨地看着她，一个字都说不出来。如果现在有枪，他相信自己真会亲手毙了她。

苏男挑衅道："怎么了，不敢？"

乔邃很想应答，但到嘴边的话又被自己咽了下去，只好掉头就走。

73 圈养的金丝鸟

苏男看着他急匆匆远去的身影，心里有一种莫名的快感，索性在旁边一个吊床轻轻坐下，脱了鞋，蜷着身子，却见一个年轻的保姆正朝这边探头探脑地张望，想必刚才那一幕早已被看去。

苏男也不惧，看不起就看不起，自己都讨厌，何况别人。她朝保姆招了招手，保姆忐忑不安地上前来，走得近了，苏男才有些意外，这人长得很清秀，是个漂亮的女孩。

"夫人，请问您有什么吩咐？"

苏男计上心来："你叫什么名字？"

保姆本以为会挨骂，一听问话，连忙答道："我叫清竹。"

"清竹？"苏男嘴里呢喃着这个名字，点了点头："不错的名字，跟你的人也相配。"

女孩有些不好意思："家里人胡乱取的。"

两人又闲聊了几句，苏男才问道："你怎么在这里做事？为什么不去找一份工作？"

清竹低下头，有点尴尬："家里条件不好，姊妹多，只上了高一就没钱了。"说完似乎想到什么，又连忙补充道："其实我挺喜欢这儿，工资不错活也不多，乔董还出钱让我去上夜校。"说到这里，脸已经有些微微红："他还说，如果考试成绩好，等毕业后就让我去乔氏上班，做一个真正的白领。"

苏男明白了，这或许又是乔邃圈养的一只鸟，只是级别比自己低了不少。或许是同病相怜的原因，苏男越看越喜欢，不免鼓励道："好好学，你一定行的。"

女孩有些受宠若惊，害羞地低下头："谢谢夫人。"

"我想在这儿躺一会儿。"

"好的，那我给您拿床毛毯吧。"

"多谢，另外把我床前的那本书也一并拿来，好吗？"

"好的，夫人。"

苏男摆了摆手："我不是什么乔夫人，以后你就叫我苏小姐吧。"

"啊？"

"你顺便跟大伙说一声，从今天开始，都叫我苏小姐。"

"噢，好。"

"去吧。"

清竹手脚倒是利索，很快拿来苏男要的两样东西，后边跟着另外一个保姆，手里端着一壶茶和几种小点心。两人在旁边的桌子上一一摆放好，苏男看着清竹，只觉得这个女孩越来越耐看，又想起她的家世清贫，小小年纪就不得不辍学，也是个可怜人。

清竹余光中见苏男老盯着自己看，有些惴惴不安，忙不迭上着说道："夫人，您……"见苏男眨了眨眼，想起刚才的吩咐，连忙改口道："苏小姐，您要的东西准备齐全了。"

另一个保姆奇怪的眼神看着她。

苏男笑了笑："好的，多谢两位。对了，见到福婶，麻烦跟她说一下，我有点闷，如果方便给我买一只鸟吧。"

"好的，不知您喜欢什么样的鸟？"

"我听说金丝鸟长得挺漂亮的，就它吧。"

清竹一听，全身震了震，不敢回答。

苏男面色一沉："怎么了？"

"是。"清竹连忙应下来，拉着懵懂的同伴快速离去。

乔邃和华叔谈完事，已到了晌午。

齐冠华陪他下了楼，随即匆匆忙忙离去。

乔邃眼见快到吃饭的点，索性陪苏男一起吃完中饭，再上楼午睡一下。这个女人估计又得陪着小心哄一哄，刚才差点就开口让华叔去跟她赔礼道歉了。想想也真是，以前只有女人千方百计讨好他的份儿，从没想到自己有一天会这般低声下气地向女人妥协，可见老祖宗有一句话说得经典，"一物降一物"。

乔邃突然听到园子里传来清脆的鸟叫声，只觉得奇怪，忍不住走了出来，却见苏男正坐在吊床上，手里拎着一只鸟笼，兴致勃勃地逗弄着一只色彩艳丽的小鸟。乔邃见苏男的心情似乎不错，想着早上两人的不欢而散，有意缓和一下气氛："哪来的，很漂亮啊。"

苏男似乎没听见，仍然逗弄着小鸟。

立在旁边的福婶赶紧答道："苏小姐说有点闷，让买一只鸟来玩玩。这不，刚送过来。"

"什么苏小姐？"乔邃皱了皱眉。

福婶的脸有点挂不住，朝苏男看了几眼。

"是我让她们这样叫的。"

乔邃挨着苏男坐了下来："怎么了，还在生我气呢？"

"没有啊。这鸟我很喜欢。"

乔邃见她笑意盈盈的样子："一只鸟，瞧把你乐的。"

"你不觉得它很可爱吗？长得既漂亮又听话，喂养也很简单。"

乔邃见她不似早上那般尖锐，也有些高兴，仔细瞧了瞧她手里的鸟，确实长得小巧美丽，讨人喜欢，浅黄和深黄交替，羽色美丽多样，鸣声婉转动听，也伸手去逗弄了两下，随口问起来："平时吃什么？"

苏男仰着脸笑道："小米、谷子、黄豆粉、玉米粉什么都行。"

"嗯，这些东西倒容易找。"

"是啊，很好养的。"

"能训练说话吗？"

"它又不是鹦鹉，"苏男斜睨了一眼，讽刺道："忘了，凭你的本事说不定真能令所有的鸟都能开口说话。"

"我一句话就惹你说这么多，"乔邃也不在意，笑了笑："那这是什么鸟？"

"金丝鸟。"

乔邃愣了一下，突然明白过来，勃然大怒，站起身从苏男手上抢过鸟笼朝地上狠狠一摔，只听到一声巨响，鸟笼摔破了一个角，小鸟吓得转了好几圈，眼见有一个出口，连忙展翅飞了出去。

声音引来了不少下人，大家在旁边看着，也不敢上前。福婶不知道为什么乔邃发这么大火，站在一旁不知所措。苏男看着远去的小鸟，有些惋惜，对着天空喃喃自语道："你在这么漂亮的笼子里待着不好吗？这里有吃有喝还有人陪你玩，为什么要飞走？你知不知道，你只是一只宠物，飞出鸟笼，你就不再是宝了。"

乔邃听到这话，更加生气，整张脸如阴云密布，随时会有暴风雨。他冷眼瞧着所有的保姆，呵斥道："以后谁敢带这种鸟来园子，立即给我卷铺盖走人。"

众人噤若寒蝉，连忙低下头去。

"下去，统统都下去。"

福婶和众人如受惊的小鸟，一下子走得干干净净。

苏男冷眼旁观："何必冲她们发火，是我让她们买的。"

乔邃转过脸，眼睛冒火："我警告你，不要挑战我的底限。"

"那就让我卷铺盖走人好了。"

"想得倒美，我不会让你卷铺盖，我倒可以让凌西滚回加拿大去当乞丐。"

苏男急了："你答应过我不动他。你想干什么？"

她的紧张无疑是火上浇油，让乔邃又妒又恨："我想干什么，你马上就知道了。"话音一落，猛地扑上去，只恨不得撕碎她，两人双双倒在吊床上，床扎得很结实，两人在上面互相厮打。乔邃的手劲很大，死死压住苏男的双手，嘴已在她脸上胡乱啃了起来，吻到她的嘴边，忍不住狠狠咬了一口，苏男只觉得钻心的疼，随即闻到一股腥味。乔邃仍不罢手，和着血深吻下去，舌头卷入她的嘴里，横冲直撞地搅拌。苏男只觉得脑袋一片空白，乔邃的一只手已经往下移，用力揉搓着她的胸部，另一只手开始动手扯衣服，苏男吓坏了："不要，不要，乔邃，你不能这样对我。"

乔邃停了下来，喘着粗气："你不是很喜欢当金丝鸟吗？现在主人有需求了，你是不是有义务帮我泻火，啊？"说完，双手同时用力一扯，苏男只听见衣物撕裂的声音，随即上身一阵凉意，这样暴戾的乔邃她还是头一次看到，吓得魂飞魄散，忍不住哭了起来："不要，我求你，我求你，不要在这里。"

乔邃眼眸深沉，醒转过来，立即站起了身，迅速脱下自己的外套包裹住她，抱起来就走。一口气上了楼，抬脚踢开一扇门，再一脚又关上，急急忙忙朝里面的卧室走去，把苏男往床上一扔，随即脱光自己的衣服，压了上去，几乎没有前戏，便深深埋了进去。苏男痛得浑身打颤，泪如泉涌，乔邃也不好受，下身火辣辣地疼，但仍然没有停止动作……

74 偏离轨道

媒体的事终于压了下去，木志明也有了喘气的时间。

回过头来想一想，这两次的交锋各有输赢，也算是打个平手。

凌西这个人怎么用，木志明还没有完全想清楚，所以暂时搁一搁，找一颗有用的棋子不容易，不能让他成为第二个陈归尘，一下子就败在乔邃的手上。说到棋子，结局总归是不好的，正因为如此，他才会强烈反对木雪的感情。

自从上次女儿大闹办公室后，木志明就着手为她张罗相亲的事。这孩子从小没有母亲，所以多年来一直很被他溺爱，如今养成了娇纵的坏毛病，无法无天。这几次的相亲，不是无故失约就是搞恶作剧，让中间人很有意见，再这样下去，也不是个办法。

与此同时，木雪也急得六神无主，她不要无爱的婚姻，更不要父亲的包办婚姻。在她心中，早已驻扎了一个人，就是凌西。所以，她必须要向这个男人坦白，给他也是给自己一次机会。

凌西听完事情的经过，陷入了沉默。

木雪用略带伤感而悲壮的语气，说出了自己最心底的话："如果苏姐姐是你想要守护的人，那你就是我想要守护的人。你爱她有多深，我爱你就有多深。你等她一天，我就等你一天。"

凌西送走木雪，心里难受得要命，很想找人倾诉，掏出手机翻了一个遍，竟然找不到一个可以聊天的朋友。他看着安啸两个字，怎么也按不下去。自他的身份公开以后，两人关系变得既微妙又尴尬，渐渐少了联系。他做梦都没想到，他的好朋友竟然也是乔家的人。

凌西突然想起金庸小说《天龙八部》里的一个人物——段誉。这个可怜的男人，喜欢的姑娘到头来一个一个都变成了自己的亲妹妹。而凌西自己呢，何尝不一样，最爱的女人是乔家的仇人，最好的朋友是乔家的子孙，从不认命的他，也不得不怀疑是不是自己上辈子罪孽深重，老天爷特意来惩罚他。

原本在国外的那段时间，他都已经想好了，有了很完美的计划。

有了卖股权的那笔钱，在L城大佬木志明的帮助下，收购陈归尘的公司，和好友安啸一起干事业，光明正大地打败乔邃，夺回乔氏集团，再风风光光地迎娶苏男。可如今一切都变了，一切都偏离了原来的轨道。

苏男成了乔邃的未婚妻；

安啸成了乔邃的亲兄弟；

自己和木雪又发生了关系；

……

凌西突然找不到方向，怎么办？到底该怎么办？

他所做的一切都是为了深爱的女人，都是为了和她在一起。可现在，她却离他越来越远，越来越远。此时此刻，凌西特别想见苏男，他希望能从她的身上找到方向，找到自信，找到继续拼下去的勇气。

想到这里，凌西抓起外套，飞奔而去。

凌西去了如玉山庄，现在只有这个地方能找到她。

可这个老宅子太大，管理森严，他如果光明正大去找苏男，肯定会被挡住，唯今之计，只能采取迂回策略。他去了门卫那儿，要求见福婶，谎称是她的远房亲戚。福婶如今是整个如玉山庄的大管家，门卫当然不敢怠慢，赶紧打了一个电话进宅子。

福婶一听是加拿大来的远房亲戚，立即明白了。

从良心上讲，她非常同情凌西。因为她了解他所有的事情。这孩子从小流落在外，不能堂堂正正进乔家，一个人孤孤单单长大，好不容易抛弃仇恨，生活得很阳光，找到一个相知相爱的女友，却不想在谈婚论嫁时女友被人抢了。

从感情上讲，她更偏向乔邃。这孩子比凌西更苦，从小在不正常的环境中长大，父亲绝情又滥情，母亲痴情又狠辣，养成了他乖张暴戾的性格。长大后刚刚有了独立能力，父母又惨遭车祸，百年祖业遭下属觊觎，旁系分支的能力有限，只有自己靠稚嫩的肩膀扛起千斤重担，与敌人在死亡的边缘上博弈，无休止的商场残酷斗争，让他看到的全是丑恶。

她到底该帮谁？

于理，她应该帮凌西；于情，她更想帮乔邃。

福婶非常犹豫，就在这时，她看到了苏男。

瞬间，她有了一个决定，她把这个难题抛给了她。

苏男光明正大地请了凌西进来，与其偷偷摸摸地见面，被乔邃发现有借口，不如索性一开始就不隐瞒，至少凌西也是乔家人，他进如玉山庄于情于理也说得过去。

两人坐在沙发的两端，你看看我，我看看你，谁也没有说话。福婶把其他人打发得远远的，只留下自己一个人伺候，眼见两人痴痴对望，眼圈慢慢变红。她在一旁瞅着心里都难受，便轻轻退到门外，掩上了门。

“你还好吗？”凌西的声音有些嘶哑。

“好。”

“他对你好吗？”

“嗯。”

“嘴唇怎么了？”

“噢……是……”苏男想起了与乔邃的撕咬，改口道：“上火了。”

凌西见她神色不自然，瞬间想到了，神色黯然，低下了头。

苏男连忙转变话题：“你来找我有事吗？”

乔邃不语。

“怎么了？”

“我是不是很没用？”

苏男一听这话，猛然想起几天前乔邃的警告：“出什么事了？”

凌西无法启齿：“对不起。”

“是不是他又对你做什么了？”

凌西摇头：“是我自己没用，什么都办不好，让你受这么多苦。”

苏男放下心来：“只要你过得好，就好。”

凌西再次摇头：“我过得不好，很不好，做了一件错事。”声音越说越低：“无心的，但错已铸成。”

“什么事啊？”苏男有些疑惑。

凌西不敢直视她的眼睛，左右躲闪，艰难地咽了咽口水：“我……我和木雪……”

苏男脸色剧变，脑袋一片空白，嘴唇微微颤抖。

凌西见她不说话，只好问道：“你……能原谅我吗？”

“什么时候的事？”

“你订婚的那晚。”

苏男突然笑了起来，这剧情真是狗血。

上次的晚宴，她因为凌西和木雪当众打情骂俏，和乔邃发生了关系；如今凌西因为她和乔邃的订婚，又和木雪发生了关系。相似的情节一再发生，只不过换了演戏的人。

凌西瞧她笑得比哭还难看，更是心痛：“对不起。”

“你爱她吗？”

“我只当她是妹妹。”

“那她爱你吗？”

凌西无奈地点点头。

两人又陷入了沉默，谁也没有勇气再开口。

突然门外传来福婶大声说话的声音：“乔董，您回来了。”

随即听到乔邃的声音：“夫人呢？”

“在屋里谈事呢。”

“和谁啊？”

“凌先生。”

“哪个凌先生？”

“就是凌西先生。”

“噢……”

语音停止了，紧接着门被人推开，乔邃出现在门口，屋内的苏男和凌西都有些紧张地看着他。乔邃微笑着跟凌西打招呼："好久不见。"

凌西答："好久不见。"

"一起吃晚饭吧，刚才华叔带来了几只大闸蟹，这个季节正是吃蟹黄的好时候。"

凌西看了一眼苏男，想着刚才的话还没说完，点点头："好啊，很久没尝福婶的手艺，还真有点想念。"

乔邃扭头把福婶叫了进来，让她赶紧去准备。福婶连声应了下来，走出几步，又回头瞅了瞅三个人，摇了摇头，轻轻带上了门。乔邃走到苏男身边，柔声道："我和华叔有点事要谈，关于晴姨的，你先帮我招呼客人，好吗？"

苏男立马问道："我能一起听吗？"

"当然可以，可是……"他扭头看了看凌西。

苏男醒悟过来，看了一眼凌西，又看了一眼乔邃，不知如何是好。

乔邃见她一副犹豫的样子，只当没看到，故意问道："你是跟我一起去听，还是留下来招呼客人？"

苏男知道他是故意的，故意在这种时候，让她在晴姨和凌西之间做选择。苏男太想知道杀害晴姨的凶手到底究竟是谁，但是她又不能丢下凌西跟乔邃走。一时之间无法抉择，只能眼巴巴地看着乔邃，带着恳求和期盼，希望他能网开一面。

乔邃看着苏男眼里的纠结，不知怎么的心就软了："好吧，我让华叔也留下来吃晚饭，到时你和我一起去听，这样总可以了吧？"

苏男先是一怔，随即展颜而笑，犹如初春的梨花，清纯淡雅，眼睛里带着感激和欣喜。乔邃看着她开心的样子，也不由自主地笑了。

这样的互动落在凌西眼里，却是另一番浓情蜜意的景象，只觉得无比刺眼，他猛然站了起来："你们忙吧，我找福婶还有点事。"不等回答，几乎是夺门而去。

苏男愣愣地看着他离去的背影，脸上有掩饰不住的失望和落寞。

乔邃伸手勾住了她的下巴，让她回过头来面对自己："在这种关键时刻，我和他最大的区别是，他会选择逃避，我会选择争取。他逃避是因为只看到自己，我争取是因为我看懂了你。"苏男的眼眶瞬间蒙上了一层薄雾，乔邃看了她半晌才说："跟我走吧。"

75 晴姨的真相

两人去了书房，齐冠华正安静地喝着茶，见到乔邃，连忙放下紫砂茶杯，站起身来问好，见他身后的苏男，倒有点意外。

乔邃解释道："这事跟她有关。"

齐冠华连忙隐去多余的表情，垂下眼睛。

"说吧，华叔。"乔邃落座，看了一眼苏男，安慰道："不要紧张。"

齐冠华没有废话，直接进入了主题，从一个信封里拿出了两张照片，递给了乔邃："您看看……"

乔邃伸出手接过，随意瞄了一眼，突然专注地认真看起来。苏男见他的神情严肃，不免有些紧张，正准备探头去看，乔邃已把其中一张照片递给了她。苏男双手接过，低头一看，照片里是一男一女的合照，两人紧紧依偎在一起，背景是典型的江南水乡的秀丽风景，照片里的男人是乔子东，女的正是自己的恩人苏晴。

看着熟悉的眉眼，巧笑嫣然的模样，仿佛这人还活生生地站在眼前，苏男的鼻子有些发酸。乔邃见她有些伤感，连忙又递过手中的另一张照片。苏男克制了一下心情，伸出接过，也是一张合影，男的仍是乔子东，女的仍是苏晴。不过两人都换了装束，穿着旧式的服装，脸上带着岁月里恬静的笑，坐在一张凳子上，规规矩矩地对着镜头笑。

乔邃见她没什么反应，提醒道："再仔细看看。"

苏男重新把两张照片摆在了一起，立即呆住了。

原来这两张照片里的女人，细看之下，竟然是两个人。不仅穿着和头饰不一样，眉眼和五官也有细微差别。晴姨的下巴左侧多了一颗肉痣，另一个女人却有两个小酒窝。最大的不同是，乔子东的两张照片年龄相差十来岁，而两个女人却是差不多的年龄。

"这是怎么回事啊？"苏男惊讶地问。

乔邃扭头看了一眼乔冠华，对方领会，开始了解释："这两张照片上的男人是同一个人，就是乔董您的父亲——乔子东先生，但女人却是长得极其相像的两个女人，一个叫苏晴，另一个叫安小佳。"

"安小佳？"苏男惊呼出声："这个女人就是安小佳？"

“做任何事，首先要冷静。”乔邃朝她做了一个安抚的动作：“继续吧。”

齐冠华又拿出一个信封，从中抽出了两张照片，这回苏男抢先拿到手，一看更傻眼了，双手微微颤抖：“怎么会这样，这到底是怎么回事啊？”

乔邃拿过照片低头看去，照片里仍然是这两个极其相像的女人，但男人换了一个，正是木志明。

“不要卖关子了，说吧。”乔邃倒是一脸的平静。

“好的，”齐冠华恭敬答道：“这个故事还得从二十年前说起，当年的木志明事业刚刚有起色，无意中在欢场认识了一个舞女，就是苏晴，那时候的名字叫叶媚。”

“你骗人，”苏男噌的一下子站了起来，指着齐冠华怒道：“胡说八道，你在含血喷人，我的晴姨是在加拿大长大的，什么时候在国内做舞女了？我拜托你，编故事也要编得像一点。我明白了，”她不住地点头，又转过脸看着乔邃：“我明白了，是你，你让他这么说的，你们俩联合起来在我面前演戏，是不是？怎么着，又准备给我下套呢？”

乔邃直直地看着她，抿着嘴，阴着脸，不吭声。

“被我说中了，没话可说了？”

乔邃突然站了起来，不再看她，径直往外走去。

“你站住！”

乔邃转过身，冷冷地道：“你既然不相信，我留在这儿干吗？”说完又对齐冠华说道：“华叔，苏晴的事不要再调查了，去忙你自己的事。”

“是。”

“不要，”苏男伸出双臂拦住了齐冠华的去处：“你不准走。”

“你还没有权力命令他。”乔邃的脸色越发深沉，声音不怒自威：“要么老老实实坐下来听完，到时信不信在你。要么就让华叔走，不过，以后休想从我嘴里听到苏晴的任何事情。你自己选……”

苏男呆呆地看着他。

乔邃别过脸，故意不看她。

两人对峙了足足一分钟，还是苏男做了妥协。

于是三个人重新坐回沙发，这回苏男坐得离他们远了一点，用冰冷的目光看着他们，带着戒备和怀疑。齐冠华面无表情地继续讲道：“木志明发现叶媚竟然跟他的前妻安小佳长得非常像，于是把她带出了欢场，并帮她安排了新的身份——女大学生苏晴。调教一番后，让她去接近乔董事长，也就是您的父亲——乔子东。”

说到这里，他停顿下来，看了一眼乔邃。

“说，不要任何隐瞒。”

“是。”齐冠华恭敬点头，声音继续不卑不亢：“自从安小佳失踪后，董事长就不怎么回家了，常常流连风月场所，跟夫人的关系也一直不太好，但还没有到决裂的地步。木志明相信董事长一定会喜欢上苏晴，果然不出所料，董事长对苏晴的喜欢超出了所有人的预料，他逐渐收了心，断了外面所有的女人，只一心一意守着她。”

乔邃听到这里，不免摇摇头：“估计我妈又得出手了。”

“是的。夫人是一个眼里揉不得沙子的人，她去找苏晴，威迫利诱，让她主动消失。却不想苏晴转头就告诉了董事长，于是董事长气愤之下提出了离婚。”

苏男直摇头，这不是晴姨，这根本不是晴姨。她的晴姨那么善良，那么温柔，怎么可能会是别人的棋子？怎么可能那么工于心计？乔邃看着她万分难过的样子，气也消了大半，慢慢走过去安抚道：“苏男，你是我见过的最坚强最冷静的女孩，这么多苦你都能熬过来，相信晴姨的事情你也一定能挺过去，你先耐心听完，再来做判断，好不好？”

苏男神情一振，双眸变得清明，逐渐稳住情绪。

“乔氏集团那些年实际上是靠夫人支撑着，董事长早已撒手不管了，两人的离婚导致了夫人也无暇顾及公司的事，于是公司业绩大幅下滑，人心惶惶。木志明趁机拉拢了乔氏集团的骨干陈一顺，让他出面在乔氏上下倒腾，甚至想暗地里通过这个人操控乔氏，鸠占鹊巢，取而代之。这一切都做得非常隐秘，除了木志明和陈一顺等少数几人，无人知晓。”

乔邃不免动容，忍不住感叹道：“果然是他，果然是他。木志明也算是个人物，卧薪尝胆这么多年，这份忍耐的功夫无人能及啊。”

苏男有些奇怪：“木志明为什么这么恨乔氏？”

齐冠华少见地主动回应：“因为夺妻之恨！”

苏男倒吸一口气，忍不住看了一眼乔邃，却见他也望着自己，两人的脸上神情复杂。齐冠华瞧在眼里，又说了一句：“对于一个男人来说，杀父之仇，夺妻之恨，不共戴天。”乔邃恼恨地看了看齐冠华，这话他以前已经说过一次了，今天重新提起明显是故意的。果然，苏男低头皱眉，若有所思。

乔邃不耐烦地道："无关紧要的事不用多言，继续吧。"

"夫人不愿意离婚，董事长一时也没有办法，这样的拉锯战让木志明很不满，没过多久，他就安排苏晴去了加拿大，以此测试董事长对她的感情到底有多深。半年后，董事长也追了过去，并且在加拿大给苏晴置办了很多东西，买房买车。"

苏男有些明白了，难怪她会对乔子东有印象，虽然那个时候她已被送去了寄宿学校，但还是碰到过一两回。只是心里更加疑惑了，既然乔子东对晴姨这么好，不惜为她离婚，又买房买车，看样子是有几分真情，为什么这个男人最后却狠心杀害她肚子里的孩子？而自己的晴姨又是什么心态？真的为了木志明甘心一直欺骗乔子东？

乔邃一直看着苏男，注意她每一个动作，任何表情都不放过。无论是皱眉、凝神、惊讶，还是思考。齐冠华看着乔邃，老板每一个动作，他也瞧在眼里。越瞧越心惊，他从来没有见过这样的乔邃，一个女人的喜怒哀乐能够这样牵挂他的心。

苏男见乔冠华停顿下来，忍不住催促道："后来呢？"

哪知老头突然扫过一眼，冷冷眼光里带着不耐烦和厌恶，这让苏男猛地记起两人势同水火的关系，脸上有点挂不住了，好胜心激起，转过脸看着乔邃："还讲不讲？不讲我先回屋了。"

"华叔，请继续吧。"乔邃转过脸对乔冠华说道。

苏男挑衅地看着齐冠华，眼神中也带着鄙夷和蔑视。

齐冠华不服气地冷吭一声，却也不敢违背老板的意思："接下来的事跟苏小姐有关。"

这话让两人同时一震，乔邃也忘了纠正他的称呼错误，只沉声道："快说。"

"苏晴离开中国前，假扮成志愿者去了一家孤儿院，领养了一个盲女。"

乔邃心中一沉，面上显露出担忧之色，急忙看了一眼苏男，她此时已经完全呆住了，眼神涣散，一副惊魂不定的样子。

乔邃伸手搂住她："能坚持得住吗？要不明天再听？"

苏男机械地摇头："她为什么这么做？"

齐冠华平静地答道："因为这是木志明的要求。"

“木志明为什么这么做？”

“因为一桩纵火案。”

苏男脸色惨白，眼珠子都快暴出来了，整个人处于极度紧张之中。

乔邃担心她又受刺激，连忙打断：“华叔，今天就到这儿吧。”

“不，不不，”苏男突然大叫起来：“我要听我要听，让他说！说！说！！”

乔邃立即站起了身，扶着她也站了起来，语气不容置疑：“听话，今天就到这儿，乖，不要强迫自己，好不好？今晚好好睡一觉，明天我们再来继续听。”

“可是……我想知道。”苏男少见地撒娇：“乔邃，我想听。”

乔邃见她的状态很不好，断然拒绝：“不行。”

“乔邃，我求你，求你，好不好？”

女人的表情让乔邃一下子顿住了，他沉凝片刻：“想听也可以，但不能激动，能做得到吗？”

苏男连忙答道：“好。”

乔邃无奈，只得让齐冠华继续讲。

“木志明想让苏晴去了解这个孩子到底知道多少。”

苏男急忙辩解：“不是这样，不是这样，晴姨是真心对我好的。”

“不要激动，”乔邃提醒她，同时问出了关键问题：“难道这个纵火案跟木志明有关？”

齐冠华看了一眼苏男，终于点点头：“他和那家人是生意伙伴。”

苏男全身一下子软了下去，站在旁边的乔邃连忙抱她入怀，显然今天的这些内容给她太大的刺激：“华叔，今天就到这儿吧，留下来吃了饭再走。”说完，立即抱起苏男，急急出了书房。

76 彻底决裂

凌西和齐冠华两人坐在偌大的餐桌前，显得心事重重，看着十几道菜，还有每人面前的大螃蟹，谁也没有动筷，因为乔家的当家人没有来。福婶已经第三次去请了。听到脚步声，两人不约而同转过了头，终于看到乔邃走下了楼梯。

凌西没有瞧见苏男，立即站起身问道："苏男呢，她怎么不下来吃饭？"见乔邃没有回答，越发急了，正欲上前理论，却被齐冠华一把按住："凌先生，请注意你的身份。"

凌西狠狠甩开他的手，一个乔氏的下属竟然也敢对他说这样的话，他恼怒道："你是什么身份？我又是什么身份？在乔家，你还没有资格对我说三道四。"

乔邃此时已在对面落座，听到两人的对话，皱了皱眉，沉声道："吃饭吧。"

齐冠华点头答应。

凌西置若罔闻，只是看着他，质问道："苏男为什么不下来吃饭？"

乔邃抬起头，微笑地回答道："她没事，只是有点不舒服，稍微躺一下。福婶正在安排厨师给她重新做点清淡的饭菜送上去。"

"刚才还好好的，你把她怎么了？"凌西一脚踢开凳子，站了起来："不行，我现在就去看她。"

"站住！"乔邃喝道："凌西，刚才华叔有一句话说得很对，这里是我的如玉山庄，苏男是我的未婚妻，希望你能注意一下你的身份。"

"你的如玉山庄？你的未婚妻？"凌西嘲讽道，慢慢吐出四个字："鸠占鹊巢。"

"什么意思？"

"怎么，有胆做没胆承认了？"凌西再也忍无可忍了："苏男怎么成了你的未婚妻，如玉山庄怎么成了你的囊中之物，你我心知肚明。为达目的不择手段，这是你一贯的做法，还有什么是你做不出来的。"

乔邃冷冷地看着他："看样子，你今天不想吃饭了。"

"对不起，你这个饭会吃得我想吐。"

"既然这样，那就请便吧。"

"我要见苏男。"

"她现在需要休息。"

"我不信，你把她怎么了？"凌西转身就朝楼梯口冲去。

"拦住他。"乔邃坐着没动，夹起一个大螃蟹，拿起剪刀慢条斯理地剪着肥大腿，旁边侍候的几个保姆立即冲上去，齐齐拦住了凌西的去路。

"凌西，这是你最后一次踏进如玉山庄了，你走吧。"

“我要见苏男。”

乔邃吃完了两条腿，又开始吃蟹黄，抬起眼瞟了一眼：“我有点好奇，你和苏男在一起也有几年，你对她了解多少？你知道她的过去吗？你知道她喜欢什么，害怕什么，担心什么，恐惧什么吗？”

乔邃一连串的问话让凌西哑口无言。细想想，两人在一起的日子，似乎对方都在回避自己的过去，苏男极少说，他也极少说。

“爱情不只是风花雪月，你侬我侬，还包括深刻的理解和懂得。”

“你也配讲爱情？你除了强取豪夺，还会什么啊？”

“虽然我和她的时间没有你长，不过……”乔邃终于放下了手上的筷子，福婶赶紧递上来一张热乎乎的毛巾：“我比你更懂她。”乔邃说到这里，徐徐站了起来，慢慢走到凌西对面，云淡风轻地说道：“晴姨的事让她受了一点刺激，刚睡下，你不要去打扰她，这是纠结了她很多年的心事，过了这一关就会好了。”

“晴姨，什么事？”

“你难道不知道晴姨的故事？”乔邃反问道，见凌西面有难色，于是笑笑道：“凌西，我们是男人，有什么恩怨就用男人的方法解决，不要让她夹在中间左右为难，好不好？”

凌西看着他，面含怨恨：“没问题，你等着！”

“很好。”

“总有一天，我会让苏男回到我身边。”

“拭目以待。”

齐冠华看着凌西怒气冲冲的背影，叹了一口气，深深看了一眼乔邃：“你们俩曾经并肩作战对付过陈一顺，没想到走到今天这个地步。如果没有苏男，你们俩应该还会和以前……”

乔邃突然摆了摆手，挥退所有保姆。

两人坐到沙发上，乔邃掏出一包烟，递给下属一支，自己也抽了起来。

乔邃看着对方，突然问道：“华叔，你年轻时有没有爱过人？”

齐冠华一时愣住了。

“掏心掏肺地爱过一个人，有没有？”

齐冠华面色涨红，低头不语。

“华叔，你说的这些我都懂，我也知道你是为我好。”乔邃不想再看到苏男和齐冠华争吵，是时候做一个了断了："说实在话，以前我既恨我爸，也看不起我妈。"

齐冠华有些惊讶，嘴唇抖动了几下，低声说道："夫人牺牲很多。"

"我看不起的就是她的牺牲，为了爱情放弃一切。"乔邃眼睛看着地面，陷入了往事："长大成人之后，我曾发誓这辈子不要爱上任何人，所以我有过很多女人，我很享受这样的生活，像飞一样的感觉，很刺激很过瘾。"

"这样也不好。"

"是啊，"乔邃深吸一口气，掸了掸烟灰："久了，就腻了烦了，那种感觉很空很假，很没有底。就在这时，我遇到了她。这么多年，没有哪个女人敢给我甩脸色。可是，遇上这么一个主，无论她给我甩多少脸色，我都愿意巴巴地往上凑。"

"少爷，你……你，就那么爱苏小姐？"

乔邃苦笑地点点头："我现在终于能理解我妈了。"

齐冠华脸色沉重，语重心长地劝道："少爷，天底下有那么多的好女孩，何必找一个不爱你的人，难道你忘了董事长和夫人的不幸了？"

乔邃没有回答，只是看着他，过了半晌："华叔，你是爱我妈的吧？"

齐冠华惊呼，嘴唇微微颤抖："少爷，我……"

"不用解释，爱一个人没有错，我理解。"

"您怎么知道的？难道是福婶……"

"不是她，我自己看出来的。"乔邃抬起头，微笑道："你对我的这份好，早已超过了上下级关系，再加上你又拒绝和福婶在一起。我能想到的只有一点，那就是你心中另外有人，这个人极有可能是我妈。"

齐冠华突然别过脸，不敢面对。

乔邃知道他的内心此时一定是波涛汹涌，只是在拼命压抑自己的感情，忍不住伸出手轻轻拍了拍："这么多年，谢谢你。"

齐冠华连忙转过脸，眼圈有些发红，声音带着一丝沙哑："少爷，这是我应该做的。"

"华叔，我想求你一件事，好吗？"

"不，不，您请说。"

"我知道你很不喜欢苏男，能不能……"

"放心，我知道怎么做。"齐冠华连忙说道。

乔邃点点头，仍不放心，又加了一句话："你刚才问我有没有忘了我爸妈的不幸，我现在可以回答你，没有忘，从来没有忘。可是，感情这东西控制不住，我爱苏男就像你爱我妈一样，明知道没有结果仍然控制不住，就像吸毒品一样，这辈子估计戒不了了。所以，我现在唯一可以做的就是让她也爱上我，这样，才不会走我父母的老路啊……"

齐冠华有点不忍心，还是提醒道："可她的心里……另外有人了。"

"我知道，但我想试一试。"

"明白了，少爷。"

77　你心里有我

苏男一连躺了几天，心才慢慢平静下来。

乔邃曾在第二天问过她的意思，要不要继续听完。

她拒绝了，她压根儿不相信自己所听到的一切，一个字都不相信。

乔邃似乎对这个结果早有预料，没再多说什么，每天仍然早晚过来看一看，看似很体贴很温柔，一副深情款款的样子。两人的关系又恢复到从前。

苏男让福婶把那个叫清竹的女孩叫来贴身服侍自己，福婶去询问乔邃的意思，只得到一句话："她是如玉山庄的女主人。"自此，福婶对苏男更加恭敬，来之前特意把清竹调教了一番。

清竹得知被苏男钦点，有些受宠若惊，做起事来特别勤勉，手脚又快。

苏男喜欢看着她做事，总是想起以前的自己。

在遇上晴姨以前，她的生活只有一个成语可以形容——惨不忍睹。

大雪纷飞的冬天，她因为是盲女被双亲遗弃在医院门口，后被一个贵妇模样的女人抱回了家养大，只是为了给她智障儿子当玩偶，每天都被打得遍体鳞伤，一场大火却让她莫名其妙成了纵火犯；好不容易逃出生天，却因眼睛看不见，无法生存，活活饿晕在街头；醒来时被人送进孤儿院，却被同伴们天天辱骂与欺凌……这样永无休止的苦难日子，直到她遇到了一个有着天籁般声音的女孩才真正结束。

她轻轻蹲在她的身边："你愿意跟我走吗？"

她伸出稚嫩的小手，摸索到她的衣角："我愿意。"

很快，苏男就跟着晴姨来到了加拿大。

这个善良的女孩为她开启了全新的生活，给了她一个温暖的家，给了她一双明亮的眼睛，还给了她一个正常的求学机会。这是苏男从来没有过的幸福，只感觉一下子从地狱到了天堂，她很感恩，在寄宿学校拼命读书，是最努力最勤恳的一个学生，因为苏男脑海里只有一个念头，长大以后要用一辈子去报答自己的恩人。

可是，现在有人告诉她，晴姨所做的一切都是假的，一切均有预谋。

怎么可能？

一天天，一夜夜，一月月，一年年，在时间的延续下，晴姨对自己的好从来没有变过，虚假的东西能保持这么长时间？太不可思议了，简直就是一个世纪大笑话。所以，她觉得没必要再听下去。

只是这期间发生了一件小事。

那个糟老头子齐冠华，竟然破天荒地跑来她跟前赔礼道歉，再也没有了以前的倨傲和不屑，从头到尾都非常恭敬，一口一个“夫人”，叫得非常诚恳。

苏男眼珠子都快掉地上了，这人多么固执她是见识过的，如今态度有了180° 的大转弯，无疑只有一个人能办得到，那就是乔邃。不过苏男仍不敢相信，不管真心也好，做戏也罢，既然巴巴送上门来了，也没那么容易放过他，只好像教训小孩一样狠狠说了他一顿。老头最后一脸红一脸白地离开，让苏男总算出了一口恶气。

乔邃临睡前，照样先到苏男房间走一趟。

此时清竹正在给刚刚沐浴过的苏男梳妆，听到脚步声音，小手莫名地抖动了一下。

苏男下意识地瞅了两眼，果然这女孩小脸微红，眼睛泛着光，脸上带着少女怀春的羞涩和紧张。乔邃倒也没有多瞧，只是挨着苏男坐下，顺手接过清竹手里的毛巾，慢慢抹干她的湿头发。苏男本以为他会说起齐冠华的事，已经做好了应战准备，却见乔邃东拉西扯闲聊了一会儿，便起身回房了。

清竹忍不住感叹道：“乔董对夫人真是好啊。”

苏男话中有话地答道：“他对女人都这样温柔。”

清竹抿嘴一笑，不再言语，又开始忙活起来。

苏男坐到床上发了一会儿呆，想着应该主动示好一番，既然人家让自己的心腹都低头认错，那自己也应该放下身段投其所好才对。她眼珠子一转顿时有了主意，放下手中的书，漫不经心地说道："福婶今天有事，你去乔董那儿服侍他睡下吧。"女孩的小脸噌的又红了起来，但嘴角上翘的微笑暴露出她欢快的心情。

苏男一看她欣喜而雀跃，更觉得自己办了一件两全其美的好事。

乔邃在硕大的淋浴盘下冲洗完，出来拿起浴巾随便擦了擦，伸手摸着换洗的衣服，却发现上面是空的。他迟疑片刻，有些恼火，福婶怎么连衣服都忘拿了，只好简单围了围浴巾，扯起嗓门喊道："福婶，衣服呢？"

果然，门外立即响起了敲门声。

乔邃拉开房间，却瞧见灯光下一个年轻女子的纤纤玉手，脑袋一下子懵了。自己的卧室只有两个人可以进来，一个是福婶，另一个就是苏男。乔邃一阵狂喜，动作已经快过大脑，伸手接过衣服时猛地拉住女子的手，一把拽了进来，整个身子已压了上去，低头就吻。怀里的女孩很紧张，抖抖索索，也不敢挣扎，羞涩地应对。

乔邃吻了两下就感到异样，今天这女人太温顺了，猛地抬起头，一看惊呆了，立即推开对方，厉声喝道："你是谁？谁让你进来的？"

清竹吓坏了，语无伦次地答道："我……我……夫人……夫人叫我来的。"

乔邃更惊讶了："苏男？"

"是，是，是。"

"给我说详细点。"

清竹赶紧一五一十地说了来龙去脉。

乔邃整张脸阴沉得可怕，气不打一处来，来不及穿衣服，人已冲了出去。到了隔壁，敲了敲门，却没人应答。乔邃更加生气，又折回自己的房间，打开了隐门，果见苏男正悠闲地躺在床上看书，突然房间出现一个只围着浴巾的男人，吓得她直往被窝里躲。

乔邃动作迅速，三两步跨到床上，顺势压住了她："怎么，这么快就给丈夫安排通房丫头？"他怒极反笑道："真是贤惠的妻子，我应该怎么奖励你呢？"

苏男还没恍过神来，心惊肉跳道："你……你是怎么出现的？"

"我会七十二变啊。"

"你怎么会在我的房间？"

"苏男，我看你是成心的。每次我要准备好好跟你相处时，你就要出一段幺蛾子。你让那丫头把我的火挑起来，现在只能你来泻火了。”

“不要，不要，你说过不再逼我。”

“那就不要招惹我。”

乔邃猛地掀掉自己身上的浴巾，三下五除二把苏男脱了个精光，低头吻住她的嘴，下身就冲了进来。

苏男忍不住惊呼出声。她挥拳欲砸，却被他一手扣在怀里，两人撕扯了一段，乔邃见她真的动气了，停止了动作，静静地看着她。苏男不知怎么的，眼泪不争气地滚下来。这个女人面对再大的挫折都极少落泪，尤其是在他面前，从不示弱。乔邃有点紧张，慢慢俯下身，轻轻抹去她的泪水，若有所思地看着她，小心翼翼地问道：“你在吃醋，对不对？”

苏男猛地一惊，脸色顿时煞白，双眼一时失了焦距。

这些动作落在乔邃眼里，更是准确无误，他只觉得脚底下升起一阵狂喜，心头咚咚直跳，下意识拉起苏男的手就按在了自己心脏的位置。苏男还在震惊之中，一时没恍过神，手下突然感受到猛烈撞击发出的巨大声响，吓了一跳：“你有心脏病？”

乔邃开怀大笑：“是啊，赶紧帮我按住，我担心会跳出来。”

苏男意识到上当，只听乔邃说道：“苏南，你心里有我了。“

她却再次落下泪来。

78　谁算计谁

木雪在老爸的相亲宴上再次放了鸽子。

这让木志明大为冒火，回到家劈头盖脸就是一顿臭骂。木雪被逼急了，吼出了自己的秘密，她已经和凌西好上了，这辈子非他不嫁。

木志明反吸一口凉气，停止了谩骂，沉默下来。木雪见他反应不似上次强烈，顺势上前求情，说了一大箩筐的好话，终于换来一句回应：“明天让凌西来见我。”

木雪高兴得跳起来，立即打了一个电话给凌西。

此时的凌西正躺在床上抽烟，琢磨着怎么样才能打败乔邃。上次的斗争两人算是打了一个平手，这次应该从哪里下手呢？一时之间没有头绪。木雪的快乐从电话那头延伸到这头，凌西的心却更加寒了，沉默了半晌，终究还是答应下来。

第二天，两个各怀心思的男人碰面了。

木志明喜欢喝茶，凌西喜欢喝咖啡。木志明一个人慢慢洒水泡茶过滤，凌西一个人慢慢加方糖和牛奶。两人谁也没有迁就谁，各喝各的。

过了好一会儿，木志明开口说道："木雪好像喜欢上你了？"

凌西瞧了瞧他："木董的意思呢？"

"这是你们年轻人的事，问我干吗？"

"我以为木董会反对？"

木志明眯着眼睛，停止了发问。

凌西静静地看着对方，毫不畏惧。

"贤侄，你是不是对我有所误会啊？"

"木叔，上次的事，您觉得是谁在后面推波助澜？"

"难道你怀疑我？"

"你怎么会这么想？"

两人同时哈哈大笑起来，继续喝茶的喝茶，喝咖啡的喝咖啡。

这回轮到凌西主动提问了："木叔，您找我来是有什么指示吗？"

木志明端起茶杯，吹了几口："我琢磨着，我女儿对你这么死心塌地，我一定要棒打鸳鸯也不是个事儿，所以为难了，这不找你过来闲聊几句。"

凌西心里暗骂这是一只老狐狸，表面上继续装聋作哑："没得到木董的首肯，我也不敢越雷池半步啊。"

木志明一听这话，不由怒火上升，这小子把自己的女儿都睡了，还在这儿得了便宜卖乖，不由语气有点冷："既然这样，我就赶紧给她找个婆家嫁了算了。"

凌西惊讶地看着对方，说不出话来。

木志明笑了起来："心疼了？"

凌西脸上讪讪的，低头喝了一口咖啡。

"贤侄，我们既然已经快要成为一家人，说话也就不那么见外。要不，我就打开天窗说亮话了？"

"木叔说得极是，您吩咐就是。"

"我知道你很想干掉乔邃，我可以全力助你。不过有个条件……"木志明说到这，卖了一个关子，瞅了瞅对方："如果到时侥幸成功，你必须娶我女儿，并且附送乔氏一半的股权作为聘金。"

凌西倒吸了一口气，好大的胃口，这老头到底是嫁女儿还是卖女儿？

木志明见他低头不语，冷冷地笑着，却也不催促。

凌西确实很犹豫，这两个条件都很苛刻。一则股权分量太重，木志明相当于拥有了半个乔氏；二则自己这辈子只认苏男一个女人，乔夫人的位置也只能是她。可如今，重中之重是要打败乔邃，那个人的雷霆手段他也早已领教。即使加上木志明也不一定能完胜，更何况自己单打独斗，所以木志明抛过来的橄榄枝非常诱人，答应不是，不答应也不是，真是左右为难。

"看样子，贤侄还没想好？"

"不，"凌西脱口而出："没问题。"

"那敢情好。"木志明眉开眼笑道。

凌西看着这只老狐狸得意扬扬的样子，突生一种邪恶，谁算计谁还不一定呢。

"以后还请木叔多多提携。"

"嗯？！还叫木叔？"木志明趁热打铁道："我看找个时间，你们俩尽早订婚好了。"见凌西面有犹豫，又补充道："订了婚了，大家做起事来就没什么后顾之忧。到时，我也会亮出底牌，一定能让你打败乔邃，拿回乔氏集团。"

凌西知道木志明并不是一个夸夸其谈的人，敢说这样满的话，感到有些意外，于是半信半疑，小心试探道："您打算怎么做？需要我帮忙吗？"

木志明摆了摆手："一切我都已经安排好了，如今是万事俱备，只欠东风。"

凌西含糊地点点头。

"去吧，估计这丫头等急了，两人好好商量一下订婚的事。"木志明站起了身，哈哈一笑："噢，对了，订婚这事由我们女方来负责好了，我一定会弄得热热闹闹，风风光光。毕竟是两个家族的大事。"

凌西哪里想弄什么订婚，原本只是敷衍而已，没想到事情突然急转直下："不用，不用，无论结婚订婚都是男方的事，怎么好让您来操这份心。"

"没事，反正我闲着也是闲着。你要忙事业，身边也没什么老人指点帮忙。就这么说定了，结婚的时候就看你的啦。"

凌西想了想，舍不得孩子套不得儿狼，反正只是订婚又不是结婚，便答应下来。

79 渐进佳境

苏男忐忑不安了好几天，好在乔邃那晚忙得脚不沾地，两人见面的次数也有限，倒也免去了不少尴尬。

清竹的离开，让她有些意外，虽然是乔邃下的命令，福婶还是来知会了她。苏男想着这孩子家境苦，人也勤恳，再者哪个少女不怀春，又没有大的过错，有些于心不忍。想当年，自己经历那么多的苦难，如果不是因为晴姨，也不知道还能不能活在这世上。可见，对于普通人来说，随意一点善举或许就能改变别人的一生。

晚上两人独处时，苏男主动提起这事。

乔邃明显一愣，有些拿不准她的意思："怎么了，还记挂着这事？"

"她也没什么大的过错。"

乔邃压根儿就不关心这样的小事，见她不像责怪的样子，放下心来道："这事你做主就是了。"

苏男想着清竹的心愿是做一个白领，提议道："要不让她去乔氏做事？"

"这丫头收买你了？"乔邃打趣道。

"不是，想起了我以前……"

乔邃收起玩笑，伸手握住她的小手："以后有我。"

苏男没有说话，轻轻抽回了自己的手。

乔邃脸上有些失落，紧紧握了握手，立即又松了开来，脸上已恢复平静："那就让她去乔氏下面的子公司做个前台吧。"

"好啊，多谢。"

乔邃看着她，有些滋味涌上心头："你对其他人都很好，唯独对我很苛刻，为什么？"

苏男尴尬道："我哪有。"

"清竹对我有了邪念，你却能原谅她；华叔曾经那样羞辱你，你也能原谅他；甚至苏晴对你别有用心，你仍然对她感恩戴德。可为什么，你却独独对我不假颜色，即使我做得再多，你都视而不见。”

“这不一样。”

“有什么不一样？”

苏男被逼得无话可说，只能低下头去。

乔邃叹了一口气：“你知道华叔为什么会主动跟你赔礼道歉吗？”

“为什么？”苏男也觉得纳闷，这老头倔得像头牛，她也很好奇乔邃用了什么法子，能让他向自己低头。“你扣他工资了？”

乔邃伸手弹了一下她的额头：“怎么，缺钱用？”

“噢，没有，反正我也不出去。”

乔邃像是想起来什么，道：“明天开始，我不拘着你了，想去哪儿就去哪儿吧。另外给你一张附属卡，没有额度限制，比较方便。”

“不用，真的不用。”

乔邃置若罔闻，又重新说起了刚才的事：“我听说你狠狠批评了华叔，他一句话都没吭声？”

“是又怎样？”

“看样子，他对你真的不一样了。”

“什么意思？”

“你知道我为什么对他特别好吗？不仅仅是因为他看着我长大，还有一个原因。他年轻时深爱过一个女人，为了她一辈子没有结婚生子，那个人就是我妈。”

苏男惊讶极了，她根本无法想象这个糟老头竟然有如此深情的另一面：“他就这样默默守着你妈，然后搭进去自己的一生？”

“是啊，”乔邃感叹道道，“可是我妈的眼里，却只有我爸。”

苏男不免摇头叹息：“痴人，都是痴人。”

乔邃看着她，目光直直地射过来：“我对华叔说，他对我妈的感情就如同我对你的感情，就像瘾君子吸毒，一辈子都戒不了。”

苏男心猝然紧了一下，满目惊异，好似不相信眼前的一切：“你……”

乔邃靠近她，伸手轻轻握住她的手，深情说道：“苏男，不要再怀疑我的爱，”然后又带着她的手来到自己的心脏：“这里也会受伤，也会疼。”乔邃的声音低沉吵哑，缓缓拉她入怀：“我不求你爱我，但允许我爱你，好不好？”

苏男依偎在他怀里，听着他的心跳，五味掺杂，此时此刻一颗芳心彻底乱了。

乔邃见她没有回答，有些忐忑不安，小心低头查看着什么，见女人安安静静地闭上了眼睛，不再挣扎和抗拒，刹那间他心里很满足。

隔天，凌西和木雪的订婚喜讯就传遍了整个 L 城。

乔邃坐在大办公桌后面，看着窗外的蓝天，没有说话，但脸色不太好。

齐冠华看着手里的报纸，很是气愤，揉成一团扔到废纸篓，恨恨地说道："凌西怎么这么糊涂，竟然傻到去和木志明联手？这只老狐狸明显是拿他当过河的卒子，等到拿下乔氏，他能有什么好下场，这么聪明的人怎么会想不明白？"

乔邃沉凝片刻："他太想打败我了，不惜铤而走险。"

"可他在引狼入室。"

"华叔，无论他做什么，咱们都不能动他。"

齐冠华惊讶道："为什么？"

乔邃沉声道："因为我答应过苏男。"

"可，现在是非常时期啊。"

"没事，我能应付。"

"那我们接下来怎么办？"

乔邃眯了眯眼，阴沉着脸，带着一股狠劲："罪魁祸首是那个姓木的，这么多年都不消停，这一回我要让他彻底完蛋。"

"那您的意思是？"

乔邃没有回答，反问道："安啸查得怎么样了？"

"苏晴的事可以肯定是他下的手，当年那场纵火案也有了一些眉目。另外，关于他和陈一顺父子勾结的证据也已经拿到手了。"

"很好，这小子果然是个能人，这么短的时间查出这么多事。"乔邃平常极少夸奖人，此时也忍不住对安啸表示极大的肯定。

"少爷，"齐冠华有一点一直不太明白，"他和木志明毕竟是父子，我担心……"

"父子怎么了？如今知道这个秘密的只有我们俩，"乔邃瞳孔猛然收缩，冷眼微笑道，"我还是那句话，人不犯我我不犯人，人若犯我我必以十倍偿还。这是我一惯的处事原则。这些证据先留着，安啸这个人你先好好安抚一下，给他在乔氏安排一个闲差，薪水高点。我倒要看看这只老狐狸怎么出招，如果他胆敢对乔氏下手，我就让他尝尝被亲生儿子送去监狱的滋味，咱们旧恨新仇一起算。”

齐冠华点了点头，但心里总觉得不踏实：“如果安啸事后知道了……”

乔邃皱了皱眉，过了半晌，终究下定决心：“有争斗就一定有牺牲，就看各人的造化了。如果他想替父报仇，我等着。”

齐冠华长叹一声：“冤冤相报何时了。”

乔邃也有些沉重道：“最好不要走到这一步，毕竟这个男人……”说到这，突然想起了苏男，语气不免严肃起来：“严禁安啸这段时间接触苏男，知道吗？”

“我明白。”这点分寸齐冠华自然知晓：“对了，木志明这两天极有可能会给你您发请柬，你的意思是去还是不去？”

“去，为什么不去？”乔邃立答道。

“万一，他当场做出什么意想不到的举动……”

“不用怕，我们也没什么把柄落在他手上，”乔邃自信道：“即使他真想玩花招，那天是她女儿的大喜之日，也不会触了霉头。”

话是这么说，可齐冠华还想继续劝，乔邃突然说道：“你觉得几月结婚最好？”

“他们刚订婚，应该不会很快就结婚吧。”

“不是他们。”

“不是他们，那您说的谁啊？”齐冠华说到这猛然醒悟：“难道……”

乔邃此时的脸上已带出笑容，点点头：“华叔，等他们订婚之后，我是不是可以向苏男求婚了？你说她会答应吗？”他想起了那天这个女人安安静静地依偎在他怀里，小鸟依人般，心里涌上一阵甜蜜。

“是不是太快了一点。”齐冠华知道苏男对凌西的感情。

“噢，太快了吗？可我为什么觉得好慢啊。”

齐冠华无言以对，自从两人深谈过一次，他对苏男也没了当初的那种敌意，不过想要毫无芥蒂还是有些困难。

乔邃见他不说话，不免主动解释道：“苏男心地很善良，对你早已没了偏见。以后见了她，不必感到尴尬和见外。”

齐冠华无声地点点头。

80 长痛不如短痛

没过几天，木志明果然让自己的助手专程给乔邃送来请柬。

齐冠华看着请柬上的人名，分明写着乔邃和苏男。

“乔总，我看还是派代表去好了。”

“为什么？”

“木志明很清楚凌西对苏……噢，夫人的感情，还特意邀请她一同前去，总感觉这里面透着邪气。”

乔邃却是不同的看法：“或许就是让他们俩彼此死心吧。”

齐冠华还是坚持：“要不我替您走一趟吧。反正是订婚，又不是结婚。”

乔邃看了一眼自己的心腹：“你真觉得有问题？”

“不怕一万，就怕万一。”

“那好吧，我晚上问问苏男的意思。”

“夫人肯定也是不想去的，毕竟这种场合……”齐冠华说到这儿，突然想到一个方法：“要不您陪她去外面散散心，一则可以避开伤心事，二则也能增进感情。说不定回来的时候，就能听到您的喜讯了。”

乔邃动心了，这倒是一个好法子，不由点点头：“行，就这么办。”

晚上回到家，却没见到苏男，赶紧叫来福婶询问，得知她下午出去逛街，还没回来。乔邃也没在意，想着这些天她老待在如玉山庄肯定闷坏了，出去逛街买点东西也好。回到书房，他开始上网查询国外的旅游路线，这极有可能是两人的定情之地，浪漫是必须的。苏男似乎不是一个爱凑热闹的人，乔邃特意避开人多的热门景点，挑选了几个备选方案：第一个首选的是希腊的爱琴海，其次最负盛名的音乐之都维也纳，第三个就是风格迥异的欧洲小镇了。

晚饭时分，苏男终于回来了，脸色有些苍白，手上并没有买什么东西，匆匆吃了几口饭，就推脱受了凉回了卧室。乔邃沉默不语，低头继续吃饭，但脸色明显阴沉下来。能让苏男心情大乱的只有一个人，那就是凌西。不过如今他都快要做新郎了，木志明又是那么精明的人，乔邃想不明白，他们俩怎么能有机会见面。

乔邃吃完饭，喝了一杯茶，让自己心情平静下来，让福婶找来一些感冒药，这才起身去了苏男的房间。进了屋，黑漆漆的一片，乔邃伸手打开灯，见苏男歪斜在床上，一动不动。乔邃倒了一杯温水，手里拿着药，在她床前坐下：“来，吃两粒，睡一觉就好了。”

苏男摇头：“不想吃。”

乔邃也不劝，放下手里的水和药，凝神看她。

苏男有些尴尬地缩进被子：“我想睡了，你也早点休息吧。”

乔邃终究不忍逼她，转变了话题：“我陪你去国外走一走吧，散散心。”

苏男一听这话，脸上立即现出一丝痛苦：“不去。”

乔邃只当没看到，继续说道：“我初选了三个地方，你看看喜欢哪一个？一个是爱琴海、一个是维也纳，还有一个是……”

“我说了，不去。”苏男突然大声说道。

乔邃强忍住心里的不舒服，和颜悦色道：“怎么了，今天心情这么差？”

这话击中了苏男，想起刚才和凌西见面的那一幕，锥心刺骨。

这个男人不久前还在自己面前信誓旦旦地说只把木雪当作妹妹，转眼就要和这个妹妹订婚。更让她心寒的是，凌西一边准备当准新郎，一边还在口口声声说爱她，请求她等他，这就是男人所谓的爱。

苏男不答，别过脸：“我想睡觉，你出去。”

乔邃变了脸色，眼神转冷：“今天出去见谁了？”

苏男仰头看他，带着抗拒。

乔邃更是生气：“回来就冲我发脾气，怎么，去见旧情人了？”

苏男讨厌他这样的逼问，信口答道：“去见你的旧情人。”

乔邃心房猝然紧绷了一下：“艾莉莉？”

“是。”

乔邃沉默了。

自从订婚后，艾莉莉突然淡出了他的视线，跑得无影无踪。乔邃也没在意，原本对她就没多少感情，再者一门心思都扑在苏男这儿，也腾不出其他精力。只是前段时间朋友中的一个饭局，才知道她现在过得很不好，事业上越混越差，为了钱常去参加富家公子哥的饭局，明码标价，陪吃陪睡。说这话的人想必也知道乔邃和艾莉莉的这段情史，如今见他订婚之后修身养性，鲜有活动，不禁翻出老黄历来戏弄和打趣。

乔邃下了饭局，心里多少有些不舒服。在他这么多女人当中，艾莉莉也算是另眼相看的一个，她的容貌并不比苏男逊色，甚至身材更好更吸引人。最难得的是，这个女人虽然爱慕虚荣，但对自己确有几分真情。毕竟是跟过自己的女人，乔邃不忍心别人如此作践她，于是让齐冠华去办理了这事。

一周之后，艾莉莉打来电话告知已在新的公司上班，并且接到了几个活，想请他吃餐饭表示感谢，乔邃没多想就去了。令他没想到的是，艾莉莉请他去了她家，亲自下厨做了一大桌子饭菜，而那个公寓就是自己送给她的分手礼物。

乔邃那晚其实也没干什么，只不过待得时间有点晚，因为艾莉莉带给他久违的男人的虚荣心和面子，出来时倒有些恋恋不舍，艾莉莉主动踮起脚尖亲吻了他。事后乔邃有些后悔，但过了一段时间也就慢慢释怀了，想想以前常常被女人们捧在手心，可自从和苏男在一起，就再也没有享受过这种待遇，那晚只不过是重温一遍旧日时光，跟情爱无关。自那以后，艾莉莉和他倒多了一些联系，偶尔打打电话，或者吃吃饭，但也仅此而已。

今天，这个名字突然从苏男的嘴里说出，乔邃自然有些不自在，神色当中带着慌张，极不愿意谈论这个话题，言语中带着一丝冷意："你见她干什么？"

苏男还沉浸在自己的悲伤当中，也没在意，顺口答道："我不能见她吗？"

"她跟你说什么了？"

"没说什么。"

"不管她对你说什么，你都不要相信。"

苏男这才回过神来，心中立刻"咯噔"一声，看了看他终究没再开口，慢慢移开了目光，眼睛不知落在何处，浅色瞳仁之中划过一丝涟漪，继而又归于平静。

乔邃看到这里，越发以为艾莉莉添油加醋说了什么，连忙解释道："不管她对你说什么，你都不要相信，我和她什么都没发生。"

这话落在苏男耳里，倒真真坐实了两人之间的暧昧关系。

原本心情就糟糕透顶，现在更是悲伤不已，只觉得全身愈发寒冷，冰凉入骨，这才惊觉自己对这个男人的感情早已超出了预期。想想生命中的两个男人，乔邃如此，凌西也是如此。昨天的誓言还在耳边回响，今天立即转投另一个女人的怀抱。理由可以说出一大箩筐，其实终究敌不过两个字——花心。有了新欢，还要旧爱，永远不嫌多。

乔邃见她久久不答，有些急了：“苏男，不要多想。”

苏男转回头看着他，突然明白一个道理。真正的罪魁祸首不是这两个男人，而是自己。因为太相信男人，太相信爱情，才会造成如今的后果，这个责任必须由自己来承担。这个时候，苏男有点庆幸自己这些年经历的风风雨雨，无形当中锻炼了她的承受能力和自控能力，此时此景，如果换成另一个女人，想必早已伤心得泪如雨下，苏男却没有掉一滴眼泪。虽然心如刀绞，表面上却平淡如水，或许是见惯了人世间阴暗的一面，每个对自己好的人，背后都有着各种各样的目的，比如木志明，更比如晴姨。

相比较而言，眼前的这个男人还不算虚伪，起码他从没标榜自己是一个好人，更没把自己塑造成一个情圣。想到这儿心情也变得坦然起来，自嘲地笑了笑：“不要担心，我不是温室里的鲜花，风吹雨淋，早已经习惯。”

乔邃只觉得这话意有所指：“什么意思？”

苏男静静地看着他，收回了嘲笑：“其实，应该道歉的人是我，因为我才是你和艾莉莉之间的破坏者。”

乔邃陡然上前，双手卡住她的脖子，恶狠狠地说道：“你有完没完，隔几天就要来一回，你不累吗？再说这样的话，信不信我掐死你？”

苏男却在这时缓缓闭上了眼睛，苦涩的味道弥漫开来：“乔邃，带我去参加凌西的婚礼吧。”

乔邃惊讶地收回双手：“你都知道了？”

“嗯，我今天见到凌西了。”

乔邃这才明白苏男的反常，不由地放软了声音：“算了，咱不去凑那个热闹了。我带你去国外散散心吧。”

苏男睁开眼，摇了摇头，脸上带着坚定：“我不喜欢做鸵鸟。”

“那场景，可能看了不太舒服……”

“我觉得挺好，长痛不如短痛。”

乔邃没再反对，其实在他心里也希望苏男前去，狠狠痛过这一次，或许就真的死心了。

81　再见艾莉莉

几天后，苏男去拜访了一个人。

这个人就是艾莉莉。

那天和乔邃谈完之后，苏男对这个女人终于上了心。趁着乔邃不注意，偷拿了他的手机，原本还存着侥幸，没想到老天爷实在给力，很快就翻到了这个熟悉的名字，可见两人来往频繁。

艾莉莉接到电话，有片刻惊讶，然后变得坦然，爽快地答应下来。

两人约了见面的时间和地方。

苏男如约而至，这是一个闹市区的高档公寓。

苏男一进门，立即看到了左手边的鞋柜上放着一双男式的拖鞋，正是乔邃常用的款式。尽管之前已有心理准备，然而真正亲眼所见，还是痛得心如刀割，更是心灰意冷。

艾莉莉很热情地迎了上来，招呼她换鞋，并帮她挂好外套，两人像亲密的好朋友一般，手挽着手，有说有笑地走过玄关，进了里面的客厅。

迎面而来的是一套潮汕的功夫茶具，空气中弥漫着清新的淡淡的香味。

"你坐吧，我去放点音乐，我们边听边喝边聊，好不好？"

苏男回答道："很享受啊。"

艾莉莉抿嘴一笑，转身去旁边打开了音响。空中竟然传来的是那首动听至极、如诉如泣的《琵琶语》。

苏男忍不住问道："你也喜欢这个？"

"我知道你喜欢。"

"噢？"

"以前你在办公室里常放这首歌。"

这话不禁让苏男回忆起了往事。

那个时候，她还是M集团的首席设计师，而艾莉莉是她签约下来的代言模特。

那个时候，她的男朋友是凌西，而艾莉莉的男朋友是乔邃。

那是什么时候的事？明明就在不久前，却感觉恍如隔世。

艾莉莉见她有些动容，又补充道："你工作很认真，也很享受。"

苏男不由笑了，是啊，自己应该享受的是那种人来人往的职场生活，而不是关在笼中的金丝鸟："谢谢你还记得。"

"太客气，坐吧。"

两人面对面坐下，艾莉莉开始手脚麻利地泡起了功夫茶。

苏男看着美丽白皙的玉手在紫砂壶具上飞快地来回穿梭，很轻盈很养眼，有一种惊艳的美丽。想必自己这个位置就是乔邃平常坐，他是不是也如自己这般，津津有味地看着眼前的女子精彩绝伦的茶具表演。就在恍惚之间，艾莉莉已递过来一杯茶，苏男连忙伸手接过，低头未喝已先闻到一股清香扑鼻而来，忍不住赞叹道："好茶。"

"我果然没猜错，你和他都喜欢。"

苏男淡然一笑，这个"他"是谁，不必言语已然明白。

两人安安静静喝着茶，听着音乐，谁也没主动开口。

在苏男认为，已没有问话的必要，今天的所见所闻，都已证明了自己的猜想，这个地方果然是乔邃的又一处金屋藏娇之地。只是苏男没想到的是，艾莉莉愿意接受这种屈辱，毕竟她曾经是乔邃光明正大的女朋友，与他出席过各种公开场合，如今却被自己鸠占鹊巢，做了一个不能见光的背后女人。

苏男的沉默在艾莉莉眼里却成了另一种意思。威而不露，笑而不语，淡然处之，无形当中都在显示自己的高人一等，她才是乔邃的未婚妻，以后乔氏家族最有地位的女主人，这让她嫉妒得抓狂。艾莉莉在接到电话后，就精心准备着，她有自信能打赢这场翻身仗，因为苏男既自傲又自卑，更重要的是她不爱他。

于是艾莉莉开口了："对不起。"

"怎么了？"

"你们订婚的那一天，我本来已经决定离开他。"

"不，"苏男听到这笑了笑："该说道歉的人是我才对。"

艾莉莉有些讶异。

苏男抬头看了看这套房子，问："这里是他买给你的吧。"

"嗯。"

"多长时间了？"

"订婚前。"

刺骨的疼痛和深切的悲哀让苏男再无法轻松面对，她低下头去，过了半晌，抬起头苦涩一笑："原来早就安排好了。"

艾莉莉辩解道："不是的，他想过离开我。"

"然后呢？"

艾莉莉缓缓低下头去："没办法忘记。"

苏男暗吸一口气："即使他有其他女人，你也不在乎？"

"我只想陪在他的身边。"

"明白了。"

艾莉莉见苏男面不改色，甚至脸带微笑，忍不住疑惑地问道："你，还爱着凌西？"

苏男再次笑道："他明天订婚。"

这个消息艾莉莉早已知道，报纸和网络铺天盖地宣传过，想不知道都难，不免安慰道："或许他有难言之隐。"

苏男脱口而出："乔邃和我订婚，也有难言之隐吧。"

艾莉莉没有回答，但落在苏男眼里就变成了默认，她不禁感叹道："如果没有我，今天站在乔邃身边的女人就是你。"

"也不一定，他的心思很难猜。"

苏男暗道，有什么难猜的，不过是男人之间的争强好胜罢了。乔邃一直视凌西为眼中钉，无论是他手中的股票，还是他怀中的女人，都是争抢的对象。

"那你甘愿这样过一辈子？"

"不知道，"艾莉莉摇头，眼中却现出一抹坚定："每次待在他身边就很满足，没想其他的。"

苏男呆了片刻，终于承认一件事情："他很幸运，有你这么爱他。"

艾莉莉带着羞涩："或许是我幸运，能让我这么没心没肺地爱他。"

苏男微笑着点点头，站起了身："谢谢你的茶，很好喝，今天打扰了。"

艾莉莉也连忙站起了身，送苏男走到了玄关，有点急促不安，见对方望过来，这才不好意思地说道："只要……像现在这样，我能常常见到他，就心满意足了。"

苏男愣愣地看着她。

艾莉莉脸红了红："你放心……我绝不会影响到你们。"

苏男明白过来，摇摇头，和缓而又坚定地答道："你应该得到你应得的。"

艾莉莉没想到她会这么容易放弃，感觉心漏了一拍，怦怦直跳："我不想他为难。"

"放心，这事我来处理。"苏男说完这句话，打开了门，转身快速离去。

艾莉莉看着她远去的背影，再也控制不住心头的狂喜，嘴角微微上翘，露出了久违的笑容，白嫩的小脸更加娇艳迷人。与此同时苏男已走进电梯，看着缓缓合上的自动门，痛彻心扉，双手捂住脸颊，无声地流下泪来。

82 真相

苏男见过艾莉莉之后，终于下定决心离开。

她习惯用快刀斩乱麻的方式处理事情，虽然很痛，但很见效。这原本就是一个错误，无论是乔邃、凌西、艾莉莉还是自己，所有的人都在错误的轨道上前行，现在终于是时候矫正了，而无疑自己就是这个扰乱正常轨道的人，所以出局是必然的。

凌西订婚的前一天，苏男出去逛街，她细心地给每个人挑选临别前的礼物。

苏男唯独没给凌西和乔邃买。

关于凌西的礼物，苏男听过一种说法，前男友的婚礼上不要送任何东西，这样没了念想，才能断得干干净净，所以她决定亲自去一趟现场，送上一句诚恳的祝福。

关于乔邃的礼物，苏男犹豫了很久，他给过自己最深的伤害，也给过自己最强烈的爱，他是导致她和凌西分手的罪魁祸首，但他也帮她弄清楚了杀害晴姨的凶手以及纵火案的背后原因。这个男人一贯强势，总想要更多，却忽略了自己最需要的本质东西，苏男最后决定把这样东西送给他。

苏男买完东西，没有打车，而是选择了走路。

她想多看一眼这座城市，或许以后再也不会踏上这里，心里不免多些留恋。

一路行来觉得L城很美，很漂亮。经过广场的时候，苏男驻足地看着远处一对年轻情侣嬉笑打闹，两人猜拳互相背着走路。倒霉的男孩每次都输，女孩就尖叫着爬到男孩的背上，高兴得合不拢嘴，两人数着步子，快乐地笑着。

安啸透过咖啡馆的大玻璃窗，就这样看到了坐在台阶上傻笑的苏男，不敢置信地仔细看了看，确认无疑后，扔下一张钞票，飞奔而去。

倒霉的男孩背了几次，额头已微微渗汗，女孩爬在他的背上，掏出手帕细细为他擦拭，两人嘴角含着笑，深情对望，外界的一切人和物都变得不复存在。

苏男看着看着，突然身上没了阳光，奇怪地转过头，却见安啸就站在眼前。

苏男歪着头看他，展颜一笑。

安啸没有动，也没有笑。

苏男轻轻打着招呼："嗨，好久不见了。"

安啸沉声道："你坐在这干什么？"

"晒太阳啊。"

"你坐了多久？"

苏男想了想，记不得了，摇摇头："不太清楚。"

"地上凉，你不知道吗？"

苏男哑然失笑："你就用这么凶巴巴的语气跟我打招呼？"

安啸放软了语气："走吧。"

"去哪儿？"

"前面有一家咖啡馆。"

苏男站起了身，拍了拍裤子上的灰尘："太晚了，我得回去。"

安啸突然怒道："那个鸟笼就这么好？"

苏男一下子愣住了，神情黯然。

安啸连声道歉："对不起，我不是这个意思。"

"你说得很对，"苏男悠悠说道，"那确实是一个鸟笼。"

"苏男，我不是这个意思。"

苏男突然想起了礼物，连忙弯腰在纸袋子里翻找，连翻了几个，才拿出一个盒子："给你的，看看喜不喜欢？"

安啸惊讶地伸手接过："干吗送我东西？"

苏男淡然一笑："你帮了我很多很多忙，一直没有机会说声感谢，打开看看。"

安啸笑了起来："难得，你还记得我。"

"我没有忘。"

安啸低头拆包装盒，打开一看却愣住了，竟是一对小泥人，从身高上看应该是一对母子，女子轻轻搂着怀里的孩子，充满了母爱。

"这是什么啊？"

"母亲的爱。"

"干吗送我这个？"

苏男眨了眨眼："我还以为你会喜欢。"

安啸若有所思，细心的他拿着这对小泥人不免多看了几眼，突然激动起来，这两个人的眉眼是那么熟悉，似曾相识，颤声问道："这是……"

苏男微笑着点点头："像吗？"

安啸低下头去，声音变得沙哑："你，怎么知道我妈的长相？"

苏男神色黯然："因为晴姨长得很像她。"

"你都知道了？"

苏男看着他惊讶的表情，终于证实了心中的猜想："乔邃让你去查的？"

"嗯。"

"那是真的吗？

"是真的。"

"能跟我详细说说吗？"苏男终究不太相信乔邃和齐冠华，但她相信眼前的这个男人，他不会骗她，一句假话都不会有。"我们就坐这儿吧，晒晒太阳，挺暖和的。"

安啸依言不管不顾地一屁股坐了下来。

"木志明为什么要害死晴姨？"

"因为苏晴后来日久生情，假戏真做了，她想脱离木志明的控制。"

苏男眼圈一红，头已深深埋进自己的大腿："她一直以为是乔子东下的手。"

安啸看她难受的样子，心里也不好受，柔声说道："木志明做得很隐秘，私下买通医生偷偷换了药，自己并未出面。而那个时候，苏晴跟乔子东相处时间最多，怀疑他也是理所当然的事……"见苏男仍然沉浸在悲伤中，忍不住伸出手轻轻拍了拍她的背："别伤心了，你帮她找到真正的凶手，晴姨在天之灵也会瞑目。"

苏男点点头，擦了擦眼泪，嘶哑道："谢谢你。"

安啸故皱眉头："我不喜欢听。"

苏男勉强笑了笑。

两人一时无言，安啸低头看了看她，苏男却抬头看了看天，难得太阳还是那么耀眼，照在人身上很暖和，刚才那对嬉笑打闹的情侣，不知什么时候已经离开。不远处有个小孩在大人的帮助下正在放风筝，是那种长着很多条腿的大蜈蚣风筝。

苏男突然指着前方问道："你会放风筝吗？"

"啊？不会。"

"有一回，晴姨带我去公园玩，"苏男仍然看着天空，陷入了回忆："广场上，有个爸爸带着儿子在放风筝，飞得很高很高。那时候我的眼睛已经恢复了视力，只觉得一切东西都稀奇而美好，我喜欢看风筝高空飞翔的样子，很想学，于是我去哀求晴姨教我……"

安啸见她突然停顿下来，忍不住问道："然后呢？"

"晴姨问我，为什么喜欢风筝？我说，风筝能飞得很高，自由自在。晴姨听完这句话，把我紧紧搂在怀里，半天没有说话。"

安啸叹了一口气："她对你是真心的。"

苏男也动容道："是啊，不管她当初出于什么目的收养我，她永远是我的晴姨，一辈子都不会改变。"说到这儿，她突然转过脸，带着一种坚定："安啸，告诉我纵火案吧。"

安啸深深看了她一眼："准备好了？"

"是的，准备好了。"

安啸点了点头："当年从医院门口把你抱回去收养的那家人和木志明关系很深，他们共同开了一间小公司，就是M集团的前身。后来不知什么原因两人闹翻了，那个家伙想把木志明踢出局，谁知道木志明抢先下了毒手。"

"他没想到我侥幸从火场中活了下来？"

"是的。"

苏男自嘲道："他更没想到我成了替罪羔羊吧。"

"具体不太清楚，"安啸摇头："不过我猜想，正是因为你成了纵火案的嫌疑人，他反而不好下手了。"

"明白了。"

“他后来让苏晴把你从孤儿院领出来，带回加拿大，也是另有安排。”

“杀人灭口？”

“极有可能，好在你当时什么也不知道。”

“又一次侥幸，”苏男有点动容，她万万没想到当年的自己竟然在鬼门关走了好几遭：“这样说来，他多次邀请我回国，也是另有目的了。”

安啸点了点头：“她希望你能被乔邃看中，和凌西反目成仇。”

苏男不寒而栗：“成为另一个晴姨？”

“嗯，还没来得及控制你，乔邃已经下手了。”

“不过，他的目的也达到了，凌西和乔邃确因我而反目。”

安啸无言以对，只得转移话题：“这些事是不是困扰你很多年？”

苏男苦笑道：“如梦魇一般压得喘不过气。”

“小小年纪独自一人面对这么多的巨变和灾难，太不容易了。”

“你不也一样吗？”

两人互相看了一眼，不约而同笑了起来。

苏男感叹：“为什么？”

“什么为什么？”

“你为什么要去查这件事？他有可能是你爸爸。”

安啸脸上现在一片茫然：“我现在也搞不清楚，到底谁是我爸爸了。”

“你真的这么相信乔邃？”

安啸摇摇头：“不是，因为这事跟你有关。”

苏男一下子别过脸，眼睛滋润起来，哽咽道：“我并不希望你参与进来。”

“我知道。”

“你不适合这种争斗。”

“我知道。”

苏男怒道，转过头：“那你还甘心被乔邃利用，巴巴地往里跳？”

安啸静静地看着她，突然说道：“跟我走吧。”

苏男只觉得心怦怦直跳，不敢看他。

“苏男，凌西明天就要订婚了，乔邃再没有什么可以威胁你的。让他们去斗吧，无论是木志明、凌西还是乔邃，以后都跟我们没关系，我们一起离开这儿，好不好？”

83　订婚之夜

这一天终天到来了。

乔邃特意先从公司回到如玉山庄，接到苏男再一同前往。两人的礼服是乔氏的公关经理亲自挑选的，既不是很张扬，也不是很低调，稳重当中带着奢华。上了车，乔邃瞧着苏男的表情正常，稍微放下心来，忍不住多叮嘱两句：“等下如果有不舒服，不需要勉强自己，向我示意一下，我带你立即离开。”

“没事，”苏男笑了笑：“这种场合我还能应付。”

“真的没事？”

苏男难得开起了玩笑：“对我这么没信心？”

乔邃终于点了点头：“看起来很坚强。”

两人到达酒店，早已人潮涌动，宾客云集，不过这并不妨碍两人成为焦点，原本就是一对璧人，光彩夺目，一路行来，众人纷纷侧目，再加上主人的高度重视，木志明撇下众宾客亲自到门口迎接，可见待遇非同一般。

木志明爽朗笑道：“贤侄赏脸，蓬荜生辉啊。”

乔邃虚逊地回了礼：“今天是木家的大喜日子，小侄肯定要来沾沾喜庆。”

“多谢多谢，看样子不久我也能听到你的喜讯了。”木志明说到这儿，特意看了一眼苏男。乔邃笑了笑，伸手拉住苏男，十手相扣，答道：“承您吉言，到时专程给木叔送请柬。”

“好，那我可等着了。”木志明高兴得哈哈大笑。

两个生死仇敌，喜笑颜开，互相吹捧。

苏男任由乔邃牵着，看大戏般嘴角含着笑，一声不吭。

不一会儿，仪式开始。

音乐声响起，准新郎凌西一身白色西装，更显挺拔的气质，玉树临风般静静地站在红地毯的另一端。趁着难得的空当时间，凌西的眼光转向人群，从中细细打量，与苏男的视线在空中会面，随即露出了一抹微笑。

苏男静静地看着他，淡然一笑，心中却五味杂陈。他为了她放弃了乔氏的股权，而她为了他成了乔邃的未婚妻，两人的互相牺牲和成全，不仅没有换来长相厮守，反而渐行渐远，这到底是为什么？

乔邃突然冷吭了一声，伸出长臂搂过苏男，低声轻语道：“在我身边，不要想别的男人。”

苏男回过头，嘲笑道：“只许州官放火，不许百姓点灯。”

乔邃皱眉道：“什么意思？”

苏男心中一凛，干吗这时候说这种话，连忙改口道：“我说你的醋劲挺大。”

这话听得舒服，乔邃忍不住笑了起来：“说明我很在乎你。”

苏男撇了撇嘴，斜睨了一眼，表示极度的不认可。乔邃嘴角噙着笑，低头温情地看着她。这些小动作落在凌西眼里，俨然成了男女之间的打情骂俏，他不禁胸口微微窒闷，眼神黯然下来。

恰好这时，木志明手挽着娇俏的准新娘——穿着白色婚纱的木雪徐徐走进了会场。他们俩的出现立即吸引了在场所有人的目光，大伙齐齐抬头望去。凌西也转过头，聚精会神地看着正向自己走来的准新娘。木志明把女儿的手郑重地放入凌西手中，然后两人交换订婚戒指，凌西微笑着掀开新娘的头纱，深情地吻了下去，这时全场掌声雷动。

苏男突然有种流泪的冲动，忍不住扬起了头。

乔邃见她难过，双手轻轻搂住。

苏男在他怀抱哽咽道：“对不起，我没有想象中那么坚强。”

“我带你离开吧。”

“可我还没有送上祝福。”

“没事，他已经看到了。”

苏男点了点头，再次被乔邃拥着落荒而逃。

两人上了车，苏男突然说道：“我不想回去。”

“那你想去哪儿？”

“带我去酒吧坐一会儿吧，我想喝酒。”

乔邃一口回绝：“不行。”

“为什么？”

“女孩不要动不动就喝酒，尤其公众场合。”

苏男低头，神情萧索：“我怕晚上睡不着。”

乔邃回头看了一眼，语气已软了下来：“那要不去公寓吧，离这儿近，那里还存着一点酒。”

苏男有片刻迟疑，终究点了点头。

乔邃让司机在前方掉头，苏男看着外面的车水马龙，心里开始怦怦直跳。

两人进了屋，乔邃从鞋柜里拿出两双拖鞋，苏男低头一看，款式果然跟艾莉莉家的一模一样，原有的几分不舍也烟消云散，心里更加平静。乔邃随手把钥匙扔在玄关的鞋柜上边，然后进屋去了酒柜，低头寻出了一瓶红酒和两个酒杯，又拿出开酒器、醒酒杯等忙活起来，同时招呼苏男："你去沙发上先坐一会儿，我马上就好。"

苏男慢慢解着鞋扣，低头掏出手机偷偷发了一封短信，同时说道："你让司机先回吧。"

"为什么？"

"不知道喝到几点，我担心太晚了。"

乔邃狡黠一笑，意有所指："这里只有一间卧室。"

苏男沉默不语，心口却隐隐作痛。

如果她没记错的话，这间公寓应该是他和艾莉莉热恋时的爱巢，也是他们爱的鉴证。

乔邃不见回答，以为她在害羞，故意问道："我给司机打电话了？"

"随便。"

"真的？假的？"

苏男佯装生气："你烦不烦？"

乔邃喜出望外，连忙掏出手机让司机离开。

此时苏男已坐在沙发上，看着乔邃熟练地斟酒、醒酒，静静地看着他的一举一动，今晚她要送出两份礼物，一份给凌西，另一份就是给乔邃。

两个小时后，茶几上已堆满了空酒瓶，苏男和乔邃都醉倒在沙发上。

突然，满脸通红醉眼蒙眬的苏男慢慢爬了起来，她仔细看了看熟睡的乔邃，确认对方的状态，直到听到轻微的呼噜声，这才放下心来。她慢慢走到窗前，看着外面寂静的黑夜，拿出手机播出了一个号码，平静地说道："你上来吧。"

苏男回过身，又慢慢坐回乔邃身边，伸出手轻轻抚摸着他的脸颊、眉眼、鼻子和嘴巴，想想自己回国的这段时间，几乎所有的时间都和这个男人纠缠在一起。乔邃给了她太多太多的矛盾，不过，从今晚以后，随着自己的离开，这些矛盾统统都不复存在了。

门外响起了敲门声，苏男猛然醒悟，随即站起身来开门。

艾莉莉俏生生地站在门外。

苏男一边请她进来，一边返回沙发拿起自己的物品，道："你照顾他吧。"

艾莉莉看着她，真诚说道："谢谢你。"

"不用，"苏男回头笑了笑："你爱他，他心里也有你，这样的结局不是挺好？"

艾莉莉迟疑片刻，还是问出了心中的疑惑："他这样对你，想必你也动过心吧。"

苏男内心一痛，不自然地低下头去，说："这不重要。"

"因为凌西？"

"时间不早了，我得走了。"

"那……你有什么打算？"

"去机场。"

艾莉莉惊讶道："你要离开这儿？"

苏男已走到门边，回眸一笑，说："这是最好的结局，不是吗？再见。"

艾莉莉露出感激的微笑，深深看着她的背影，轻轻吐出四个无声的字："后会无期！"

苏男离开公寓，立即打了一辆出租，直奔机场而去。

今天从如玉山庄出来时，她已把随身物品带在身上，身份证、银行卡、护照，还有那个绿绿的翡翠手镯——凤舞九天。原本她是想留给艾莉莉，不知为什么，临到出门时仍有些不舍，终究没有拿出来。

苏男下了出租车，戴上墨镜，立即排队去换登机牌。

她跟安啸约定私奔的时间不是今天，而是明天。她的目的地也不是两人约定的加拿大，而是新加坡。苏男不想再负了这个男人，她给不起他想要的东西，只好骗了他。换完登机牌，苏男一个人默默地坐在长椅上，或许是深夜1点的原因，周围的旅客并不多，稀稀拉拉地分散着，显得整个候机室空荡荡的。

苏男没带什么衣服，单薄的外套有点冷，空调似乎并不起什么作用，她低头拿着手机翻来覆去地看，又抬头看了看墙壁上的时钟，还有五分钟，还有五分钟她就要跟这里的一切断得干干净净。

最后几分钟里，她想着要不要给每个人留下点什么。首先想到的是凌西，想必此时此刻他正和准新娘洞房花烛，激情四射，不免心中黯然。其次想到的是安啸，在所有人当中，她最亏欠的就是这个男人，他可能会怨她、恨她，甚至一辈子不原谅她，但苏男仍然坚持这么做，因为她已经失去了爱的能力。最后想到的是乔邃，每次想起这个男人，都有种说不清道不明的感觉，搅得心里发慌，她不敢想象乔邃会有什么反应，这个男人做任何事都出乎她的意料。

“苏小姐？”

突如其来的声音让苏男惊讶地抬起头，映入眼帘的是一个穿着大风衣戴着墨镜的青年男子，他挨着她坐了下来。

苏男警觉地问道：“你是谁？我不认识你。”

男子似笑非笑道：“你不认识我没关系，但相信你认识这个。”

苏男浑身一凛，男子手中出现一个小物件，看起来有点像小泥人。由于光线较暗，看不太真切，她想倾过身子仔细辨认是不是自己送给安啸的那对小泥人，却不想青年男子突然伸手捂住了她的嘴，还未来得及反应，苏男已慢慢软倒在他的怀里。

……

乔邃醒来时，正是半夜时分，门铃声急促地响起。

床上的两人同时惊醒，艾莉莉手忙脚乱地下床穿衣服，回头看见乔邃正目不转睛地看着自己，心里有些害怕，正想开口解释，已被对方摆手拦住：“先去开门吧。”

艾莉莉见他没有责备的意思，脸露欣喜，被大半夜搅了美梦的造访者充满了怨气，打开房门，还未看清来人，责备声音已出：“谁啊，三更半夜还让不让人……”艾莉莉猛然停住，不可置信地看着来人，剩下的话被自己活生生吞进肚子，门口竟然站着好几个配枪警察。

“你是艾莉莉？”

“是。”

“乔邃在你家？”

“啊？”

对方有点不耐烦：“乔邃是不是在你家？”

“噢，在。”

这时已经穿戴好的乔邃，出现在大家的视线之中，警察带走了他，理由是有人告他蓄意谋杀，同在屋檐下的艾莉莉也未能幸免于难，一并被警察带回去做调查。

84 东窗事发

乔邃是杀人犯的消息第二天很快传遍了整个 L 城。

无数记者守在拘留所门口，打听最新的案情进展，并在网上做现场直播。

齐冠华得知消息后立即带着律师急急赶去公安局。乔邃倒显得很镇定，不慌不忙地跟律师交代完整个案情，然后又跟齐冠华细细说了不少话。

凌西是在吃早餐的时候，从手机新闻上得知此消息，大吃一惊。

背后给乔邃捅冷刀子的不是别人，正是躺在床上半死不活的植物人陈一顺，谁也不知道，他什么时候竟然醒来了，跑到公安局报了案。这个陈一顺，当初是他和乔邃联手斗垮了的，至于后来那个车祸是怎么发生的，他确实不太清楚。不过，有一种直觉告诉他，这件事不会这么简单，陈一顺早不好晚不好，偏偏在自己订婚后就突然好了，似乎太凑巧。

木志明坐在自家别墅的花园中间，一边晒太阳，一边看书，看上去很悠闲。对于准女婿的到来，他心知肚明，却故意迂回："怎么，见着木雪了吗？"

凌西略带尴尬的答道："还没见着。"

"今天这丫头听说你要来，推了好几个约会呢。"

"我等下就去见她。"

"噢，看样子，你是找我了？"

"爸爸，"凌西在心中组织着语言："您今天看新闻了吗？关于乔邃的。"

"当然，这么大的事，整个 L 城都知道了。"

"我在想，这么高超的手法，不是一般人的水平。"

木志明若有所思："怎么，想从我这儿知道答案？"

凌西直直看着他，直接说出了心中所想："爸爸的这招，又快又狠，想必准备了不短的时间。"

木志明沉凝片刻，摘下老花眼镜，突然笑道："是不是轮到你出场了？"

"我？"

"当然是你了。"

"爸爸的意思是？"

"乔邃现在进去了，只怕一时半会出不来，也是你回乔氏的最佳时机。"

凌西有些惊讶："安啸呢，他是乔邃同父异母的弟弟，理应排我前面。"

木志明笑得意味深长："有句话不是说，一切皆有可能吗？"

"您有安排？"

木志明重新戴起眼镜："尽人事，听天命吧。"

凌西见再也问不出个所以然，起身告辞："那我先去找木雪了。"

"去吧。"

木志明一直看着凌西的背影慢慢离开自己的视线，这才收回眼光低头继续看书。

与此同时，乔氏集团早已闹得人仰马翻，高管们束手无策。

乔氏股票在乔邃被拘留的消息爆出之后，立即出现了跌停。眼睁睁地看着手上的钱每时每刻都在不断蒸发，股东们坐不住了，纷纷给公司施加压力。他们的想法很简单，整个乔氏集团不是乔邃一个人的，更不能因为乔邃一人被拖垮而影响整个公司，所以他们很快提出一个解决方案——换董事长。

公司高管们自然不敢自行做决定，于是推选出集团副总裁迟玉轩和刘雷作为代表，去了拘留所看望乔邃，这两人都是乔邃一手提拔并重用的，或许他们的劝说能起到效果。

迟玉轩极不愿意去做这种事，但也不敢轻易得罪股东们，便私底下找到刘雷商量对策："怎么办，这个烫手山芋我们俩怎么接啊？"

刘雷反问："我们还有选择吗？"

"可，乔董那……"

刘雷不紧不慢地说道："他还有选择吗？"

迟玉轩一下子明白过来，尴尬地笑了笑，终止了谈话。

第二天，传出迟玉轩住院的消息，原来他在家不慎摔了一跤，小腿骨折。

刘雷心知肚明，暗骂这个老东西冥顽不灵，临阵脱逃，只得孤身一人前去拘留所。乔邃似乎对他的到来并不奇怪，静静地听完提议后，一脸的漠然，只是直直地看着对方。原本他身上就有种不怒自威的气势，刘雷不敢对视，低下头去。

过了半晌，乔邃淡淡说了一句话："你回去吧，我先想两天。"

乔邃一句话把刘雷打发回来了，股东们对这个结果自然不满意。现在乔邃不是别的小问题，而是身背命案，虽然陈一顺最终活过来了，但谋杀未遂的罪名不同一般，坐牢的可能性极大。乔氏集团运作一直很顺利，而乔邃的命案也只是个人行为，只要他不再担任乔氏集团的董事长，公司的业务就不会出现大的波动，损失也就能降到最低。股东们闭门开了整整两天的会，原本还有异议的股东在见到连续三天的股票跌停，终于取得一致同意，乔邃必须下台，而且越快越好。

这回股东们亲自出马，直接去拘留所向乔邃逼宫。

哪知乔邃的表现令所有人意外，他没让大家多劝，爽快地答应下来，但提出了一个条件：新接任者必须是乔家人。对于这点，股东们倒没有多大意风，毕竟乔氏是私人的家族企业，现在最重要的是让公司和乔邃个人划清界限，以免受到牵连，至于接任者是不是乔家人，关系不大。

股东们得到满意的答案，高高兴兴地回来，马上探讨继任者的问题。

首选的人当然是安啸，他是乔邃前段时间亲口承认的乔家人，也是他同父异母的亲弟弟。这份血缘决定了他的身份最合适不过。至于能力行不行，这不是目前的问题，以后可以慢慢调整。得出一致意见后，股东们立即派出律师跟安啸取得联系。可是返回的结果令人大吃一惊，安啸突然找不到了，就像凭空消失了一般，没了踪影。

乔家的两个最重要的人，都在非常时期同时出事。

这让大家又多了一层猜想。

最高兴的莫过于媒体记者，无孔不入。有从乔氏下手的，有从公安局下手，还有从如玉山庄下手，层层分析和探讨，得出各种不同的结论，报纸和网络一片热闹，吸引了所有人的眼球。老百姓纷纷做起了神探柯南，推理和猜想的结论有三种。

第一种，乔邃及乔家人被人陷害了，陈一顺本来就跟乔邃有仇，他的话不足以采信；第二种，乔邃罪有应得，坏事做太多了，老天爷的报应终于来了，还祸及兄弟；第三种，如玉山庄风水不好，自从乔邃搬过去，乔家就接二连三地出事，这是凶宅，不能住人。

股东们眼见安啸突然失踪，一边报案一边考虑备选方案，那就是凌西。

凌西是乔家人的身份其实早已在小圈子里传开，所以，他很容易得到乔氏集团上上下下的认可。再者凌西也曾是乔氏集团在加拿大分公司的负责人，具有经商和管理的才能。最重要的一点，凌西的岳父是大财团 M 集团的董事长，他绝对不会看着女婿陷入困境袖手旁观。

股东们越分析越觉得凌西就是不二人选，唯一担心的是，乔邃会不会同意？毕竟这两人的风流账有不少人心知肚明，只是碍着身份不便明说而已。

私人聚会上，酒足饭饱之后，富豪们少了顾忌，大伙难免七嘴八舌地说起全城最热闹的这则新闻，有的笑话乔家男人太多情，有的叹息乔邃毁在女人手上，更多的男人则对苏男起了偷窥之心，纷纷打听她的行踪和住所。这一打听不要紧，突然发现这个女人也没了踪影。大伙儿出了一身冷汗，心里纷纷低估着乔家这潭水太深，也不知什么高人在背后整他们，大家不约而同噤了声，唯恐不小心得罪了这个影子人。

不过苏男的事到底从宴席上传了出来，记者们又嗅到了新的爆发点，多方打听探寻，无人发现她的踪影，很快苏男失踪的消息再次传遍了 L 城。

毕竟苏男是乔邃的未婚妻，警察们也很快得到了乔氏集团的报案。乔家一连三个最重要的人物都出了事，他们开始感觉这不是一件普通的案子，背后极有可能藏着更大的秘密。

85　局中局

第一个坐不住的人是凌西，他立即再次去找木志明。

凌西心急，没有绕弯子，开门见山地问道："爸爸，苏男的事是不是跟你有关？"

木志明面色沉了沉，没有直接回答，而是招呼他喝茶。

凌西耐着性子陪着对方喝了几口，还是忍不住问道："爸爸，你把苏男怎么样了？"

木志明见他从进门到现在，心里眼里想着都是前女友，有点不太高兴："你是不是应该多关心一下木雪，她今天胃不太好，在床上卧着，怕你担心，不让我们通知你。"

凌西有点不好意思："要不要紧？那我等下就去看看她。"

"老毛病了。"

"吃药了吗？"

"吃了几粒。"木志明看着他一眼："你见着她也好好说说，别仗着年轻，晚睡晚起，三餐不定时，不得胃病才怪。"

"好的。"

木志明脸色缓和下来，说道："先去看看她，再来我这儿吧。"

凌西尽管心里不情愿，但也不想这个时候跟这只老狐狸硬碰，立即起身出去。到了二楼，推开房门，木雪正靠在床上，手里拿着一本书半天都没翻动，不知在想着什么。回头见是凌西，小脸立即变得雀跃，眼睛闪着光，脸上带着羞涩，连忙从床上坐起来，柔声说道："是不是爸爸通知你的，多事，我让他别给你打电话，小毛病了。"

凌西轻轻坐在她的床沿，问道："是不是吃饭不固定啊？"

"没什么胃口，不想吃。"

"感冒了？"

木雪摇头："不是，这几天心情不太好。"

"谁又惹你生气了？"

木雪抬头看了看凌西，嘴角动了动，似乎想说什么，一副欲言又止的样子。

"怎么了？"

"我……知道乔家出事了。"

凌西皱了皱眉，没有说话。

木雪一看他的神情，忍不住问道："你是不是很担心她？"

这话刺中了凌西："没想到你也这么关心。"

"我是关心你。"

凌西语气有点不善："我和你都已经订婚了，怕什么呢？"

木雪没听懂："什么意思？"

"我和你前脚刚订婚，苏男后脚就莫名其妙失踪，我也不知道什么意思？"

木雪终于明白过来："你怀疑什么？"

凌西定睛看她，带着探寻。

"你到底怀疑什么？"

凌西冷然一笑："你或许可以问问你爸爸。"

"你是说我爸爸掳走了苏男？！"木雪神情有点激动，带着满脸的不置信："这不可能！"

凌西突然站起了身，有点来气："既然身体不太舒服，你就好好躺着休息。我跟你爸爸还有点事要谈。"

"我也要去。"木雪一把掀掉被子："我跟你一起去。"

"你去了只会添乱。"

凌西的冷淡让木雪心里很难过，连忙拉着他的手，哀求道：“你不要生气，不要生气，我保证不会给你添乱。爸爸最疼我，我们俩一起去问，他就不敢骗你了。”

凌西见她说得可怜，语气不由软了下来：“我没有生你的气，我只是不想你掺和其中，也是为了你好……”

“我们是夫妻，任何事我都愿意跟你一起承担。”

“夫妻”两个字让凌西眼中闪过一丝痛楚，他转过脸径直走了出去。

木雪巴巴地看着他的背影，泪水慢慢掉落下来。

凌西重回到一楼木志明的书房，两人闲聊了几句木雪的病，又聊了聊西南集团的工作进展以及业绩状况，这才慢慢扯回到正题。

木志明面带微笑：“不出几天，乔家的律师应该就会主动找你了。”

凌西有点惊讶：“这么快？”

“快吗？”木志明收敛笑容，神情变得严肃起来：“我等了二十年了。”

凌西笑了笑，端起手中的茶，说道：“爸爸，我以茶代酒，祝你终于心想事成了。”

木志明摇头：“这杯庆功酒还早了点。”

“怎么？”

“你能不能坐上这个位置，还得乔邃点头，毕竟他才是大股东。”

“现在这种状况，他有得选吗？”

“不怕一万，就怕万一。”

凌西突然明白过来：“您绑走苏男，就是为了让乔邃点头？”

木志明不置可否，突然看着他：“男人最难过的就是情关。乔子东为了一个苏晴，弄得家破人亡；乔邃为了一个苏男，闹得与你决裂。乔家人出的尽是痴情种，为了女人不顾一切。凌西，你可要引以为鉴啊！”

“明白，爸爸这是为我好。”

“很好，”木志明露出笑容：“我琢磨着，要不要来个双喜临门？”

“双喜临门？！”

“是啊，”木志明笑意更深：“事业和爱情双丰收。”

凌西倒吸一口凉气，这只老狐狸是在向自己逼婚了：“我担心刚接管乔氏会有些力不从心，这个时候结婚难免会冷落了木雪。”

“男人嘛，事业为重是应该的，这孩子一颗心都在你身上，不会在意这些。再者有 M 集团做你后盾，乔氏那帮老家伙即使有意见，也得让你三分。当然了，如有任何问题，我也不会袖手旁观，肯定全力支持你。”

凌西暗道，最后一句话才是他的重点，借自己的手控制乔氏集团，实际上想做的是太上皇，而自己最终落得个傀儡董事长。估计结婚是他的第一个动作，安插亲信进乔氏会是他的第二个动作了。

果不其然，木志明紧接着又说道：“乔邃这些年培养了一批亲信，齐冠华就不用说了，命都卖给了乔家。还有那个迟玉轩，也是他一手提拔及重用的。你去了乔氏后，第一件事就是拔掉乔邃的这些眼线，免得他的手伸得太长。当然了，你一个人单打独斗肯定不行，还得有一个可靠的团队。我手下倒有几个人，值得信任，到时给你引见引见。”

凌西有些迟疑，打着太极：“万一乔邃到时认定安啸呢，这些股东们估计不会跟他死扛吧。”

“话说得没错，可股东们到哪去找安啸？”

凌西一惊：“您把他杀了？”

“我对他动手干吗，好酒好肉招待着呢，毕竟他也是乔家人，不看僧面看佛面，”木志明不以为然道：“只不过，他的作用还是很大，有了安啸才会让苏男就范，有了苏男才能让乔邃就范。现在这样不是很好吗？”

“我担心的是乔邃，只怕苏男不一定能让他点头。”

“这事你就不用担心了，我看人还是比较准的，”木志明瞧出凌西的挣扎，又下了一剂猛药：“苏男可不是普通的女人，迷她的男人多去了。我认识的这几个青年才俊，哪一个不是她的裙下之臣，比如乔邃，比如安啸，再比如你……”

凌西有些尴尬：“我和她的事，已经过去了。”

“你能这样想最好，”木志明拍了拍他的肩膀：“男人就要提得起放得下，我已经让人带话给乔邃了，只要他点头让你进乔氏，你结婚当天就是苏男重获自由之时。”

凌西惊呆了，都到这个时候了老狐狸还在算计自己，抓苏男想必早有预谋，既能要挟乔邃，又能要挟自己，真是一箭双雕的好计策。

“安啸也一并放了？”

“不行，毕竟将来他最有可能威胁到你。”

“那放不能放，杀不能杀，怎么办？”

木志明突然笑了起来："你倒提醒了我。"

"您的意思是？"

"我已经想到了方法，你就安安心心等着做董事长，迎娶木雪吧。"

凌西恭敬地出了门，走出一段距离，左右张望几眼，这才解开腕上的手表，拧开后盖，从里面掏出一样东西，装进另一个盒子里，放进了口袋。

……

果然如木志明预料的一样，乔邃答应了股东们的提议，凌西正式成为乔氏集团新的董事长。很快新闻铺天盖地袭来，乔氏公关部随即又发出一条喜讯，乔氏集团跟M集团喜结连理，新任董事长凌西即将迎娶M集团千金木雪。

齐冠华把这事带给乔邃时，这个男人只是微微一笑："眼看他起高楼，眼看他宴宾客，眼看他楼塌了……"

"夫人怎么办？"

乔邃收起了笑容，看着窗外的根根栏杆，终究动了怒："这么喜欢逃，就让她先待在那里吧，我在这里被拘，也让她陪着我一起拘。"

"好的。"

"让人时刻盯着，不允许受到任何伤害。"

"我晓得。"

"那安啸呢？"

"透露点消息给警察吧，是时候救他出来了。"乔邃眼沉阴暗："原本我最不愿意动的人就是他，既然敢怂恿苏男私奔，那就要承担这个后果……"

齐冠华恭谨答道："那我立刻就去办。"

"去吧。"

86 父子反目

警方在市民举报下，很快找到了安啸关押安啸的地方——一个效外荒废的地下室。解救很成功，行动现场没有出现人员伤亡，还抓住了两个看管的歹徒。唯一可惜的是，并没有找到苏男。

警方正在抓紧侦破幕后主使，争取尽快破案。

这则新闻立即登上了各大媒体头条。

木志明有点慌张，令他感到害怕的不是警察，而是“市民举报”这四个字。这说明他的秘密行动被有心人发现了，这个有心人究竟是谁他完全不知道，唯一的反应就是连夜让人转移了苏男。

安啸是齐冠华从派出所接出来的，他询问苏男的情况，得知她仍然下落不明，立即掉转头去找木志明。此时的木志明万万没想到，安啸竟然会找上门来，搞不清楚他葫芦里卖的什么药，便挥挥手不愿意接见。过了一会儿，管家又跑了回来，低声在他耳边说出了一个人名，木志明浑身一震，这个名字没有人知道，因为他就是苏晴曾经的主治医生。

这是安啸自长大成人后，第一次单独见木志明。

他看着这个有可能是自己父亲的男人，想着这些年他对母亲的绝情和不闻不问，对自己的冷漠和残忍，万般滋味涌上心头，一时之间都不知道怎么开口。

木志明微笑地看着他：“贤侄，刚看新闻真的好危险。不过老祖宗说得好，大难之后必有后福啊。”

安啸看着他的虚伪，冷冷说道：“放了苏男。”

木志明愣了一下，随即打起了太极：“贤侄，是不是在里面受折磨了，要不要我送你去医院做一下检查。”说到这儿，还特意指了指大脑：“他们打你这儿了？”

“他们怎么折磨我，你心知肚明。”

“贤侄，饭可以乱吃，话可不能乱讲。”

安啸怒道：“我们不需要打哑谜，今天我来只有一个目的，只要你放了苏男，我们之间的恩怨一笔勾销。”

木志明终于沉下了脸，他要弄清楚这小子到底知道多少，皮笑肉不笑地说道：“我们之间有恩怨吗？”

“恩怨多了去了，”安啸恨恨地说：“绑架我和苏男的人是谁，你心里最清楚。”

“年轻人，现在是法制社会，请用证据讲话，否则就是诽谤。”

“我敢来，就一定有证据。”

木志明眼神变得锐利起来，直直地盯着对方，过了好一会儿：“请问你的证据是什么？”

“证据太多了，你干得每一桩每一件，我都清楚。”安啸不想跟他撕破脸皮，只希望能救回苏男：“只要你放了她，一切都好谈。”

木志明一直在套话：“我说了，拿证据说话。”

“我知道苏晴是怎么死的，我也知道她的主治医生是谁，这算不算证据？”

“还有吗？”

“当年被一场大火烧死的三口之家，跟你又是什么关系？”

木志明只觉得寒气嘶嘶冲上心头，阴着脸，却又平和地说道“这一切都是你的猜想。”

“猜想？！你知道我是干什么的？”安啸扬起头，轻蔑道：“私家侦探。”

木志明暗吸一口气，但表面上仍然云淡风轻：“既然你手上握着这么多证据，为什么不去公安局告发我？”

安啸顿时无语，尽管他极不希望眼前这个不择手段阴险毒辣的人就是自己的父亲，但直觉告诉他，他是的，他就是。

木志明仔细看着他的表情：“你不敢去，因为这些都只是你的猜想。”

安啸突然恨恨道：“你一定逼我告发自己的爸爸？”

木志明愣了，随即呵呵直乐：“我是你父亲？你妈告诉你的？”

安啸扭头不语。

“乔邃都开新闻发布会承认你是乔家人，你是他同父异母的亲弟弟。现在你却跑来跟我说你是我的亲生儿子，”木志明只觉得听了一个天大的笑话：“年轻人，我不是三岁小孩，拜托智商高一点，行不行？”

“如果我是乔子东的儿子，我妈一定会告诉我。”

“你去问她不就知道了？”

安啸难过之极：“我妈已经死了。”

“你说什么？”木志明大吃一惊，猛地站起来，急急问道：“安小佳死了？！”

“是。”

“怎么死的？”

“病死了，没钱医治。”

木志明直直摇头，脸上带着痛苦道：“这不可能，这不可能，她怎么可能就死了？”

安啸瞧他神情悲伤，想起母亲这么多年受的苦，怒吼道：“当年你对她那么残忍，后来又一直不管不顾，现在伤心有什么用？”

“我伤心？做梦吧，”木志明突然发火：“安小佳就是一个婊子，人尽可夫的婊子。”

“你才是人渣，禽兽不如的东西。”

“你算什么东西？就是一个孽种，臭婊子生下来的孽种，竟然敢给我戴绿帽子，陪完我又去陪姓乔的，怀了孽种还敢说是我的儿子，”木志明越说越来气，眼圈变得发红：“她死了，活该！活该！！”

安啸惊呆地看着自己的父亲，心里阵阵悲哀：“天底下有你这样对妻子和儿子的吗？”

木志明面带讥讽：“不要打亲情牌，你不过是想救那个丫头。”

“我愿意跟你去做亲子鉴定。”

“我呸！在我面前玩这伎俩，你还不够格，”木志明双眼透着寒光：“既然你说有证据，可以，拿证据来交换苏男。”

安啸终于放弃了认亲，或许自己和这个男人注定一生互相怨恨：“好，你说怎么交换？”

“明天，具体时间和地点，我会通知你。”

“一手交人一手交货。”

“没问题。”

安啸心事重重地走了，他的心思还放在认亲的悲痛之上，压根儿没注意为什么木志明会突然改变主意这么痛快答应下来。

他不知道，从他离开的那一刻起，后面已被人跟踪。他更不知道，他说出当年的那两桩事——纵火案和苏晴的主治医生，木志明已动了杀机，因为天底下最能保守秘密的就是死人。

87　苏男不见了

乔邃听到安啸死讯时，整个人都惊呆了，愣愣地看着齐冠华，无数悔恨涌上心头。他怎么也没想到事情的结局会是这样，不停地喃喃自语：“他怎么会杀死自己的儿子？木志明疯了，他竟然派人杀死了自己的亲生儿子？”

齐冠华也是一脸的悲伤道：“下手很狠，一刀毙命。”

乔邃缓缓闭上了眼睛，难过地说："他太多疑了，不相信任何人。"

"安啸的家里被洗劫一空，什么证据都没了。"

乔邃仍然闭着眼睛，没有说话。

齐冠华看了看自己的老板，小心说道："对不起，如果当时我派人跟踪安啸，就不会出现这个结果了。"

"不关你的事，是我疏忽了。我没想到他会对安啸下手，而且速度这么快。"乔邃睁开眼看着前方，皱了皱眉："估计那个女人更加恨死我了。"

"那接下来怎么办？"

乔邃伸出手指敲击着桌面，一边说一边想："原来的证据都销毁了，这次的绑架案又没有新的证据抓他，而凌西已经坐上了乔氏集团的宝座，木雪也将顺利嫁入乔家，木志明很快就可以伸手掌控乔氏集团……"

齐冠华越听越心寒："难道我们就没办法对付他了？"

"确实很棘手。"

"那夫人怎么办？他会放了她吗？"

"不好，"齐冠华的提醒让乔邃大叫一声。

"怎么了？"

"木志明一切愿望都已达成，苏男没了利用价值，为了减少风险，极有可能会被撕票。"乔邃立即下了命令，"赶紧去救苏男，我不管你用什么办法，赶紧去。"

"他跟您不是有口头约定吗？"

"约定顶个屁用，你有证据吗？到时他可以推得一干二净。"

齐冠华吓得掉头就走。

乔邃又突然喝道："回来！"

"您还有什么吩咐？"

"让律师立即帮我办理取保候审。"

齐冠华有些迟疑，提醒道："您都已经委屈好些天了，如果这个时候突然出去，我担心会惊动木志明，他下手会更快。"

乔邃也觉得有道理："行吧，赶紧去。"

"好，好好。"

乔邃看着齐冠华快步急走的样子，想着苏男可能存在的危险，紧张得直搓手，心像打鼓似的怦怦直跳，一边暗骂自己太大意，一边恨得牙根直发痒。

然而老祖宗有些话太灵验了，人越怕什么越来什么，齐冠华再次带来的消息，让乔邃如坠冰窟，冷到骨髓。

苏男不见了。

这下乔邃坐不住了。

原本是针对木志明的绝地反击，几乎敌人的每条计策乔邃都了如指掌，所以能安安心心待在拘留所看大戏，只有自己身陷囹圄，才能令对手放松警惕。乔邃就想趁机看看木志明的实力到底怎么样，也想看看身边有多少人被他收买。可是，百密一疏，乔邃算错了一件事，他实在没想到木志明会亲手杀死安啸，连同过去的证据一并销毁，格局一下子从主动变成了被动。

乔邃沉凝片刻，立即下起了命令："你去办几件事，一，召开新闻发布会，公布安啸的真实身份，我要给木志明沉重一击；二，知会陈一顺，可以按计划进……"刚说到这，又连连摆手："不行不行，这样大张旗鼓的对抗，只会让苏男的处境更加危险，这条路行不通，怎么办？"

齐冠华从没看到如此紧张的乔邃，劝解道："老板，您这是关心则乱。夫人是木志明对付您最有利的一张牌，不会这么轻易撕票。如今之计，我倒觉得可以跟凌西谈谈，毕竟他和木志明走得近，说不定知道一些内幕，再者他对夫人也有很深的感情，不会见死不救。"

这话一下子点醒了乔邃："说得很对，就按你说得办，一切秘密进行，切忌打草惊蛇。"

齐冠华立即领命而去。

第八章　大结局

88　很爱很爱你

第二天，木志明在自己家的别墅被抓。

也是当天，乔邃被无罪释放。

舆论一片哗然，记者们再次闻风而动。

木志明被批捕的同时，警察也抓捕了几个手下，这些人为了获得轻判，纷纷主动招供，很快木志明的罪行一桩桩一件件地浮出水面，他身上背负着人命，重罪在所难免。这个时候对木志明来讲，坦不坦白已经没有什么意义了，但苏男的死却能让他狠狠出一口恶气，所以更是死咬不交代。

凌西带着木雪去看木志明。

凌西希望通过木雪撬开木志明的嘴，让他说出苏男的下落。

哪知木志明只是冷冷地看着自己的女儿，问了一句话："你选择他，还是选择我？"

木雪低头流泪，对于她这个千金小姐来说，天堂和地狱只在一夜之间，她梦醒时才知道，自己最爱的人和自己最亲的人，原来一直都在互相利用和伤害，而自己只是一颗棋子。

木志明等了一会儿，说出第二句话："你走吧，以后不再是我的女儿，我不想再看到你。"

木雪泪如雨下，苦苦哀求父亲，却只看到他冷漠无比的背影。

凌西看着柔弱的女孩哭得如一个泪人儿，心里很不是滋味，如果当初他们俩没有那一晚，如果当初他们俩没有订婚，或许今天木雪就不用承受这么多痛苦。想到这儿，他忍不住低声安慰，帮她抹干眼泪，并带她回了家。

晚上，木雪看着餐桌上丰盛的饭菜，想起狱中吃苦的爸爸，又忍不住掉下泪来。

凌西沉默半晌，抽出纸巾轻轻递过去，见她哭得伤心，一种心疼油然而生，站起身走过去轻声安慰。哪知木雪突然紧紧抱住他，嘴里一个劲地喊道："我什么都没有了，没有爸爸，没有妈妈，也没有家，我只剩下你了，我只有你。"

凌西一下子懵了，不知道该如何回答。

理智上来说，今天这个女孩所遭受的一切，自己要负担一半的责任。

情感上来说，他心里想的爱的只有一个苏男，极有可能会辜负她。

木雪见他久久不回答，明白过来，慢慢松开他的手，重新坐回餐厅，抹干眼泪，低头认认真真吃饭。餐桌上的气氛很沉闷，谁也没有开口说话，只听到碗筷相撞的轻微声响。吃完饭，木雪提出回自己的家，凌西起身送她，却被婉拒。

临出门时，木雪一脸平静："我从不后悔爱上你。"

凌西愧疚万分："对不起。"

木雪和婉地笑着摇头，有一种明艳绝伦的美丽。凌西看着她离去的一抹孤清背影，看着门扉慢慢合上，心里疙疙瘩瘩乱做了一团，他快要透不过气。

过了一会儿，门铃突然响起，凌西赶紧伸手，果见木雪就站在门外。

木雪道："今天有可能是我们最后一次见面了。"

凌西惊讶："你要去哪里？"

"我会离开这儿。"

"噢，回加拿大吗？什么时候，我到时去机场送你吧。"

"不用，"木雪微笑地摇头："我不喜欢离别，那样我会舍不得走。"

凌西低头无语，也不知道如何安慰对方，只想着长痛不如短痛，时间或许是最好的良药。

木雪突然说道："你能送一份礼物吗"

"好啊，你想要什么？"

"送我一个吻吧。"

"……"

"分手之吻。"

凌西看着木雪巴巴的眼神，终究不忍心，低下头轻轻吻了下去，却不想木雪抱紧了她，深深回吻了起来，带着哀伤和绝望，似乎要把他吻进心里，一边吻一边说："我爱你，很爱很爱你……"

刹那间，凌西的柔情被带动出来，或许因为愧疚，或许因为感动，他终于回抱了她，紧紧地，为她的这份痴情，也为两人的同病相怜。两人越吻越深。木雪动手解他的衣扣，凌西一把抓住她："不行，我不能再伤害你。"

木雪哭了，嗓音痛彻心扉，呢喃道："以后漫长孤单的岁月，我只有想起今天这个晚上，才有勇气活下去。"这种悲伤一下子击中了凌西，他不再言语，用实际行动代替了说话，打横抱起她匆匆走进了卧室。

第二天凌西醒来，木雪早已离开，他慢慢环视一周，发现屋里没有留下任何东西，昨夜的激情仿佛从未发生过。凌西呆愣了片刻，想起苏男还没有着落，立即收回思绪，简单梳洗一番，决定去找乔邃，这个男人神通广大，或许会想到办法。

就这样，乔邃和凌西自从决裂后，第一次坐在了一起，探讨同一个问题，苏男到底在哪儿？

木志明这里不可能找到缺口。

他的手下也一一问过，没人知道。

周边的所有地下室，偏僻场所统统都找过，没有任何线索。

最近所有死亡人员名单全部核对过，也没有苏男的踪影。

一个大活人，不可能凭空消失。

凌西最担心的是苏男已被送出 L 城，那无异于大海捞针了，希望渺茫。

乔邃倒不这样认为，对木志明的抓捕非常及时而且迅速，他根本来不及做出反应，苏男当时一定还在原地。只不过守候她的那些歹徒，惊闻木志明被抓，极有可能会转移地点。而那时，整个 L 城海陆空的各条出路均已被警方控制，他们根本出不去。所以此时此刻，苏男一定还在 L 城，她的风险已不在于木志明，而在于这些歹徒。

这种杀人越货的亡命之徒，最想要什么？

乔邃猛然一惊："金钱"。

凌西听完他的分析，也觉得有道理。

两人意见难得一致，乔邃立即叫来齐冠华，让他通过各种渠道传出消息，悬赏 500 万只换苏男平安归来，同时让他派人盯住 L 城所有二手渠道——黑市和当铺，苏男随身携带的物品极有可能会被歹徒脱手变卖，其中有些贵重物品，尤其那个翡翠手镯凤舞九天，更是价值连城。

正当两人忙得不亦乐乎时，凌西的手机响了。

一个完全陌生的来电。

凌西有些迟缓，看着手机发愣，既希望是苏男的消息，又害怕是苏男的消息。

乔邃看出他的挣扎，劝解道：“不会的，接吧。”

凌西刚按响接听键，电话那头立即传来一个女性急促的声音，叽里咕噜说了一大通。乔邃只依稀听到“医院”两个字，又眼见凌西勃然变色，心中立时“咯噔”一声，问出的话也有些哆嗦：“是……是医院？苏男……怎么了？”

“不是，”凌西放下电话，开始一边穿外套一边往外走：“是木雪。”

乔邃暗松一口气：“她怎么了？”

凌西人已大步流星往外走去，声音支离破碎地传来，带着沙哑和痛苦：“木雪自杀了。”

89 艰难抉择

凌西赶到医院时，木雪仍在手术抢救中。

看着长凳上孤零零的老保姆守候在一边，竟再无旁人。凌西心下一酸，想想M集团那么大的公司，想想木家那么多保姆，到头来，真正有感情的也不过一两个。他不免想起幼年的自己，又何尝不是过早品尝过这种世事炎凉。得势时，捧你入云端；失势后，不狠狠踩你一脚，已算对得起良心。

老保姆一见凌西的身影，话未说，泪已先流。

凌西赶紧劝慰：“刘妈，慢慢说。”

刘妈伸手擦了擦眼泪：“姑爷，今天小姐一大早回来后就一直关在房内。到了中午，突然让我烧几道拿手好菜，整整吃了两碗米饭，我还暗暗高兴。吃完饭，她说要午睡，让我不要吵她。我没有疑心，直到下午三点我去敲门，才发现门被锁住，怎么敲都敲不开。我急忙找来备用钥匙，结果……结果……床上全是血……呜呜……全是血……”

凌西搂紧这个老人，给她力量和安慰：“没事，没事，木雪不会有事的。”

“姑爷，小姐就只剩下你了。”

“放心，一切有我。”

刘妈稍微平复了激动的心情：“我陪您一起在这儿等吧。”

“好，我们一起等。”

没过多久，手术室的灯亮了，医生从里面走了出来，告知木雪送来及时，已脱离危险。

凌西和刘妈惊喜万分，悬着的一颗心才算真正放下。

凌西赶紧从包里拿出一沓钱给刘妈：“你去做点好吃的，有利于伤口恢复的汤之类。另外，去人才市场招 1 ～ 2 个手脚麻利的人帮你。”

刘妈一听这话，感慨万分：“他们一听木董出事就纷纷走了。”

凌西拍了拍她的手：“我明白。”

“姑爷，”刘妈突然紧紧握着他的手，隐晦地说道：“小姐对您的心思……现在她好不容易活过来，您千万……千万……”

“我向你保证，不会再有下一次。”凌西郑重答道。

刘妈泪如泉涌：“好的，好的，我相信您。”

打发走刘妈，凌西立即赶往病房，眼见木雪神情憔悴，脸色苍白，像一个毫无生气的洋娃娃般躺在床上一动不动，悔恨万分，如果昨天自己多留意一点，就会发现她的异常。那个悲伤的吻，那个激情的夜，还有那段离别的话，无一不是在昭示她的离去之意，可惜那个时候他的心里眼里想的却是另一个女人，他只想推开她、远离她。凌西看着那只被纱布层层包裹的手，想着木雪割下去的那一刻，心如刀绞。他伸手握着她的另一个手腕，仿佛只有摸到她细若悬丝的脉象，才能放下心来。

与此同时，苏男这边也传来了消息。

有人在黑市出手凤舞九天，这个消息令乔邃为之一振。

他不敢报警，自己带着人偷偷赶过去。

卖主是一个黑脸粗壮的年轻小伙，看样子并不认识这只玉镯的真正价值，对翡翠也没有研究，开价只有区区 5000 元。为了避免打草惊蛇，乔邃让中间人爽快地给了钱，然后派人偷偷跟踪他。小伙子拿了钱，匆匆去了一个不起眼的小卖部，出来时提了两个大袋子，里面全是食物和水。小伙子东张西望看了几眼，就走上了回程的路。看样子是马仔之类的小人物，经验不足，从这可以判断，这伙人并不是什么凶悍老练的劫匪。

乔邃当机立断，让人立即报了警，公安局派出了经验老到的两个刑警，偷偷跟着他，大约走了近两个小时，来到一座茂密的山林，眼见参天大树的隐蔽性会让跟踪难度加大很多，两个刑警当场抓捕了这个罪犯。很快，他就招供了具体地点。接下来的事情，有惊无险，抓捕还算顺利，苏男果然被藏在山洞里，不过已经昏迷。

齐冠华一直陪着乔邃跟在后面，眼见苏男脸色惨白，不省人事地被人抬出来。乔邃吓得手脚发软，灵魂似乎出了窍，既看不到也听不到，整个人完全呆住了，高大的身子直往下坠。齐冠华一看老板神态不对劲，赶紧伸手扶住他。

刑警弯腰粗略地检查了一下，回头善意地告诉乔邃，因为流血过多再加上饥饿出现短暂昏迷，伤口不严重。乔邃一听这话，这才慢慢恢复知觉，二话不说背起苏男立即下山，也不知哪来的力气，一口气走出好几里路，直到看到路边停靠的救护车，才累得趴倒在地。

凌西得到消息时，已是第二天。

乔邃简单发了一则短信："人已获救，无恙。"

凌西低头看着手机，又抬头看了看病床上的木雪，心里很是挣扎。他很想立刻飞过去看望那个生命中最重要的女人，可眼前的这个女人，正在用可怜兮兮的眼神看着自己，让他很是为难。

刘妈是一个察言观色的人，赶紧上前说道："小姐，老爷虽然进去了，但你不是孤孤单单一个人，有我，还有姑爷，我们都会一直陪在你身边，以后千万别再做傻事了。"说后最后，眼圈发红，自己掉下泪来。

木雪越听越伤心，忍不住抱住她，泪如泉涌："刘妈，刘妈……"

凌西看着两个女人哭着抱作一团，心里更是难受，到嘴边的话被自己生生咽了下去。走上前去，递过纸巾，说："伤口还没复原，快别哭了。"

刘妈一听这话，连忙站起来，边擦眼泪边把位置腾给凌西，一语双关地说道："姑爷，我还有些活要忙，小姐就交给您了。"

凌西坐了下来，伸手搂过木雪的身子，吩咐道："去吧。"

木雪顺势依偎进他的怀里，把头深深埋进去，停止了哭泣，但仍然有些哽咽："是不是她的消息？"

"嗯，人已经找到了。"

"你想去就去吧，不要担心我。"

"你这个样子，叫我怎么放心？"

木雪抬头看他："我没事，"声音细弱如蚊，愈发显得楚楚可怜，长长的睫毛慢慢沾满了雾水："真的，我没事，我一定不会哭。"

凌西不忍她故作坚强："不要胡思乱想，我会一直陪在你身边。"

木雪感动之极："谢谢你。"

90 渐入佳境

苏男是第二天醒来的，经过医生全身检查，倒没有大碍，只不过身子虚弱，要好好调理一番，毕竟出血过多，需要卧床休息一段时间。乔邃包下的是贵宾房，设施非常齐全，相邻还有客房，他一连几天吃住都在这儿。外面安排了几个保镖轮流值岗，闲杂人等一律不能进入，只有福婶和齐冠华可以进入，前者负责两人的饮食，后者负责传递生意上的事。

苏男醒来后第一句话："安啸怎么样？"

乔邃不敢告诉她实情："他没受什么伤，这几天都在公安局配合录口供。"

"木志明呢？"

"已经被抓，有很多证据，这次逃不掉了。"

苏男沉默片刻，乔邃以为她是想问凌西的事，连忙说道："我已给他发短信报平安了，在外出差，这两天就会回来。"

"你为什么不去上班？"

"啊？！"

"这几天你是不是都守在这儿？"

"我……"乔邃想了想，还是老实说道："我人在办公室，心也不在那儿，还不如守着你，反正也不耽搁办公。"

苏男再次沉默。

乔邃拿不准她心里想什么，正准备试探。

苏男突然问道："你什么时候放出来的？"

"你怎么知道的？"

"木志明说的。"

"他有没有对你怎么样？"乔邃想着她落入那些人手中好几天，急急问道："他们打你了吗？折磨你了吗？"

苏男摇头："还好，可能是他认为我能牵制到你，对我还算礼遇。"

乔邃呼出一口气，放下心来。

"他拿我威胁你什么？"

"乔氏，"乔邃也不打算隐瞒："他想让凌西代替我的位置，再通过凌西控制乔氏。"

"明白了，"苏男轻轻点点头，语气温和下来："对不起。"

乔邃趁机坐上床沿，紧挨着她，低声轻语道："应该是我向你道歉才对，如果不是因为我，木志明也不会盯上你。你知不知道，当你从山洞被人抬出来的那一刹那，我突然看不见听不见任何东西，那种害怕从来没有过……"

苏男有些动容，深深看了他一眼："你瘦了。"

乔邃伸出手抚摸她的脸颊："你更瘦，只剩下皮包骨了，"然后低头在苏男额头印了一下，声音里带着蛊惑："这些天我很担心你，每日每夜地想，什么事也干不了。你有想我吗？"

苏男看着他，心里早已波涛汹涌，低柔地说了一个字："想。"

乔邃呵呵笑出了声："真好，我们头一回心有灵犀。"

"我想你一定会来救我。"

乔邃嘴边的笑容立即变得尴尬，见苏男一副看好戏的样子，反应极快："英雄救美人于危难之中，不知美人是否愿意以身相许？"

苏男没有正面回答，抬手摸了摸他的脸颊："你长得又不帅，你看这里都没肉。"

乔邃狂喜，拼命压抑激动的心情，继续试探道："衣带渐宽终不悔，为伊消得人憔悴。"

苏男终于笑了起来："酸死了。"

乔邃哪会放过这样难得的机会，头已经低了下去："乱说，你闻闻，哪有酸味？"

苏男伸手想推开，哪有力气，双手被乔邃轻轻抓在手里，苏男眼见对方的头越来越低，两人的脸已经紧贴在一起，连忙说道："不要，这里是医院……"

这句话落在乔邃耳里，无异于邀请，他眼神一变，已经吻了下去，轻轻地，慢慢地，很缠绵。苏男没有再推开他，相反，双手慢慢绕上了他的脖子。在乔邃的印象中，这是苏男第一次回应自己，他不由得心花怒放，全身舒坦得不行，只恨不得把这个女人狠狠揉进自己的身体里，动作变得越发粗旷起来，手上也加了力气，深深抱紧她，越吻越大力。

苏男顿觉呼吸不够，满脸通红，原本身子就虚弱，这下子只觉得头晕目眩，双手不免挣扎起来。乔邃这才反应过来，连忙抬起头，一边帮她顺气一边连声道歉：“对不起，对不起。”

苏男连喘了几口气，又羞又急，扭头不看他。

乔邃赶紧仰着笑脸：“你就原谅我这一回吧，情不自禁了，”见她仍然不理，连忙耍宝似的转身拿出一样东西：“瞧瞧这是什么？”

苏男转头一看，愣了：“凤舞九天？”

“嗯，我能找到你，就是因为它。”

苏男一时有些感慨，想想当初差一点就送给艾莉莉了。

“来，戴上她吧。”

苏男看了他一眼：“艾莉莉呢？”

“谢天谢地，你总算主动问出了，”乔邃亲昵地点了点她的鼻子：“傻瓜，我说真话你总认为是假的，别人说假话你倒信以为真，”乔邃不由分说，拉出她的手，缓缓戴了进去：“我和她真的没什么，原本看她可怜，到处受人欺凌，好心好意帮了她一次。没想到她却存着害你的心，这一回我绝不轻饶。”

苏男见他神情带着暴戾，想着他的手段，不免说起情来：“算了，她也是爱你才这样做的。”

乔邃坚决地摇头：“这次不行，你的行踪就是她透露给木志明的。”

苏男很是惊讶，终究没再吭声。

91　再见木志明

苏男最终还是知道了安啸的死讯，哭得死去活来。

乔邃一直陪着她，对于这个男人，他也深怀愧疚，所以没有任何隐瞒，一五一十地告诉她整个过程。苏男握紧拳头狠狠捶他，狠狠捶他，一口气连捶了十几下，乔邃硬挺着，一动不动。苏男捶完他，又狠狠连扇着自己的脸，一下两下三下，小脸立即出现了一道道手指印。

乔邃连忙抓住她："你伤心，你要出气，朝我来吧。"

苏男哭着摇头："都怪我，都怪我，如果我不答应跟他走，他就不会出事。"

乔邃连忙劝解道："不关你的事，木志明抓他是为了让凌西坐上董事长的位置。"

"他这一生过得很苦，比我还要苦。"

"是是，我知道。"

"你不知道。"

"好，我不知道。"

苏男在乔邃怀里哭了一段时间，突然想起了一件事："安啸到底是谁的儿子？"

乔邃迟疑了，他怕说出真相，这个女人真的会怨恨自己一辈子。说到底，真正令安啸命丧黄泉的，尤其是那个乔家人的身份。如果不是他故弄玄虚搞了一场新闻发布会，大肆宣传安啸是自己同父异母的弟弟，木志明就不会盯上他，更不可能杀害他。

苏男见他神色有点变化问道："怎么了？"

乔邃深深看了她一眼："如果我说出真相，你会不会不再原谅我？"

苏男脸色沉重起来："安啸不是你的亲弟弟？"

"是。"

"他是木志明的儿子？"

"是。"

"你故意让他去调查木志明的事？"

"是。"

"你早就设好局，让他们父子相残？"

"是。"

……

苏男问不下去了，别过了脸。

乔邃的心变得七上八下："我只是想教训木志明……"

苏男哽咽，心里万分难过："我早就知道你是一个什么样的人，为达目的不择手段。"

乔邃急了："我真的没想到会是这样，我本想着扳倒木志明，让安啸接替 M 集团，并为他的身世证明，我都打算好了的……”

苏男突然转过身，指着他的鼻子大吼道：“你没有资格安排他的命运，你也没有资格安排……我的……”说到这儿，她已泣不成声。

“我从没想过要安排你的命运，我所做的一切都是因为爱你。”

苏男冲口而出：“可我不爱你，不爱你，不爱你。”

乔邃面上有一丝绝望的哀伤，每次这样的话就像刀子捅他的心，他不由怒气上升：“早知今日，悔不当初。”

苏男猛地一惊，立即站起身朝外冲去。

乔邃回过神来，冲上几步双手拦住她，赌气道：“你以后再这么伤我，我也要这么伤你。要痛一起痛，痛死算了，到时我们俩办个冥婚。”

苏男惊呼：“你说什么啊？”

“你不知道冥婚？冥婚，就是人死后……”

苏男赶紧伸手抚上他的嘴：“不准你胡说。”

乔邃看出她的紧张，不由一喜：“你是在乎我的，是不是？”

苏男别过脸。

“怎么了？”

苏男没有答话，其实她并不是真的生乔邃的气，安啸也不是没有看出他的计谋，只不过那个调查牵涉到自己，这个傻男人就不管不顾地跳了下去，甘愿被人利用。说来说去，真正的罪魁祸首是自己。

“我们不闹了，好不好？”乔邃扭过她的头：“怎么又哭了？”

“安啸是因为我而死的。”

乔邃把她搂进自己的怀里，叹了一口气：“不关你的事。”

“我想见见木志明。”

“不行。”

“我想帮安啸完成他的遗愿。”

“什么遗愿？”

“其实他很在乎这个爸爸，他一直希望得到木志明的认可。”

……

乔邃的办事效率很快，第三天，亲自带着苏男去见了木志明。

木志明一见他们俩，明显愣了一下，有点惊讶，立即冷笑道：“怎么，结伴而来看我笑话？自古以来，成王败寇，没什么好说的。”

苏男想着他是安啸的亲生父亲，原有的恨意早已退却，在她眼里，对面坐的这个机关算尽坏事做绝的人，也只不过是一个可怜人。这些年只为仇恨而活，丧失了自己，说到底，仍然逃不过一个“情”字。

苏男叹了一口气：“尽管你做过很多很多坏事，但我这次来仍然要向你说声感谢。”

木志明对苏男 180° 的大转弯感到惊讶，充满了戒备：“你又想玩什么花样？”

“一则谢谢你当年让晴姨收养我；二则谢谢你养育了一个好儿子。”

木志明嘲讽道：“安啸那小子都死了，还来这套，有意思吗？”

苏男悲哀地看着他：“他确实是你儿子。”

“我说了，不要跟我玩这套。”

“木志明，你是 B 型血，对吧，”乔邃突然开口说道：“安小佳是 O 型血，而我爸是 A 型血，如果他真是我爸的孩子，只能是 A 型或 O 型，可安啸却是 B 型血。”

“我凭什么相信你？”

“我可以拿这几个人的医学证明给你看。”

“我怎么知道是真是假？”

乔邃沉默片刻，还是说出了真相：“当年安小佳生产时，我妈去医院看过她，并偷拿了婴儿的头发去做了亲子鉴定，结果显示安啸和我爸没有血缘关系。”

木志明惊恐地大叫：“我不信！”

乔邃脸上隐隐带着激动：“其实你和我妈很像，都因为得不到而走极端。你爱安小佳却亲手毁了她，我妈爱我爸却亲手杀了他。当年那场车祸，没人会想到，真正的凶手就是我妈，是她在车上动了手脚，跟我爸同归于尽的……”

全场一片寂静，苏男和木志明同时惊讶地看着他。

此时的乔邃双手紧握，青筋毕现，眼神当中流露出掩藏不住的痛苦。

苏男连忙走上前，满心满眼的心疼：“对不起，我不该让你带我来这儿，不该让你回忆这样的往事……”

乔邃抱住苏男，露出一丝勉强的微笑：“这么多年过去了，我没事。”

木志明满脸的震惊和愤怒：“这不是真的，我不信。”

苏男回过头，怜悯地看着木志明："就像你所说的，安啸人都已经死了，我们跑来骗你又有什么意义？"

"那你什么意思？"

"我来是为了完成安啸的遗愿，他生前最希望的是能拥有一份父爱，能得到你的认可。"苏男说不下去了，泪盈满眶，低头从口袋里掏出一对泥人，正是那天广场里她送给安啸的临别礼物："你认识这个吗？"

木志明仔细瞧了瞧，默不作声。

苏男哽咽道："这对小泥人就是安啸和他母亲安小佳，也是我送给他的临别礼物，我没见过他的母亲，只好比照晴姨的样子。他说很像，很逼真，还说如果是三个人就好了，那个时候，他提到了你的名字……"

木志明的神色瞬息万变，有震惊、有悔恨，有绝望，更多的是不置信，一双眼睛瞪得通红，死死盯着她："你骗我，你故意骗我，你故意骗我。"

"干什么？不得喧哗！"站在旁边的狱警上前制止。

此时木志明已停不下来，不停地咆哮道："苏男，我知道你恨我，你恨我，你在为苏晴报仇对不对，我不会上你当，我不会上你的当……"门外又涌进来两个狱警，几人合力将他拖了出去。

92　不要重蹈覆辙

这一次的见面，耗尽了苏男的精力。

木志明最后的吼叫老在她耳边环绕，扪心自问，今天到底是为了替安啸完成遗愿，还是为了替晴姨报仇，苏男自己也分不清了。

乔邃见她脸色苍白，腿脚发软，连忙伸手抱住她："怎么样，很难受吗？早知道我就不带你来了。"

"迟早都要来的，"苏男摇头，依偎在他怀里："他什么时候宣判？"

"应该很快了。"

"会判死刑吗？"

乔邃沉吟："可能性比较大，不过如果辩护律师请得好，可能是死缓或无期。"

苏男低头沉默，过了好一会儿，喃喃自语道："安小佳究竟是一个什么样的女人？”

“怎么好端端提起她？”

“我只是在想，木志明应该很爱她吧。”

乔邃有些感慨道：“一场悲剧。”

“如果有一天我离开你，你会不会成为下一个木志明？”

乔邃惊呆了，浑身绷得紧紧的，眼睛一眨不眨地看着对方。

苏男也看着他，再次轻声问道：“你会吗？”

乔邃转过头，不愿回答。

过了好一会儿，苏男见他仍然神情呆滞地看着侧前方，便好奇地回过头，却见凌西带着木雪以及另一个律师模样的人，正站在走廊的不远处。苏男这才明白，刚才木志明为什么望见自己时，会觉得吃惊，原来他在等自己的女儿和辩护律师。

这是苏男被绑架后第一次见到凌西，两人的视线在空中对接交错，似乎有着千言万语，却又难以启齿。

乔邃瞧见两人的眼神，不禁黯然失色，突然生出了心灰意冷的感觉，其实木志明的遭遇也给了他不小的震动和反思。想到这儿，他轻轻推开苏男，正欲转身离开，却被对方一把拉住。

“怎么了？”

“你刚才的那个问题，我决定好好想想。”

苏男疑惑地看着他。

“我答应你，尽快给你答案，好吗？”

苏男展颜微笑，把自己的手伸进对手的手里，十指相扣：“我已经想清楚了。”

乔邃惊讶抬头，眼里带着激动和惊喜。

苏男笑了笑：“你等一下，我去他们说几句话。”

凌西看着苏男朝自己一步一步走来，心里五味杂陈，自从她平安归来后，他没有去医院看过一次，现在开口解释已经没有任何意义了。

苏男在他面前站住，轻声问道：“你还好吗？”

“好，你呢？”

“我也很好。”

两人的对话显得有些疏离。

凌西还是提起了："对不起，我没有去医院看你……"

苏男微微一笑："我明白的。"

"现在怎么样？"

"恢复得不错。"

两人又陷入了沉默。

苏男抬头看了看他身后的木雪和那个律师："你们去看木志明？"

凌西点头："嗯，马上要上法庭了。"

"我们刚去见过他。"

"他害你这么惨……你还来看他？"

"我是替安啸完成一件事，还有晴姨……"

凌西沉默了，安啸这个名字是所有人心中的痛，生离死别的伤痛能让人记住一辈子。而苏晴的事他已完全知晓。如果当初他早点知道苏男的计划，或许结局就不会是今天这个样子了。

这时，站在他后边的木雪突然上前了一步，朝苏男深深鞠了一躬："对不起，我替我爸爸跟你说声对不起。不求你的原谅，只是想郑重说声道歉。"

苏男细细地看着她，心里一片宁静。或许是真的放下了，放下才会让心灵得到回归。无论是因为木志明，还是因为凌西，无论是因为恩情，还是因为感情。此时此刻，她对这个女孩没有任何的敌意，只是轻声说了一句话："不用，他也得到了该有的惩罚。"

木雪缓缓别过了脸，想着即将与父亲生离死别，险些掉下泪来。不管自己的父亲在别人眼里是一个什么样的人，大奸大恶也好，狡诈残忍也罢，在她心里，他仍然是这个世界最疼她最爱她的那个人。

苏男见她神情伤感，转换了话题："我听说你最近身体也不太好，现在怎么样了？"

木雪脸露尴尬："恢复得差不多了。"说话时下意识地扯了扯衣袖，在她的左手腕上有一个丝巾打着的蝴蝶结，隐约露出一道很深的疤痕："谢谢你的关心。你呢，听说昏迷了几天？"说到这儿，突然想起罪魁祸首就是自己的父亲，又立即补上了一句："对不起……"

苏男微笑摇头："没事，已经不碍事了。"

凌西一直看着她，很是感慨。苏男变了，她变得更加平静，也更加包容，但却感觉离自己越来越远，一种无力之感油然而生，脱口说道："接下来，你有什么打算？”

这个问题让在场的乔邃和木雪一下子神经紧绷。

苏男静静地看他，这个男人曾经给了她温暖的爱，也给了她生活的憧憬。不管今天自己做什么样的决定，他永远都会留在自己心里。

“这些天，我一直在想一个问题，无论是木志明，还是乔子东，或是张亚萌，还是我的晴姨，他们每个人都活得很不快乐，每个人都是悲惨的结局。为什么？”

“那是因为，他们因爱而生恨，因恨而生仇。”

“对，你说得很对。”

凌西浑身一震，嘴唇微微发抖，直直地看着对方。

“凌西，我只是希望，我们不要重蹈覆辙。”

凌西只觉胸口窒闷，惨然而笑：“这么说，你已经做了选择？”

“你也做了选择，不是吗？”

“我没有，”凌西立即反驳道，正欲开口解释，却见木雪眼泪汪汪地痴望着自己，想着上次的自杀事件，有些于心不忍，快到嘴边的话硬生生咽了下去。

苏男瞧在眼里，疼在心里，这是一个多么善良的男人，然而自己终究要辜负他，想到这儿，眼圈微微滋润：“你一定要好好的，一定要幸福。”

凌西的眼里闪过痛色，最后终是长长一叹：“如果这是你希望的，我可以做到。”

天底下，唯有这个男人，在任何情况下，永远不会对她说出一个“不”字。

苏男终于落下泪来。

凌西看着她的泪水，微笑不语。

他不会告诉她自己对幸福的定义，以后的漫漫人生之路，他可能都不会再涉及情事了，这辈子不会结婚生子，不会成家立业，孑然一身，自由自在。这原本也是他给自己定下的人生道路，只不过造化弄人，中途遇到了苏男，稍微出现了偏差，现在是时候恢复到原来的轨道上了……

93　大结局

一个月之后。

木志明的案子终于宣判，令很多人感到意外的是，他放弃了任何辩护，对所有罪行供认不讳，被一审判处死刑。

凌西陪着木雪坐在最前面。

乔邃陪着苏男坐在最后面。

审判结果出来时，木雪脸色惨白，几乎崩溃，凌西一直尽心尽力陪在身边，这或许是他帮她做的最后一件事。苏男和乔邃也慢慢走了出来，两人互相看了一眼，都有些感慨。四人在走廊不期而遇，一时气氛有些尴尬。

最终打破局面的是木雪，她朝苏男说道："爸爸希望百年之后能和安啸母子葬在一起。"

苏男百感交集，欣慰地点点头："好，他一定很高兴。"

乔邃赶紧说道："那我让华叔好好安排一下。"

"嗯，到时我们一起去拜祭吧。"

木雪点了点头，眼圈隐隐发红："好。"

凌西深深看了一眼苏男："我可能去不成了。"

"怎么了？"

"我要回加拿大了。"

"你要离开？"苏男极其惊讶，同时看了看木雪，见她神情悲伤却并没有阻挡，想必早已知情，还是忍不住问道，"为什么？"

"那边待习惯了。噢，对了，"凌西转向乔邃，毫不芥蒂地说道，"西南集团到时可能麻烦你，帮忙找个可靠的职业经理人代管一下。"

乔邃既感到意外，又有些愧疚："这个没问题，你就安安心心每年等着收钱好了。不过你身上流着乔家的血，想撇得这么干净可没那么容易。"见凌西一愣，笑了起来："乔氏在加拿大的产业没人管，还是你去盯着，我比较放心。"

哪知凌西摇了摇头："我想去世界各地走一走，等到我想安定下来时再说吧。"

乔邃知道他要时间处理情伤，也不忍强迫："好，等你回来。"

凌西微微颔首，深深看了一眼苏男，陪着木雪默默离开。

乔邃怕苏男伤心，上前拥住她，两人额头相抵："等安排好安啸的后事，我们一起去拜祭晴姨好不好？"

苏男温柔答道："好。"

"我还想，顺便带你去欧洲走一走。"

"好。"

"我还想，在走之前带你去一个地方。"

"好。"

"我还想，在那个地方拍张照片，填个表格。"

"好。"

"我还想，我们一起领个证出来。"

"不好。"

乔邃惊讶道："我还没通过考验？！"

苏男终于笑了起来。

（全书完）